잉글리시 페이션트

THE ENGLISH PATIENT by Michael Ondaatje

This Korean edition was published by Thatbook Co., Ltd. in 2009 by arrangement
with Michael Ondaatje c/o Trident Media Group, LLC, New York through
KCC(Korea Copyright Center Inc.), Seoul.

에디션 D 시리즈
14

잉글리시 페이션트

THE ENGLISH PATIENT

—

마이클 온다치 지음 · 박현주 옮김

스킵과 메리 디킨슨을 추모하며
퀸틴과 그리핀을 위해
그리고 감사의 마음을 담아 루이스 데니스에게 바친다.

"여러분 중 대부분은 길프 케비르(이집트의 남서쪽에 있는 고원으로 '거대한 장벽'이라는 뜻이다–옮긴이)에서 제프리 클리프턴이 죽었던 비극적 상황을 기억하고 있겠지요.

1939년 제르주라(이집트나 리비아의 나일강 서쪽 어딘가의 사막에 있다고 전해지는 신비스러운 오아시스 도시이다. 20세기 초 많은 영국인 탐사자들이 이곳을 찾아 떠났다–옮긴이)를 찾아 나섰던 사막 탐사대에서 그의 아내 캐서린 클리프턴이 실종된 이후의 일이었습니다.

오늘밤 이 모임을 시작하면서 애도의 마음을 담아 이 비극적인 사건들을 언급하고 지나가고 싶군요.

자, 그럼 오늘밤의 강의는……."

194?년 11월, 런던 지리 학회 모임의 서두에서

목차

빌라

　여자는 일하고 있던 정원에서 일어서서 아득한 곳을 바라본다. 날씨의 변화가 느껴진다. 또 한 번 한줄기 바람이 불어오고 공기 중으로 수런거림이 날아오며, 길쯤한 사이프러스 나무들이 한들거린다. 여자는 몸을 돌려 언덕을 올라 집을 향한다. 나지막한 벽을 오를 때 첫 빗방울이 맨팔에 후드득 떨어지는 감촉이 느껴진다. 여자는 로지아(한쪽 벽이 트인 방이나 주랑―옮긴이)를 지나 서둘러 집 안으로 들어간다.

　여자는 부엌에 멈춰 서지 않고 그냥 지나쳐 어둠 속에 잠긴 계단을 올라 기다란 복도를 따라간다. 복도 끝에는 슬며시 열린 문틈으로 불빛이 쐐기 모양으로 새어나온다.

　여자가 들어선 방 안은 또 다른 정원이다. 이 정원은 벽과 천장에 그려진 나무와 나무그늘로 이루어져 있다. 그 남자는 침대에 누워 있다. 남자의 몸 위로 산들바람이 불어오고 여자가 들어서자 그는 고개를 천천히 돌려 그녀 쪽을 바라본다.

나흘에 한 번, 그녀는 망가진 발부터 시작해서 그의 검은 몸을 씻어준다. 그녀는 수건을 물에 적셔 그의 발목 위에 들고 물을 짜서 떨어뜨린다. 그가 무어라 웅얼거리자 그녀는 고개를 들고 그의 미소를 본다. 정강이 위의 화상이 제일 심하다. 자줏빛보다도 진하다. 뼈가 보인다.

  그녀는 그를 몇 달 동안이나 간호해왔기 때문에 그의 몸을 잘 안다. 해마처럼 잠들어 있는 페니스, 야위고 탄탄한 엉덩이. 예수님의 무명뼈 같아, 그녀는 생각한다. 그녀에게 그는 절망에 빠진 성인이다. 그는 등을 대고 반듯하게 베개도 없이 누워, 천장에 그려진 이파리와 나뭇가지들이 드리우는 차양, 그 위의 푸른 하늘을 올려다본다.

  그녀는 화상이 덜 심해서 손을 댈 수 있는 가슴에 피부 소염제를 가로로 몇 줄 뿌린다. 그녀는 갈비뼈 가장 아래 우묵한 부분, 피부가 꺼진 부분이 마음에 든다. 어깨에 손을 대고 그녀가 목에다 차가운 입김을 불어주자 그는 무어라 중얼거린다.

  뭐라고요? 그녀가 집중하다 말고 묻는다.

  그는 검은 얼굴을 돌려 회색 눈으로 그녀를 바라본다. 그녀는 손을 주머니에 넣는다. 그녀는 이로 자두 껍질을 벗겨서 씨를 빼고 과육을 그의 입에 넣어준다.

  그가 다시 속삭인다. 그의 옆에서 귀를 기울이고 있는 어린 간호사의 심장은 어딘지 몰라도 그의 마음이 있는 곳으로, 그가 죽기 직전의 그 몇 달 동안 계속 뛰어들곤 했던 기억의 우물 속으로 빠져든다.

그 남자가 방 안에서 조용히 읊는 이야기는 하늘에서 떨어지는 매처럼 여기서 저기로 휙 날아간다. 그는 떨어지는 꽃잎과 거대한 팔이 둘러싸고 있는 나무 그림 속에서 잠을 깬다. 그는 소풍과 그의 몸에 키스를 해주던 여인을 기억한다. 이제는 다 타버려 암자색이 되어버린 몸이다.

결혼한 남자가 몇 날 며칠 아내의 얼굴을 보지 않고 지내듯이 사막에서 몇 주 동안 달을 쳐다보는 것도 잊고 지냈어요. 그는 말한다. 이는 태만죄가 아니라 다른 데 정신이 쏠려 있다는 표시이죠.

그의 눈은 젊은 여자의 얼굴에 박혀 있다. 그녀가 고개를 움직일 때마다 그의 시선도 그녀를 따라 벽으로 향한다. 그녀는 앞으로 몸을 숙인다. 어쩌다 화상을 입으셨어요?

늦은 오후다. 그의 손이 시트를 잡고 흔들며 손가락 뒤로 시트를 어루만진다.

사막에서 불이 붙어 떨어졌어요.

그들이 내 몸을 발견하고 막대로 들것을 만들어 질질 끌고 사막을 건넜어요. 우리는 모래의 바다에 있었어요. 가끔은 마른 강바닥을 건넜죠. 유목민들 알죠, 베두인. 나는 추락했고 모래 자체에 불이 붙었어요. 그 사람들은 내가 벌거벗은 채로 거기서 빠져 나와 서 있는 모습을 보았어요. 머리에 쓰고 있던 가죽 헬멧에도 불이 붙었어요. 그들은 나를 요람, 시체를 옮기는 들것에 묶고는 나를 데리고 쿵쿵 달렸습니다.

베두인들은 화재에 대해서 알고 있었어요. 1939년부터 하늘에서 떨어져댔으니 비행기에 대해서 알고 있었죠. 그 사람들의 연장과 식기들은 추락한 비행기와 탱크의 금속으로 만든 것이었어요. 하늘에서 전쟁이 일어나던 시대였죠. 그 사람들은 상처 입은 비행기가 윙윙거리는 소리를 분간할 수 있었고 그런 잔해를 헤치며 천천히 나아가는 법을 알고 있었어요. 조종석의 작은 나사는 장신구가 되었어요. 나는 아마도 활활 타오르는 기계에서 처음으로 살아서 나온 사람이었을 겁니다. 그 사람들은 내 이름을 몰랐어요. 나도 그 사람들이 무슨 부족인지 몰랐죠.

당신은 누구죠?

나도 몰라요. 당신은 계속 질문을 하는군요.

당신은 영국인이라고 하셨어요.

밤에도 그는 지치지 않아 잠을 이루지 못한다. 그녀는 아래층 서재에서 찾을 수 있는 책을 가져와 그에게 읽어준다. 촛불이 책장 위에, 그리고 말을 건네는 어린 간호사의 얼굴 위에서 깜박거리지만 이 시간에는 벽을 장식한 나무와 풍경은 거의 보이지 않는다. 그는 그녀의 말에 귀를 기울이며 그녀가 하는 말을 물처럼 삼킨다.

날이 추우면 그녀는 조심스럽게 침대 안으로 들어가 그의 옆에 눕는다. 그녀는 그에게 아무런 고통도 주지 않도록 거의 무게를 싣지 않는다. 가느다란 손목 하나 얹지 않는다.

가끔씩 새벽 두 시가 되도록 그는 잠들지 못한다. 어둠 속에서 그는 눈을 뜨고 있다.

그는 눈으로 직접 보기 전에 오아시스의 냄새를 맡을 수 있었다. 공기 중에 떠도는 물기. 사물이 바스락거리는 움직임. 야자나무와 그에 매인 말고삐. 깊은 소리가 울려 물로 가득 차 있다는 것을 알 수 있는 양철 깡통들이 딸그락대는 소리.

그들은 커다랗게 자른 부드러운 천에 기름을 붓고 그의 몸 위에 덮었다. 그는 기름부음을 받았다.

그는 항상 옆에 말없이 남아 있는 한 남자의 존재를 감지할 수 있었다. 24시간마다 밤이 내리 깔리면 남자는 어둠 속에서 그의 피부를 살피기 위해 천을 풀고 그때면 그는 남자의 숨결을 느낄 수 있었다.

천을 벗기면 그는 다시 활활 타오르는 비행기 옆에 벌거 벗고 서 있는 남자가 되었다. 그들은 회색 펠트를 몇 겹 그의 몸 위에 덮었다. 어떤 위대한 민족이 그를 발견한 걸까, 그는 궁금했다. 어느 나라에서 옆에 있는 남자가 씹어서 입에서 입으로 넘겨준, 그처럼 부드러운 대추야자가 나는 것일까. 이 사람들과 있는 시간 내내, 그는 자신이 어디에서 왔는지 기억할 수 없었다. 그가 짐작하기로는 자신은 공중에서 싸우던 적군일 수도 있었다.

후에, 피사에 있는 병원에 왔을 때, 그는 매일 밤 와서 대추야자를 씹어 부드럽게 해주어 그의 입으로 넘겨주었던 얼굴을 옆에서 보았다고 생각했다.

그 시절의 밤에는 아무런 색깔이 없었다. 말도 노래도 없었다. 베두인들은 그가 깨어 있을 때는 침묵했다. 그는 그 물침대로 만든 제단 위에 있었고, 허영심에서 수백 명이 자신을 둘러싸고 있지 않을까 상상했다. 하지만 어쩌면 그를 발견하고 머리에서 불붙은 헬멧을 잡아 뺀 건 단지 두 명일지도 몰랐다. 대추야자와 함께 들어오는 침의 맛이나 뛰어가는 발소리로만 분간할 수 있는 두 사람이었다.

그녀는 흔들리는 불빛 아래 앉아 책을 읽곤 했다. 그녀는 전쟁 병원이었던 빌라의 홀 아래를 간간이 힐끔힐끔 내려다보았다. 이곳에서 그녀는 다른 간호사들과 함께 살았지만, 전선이 북쪽으로 옮겨가고 전쟁이 거의 끝나감에 따라 다들 한둘씩 다른 곳으로 전출되어 떠나갔다.

그녀의 인생 중 이 시기는 책만이 감방을 벗어나 나갈 수 있는 유일한 문처럼 여겨지던 때였다. 책은 그녀의 세계

중 절반을 차지하게 되었다. 그녀는 침실용 탁자에 웅크리고 앉아 인도에 사는 어린 소년에 대한 이야기를 읽었다. 이 소년은 이 선생님에서 저 선생님으로 옮겨가며 쟁반에 놓인 다양한 보석과 물건들을 외는 법을 익혔다. 어떤 선생님들은 방언을 가르쳤고 어떤 이들은 기억법을 가르쳤으며 어떤 선생님들은 최면술에서 빠져 나오는 법을 가르쳤다.

그 책은 그녀의 무릎에 놓였다. 그녀는 5분이 넘도록 종이에 뚫린 작은 구멍들과 누군가 표식 삼아 접어놓은 17쪽의 모서리 주름을 쳐다보고 있었다는 것을 깨달았다. 그녀는 손으로 책표지를 쓸어보았다. 천장 위를 달려가는 생쥐처럼, 한밤의 창에 붙은 나방처럼 마음속에서 무언가가 파드득 달려갔다. 그녀는 이제 아무도 살고 있지 않은데도 복도 아래를 내려다보았다. 이제 빌라 산 지롤라모에는 영국인 환자와 그녀밖에 살고 있지 않았다. 그녀는 집 위, 포화를 맞았던 과수원에 두 사람이 먹고살 수 있을 만큼 푸성귀를 심어놓았다. 한 남자가 마을에서 가끔 와서 비누나 시트, 그 외 뭐든 이 야전병원에 남아 있는 것과 다른 필수품을 교환했다. 콩 약간, 고기 약간. 남자가 와인 두 병을 남겨놓고 가서, 매일 밤 영국인과 함께 누워 있다가 그가 잠이 들면, 그녀는 조심스레 작은 비커에 와인을 따른 후 약간 열린 문 밖에 있는 침실용 탁자로 가지고 가서 홀짝홀짝 마시며 아까까지 보던 책을 읽었다.

그래서 영국인이 집중해서 듣고 있었든 아니든 그에게 읽어 주던 책은 폭풍이 쓸고 간 도로의 구역들처럼, 메뚜기가 쏠고 간 벽걸이처럼, 밤중에 폭격으로 벽화에서 떨어져 나온 석고처럼 줄거리가 군데군데 비고 사건들이 빠져버렸다.

여자와 영국인 남자가 지금 살고 있는 빌라도 그와 같았다. 어떤 방은 깨진 벽돌 파편이 막아 들어갈 수가 없었다. 폭탄 구멍이 크게 뚫려 아래층 서재에서는 달이 보이고 비가 흘러 들어왔다. 그래서 한쪽 구석에 있는 팔걸이의자는 마를 날이 없었다.

줄거리에서 빈 부분 때문에 영국인이 언짢아할까 걱정하지는 않았다. 빠진 장을 요약해주지도 않았다. 그녀는 단순히 책을 가지고 와서 "구십육 쪽", 혹은 "백십일 쪽"이라고 말할 뿐이었다. 어디를 읽고 있는지 표시는 그뿐이었다. 그녀는 그의 두 손을 자신의 얼굴까지 들어 냄새를 맡았다. 아직도 병의 냄새가 났다.

손이 거칠어지고 있네요. 그가 말했다.

잡초와 엉겅퀴를 뽑고 땅을 팠으니까요.

조심하세요. 위험할 수도 있다고 이전에 말했잖아요.

알아요.

그런 후 그녀는 책을 읽기 시작했다.

그녀의 아버지가 손에 대해서 가르쳐준 적이 있었다. 개의 앞발에 대해서. 그녀의 아버지는 개와 단둘이 집에 있을 때면, 몸을 숙여 개 발바닥 피부의 냄새를 맡았다. 이건 브랜디 한 모금에서 나는 것처럼 세상에서 가장 근사한 냄새야! 아버지는 이렇게 말하곤 했다. 술의 향이야! 위대한 여행의 소식이야! 그녀는 구역질이 난다는 시늉을 했지만 개의 앞발은 하나의 경이였다. 그 발의 냄새에서는 먼지가 전혀 느껴지지 않았다. 하나의 대성당이야! 아버지는 그렇게 말했다. 무슨무슨 정원이라느니 풀밭이라느니 시클라멘 꽃밭을 지나가는 산책이라느니. 그 동물이 그날 하루 종일 지나갔을 모든 길들의 흔적을 압축한 표현이었다.

천장 위에서 생쥐가 지나가는지 타다닥 소리가 들렸다. 그녀는 다시 책에서 고개를 들었다.

그들은 그의 얼굴에서 향초로 만든 가면을 풀었다. 일식의 날이었다. 그들은 그날을 기다리고 있었다. 그가 있는 곳은 어디였던가? 날씨와 빛의 변화를 예측할 수 있는 이들은 무슨 문명인가? 엘 아마르 아니면 엘 압야드일까. 북서 사막에 사는 종족 중 하나임은 분명했기 때문이다. 하늘에서 떨어진 남자를 잡을 수 있었고 그의 얼굴에 오아시스 갈대를 엮어 만든 가면을 씌워주었던 이들. 그는 이제 풀을 품게 되었다. 이제까지 그가 세상에서 제일 좋아했던 정원은 큐(영국 런던 큐에 있는 왕립식물원—옮긴이)에 있는 풀밭이었다. 언덕 위에 쌓인 재의 층처럼 색깔이 미묘하게 다양했다.

그는 일식 아래 풍경을 바라보았다. 그들은 그에게 팔을 들고, 사막이 비행기를 끌어당기는 식으로 우주에서 몸 안으로 기를 빨아들이는 법을 가르쳐주었다. 그는 펠트 천과 나뭇가지로 만든 들것에 실려 갔다. 태양이 가려져 반쯤 침침해진 빛 속에서 시야 건너편으로 혈관처럼 흘러가는 플라밍고들이 보였다.

그의 피부에 닿는 것은 언제나 연고 아니면 어둠이었다. 어느 밤, 그는 저 높은 허공 어딘가에서 풍경(風磬)처럼 울리는 소리를 들었다. 새, 아마도 플라밍고거나 그들 중 한 사람이 두건 달린 겉옷의 반쯤 꿰매 닫은 주머니 속에 데리고 다니는 사막여우의 울음소리일지도 모를 이 소음은 서서히 느려졌다. 잠시 후 소리가 멈추자 그는 이 소리에 대한 갈망을 품고 잠이 들었다.

다음날 다시 한 번 천으로 덮였을 때, 그는 유리가 딸그락대는 듯한 소리를 얼핏 들었다. 어둠 속에서 나는 소리였다. 해거름이 되자 펠트 천은 벗겨졌고 그는 탁자 위에서 이쪽으로 다가오는 한 남자의 머리를 보다가 그 남자가 수백 개의 작은 병들을 다양한 길이의 실과 철사로 매단 커다란 멍에를 메고 있다는 것을 깨달았다. 그의 몸은 마치 유리 커튼의 한 부분처럼 움직이며 유리공 안에 싸여 있었다.

이 형체는 그가 학교 시절 모사하려고 했던 대천사들의 그림을 닮았다. 하지만 몸 어디에 그런 커다란 날개를 달 근육들이 들어갈 공간이 있을지 알 수가 없었었다. 이 남자는 성큼성큼, 그러나 느릿느릿 움직였으며, 걸음걸이가 어찌나 매끄러운지 병들이 기울어지지도 않았다. 유리의 파도, 대천사, 햇볕을 받아 데워진 병 안의 연고들. 그래서 연고를 피부에 문질러 바를 때면 특히 상처를 위해 데워놓았던 것 같았다. 그의 뒤에서는 빛들이 변모하였다. 푸른색과 다른 색깔들이 모래에서 피어나는 땅안개 속에서 파르르 떨었다. 희미한 유리 소리와 다양한 빛깔, 왕과 같은 당당한 걸음, 가느다란 검은색 총과 같은 그의 얼굴.

가까이에서 보면 유리는 거칠고 모래에 쓸려 문명의 특질을 잃었다. 병마다 작은 코르크로 막혀 있었는데, 남자는 병에 담긴 내용물을 서로서로 섞을 때면 이로 마개 하나를 잡아 뽑아 입술에 문 다음, 또 하나를 이로 뽑았다. 그는 반듯이 드러누워 있는 화상 입은 몸뚱이 위에 날개를 펼치고 서서 막대기 두 개를 모래 위에 박더니, 2미터 가까이 되는 멍에를 막대기 두 개로 만든 부목 위에 쏠리지 않게 걸치고 벗어버렸다. 그는 자신의 상점 아래에서 걸어 나왔다. 그는 털썩 무릎을 꿇고 화상을 입은 파일럿에게로 다가와서 차가운 손을 파일럿의 목에 대고 맞잡았다.

수단의 북부에서부터 기자로 이어지는 낙타 여행로, 소

위 마흔날길을 지나는 사람들은 모두 이 남자를 알고 있었다. 그는 카라반들을 만나 향료와 음료를 교환했고 오아시스와 물이 있는 자리 옆에 친 야영지 사이를 오갔다. 그는 모래폭풍을 만나도 이 병으로 만든 외투를 입고, 작은 코르크로 귀를 틀어막고 나아갔다. 그 자신이 배였고, 상단 의사였고, 기름과 향수와 만병통치약을 지닌 동방의 왕이었으며, 세례 요한이었다. 그는 아픈 사람이 있으면 어느 야영지나 들어가 병으로 된 커튼을 그 앞에 세웠다.

그는 화상을 입은 남자 옆에 쭈그리고 앉았다. 그는 신발 밑창으로 가죽 컵을 만든 후 뒤를 돌아보지도 않고 몇몇 병들을 뽑았다. 작은 병의 마개를 빼자 향기가 쏟아졌다. 바다의 향기였다. 녹의 냄새였다. 인디고 염료, 잉크, 강의 진흙과 가막살나무, 포름알데히드 파라핀. 혼돈의 공기가 파도처럼 밀려왔다. 저 멀리서 향기를 맡은 낙타들이 히잉 울었다. 그는 암녹색 고약을 흉곽에 바르기 시작했다. 서쪽인가 남쪽에 있는 메디나에서 물물교환해서 얻었다고 하는, 가루로 곱게 갈아낸 공작 뼈로, 상처 입은 피부에 가장 효능 있는 치료약이었다.

*

부엌과 파괴된 예배당 사이의 문을 열고 들어가면 타원

형의 도서관이 있었다. 맨 안쪽 벽이 두 달 전 빌라에 떨어진 박격포 탄에 맞아 초상화가 걸리는 높이에 커다란 구멍이 뚫렸다는 것만 빼면 그 안의 공간은 안전해 보였다. 방의 나머지 부분은 상처에 자동적으로 적응해서 날씨의 습관, 저녁 별, 새 소리들을 받아들였다. 그 안에는 소파 하나와 회색 천으로 덮인 피아노 하나, 박제된 곰 머리와 천장 높이까지 들어찬 책장이 있었다. 부서진 벽에 가장 가까운 쪽 책장은 비에 젖어 책 무게가 가중되었다. 번개가 몇 번이고 방 안으로 들이치면서 천을 덮어놓은 피아노와 카펫 위에 떨어졌다.

가장 안쪽 끝에는 판자로 막아놓은 프렌치 도어가 있었다. 그 문이 열려 있으면 도서관에서 로지아로 바로 걸어 나가 예배당을 지나는 참회의 계단 서른여섯 단을 내려가 고대로부터 초원이었던 곳으로 나갈 수 있었다. 이제 그곳은 산성 폭탄과 폭발로 얼룩진 들판이 되었다. 독일 군대는 퇴각하면서 거주하던 집들에 부비 트랩을 파묻고 가서, 이제 더이상 필요 없는 대부분의 방들은 이 방처럼 안전을 위해서 봉인을 해놓았고, 문들은 못으로 막아버렸다.

그녀는 이러한 위험을 알면서도 방 안으로 슬쩍 들어가 오후의 어둠 속을 걸어갔다. 그녀는 나무 바닥 위에 버티고 선 자신의 몸무게를 갑작스레 실감하면서, 아마도 그 밑에 있을지 모르는 기계설비를 격발할 도화관이 될 만큼 무거울지도 모른다는 생각을 했다. 먼지 속에 파묻힌 발. 빛이 비치

는 곳이라고는 삐쭉삐쭉한 둘레 안으로 하늘이 올려다 보이
는 박격포 구멍뿐이었다.

　그녀는 꽉 붙어 있는 덩어리를 하나하나 떼어내듯이 책
사이를 비집고 틈을 내어 『모히칸 족의 최후』를 끄집어냈다.
이렇게 어스레한 빛 속에서도 표지에 그려진 담청록색 하늘
과 호수, 전면에 그려진 인디언을 보니 마음이 밝아졌다. 그
런 후, 그녀는 마치 이 방 안에 방해해서는 안 될 사람이 있
는 양, 안전을 위해 자기 발자국을 밟으며 뒷걸음질을 쳤지
만, 또한 이는 일종의 게임과 같아서 발걸음만 보면 그녀가
이 방 안에 들어오기는 했으나 그다음에 육체는 사라져버린
것처럼 보였다. 그녀는 문을 닫고 경고 봉인을 다시 붙였다.

　그녀는 영국인 환자가 있는 방 안, 벽감에 있는 창가에
앉았다. 한 편에는 그림을 그린 벽이, 다른 편에는 골짜기가
내려다보였다. 그녀는 책을 펼쳤다. 책장이 뻣뻣한 파도처럼
우글우글해져 한데 달라붙었다. 그녀는 물에 빠진 책을 발
견한 후 씻어서 해변에 말렸던 로빈슨 크루소가 된 기분이었
다. 1757년의 이야기(『모히칸 족의 최후』의 부제-옮긴이). N. C.
와이스의 삽화. 훌륭한 책들이 다 그랬듯이 이 책에도 각각
한 줄 설명이 딸려 있는 삽화들의 목록이 담긴 중요한 페이
지가 있었다.

　그녀는 이야기 속으로 들어갔다. 이야기에서 빠져 나올
때는 다른 사람의 삶, 20년 동안이나 펼쳐지는 줄거리에 깊

이 잠겨 있었던 기분을 느끼리라는 것을 알면서. 그녀의 몸은 마치 기억하지 못하는 꿈 때문에 나른하기 그지없는 잠에서 막 깨어났을 때처럼 문장과 순간들로 가득 차게 될 것이었다.

그들이 살고 있는 이탈리아 언덕 마을은 북서쪽 도로의 초소 격으로, 한 달 넘게 포위되어 있었다. 빌라 두 곳과 사과와 자두 과수원으로 둘러싸인 수도원이 집중 포화를 받았다. 장군들이 살았던 빌라 메디치라는 집이 있었다. 바로 그 위에 있는 것이 이전에 수녀원이었던 빌라 산 지롤라모였다. 고성처럼 총안이 있는 흉벽이 있어서 독일군이 마지막 성채로 삼았던 곳이었다. 이 안에 백 개 소대가 거주했었다. 언덕 마을이 포탄을 맞고 바다 위 전함처럼 허물어지기 시작할 때쯤 군대는 과수원에 친 막사에서 나와 오래된 수녀원의 들붐비는 침실로 들어갔다. 예배당의 일부 구역은 날아갔다. 빌라 꼭대기 층의 일부도 폭발 때문에 산산조각 났다. 연합군이 마침내 이 건물을 탈취해서 병원으로 만들었다. 3층으로 올라가는 계단은 봉쇄되었지만, 부엌과 지붕의 일부는 살아남았다.

그녀와 영국인은 다른 간호사들과 환자들이 더 안전한 남부로 이동할 때도 뒤에 남겠다고 우겼다. 이 시기 동안에는 전기도 들어오지 않아 몹시 싸늘했다. 골짜기를 마주보고 있는 몇몇 방은 아예 벽도 없었다. 어떤 문을 열어보면 구석에 서 있는 축축한 침대에 잎사귀가 가득 떨어져 있는 게 보였다. 어떤 문을 열면 바로 야외 풍경으로 이어졌다. 어떤 방들은 위가 뚫린 새장이 되어버렸다.

병사들이 떠나면서 불을 지르고 가는 바람에 계단의 가장 아랫단은 없어져버렸다. 그녀는 도서관에서 책 스무 권을 가져와 바닥에 박아서 맨 아랫단을 두 개 만들었다. 의자들은 대부분 땔감용으로 쓰이고 없었다. 도서관에 있는 팔걸이 의자는 박격포 구멍으로 새들어온 저녁 폭풍에 흠뻑 젖어서 항상 젖어 있었기 때문에 그대로 남겨두었다. 1945년의 4월, 젖어 있는 것들은 땔감으로 전락하는 운명에서 간신히 벗어날 수 있었다.

남아 있는 침대는 거의 없었다. 그녀는 요와 그물침대를 들고 집 안을 떠돌아다니는 쪽을 더 좋아했다. 기온이나 바람, 빛에 따라 영국인 환자의 방에서 자기도 하고, 홀에서 자기도 했다. 아침이면 매트리스를 말아 끈으로 바퀴에 매달아놓았다. 이제 날씨가 더 따뜻해져서 그녀는 방들을 더 열어 어두운 구석까지 환기시키고 햇볕을 쬐어 축축한 습기를 말렸다. 어떤 날 밤에는 문을 열고 벽이 없는 방에서 자기도 했다. 그녀는 방의 맨 가장자리에 요를 깔고 별들이 떠도는 광경과 움직이는 구름을 똑바로 보며 누웠고 으르렁대는 천둥과 번개 소리에 잠에서 깨기도 했다. 그녀는 스무 살이었고 미쳤으며 이 시대에도 안전 같은 것은 생각하지 않았다. 부비 트랩이 묻혀 있을지도 모르는 도서관을 위험하다 여기지도 않고 한밤에 화들짝 놀라도록 울려대는 천둥을 염려하지도 않았다. 추운 달이 지난 후에는 어두운 보호구역 안에만 갇혀 있으면 안절부절못했다. 그녀는 군인들이 어지럽혀 놓은 방, 가구들이 다 타버린 방 안에 들어갔다. 그녀는 나뭇잎과 똥과 소변, 불에 그을린 탁자를 치웠다. 다른 곳에서 영국인 환자는 마치 왕처럼 침대 위에 누워 있었으나 그녀는 부랑자처럼 살았다.

바깥에서 보면 이곳은 황폐했다. 야외 계단은 허공에서 뚝 끊겼고 난간은 덜렁덜렁 매달렸다. 그들은 근근이 식량을 구하며 잠시 동안의 안전 속에서 살았다. 산적들이 닥치는 대로 부수고 다니는 탓에 밤에는 꼭 필요한 촛불만 켰다. 두 사람은 이 빌라가 폐허처럼 보인다는 단순한 사실에 보호받는 처지였다. 하지만 그녀는 여기에서는 안전하다고 여겼다. 반은 어른이고 반은 아이 같은 기분이었다. 전쟁 중 당했던 일들에서 빠져 나오면서 그녀는 몇 가지 규칙을 세웠다. 다시는 남에게 명령받지도 않고, 더 큰 선(善)을 위해서 임무를 수행하지도 않을 작정이었다. 오로지 화상 입은 환자만 돌볼 작정이었다. 그에게 책을 읽어주고 씻겨주고 모르핀을 줄 것이었다. 그와 소통하는 길은 그뿐이었다.

그녀는 정원과 과수원에서 일했다. 폭탄 맞은 수도원에

서 2미터에 달하는 십자가를 날라 모판 위에 허수아비 대용으로 세우고 바람이 불고 지날 때마다 절그렁 딸랑거리도록 빈 통조림 깡통들을 달았다. 빌라 안에서는 돌 부스러기를 밟고 촛불을 밝힌 벽감으로 걸어갔다. 그 안에는 깔끔히 싸놓은 여행 가방을 갖다 두었다. 가방 안의 짐도 단출해서, 편지 몇 통과 둘둘 말은 옷가지 몇 벌, 의약품이 든 금속 상자뿐이었다. 그녀는 빌라 안 작은 공간들만 치워놓았고 원한다면 이 모든 걸 불살라버릴 수도 있었다.

그녀는 어두운 복도에서 성냥불을 붙여 초 심지에 갖다 댄다. 불빛이 어깨 위로 올라온다. 그녀는 무릎을 꿇는다. 그녀는 두 손을 허벅지에 올려놓고 유황 냄새를 맡는다. 또한 빛을 들이마시고 있다고 상상한다.

그녀는 몇 미터 뒷걸음질 쳐 하얀 분필로 나무 바닥에 직사각형을 하나 그린다. 그러고는 다시 뒷걸음질 치며 직사각형들을 좀 더 그린다. 그러면 직사각형으로 된 피라미드가 생긴다. 한 개, 두 개, 다시 한 개. 왼손을 바닥에 대고 머리는 진지하게 숙이고 있다. 그녀는 빛에서부터 점점 멀어진다. 마침내 그녀는 발꿈치를 대고 몸을 뒤로 젖히더니 웅크리고 앉는다.

그녀는 분필을 드레스 주머니 속에 떨어뜨린다. 그리고는 일어서서 풀린 치마를 끌어올리고 끈을 다시 허리에서 묶는다. 그녀가 다른 주머니에서 금속 조각을 하나 꺼내서 앞으로 휙 던지자, 조각은 가장 먼 네모 바깥으로 떨어진다.

그녀는 앞으로 폴짝 뛴다. 다리가 쿵 떨어지고 뒤에 늘어진 그림자는 복도 깊은 곳에서 꿈틀거린다. 몸놀림은 아주 재고, 테니스 신발은 직사각형에 그려놓은 번호 위를 미끄러진다. 한 발로 딛고, 그다음엔 두 발, 다시 한 발. 마지막 네모 위에 다다를 때까지.

그녀는 몸을 숙이고 금속 조각을 줍더니 그 자세로 꼼짝도 하지 않고 멈춘다. 치마는 여전히 허벅지 위까지 치켜져 있고 손은 그냥 늘어뜨린 채로 숨을 헉헉 몰아쉰다. 그녀는 공기를 꿀꺽 삼키더니 촛불을 불어 끈다.

이제 그녀는 어둠 속에 있다. 연기 냄새만 날 뿐이다.

그녀는 펄쩍 뛰어 오르며 공중에서 빙그르르 돌아 반대편을 보며 내려앉는다. 그러더니 좀 더 힘차게 캄캄한 복도 아래를 향해 앞으로 깡충 뛰어 네모 안에 내려앉는다. 그 자리에 있음을 알고 있기 때문이다. 테니스 신발은 어두운 바닥 위에 부딪치며 쿵 소리를 낸다. 이 소리가 버려진 이탈리아 빌라 저 먼 끝까지 울려 퍼져 나간다. 달과 건물 주위를 반원으로 에워싸고 있는 깊은 협곡까지.

이따금씩 밤이면 화상을 입은 남자는 건물 안에서 희미하게 쿵 울려 퍼지는 소리를 듣는다. 그는 이 소리를 찾아내기 위해 보청기를 들지만 여전히 무슨 소리인지, 어디서 나는지 알 수가 없다.

*

그녀는 그의 침대 옆 작은 탁자 위에 놓인 공책을 집어
든다. 그가 화염 속에서도 가지고 나왔던 책, 헤로도토스의
『역사』 필사본이다. 그 위에 그는 다른 책의 페이지를 잘라
붙이기도 했고 자신의 관찰을 적어놓기도 했다. 이 책장들은
모두 헤로도토스의 글 안에 오붓이 들어 있다.

그녀는 그가 작게 흘려 쓴 글씨를 읽기 시작한다.

모로코 남부에는 아제지라고 하는 회오리바람이 있는
데, 펠루힌(이집트와 시리아 등 북부 아프리카에 거주하는 토
착 농민들을 일컫는 표현-옮긴이)들은 이에 칼로 맞선다.
간혹 로마까지 닿는 아프리코도 있다. 알름은 유고슬라
비아에서 불어오는 가을바람이다. 아레프, 혹은 리피라
고도 하는 아리피는 불타게 달려 수많은 사람들의 입
에 오르내린다. 이들은 현재형으로 존재하며 영원히 사
라지지 않을 바람들이다.

그 외, 풍향이 변하며 드문드문 불어오는 바람들이 있
다. 말과 그 말을 탄 사람들을 넘어트리고 시계 반대 방
향으로 돌게 하는 바람들이다. 비스트 로즈는 170일 동

안 아프가니스탄을 뛰놀며 마을들을 묻어버린다. 뜨겁고 건조한 기블리는 튀니지에서 불어오는데, 굽이치듯 불어와 불안한 상황을 만든다. 그리고 또 하부브라고 수단에서 불어오는 먼지바람은 진노란색 벽같이 보일 정도로 높이가 천 미터나 되고 이후에는 비가 따라온다. 하르마탄은 계속 불다가 마침내는 대서양으로 빠져든다. 임바트는 바다에서 북아프리카로 들어오는 산들바람이다. 그저 하늘을 향해 조용히 한숨짓는 바람들도 있다. 추위와 함께 불어오는 한밤의 먼지폭풍. 3월부터 5월까지 이집트에 부는 먼지바람인 크함신은 쉰 날 동안 불어온다고 '50'에 해당하는 아랍어를 따서 이름 지어졌는데, 이집트에서는 제9의 역병으로 여겨진다. 지브롤터 해협에서 생겨난 다투에는 향기가 깃들어 있다.

또한 _____가 있다. 사막의 비밀 바람. 그 속에서 아들을 여읜 왕이 그 이름을 지웠다고 한다. 그리고 아라비아 반도에서 부는 돌풍인 나프하트. 격렬하고 차가운 남서풍 메자르-이풀루센은 베르베르인들에게는 '가금들을 낚아채간다'고 알려져 있다. 검고 건조한 베샤바르는 코카서스 산에서 생겨난 '흑풍'이다. 터키에서 불어오는 사미엘은 '독약 바람'이라고 하여 종종 전투에 쓰인다. 다른 '독 바람'인 시뭄은 북아프리카에서 일어나고, 먼지를 일으켜 드물게 나는 꽃잎조차 분분히 떨어뜨리는 솔라노는 어지럼증을 일으킨다.

그 외, 내밀한 바람들도 있다.

홍수처럼 땅을 따라 여행하는 바람. 페인트를 벗겨 내고 전신주를 넘어뜨리며 돌과 석상의 머리들을 저 멀리 보내는 바람. 하르마탄은 불처럼, 밀가루처럼 붉은 먼지를 잔뜩 일으키며 사하라를 건너고 총의 발사 장치로 들어가 굳어버린다. 선원들은 이 붉은 바람을 '암흑의 바다'라고 부른다. 사하라에서 일어나는 붉은 모래 안개는 콘월이나 데번처럼 저 먼 북쪽까지 가서야 잦아들고, 도중에 피로 오인할 정도로 어마어마한 진흙 소나기를 내린다. "1901년 포르투갈과 스페인에는 널리 피의 비가 내렸다고 한다."

공기 중에 수백만 톤의 먼지가 항상 있는 것처럼 땅에도 수백만 리터의 공기가 있고, 흙 속에는 흙 위에서 풀을 뜯어 먹으며 사는 동물보다 훨씬 더 많은 생명체들이 산다(벌레, 딱정벌레, 지하 생물체). 헤로도토스는 사뭄에 갇혀 다시 볼 수 없었던 여러 군대의 죽음을 기록하고 있다. 어떤 나라는 이 사악한 바람에 너무도 분노해서 전쟁을 선포하고 군장을 완벽히 갖춘 채 그 속으로 행진해 갔지만 곧 완전히 파묻혀버리는 비운을 겪었다.

먼지바람은 세 가지 형태가 있다. 회오리, 기둥, 시트. 첫 번째 형태에서는 지평선이 보이지 않는다. 두 번째에서는 '왈츠를 추는 정령들'에 둘러싸여 있게 된다. 세 번째 시트는 '구릿빛이 돈다. 자연에 불이 붙은 것 같다.'

그녀는 책에서 고개를 들고 자신을 바라보는 그의 눈을 본다. 그는 어둠 건너편을 향해 이야기하기 시작한다.

베두인들이 나를 살려놓은 건 이유가 있었어요. 나는 쓸모가 있었죠. 그들은 나에게 기술이 있을 거라고 추측했었던 거죠. 나는 지도에서 대략적인 형태만 보고 이름 없는 마을을 알아볼 수 있어요. 나는 항상 내 안에 바다와 같은 정보를 가지고 있었어요. 나는 만약 다른 사람의 집에 혼자 남겨지면 책장으로 가서 책을 한 권 꺼내 들이마실 사람입니다. 그렇게 역사가 내 안으로 들어오지요. 나는 해상(海床)의 지도들을 알고 순상지 안 취약점들을 묘사한 지도들과 십자군들이 지났던 여러 통행로를 그려놓은 가죽 위의 지형도들을 알았습니다.

그래서 나는 그들 사이에 추락하기 전에 그들이 사는 곳을 알고 있었어요. 알렉산더 대왕이 이전 시대에 대의명분 때문이든 다른 탐욕 때문이든 횡단했던 때를 알았죠. 나는 비단이나 우물에 푹 빠진 유목민들의 관심사를 알았어요. 어떤 부족은 골짜기 바닥 전체를 까맣게 물들여서 대류현상을 촉진시켜 비가 올 가능성을 높이려 했지요. 또 그들은 구름 한가운데를 뚫을 만큼 높은 건물도 지었어요. 어떤 부족들은 바람이 불기 시작하면 두 손바닥을 들어요. 적시에 이렇게 하면 폭풍우의 방향을 돌려 사막의 인접 영역, 덜 총애받는 다른 부족에게로 보낼 수 있다고 믿는 사람들이죠. 침하는 끊임없이 일어납니다. 부족들은 순식간에 모래에 파묻혀 역사가 되죠.

사막에서는 경계 감각을 잃어버리기 쉽습니다. 내가 하늘에서 벗어나 사막 안으로, 노란 모래 마루 속으로 떨어졌을 때, 내 머릿속엔 줄곧 이 생각뿐이었죠. 뗏목을 만들어야만 해…… 뗏목을 만들어야만 해.

그리고 거기, 건조한 모래 속에 있었지만 나는 물사람들 사이에 떨어졌다는 것을 알았죠.

타실리에서 나는 사하라 사람들이 갈대 보트를 타고 해마를 사냥하던 시절의 바위그림을 보았어요. 와디(비가 올 때만 물이 흐르는 개울, 아랍어로 골짜기라는 뜻임—옮긴이) 수라에서는 헤엄치는 사람들의 그림이 가득 그려진 동굴 벽도 보았죠. 여기에도 과거에 호수가 있었어요. 나는 그 사람들을 위해 호수의 형태를 벽에 그려줄 수도 있었죠. 그들을 6천 년 전의 호수 가장자리로 안내할 수도 있었어요.

뱃사람에게 가장 오래된 돛이 무어냐고 물어보면 누비아의 바위그림에서 볼 수 있는 갈대 쪽배돛대에 매달린 부등변 삼각형을 말해줄 겁니다. 이집트 제1왕조 전의 것이죠. 작살이 여전히 사막에서 발견됩니다. 이전에 물사람들이 있었다는 뜻이에요. 오늘날에도 여전히 카라반들은 강물처럼 보여요. 여전히 오늘날에도 여기서 물은 이방인입니다. 물은 깡통이나 병에 넣어 운반되는 망명자이고 손과 입 사이의 유령이에요.

내가 그들 사이에서 지금 어딘지 모르고 길을 잃었을 때, 필요한 건 오로지 작은 산등성이의 이름, 지역의 관습, 이 역사적 동물의 세포 하나였습니다. 그러면 전 세계의 지도가 제자리로 맞춰지지요.

아프리카의 그런 지역에 대해서 대부분의 사람들이 알고 있는 점은 무엇일까요? 앞뒤로 이동한 나일의 부대들. 1,300킬로미터 가까이 펼쳐져 있는 사막의 전장. 경전차들. 블렌하임 중거리 폭격기. 글래디에이터 복엽 전투기. 8천 명의 사람들. 하지만 적은 누구였죠? 이곳, 시레나이카의 기름진 땅과 엘 아게일라의 소금기 어린 습지의 동맹군은 누구였죠? 유럽 전체가 북아프리카, 시디 레제, 바구오에서 자신들의 전쟁을 하고 있었습니다.

그는 온몸에 두건을 둘러쓰고 들것에 실린 채로 베두인들의 뒤를 따라 닷새 동안 사막을 여행했다. 그동안 그는 기름에 축인 천 속에 누워 있었다. 그때 갑자기 기온이 떨어졌다. 그들은 붉고 높은 벼랑들이 에워싼 협곡으로 들어섰고,

사막에 사는 또 다른 물 부족에 합류했다. 그들은 모래와 돌 위에 흩어져 미끄러지듯 다녔고 푸른색 옷자락은 동물젖의 방울이나 날개처럼 휘날렸다. 그들은 그의 몸을 감아 싸고 있던 부드러운 천을 들어올렸다. 그는 이제 거대한 협곡의 자궁 안에 있었다. 머리 위를 높이 나는 대머리 독수리는 그들이 야영하고 있는 돌 틈 사이로 천 년을 떨어져 날아들어 왔다.

아침이면 그들은 그를 시크(골짜기 사이의 좁다란 수직 통로를 뜻함—옮긴이)의 맨 끝까지 데리고 갔다. 그들은 이제 그의 주변에서 큰 소리로 떠들었다. 방언이 갑작스레 명확해졌다. 그는 묻혀 있는 총 때문에 여기 있는 것이었다.

그는 무언가로 이끌려갔다. 눈가리개를 한 얼굴은 똑바로 앞을 보았고, 손은 1미터 앞으로 뻗었다. 며칠 동안 여행을 한 것은 이 1미터를 가기 위해서였다. 앞으로 몸을 내밀고 목적을 가진 무언가를 만지기 위해서. 그는 손바닥을 펼쳐 위로 한 채 팔을 여전히 들었다. 그는 스텐 총신에 닿았고 그를 잡고 있던 손이 사라졌다. 목소리들이 잠깐 멈추었다. 그는 총의 정체를 파악하기 위해서 거기에 왔다.

"12밀리미터 브레다 기관총. 이탈리아제."

그는 노리쇠를 뒤로 젖히고 손가락을 넣어 총알이 없다는 걸 확인한 뒤 다시 밀어넣고 방아쇠를 당겼다. 팟.

"유명한 총입니다."

그는 웅얼거렸다. 그는 다시 앞으로 끌려갔다.

"프랑스제 7.5밀리미터 샤틀레로. 가벼운 기관총. 1924년."

"독일제 7.9밀리미터 MG 15 공군용."

그들은 그를 총 하나하나로 데리고 갔다. 무기들은 시대
도 가지각색, 제조국도 가지각색이어서 사막의 박물관 같았
다. 그는 개머리판의 굴곡과 탄창을 쓸어보거나 손가락으로
모양을 그려보았다. 그가 총의 이름을 말하면, 또 다른 총으
로 옮겨졌다. 공식적으로 그에게 여덟 개의 무기가 주어졌다.
그는 이름을 큰 소리로 외치고 프랑스어와 그 부족의 고유
방언으로 말해주었다. 하지만 이게 그들에게 무슨 소용이
있을까? 아마도 그들은 이름이 필요한 게 아니라 그가 이 총
이 무언지 알고 있는지를 알고 싶었던 것이리라.

그들은 다시 그의 손목을 잡아 탄약 상자에 쑤셔 넣었
다. 오른쪽에 있는 또 다른 상자에는 총탄이 더 많이 들어
있었다. 이번에는 7밀리미터짜리 총탄이었다. 그리고 또 다
른 총탄도 있었다.

그는 어렸을 때 고모와 함께 살았는데, 고모는 집 앞 잔
디밭에 카드 한 벌을 엎어서 흩어놓고 펠먼식 기억법을 가르
쳤다. 카드를 두 장 뒤집어서 마침내는 모든 짝을 짓는 게임
이었다. 이 게임의 기억은 또 다른 풍경 속에 있었다. 간간이
끊어지는 파편으로 기억되는 연어가 있던 시내나 새소리들

이 있는 풍경. 완전히 이름을 갖춘 세계. 이제 풀을 엮어 만든 가면으로 눈이 가려진 그는 총알을 집어 들었고 그를 데리고 온 사람들에게 이끌려 총에 총알을 집어넣고 노리쇠를 젖힌 후 허공에 대고 쏘았다. 총이 발사되는 소리가 협곡 벽을 미친 듯이 갈랐다. "메아리는 텅 빈 공간 속에서 스스로를 일깨운 목소리의 영혼이기 때문이다."(18세기 영국 시인 크리스토퍼 스마트(1722–1771)의 시, 「Jubilate Agno」에 등장하는 한 구절. 그는 광신적 증상 때문에 정신병원에 갇힌 적이 있었다ㅡ옮긴이) 남들에게는 성격이 음울하며 미쳤다고 여겨진 남자가 어떤 영국 병원에서 이 문장을 썼다. 그리고 이제 이 사막에선 그는 정신도 멀쩡했으며 생각도 맑았다. 그는 카드 두 장을 손쉽게 짝지어서 고모를 향해 환히 웃어 보이던 것처럼 성공적으로 짝을 맞춰 허공에 대고 쏘았다. 점차적으로 그의 주변에 서 있던 보이지 않는 남자들이 매번 총을 쏠 때마다 환호성으로 대답했다. 그가 얼굴을 한쪽으로 돌리자 이번에는 그를 업고 있는 사람이 도로 브레다 총이 있던 자리로 돌아갔다. 그 뒤를 한 남자가 따라 다니며, 총탄 상자와 개머리판에 병렬 코드를 새겼다. 그는 여기서 보람을 느꼈다. 움직임과 고독 후의 환호. 이는 그러한 목적으로 그의 목숨을 구해준 사람들에게 기술로 보답한 대가였다.

그가 그들과 함께 여행할 마을에는 여자들이 없다. 그

의 지식은 유용한 계산기처럼 부족에서 부족으로 전해진다. 8천 명의 개인을 대표하는 부족들이다. 매번 새 부족을 만날 때마다 그는 특정한 관습과 특정한 음악 속으로 들어간다. 눈가리개를 한 채로 그는 음지나 부족이 환희에 차서 부르는 물 찾기 노래나 다히야 춤곡을 듣고, 위급 상황에서 전갈을 보내기 위해서 쓰이는 피리 소리, 마크루나 이중 피리 (하나의 피리는 계속 일별 소리를 낸다) 연주를 만난다. 그다음에는 오현 리라의 영역으로 들어선다. 하나의 마을이나 오아시스는 전주와 간주가 된다. 손뼉을 친다. 응답으로 또 누군가가 춤을 춘다.

그는 땅거미가 내린 후에야 눈가리개를 풀 수 있다. 이때 그를 포획한 이들, 그를 구원해준 이들을 볼 수 있다. 이제 그는 자신이 어디 있는지 안다. 어떤 부족들을 위해서는 그들의 영역을 넘어선 곳의 지도를 그려주고 다른 부족들에게는 총의 구조를 설명한다. 음악가들은 모닥불 건너편에 앉아 있다. 심시미야 리라의 음률이 산들바람을 타고 날아간다. 혹은 음률이 불꽃 너머 그에게로 옮겨온다. 한 소년이 춤을 춘다. 빛 속에 비친 소년은 그가 이제까지 본 가장 멋진 광경이다. 가는 어깨는 파피루스처럼 하얗고, 모닥불에서 퍼져 나온 빛은 그 애의 배에 맺힌 땀방울을 비추며, 목부터 발끝까지 이끼처럼 걸치고 있는 푸른 마 옷자락 사이로 나신이 넌지시 내다보이며 소년은 한 줄기 갈색 빛처럼 보인다.

밤의 사막이 그들을 둘러싸고 폭풍우와 카라반들이 띄엄띄엄 그 위를 가로지른다. 그의 둘레에는 항상 비밀과 위험이 있다. 눈을 가렸을 때 그는 손을 움직이다가 모래에 박힌 양날 면도칼에 베였다. 가끔 그는 이것들이 그저 꿈인지 알 수가 없다. 너무나 깨끗하게 베이는 바람에 고통도 거의 없고 정수리에 (아직도 얼굴은 만질 수 없다) 피를 닦아 자기를 잡고 있는 사람들에게 부상을 알렸다. 그는 완전한 침묵 속에서 여자가 없는 이 마을로 끌려왔고, 한 달 동안이나 달도 보지 못하고 흘러갔다. 이건 마음이 지어낸 것일까? 기름과 펠트와 암흑에 휩싸여 있는 동안 꿈을 꾼 걸까?

그들은 물이 오염된 우물들을 지났다. 확 트인 공간에 숨어 있는 마을이 있기도 하여, 그는 다른 사람들이 모래를 파서 그 밑에 묻힌 방으로 들어가는 동안 기다리기도 하고, 물이 고여 있는 곳을 파내는 동안 기다리기도 했다. 천진무구한 소년의 춤에는 그가 가장 순수한 소리로 기억하고 있는 성가대 소년의 목소리처럼 순수한 아름다움이 깃들어 있다. 가장 맑은 강물, 가장 투명한 심해. 한때 오래된 바다였던 이곳 사막에서. 이곳에서는 아무것도 매여 있지 않고 영원하지 않다. 모든 것이 떠돌다 가버렸다. 소년의 몸을 감싼 마 천의 움직임처럼. 소년은 마치 자기 자신을 끌어안거나 태양이나 자신의 푸른 내세로부터 자신을 해방시키는 것 같다. 소년은 스스로 흥분했고 발기된 성기가 모닥불 빛에 대비되어 보인다.

그때 모래를 덮어 불을 끄자 연기가 그들 주위에서 시들어 간다. 악기 소리는 맥박이나 빗소리처럼 잦아든다. 소년은 사그라지는 불빛 속에서 피리 소리를 재우기 위해 팔을 엇갈린다. 소년은 없고, 떠날 때 발자국 소리도 들리지 않는다. 오로지 빌려온 누더기뿐이다. 남자들 중 한 명이 앞으로 기어가 모래 위에 떨어진 정액을 모은다. 남자는 이것을 총의 쓰임새를 알려준 백인에게 가져가 손 안에 건네준다. 사막에서는 물을 찬양할 수밖에 없다.

그녀는 싱크대를 붙잡고 서서 스투코(손으로 발라 만든 치장 벽토—옮긴이) 벽을 바라본다. 그녀는 거울을 모두 치워 빈방에 쌓아놓았다. 그녀는 싱크대를 붙잡고 머리를 옆으로 움직이며 그림자를 움직인다. 그다음 손을 축이고 물로 머리카락을 빗어 완전히 적신다. 이러면 열이 식고, 밖으로 나갔을 때 기분이 좋다. 산들바람이 그녀의 몸을 스치며 천둥소리를 지운다.

가까운 폐허에서

두 손에 붕대를 감은 남자는 로마에 있는 군사병원에 온 지 넉 달이 좀 넘었을 때 우연히 화상을 입은 남자와 간호사에 대한 이야기를 들었고, 그 간호사의 이름도 들었다. 그는 문간에서 몸을 돌려 방금 지나쳤던 의사들 한 무리에게로 돌아가 간호사가 사는 곳을 알아냈다. 그는 오랫동안 거기서 치료를 받았지만, 다른 사람들은 그를 속을 알 수 없는 사람이라고 여겼다.

그런 그가 그들에게 말을 걸어 간호사의 이름을 묻자 사람들은 깜짝 놀랐다. 그동안 줄곧 그는 입을 열지 않았고 신호나 찡그림, 간혹 웃음으로만 의사를 전달했다. 그는 개인 신상에 대해서는 아무것도 드러내지 않았고 자기 이름도 말하지 않았다. 오로지 자신이 연합군임을 보여주는 군번만 써주었을 뿐이었다.

그의 신분은 이중으로 확인했고 런던에서 보내온 전갈로 확증받았다. 그의 몸 한 부분에는 익히 알려진 흉터가 몰려 있었다. 그래서 의사들은 그에게로 다시 와서 몸에 감긴 붕대를 보고 고개를 끄덕였다. 그는 결국 침묵을 원한 유명 인사였다. 전쟁 영웅.

그렇게 해야 그는 가장 안전하다고 느꼈다. 아무것도 드러내지 않아야. 그들이 다정하게 다가오든 핑계나 칼을 들이대든 간에. 그래서 넉 달이 넘는 기간 동안 그는 한 마디도 하지 않았다. 다른 사람들이 있을 때 그는 커다란 동물이었다. 그가 이끌려 와 손의 고통 때문에 주기적으로 모르핀을 맞는 가까운 폐허에서는. 그는 어둠 속에서 팔걸이의자에 앉아 환자들과 간호사들이 물결처럼 병동과 창고를 넘나드는 것을 바라보았다.

그런데 방금, 복도에서 의사들 무리를 지나칠 때 그는 그 여자의 이름을 들었다. 그는 발걸음을 늦추고 몸을 돌려 그들에게 다가가서 그녀가 일하고 있는 병원이 어딘지 구체적으로 물었다. 의사들은 그 병원이 오래된 수녀원에 있다고 말해주었다. 한때는 독일군이 점령했다가 연합군이 포위한 후에 병원으로 전환된 곳이었다. 피렌체 북쪽 언덕에. 대부분이 폭격으로 찢겨 나간 곳. 불안전한 곳. 단지 임시 야전병원으로 쓰였던 곳. 하지만 그 간호사와 환자는 떠나지 않겠다고 했다.

어째서 두 사람들을 억지로라도 끌어내지 않았지요?

환자가 너무 아파서 움직이면 안 된다고 간호사가 우겼

어요.

물론 우리는 그를 안전하게 옮겨올 수도 있었지요. 하지
만 요새 같은 때에 말싸움할 시간이 어디 있습니까? 그 여자
도 상태가 상당히 좋지 않아요.

다쳤습니까?

아니요. 아마도 부분적인 폭탄 충격 같습니다. 그 여자
를 집으로 돌려보냈어야 했는데. 문제는, 여기에서 전쟁은
끝났다는 거죠. 이제 누구도 억지로 뭘 하게 시킬 수가 없어
요. 환자들은 그냥 병원을 나가버려요. 군대가 집으로 귀환
시키기 전에 무단휴가를 가버립니다.

어느 빌라죠? 그는 물었다.

정원에 유령이 산다고 하는 그 빌라예요. 산 지롤라모.
뭐, 그 여자도 자신만의 유령을 갖고 있는 셈이죠. 화상 환
자. 얼굴은 있지만 알아볼 수가 없어요. 신경은 모두 감각을
잃었어요. 얼굴에 성냥을 그어도 표정이 변하지 않을걸요.
그 얼굴은 잠들어 있어요.

그 사람은 누굽니까? 그는 물었다.

우리는 그 사람 이름을 몰라요.

말을 안 합니까?

의사들은 모두 웃었다. 아니, 말하죠. 항상 말을 해요.
그저 자기가 누군지 모를 뿐이죠.

어디에서 왔습니까?

베두인들이 그를 시와 오아시스로 데리고 왔어요. 그다음에는 피사에 잠깐 있었죠. 그다음에는…… 아마도 아랍인 중 누군가가 그의 이름표를 걸고 있을 겁니다. 팔아버릴 수도 있으니 언젠가는 그 이름표를 도로 찾을 수도 있겠지만 어쩌면 절대 팔지 않을지도 모르죠. 이런 건 영험한 부적으로 여겨지니. 사막에 추락한 조종사들은 모두 군번줄 없이 돌아옵니다. 이제 그는 투스카니의 빌라 하나를 차지했고 여자는 절대 그를 떠나지 않겠죠. 그저 거절하기만 합디다. 연합군은 백 명의 환자를 거기 두고 있었어요. 그 전에는 독일인들이 작은 군대로 차지하고 있던 곳이죠. 최후의 성채. 몇몇 방에는 그림이 그려져 있어요. 방마다 다른 계절이죠. 빌라 바깥은 협곡이에요. 이 모두는 피렌체에서 30여 킬로미터 떨어진 언덕 사이에 있습니다. 물론 통행증이 필요해요. 거기까지 차로 데려다줄 사람을 구할 수 있을지도 모르겠군요. 거긴 아직도 험악해요. 죽은 소 떼들. 반은 총에 맞고 반은 잡아먹힌 말들. 다리에 거꾸로 매달린 사람들. 전쟁의 마지막 죄악이죠. 정말 안전하지 않아요. 공병들이 아직까지 들어가 치우지 않았습니다. 독일인들은 떠날 때 지뢰를 묻고 설치해놓고 퇴각했어요. 병원 자리로는 끔찍한 곳이죠. 시체 냄새가 가장 심합니다. 이 나라를 청소하려면 눈이 펑펑 내려야만 해요. 까마귀도 있어야 하고.

고맙습니다.

그는 병원 밖, 태양 아래로 걸어 나갔다. 마음속에서 유리처럼 펼쳐져 있던 초록색 불빛 방으로부터 몇 달 만에 처음으로 탁 트인 대기 속으로 나간 것이었다. 그는 거기 서서 모든 것들, 모든 이의 욕망을 들이마셨다. 먼저, 그는 생각했다. 고무 밑창 신발이 필요해. 그리고 아이스크림이 있어야겠군.

기차 안에서는 몸이 옆으로 흔들려서 잠을 자기가 어려웠다. 객차 안의 다른 사람들은 담배를 피우고 있었다. 그의 관자놀이가 창틀에 쿵쿵 부딪쳤다. 모든 사람이 검은 옷을 입고 있었고 모두 담배를 물고 있어 객실에 불이 붙은 것처럼 보였다. 그는 기차가 공동묘지를 지날 때마다 주변의 여행객들이 성호를 긋는 것을 보았다. 그 여자도 상태가 상당히 좋지 않아요.

아이스크림은 편도선 때문이었다고 그는 기억했다. 그는 소녀가 편도선 수술을 받으러 갈 때 소녀의 아버지와 함께 따라갔다. 그 애는 다른 애들이 가득한 병동을 한 번 쳐다보더니 들어가지 않겠다고 했다. 언제나 온순하고 상냥한 아이였는데 갑자기 돌처럼 완강하게 거부했다. 당시 상식적으로 뭐라고 하든 간에 누구든 그 애의 목에서 아무것도 떼어낼 수 없었다. 그 애는 '그것이' 어떻게 생겼든 간에 평생 가지고 살아갈 작정이었다.

그는 여전히 편도선이 뭔지 몰랐다.

그들은 내 머리에는 손대지 않았어. 그는 생각했다. 이상한 일이었지. 그들이 다음에 무엇을 할지, 무엇을 잘라낼지 상상하기 시작했을 때가 가장 최악이었다. 그럴 때마다 다음에는 머리일 거라고 생각했다.

천장에서 쥐가 달려가는지 타다닥 소리가 났다.

그는 여행가방을 든 채 복도 끝에 섰다. 그는 가방을 내려놓고 어둠과 그 속에 드문드문 놓인 촛불 웅덩이 너머로 손을 흔들었다. 다가갈 때 따가따각 발소리는 들리지 않았고 마룻바닥에는 소리 하나 들리지 않았다. 그 때문에 그녀는 놀랐지만 익숙하고 안심도 되었다. 그는 소란을 피우지 않고 그녀와 영국인 환자의 내밀한 공간에 접근할 수 있었다.

그가 기다란 복도에 걸린 등불 밑을 지날 때, 등불에 비친 그의 그림자가 앞에 길게 드리웠다. 그녀가 기름 등불의 심지를 돋우자 그녀 주위를 비추는 빛의 지름도 커졌다. 그녀는 책을 무릎 위에 놓고 아주 가만히 앉아 있었고, 그는 그녀에게로 다가와 삼촌처럼 그 옆에 웅크리고 앉았다.

"편도선이 뭔지 말해주렴."

그녀는 그를 빤히 쳐다보았다.

"난 아직도 네가 병원에서 후다닥 뛰어나갔던 때가 기억나는구나. 어른 남자 둘이 뒤쫓아 가는데도."

그녀는 고개를 끄덕였다.

"네 환자는 여기 있니? 내가 들어가도 돼?"

그녀는 고개를 저었다. 그가 다시 말할 때까지 계속 고개만 절레절레 흔들었다.

"그럼 내일 보마. 그저 어디로 가야 되는지만 알려줘. 침대보는 필요 없어. 부엌이 있니? 내가 너를 찾으려고 얼마나 이상한 여행을 했는지 아니?"

그가 복도를 따라 사라져 가자 그녀는 탁자로 돌아가 몸을 바들바들 떨면서 앉았다. 자신을 추스르기 위해서는 이 탁자와, 이 반쯤 읽은 책이 필요했다. 그녀가 아는 남자가 오직 그녀를 만나기 위해 기차를 타서 먼 길을 오고, 마을에서 6킬로미터도 넘는 언덕길을 걸어와서 복도를 따라 이 탁자까지 왔다. 몇 분 후, 그녀는 영국인 환자의 방 안으로 걸어 들어가 선 채로 그를 내려다보았다. 벽에 그려진 이파리 위로 달빛이 어렸다. 이 트롱프 뢰유(눈속임 그림)를 실재처럼 보이게 하는 유일한 빛이었다. 그녀는 그 위의 꽃을 뽑아 자기 옷에 꽂을 수 있을 것도 같았다.

카라바지오라는 이름의 남자는 밤의 소리를 다 들을 수 있도록 방 안의 모든 창문을 연다. 그는 옷을 벗고 손바닥을 목에 대고 부드럽게 문지른 후 정리하지 않은 침대 위에 잠깐 동안 눕는다. 나무들이 속삭이고, 달빛이 부서지며 은색 물고기들이 바깥에 핀 애스터 잎 위에서 통통 튄다.

달은 그의 몸 위에 피부처럼, 물 다발처럼 어린다. 한 시간 후, 그는 빌라의 지붕 위에 있다. 꼭대기 위에서 그는 지붕의 비탈을 따라 폭탄을 맞은 구역을 알아본다. 빌라 옆의 정원과 과수원 8제곱미터가량이 파괴되어 있다. 그는 이탈리아에서 그들이 있는 곳을 굽어본다.

*

아침에 분수대 옆에서 두 사람은 잠깐 이야기를 나눈다.

"이제 너도 이탈리아에 있으니까 베르디에 대해서 공부를 더 하겠구나."

"뭐라고요?"

그녀는 분수대에서 침대보를 빨다 말고 고개를 든다.

그는 기억을 되살려준다.

"언젠가 나한테 베르디를 아주 좋아한다고 말했잖아."

해나는 당황해서 고개를 갸우뚱한다.

카라바지오는 돌아가 처음으로 건물을 바라보고 로지아에서 정원 안을 내려다본다.

"그래, 너 베르디 좋아했잖아. 항상 주제페에 대해서 새로운 사실을 알아 와서 주절주절 쏟아놓는 바람에 우리를 돌게 만들었잖니. 어찌나 대단한 사람인지! 네 말만 들으면 모든 면에서 제일 훌륭한 사람인 게지. 우리는 네 말에 고개를 끄덕일 수밖에 없었어. 잘난 척하는 열여섯 살짜리에게."

"그 여자애가 어떻게 됐는지 궁금하네요."

그녀는 빤 시트를 분수대 가장자리에 펼친다.

"너는 무모한 의지를 가진 사람이었어."

그녀는 자갈 사이로 풀이 돋아난 길을 걸어간다. 그는 그녀의 검은 스타킹을 신은 다리와 얇은 갈색 드레스를 본다. 그녀는 난간 위로 몸을 숙인다.

"내가 여기에 온 게 내 마음 한구석에 있는 베르디에 대한 열정 때문이라는 건 인정해야만 할 것 같아요. 그리고 그땐 아저씨도 아빠도 전쟁에 나가셨지만…… 저 매들을 봐요. 매들은 매일 아침 여기 와요. 그 외에 여기 있는 모든 것들은 파괴되어 산산조각이 났어요. 이 빌라 전체에서 물이 나오는 곳도 이 분수대뿐이에요. 연합군이 떠나면서 수도관을 분해해놓았어요. 그렇게 하면 내가 떠날 줄 알았겠죠."

"너도 떠나야만 해. 군대가 여길 치우게 해야지. 터지지 않은 폭탄들이 여기저기 널려 있는걸."

그녀는 그에게로 다가가 그 입에 손가락을 댄다.

"카라바지오 아저씨를 다시 만나서 참 기뻐요. 다른 사람들은 아니에요. 나를 설득해 여기서 떠나게 하려고 왔단 말은 하지 마세요."

"난 벌리처 오르간이 있는 작은 바를 찾아서 폭탄이 터질 걱정 없이 술이나 한잔하고 싶다. 프랭크 시나트라 노래를 듣자꾸나. 우린 음악이 필요해."

그는 말한다.

"네 환자에게도 좋을 거야."

"그 사람은 아직도 아프리카에 있어요."

그는 그녀가 좀 더 말하기를 기대하며 바라보지만 영국인 환자에 대해서는 더 이상 아무 말이 없다. 그는 웅얼거린다.

"영국 사람들 중에 아프리카를 좋아하는 사람도 있지. 그들의 두뇌 한 부분이 사막을 정확히 반영하고 있다고 해. 그래서 그 사람들은 거기서 외부인이 아닌 거야."

그는 그녀가 머리를 가볍게 끄덕이는 모습을 본다. 머리를 짧게 자른 야윈 얼굴에는 이전 긴 머리에 있었던 가면과 신비가 없다. 무언가 다른 점이 있다고 하면, 그녀는 이 자기만의 우주 안에서 고요해 보인다. 뒤에서 보글보글 솟아나는 분수, 매, 빌라의 무너진 정원.

아마도 이것도 전쟁에서 빠져 나가는 방법이리라, 그는 생각한다. 돌봐야 할 화상 입은 남자, 분수대에서 빨아야 할 침대보, 정원처럼 칠해놓은 방. 이 모든 것이 과거에서 남겨진 캡슐이다. 베르디보다 훨씬 더 이전, 난간이나 창문을 만들려고 했던 메디치 가의 사람들은 15세기에 가장 유명한 건축가를 초청하여 밤에는 그의 앞에서 촛불을 들었다. 그리고 좀 더 만족스러운 전망을 요구했다.

"여기 계실 거면, 좀 더 식량이 필요해요."

그녀는 말했다.

"전 푸성귀를 심었어요. 콩 한 자루도 있고. 하지만 병아
리들이 있어야 해요."

그녀는 카라바지오의 과거 기술을 알고 있지만 입 밖에
내지는 않고 카라바지오를 쳐다본다.

"이제 나는 배짱을 다 잃었다."

그는 말한다.

"그러면 제가 같이 갈게요." 해나는 제안한다. "함께 할 수
있어요. 훔치는 법을 가르쳐주고 어떻게 하는지 보여주세요."

"내 말 모르겠니? 난 배짱을 다 잃었다니까."

"어째서요?"

"잡혔었어. 그 사람들에게 거의 손을 잘릴 뻔했다."

가끔씩 밤에 영국인 환자가 잠에 들거나 한동안 문 밖에
서 혼자 책을 읽은 후에, 해나는 밖으로 나가 카라바지오를
찾는다. 그가 정원에 있는 분수대의 돌 가장자리에 누워 별
을 바라보고 있거나 낮은 테라스 건너편에 있으면 해나가 다
가가기도 한다. 이런 초여름 날씨에는 실내에서 밤을 보내기
가 그에게는 힘들다. 대부분 그는 지붕 위의 부서진 굴뚝 옆
에 있었지만 테라스 건너편에서 그를 찾는 해나의 모습을 보
면 슬그머니 내려온다. 그녀는 그를 어떤 백작의 머리 없는

동상 옆에서 찾는다. 이 동상은 목 밑동만 남았는데 동네 고양이들이 그 위에 즐겨 엄숙히 앉아 있다가 사람이 지나가면 갸르릉댄다. 그는 항상 두 사람 중 상대방을 먼저 찾아낸 쪽이 그녀라고 생각하게 한다. 어둠을 아는 남자, 술 취했을 때면 올빼미 가족이 자기를 키웠다고 말하곤 하는 이 남자를 찾아냈다고.

두 사람은 벼랑 위에 선다. 멀리로는 피렌체와 그곳의 불빛들이 보인다. 가끔 그녀의 눈에 그는 미친 것 같기도 하고, 너무 지나치게 고요해 보이기도 한다. 한낮의 햇빛 아래 선 그의 움직임을 더 잘 알아볼 수가 있다. 붕대를 감은 손 위의 팔이 뻣뻣하고, 그녀가 언덕 저 멀리 무언가를 가리키면 목이 아니라 몸 전체가 돈다는 것을 눈치챈다. 그렇지만 그녀는 이러한 것들을 그에게 말하지는 않는다.

"내 환자는 공작 뼈를 간 게 좋은 치료약이 된다고 생각해요."

그는 고개를 들어 밤하늘을 본다.

"그렇지."

"그럼 아저씬 첩자였어요?"

"꼭 그런 건 아니다."

그는 이제 좀 더 편안하다. 어두운 정원에서는 그녀에게 모습을 감출 수 있다. 환자의 방에서 깜박깜박하는 불빛이 흘러나와 아래를 굽어본다.

"우리는 이따금씩 무언가를 훔치기 위해 보내졌어. 여기서 사는 이탈리아인이자 도둑이었지. 그 사람들은 행운을 믿을 수가 없었고, 나를 이용하겠다고 패를 갈라 싸웠어. 우리 같은 사람이 네다섯 있었지. 나는 한동안 잘 해냈다. 그러다가 우연히 사진이 찍혔어. 상상할 수 있니?

나는 턱시도, 연미복을 입고 어떤 파티 모임에 서류를 훔치기 위해 들어갔다. 정말로 나는 그때도 도둑일 뿐이었어. 대단한 애국자가 아니었지. 대단한 영웅도 아니었고. 그 사람들은 그저 내 기술을 공적으로 이용했을 뿐이야. 그런데 여자들 중 한 명이 카메라를 가지고 와서 독일 장교들의 스냅 사진을 찍었어.

나는 무도장을 가로질러 가다 말고 찍혔지. 걸음을 옮기던 중, 셔터 소리가 나자 나는 그쪽으로 고개를 돌렸어. 너무 갑작스레 미래의 일들이 모두 위험해졌지. 여자는 어느 장군의 여자친구였어.

전쟁 중에 찍힌 모든 사진은 정부 실험실에서 공식적으로 처리되고 게슈타포가 확인해. 그러니 거기에 초청장에도 이름이 없는 내가 있으면 이 필름이 밀라노 연구실에 갔을 때 어떤 공무원이 서류로 만들어놓겠지. 그렇다는 건 어쨌거나 그 필름을 도로 훔쳐 와야 한다는 뜻이었다."

그녀는 영국인 환자를 들여다본다. 자고 있는 그의 몸은 수킬로미터 저 멀리 사막에 있을 것이고, 그를 치료하는 남자는 발바닥을 이어 붙여 우묵한 그릇을 삼고 안에 담은 약에 손가락을 찍어서 몸을 앞으로 숙이고 화상 입은 얼굴에 짙은 고약을 찍어 바르고 있을 것이다. 그녀는 자기 뺨에 얹힌 손의 무게를 상상한다.

그녀는 복도를 따라 내려가 그물침대에 오르기 전, 침대를 한 번 가볍게 흔든다.

잠들기 전 순간에 그녀는 가장 생명력이 넘친다. 부분부분 쪼개진 하루의 일과를 생각해보다, 교과서와 연필을 들고 잠드는 아이처럼 매순간을 침대에 끌고 들어간다. 하루는 이 시간이 되어야 질서를 잡고, 이때는 그녀에게 마치 장부와 같아서, 온몸에 이야기와 상황들이 가득 들어찬다. 가령 카라바지오는 그녀에게 무언가를 주었다. 그의 동기, 하나의 연극, 도둑맞은 이미지.

그는 차를 타고 파티장을 떠난다. 차는 구불구불한 자갈길 위를 덜컹덜컹 구르며 그 지역을 빠져 나간다. 잉크처럼 평온한 여름밤에 자동차 소리가 부릉부릉 울린다. 빌라 코지마 파티에서 남은 저녁 시간 내내, 그는 사진 찍는 사람을 쳐다보며 여자가 자기 방향을 찍기 위해 사진기를 들 때마다 몸을 돌려버렸다. 이제 사진기가 있다는 사실을 알고 있으니 피할 수 있다. 그는 그녀가 대화를 나누는 사람들 범위 안으로 들어간다. 그녀의 이름은 안나이고, 어떤 관리의 정부이며 그 밤에는 이 빌라에 머무르고 그 다음날 아침 투스카니 지방을 지나 북쪽으로 여행할 예정이다. 여자가 죽거나 갑자기 실종된다면 의심만 더 사게 될 것이다. 지금은 조금만 특이한 일이 있어도 조사를 한다.

네 시간 후, 그는 양말 바람으로 풀 위를 뛴다. 달이 칠한 그림자가 그 밑에 꿈틀거린다. 그는 자갈길에 멈춰 서고 모래 위를 천천히 움직인다. 그는 고개를 들어 빌라 코지마, 창에 비친 네모난 달을 바라본다. 전쟁을 겪는 여자들의 궁전.

차의 불빛이, 호스에서 뿜어져 나오는 것처럼 그가 있는 방 안을 밝히고, 그는 다시 한 번 발걸음을 옮기다 말고 그에게 박혀 있는 여자의 눈을 바라본다. 한 남자가 그녀의 금발 머리에 손가락을 파묻고 그녀의 몸 위에서 움직인다. 비록 지금은 그가 벌거벗고 있지만 아까 사람 많은 파티에서 사진을 찍었던 그 남자임을 여자가 알아보았다는 것을 알 수 있다. 우연찮게도 이제 그는 아까와 똑같이 어둠 속에서 그의 몸을 드러내는 불빛에 놀라 반쯤 돌아선 상태다. 자동차 불빛은 방 한구석 위를 훑고 사라져버린다.

그리고 암흑이 찾아온다. 그는 어디로 움직여야 할지도 모르고, 여자가 지금 섹스를 하는 남자에게 방 안에 있는 다른 사람에 대해서 이야기를 할지도 알 수 없다. 벌거벗은 도둑. 벌거벗은 암살자. 그는 침대에 있는 두 사람 쪽으로 가서 두 손으로 목을 부러뜨려야만 할까?

그는 남자의 몸놀림이 계속되는 소리를 듣고 여자의 침묵도 듣는다. 아무런 속삭임이 없다. 그리고 그녀의 생각도, 어둠 속에서 그를 향하고 있는 눈도 들을 수 있다. 아니, 어렴풋이 생각하려 한다는 표현이 옳으리라. 카라바지오는 마음속으로 그녀의 생각을 가늠하려 한다. 솜씨 없는 직공이 반쯤 조립된 자전거를 만지작거리는 것처럼, 여자가 생각을 그러모으고 있음을 암시해주는 외마디 소리에서 그 뜻을 짐작하려 해본다. 말이란 까다로워. 그의 친구가 이렇게 말한 적이 있었다. 바이올린보다 훨씬 더 솜씨가 있어야 하지. 그의 마음은 여자의 금발머리, 거기에 매단 검은 리본을 떠올린다.

그는 차가 시동을 거는 소리를 듣고 또 한 번 환해지리라 각오한다. 어둠 속에서 나타난 얼굴은 그를 향해 꽂힌 화살 같다. 빛은 여자의 얼굴에서 내려가 장군의 몸을 비추고 양탄자 위에 어렸다가 다시 한 번 카라바지오를 건드리며 미끄러져 간다. 그는 더 이상 여자의 얼굴을 볼 수가 없다. 그는 고개를 흔들며 목을 자르는 흉내를 낸다. 그녀가 이해할 수 있도록 카메라를 든다. 그리고 그는 다시 어둠 속으로 숨는다. 그는 이제 그녀가 연인에게 내는 환희의 신음 소리를 듣고, 이것이 동의의 표현임을 안다. 아무런 말도, 어떤 역설의 흔적도 없이 그저 그와의 계약. 일말의 이해. 그래서 그는 이제 좀 더 안전하게 베란다까지 움직여서 밤 속으로 뛰어내릴 수 있다는 것을 안다.

여자의 방을 찾는 일 쪽이 좀 더 어려웠다. 그는 빌라로 들어가 반쯤 불 밝힌 17세기의 벽화가 그려진 복도를 말없이 지나쳤다. 어딘가에는 황금 양복에 달린 어두운 주머니들처럼 침실들이 있다. 보초들을 통과할 수 있는 유일한 방법은 아무것도 모르는 백치처럼 보이는 것뿐이다. 그는 옷을 완전히 벗고 화단에 남겨두었다.

그는 벌거벗은 채로 계단을 올라 보초들이 있는 2층에 이른다. 그는 사적인 부분 같은 건 아랑곳하지 않고 몸을 숙여 얼굴을 엉덩이가 있는 쪽까지 내린다. 그는 이렇게 함으로써 보초들에게 그가 저녁 초대를 받았었다고 은근히 알린다. 알프레스코(야외에서)? 유혹의 아카펠라?

3층에도 긴 복도가 있다. 계단에 보초 한 명이 있고, 20미터 떨어진 맨 끝에 한 명이 있다. 너무 거리가 멀다. 기다란 연극 무대. 카라바지오는 이제 양끝에 선 경비병들의 말 없는 의심과 조소를 받으며 연기를 해야만 한다. 엉덩이와 성기를 흔들며 걷다가 벽화 앞에 멈춰서 풀숲에 있는 당나귀를 들여다본다. 그는 벽에 머리를 기대고 거의 졸다가 다시 걷다가 넘어지고 곧 다시 일어서서 군인처럼 걷는다. 어디 둘지 모르고 움직이는 왼손은 천장에 그려진 케루빔, 그처럼 홀딱 벗은 천사들을 향해 흔든다. 도둑이 보내는 경례, 그의 가면과 목숨을 구원하기 위한 짧은 왈츠이다. 그동안 벽화의 풍경들은 어지러이 그의 옆을 떠돌며 지나간다. 성, 흑백의 대성당, 전쟁 중 이번 화요일에 시성된 성인들. 카라바지오는 자신의 사진을 찾기 위해 야단법석을 피운다.

그는 마치 통행증을 보여주듯 자신의 맨가슴을 툭툭 친다. 성기를 잡고 경비가 삼엄한 방 안으로 들어가기 위한 열쇠처럼 그것을 이용하는 척한다. 그는 웃다가 비틀비틀 물러나며 비참한 실패에 약올라하고 다음 방으로 콧노래를 부르며 들어간다.

그는 창문을 열고 베란다로 나간다. 어둡고 아름다운 밤이다. 오로지 지금만이 안나와 그 장군의 방으로 들어갈 수 있다. 그들 사이에는 향수 냄새만이 떠돈다. 발걸음은 자국도 남기지 않는다. 그림자도 없다. 그는 몇 년 전 누군가의 아이에게 자신의 그림자를 찾는 사람에 대한 이야기를 한 적이 있다. 이제 그는 필름 한 조각에 담긴 자신의 이미지를 찾고 있다.

방에 들어서자 그는 방 안에서 막 성교가 시작되었음을 감지한다. 의자 등받이와 마룻바닥에 던져놓은 여자의 옷가지를 손으로 더듬는다. 남자는 카메라처럼 딱딱한 물건이 있나 더듬어보기 위해 누워서 양탄자 위를 구르며 방의 표면을 훑는다. 그는 조용히 부채 모양으로 구르지만, 아무것도 찾지 못한다. 방 안에는 한 알의 빛조차 없다.

그는 일어서서 팔을 천천히 흔들어 대리석 가슴을 더듬는다.

그의 손은 돌의 손을 따라 움직이다가 —그는 이제 여자의 사고방식을 이해한다— 목줄에 걸려 있는 카메라에 닿는다. 그때 차소리가 들려와 몸을 돌리는 순간, 그는 갑작스레 퍼져 나온 차의 불빛 속에서 여자에게 모습을 보인다.

카라바지오는 건너편에 앉아 그의 눈을 들여다보는 해나를 바라본다. 해나는 그를 읽어내려고, 그의 아내가 이전에 했던 대로 생각의 흐름을 알아내려고 한다. 그는 그녀가 자신의 냄새를 맡고 흔적을 찾아내려고 하는 모습을 본다. 그는 흔적을 묻고 그녀의 시선을 맞받아친다. 그의 눈은 오점이 없고 세상 어떤 강보다도 맑으며 풍경처럼 침범할 수 없다는 사실을 자신도 안다. 사람들은 그 눈을 보고 갈피를 못 잡고, 그는 잘 숨길 수가 있다. 그렇지만 소녀는 그를 의아한 듯이 바라보며 인간이 아닌 소리의 음조나 높이를 들은 강아지처럼 질문하듯 머리를 한쪽으로 갸우뚱 기울이고 있다. 건너편에 앉은 그녀는 어둡고 피처럼 붉은 벽 앞에 있다. 그가 좋아하지 않는 색깔이다. 그 애의 검은 머리와 그 표정, 가는 몸매와 시골의 햇볕을 받아 올리브빛으로 탄 피부가 그의 아내를 닮았다.

이제 그는 아내를 생각하지 않는다. 허나 그저 돌아보기만 해도 아내의 움직임을 하나하나 불러일으킬 수 있고 모든 면을 묘사할 수 있으며, 밤에 그의 가슴에 얹었던 손목의 무게를 기억하고 있다는 것은 안다.

그는 탁자 밑에 손을 내려놓고 소녀가 먹는 모습을 바라본다. 그는 여전히 혼자 먹는 편이 좋지만 항상 식사 시간에는 해나 옆에 앉는다. 허영 때문이야, 그는 생각한다. 인간의 허영. 그녀는 창문 너머로 그가 예배당의 서른여섯 번째 계단에 걸터앉아 손으로 음식을 먹는 모습을 본 적이 있다. 마치 동양 사람처럼 먹는 법을 배운 양, 포크나 나이프는 보이지 않는다. 희끗희끗 돋아난 턱수염, 검은 재킷을 보고 해나는 마침내 그에게서 이탈리아인의 특성을 본다. 그녀는 이 점을 점점 더 많이 인식한다.

그는 갈색과 빨간색이 섞인 벽에 대조되어 보이는 그녀의 검은 부분을 본다. 피부, 짧게 자른 검은 머리. 그는 전쟁 전부터 토론토에서 그녀와 그녀의 아버지를 알고 지냈다. 그때 그는 도둑이자 결혼한 사람이었고 느긋한 자신감으로 자신이 선택한 세계를 스르르 빠져 나갔다. 그는 부자들을 아주 영리하게 잘 속여냈고, 아내 지아네타와 친구의 어린 딸에게는 아주 매력적이었다.

하지만 이제 그들 주변의 세계는 거의 사라졌고 다시 자기 자신들만 남게 되었다. 피렌체에 가까운 이 언덕 마을에서 지낸 이 시기 동안, 비 오는 날은 실내에서 부엌에 있는 부드러운 의자나 침대, 지붕 위에서 백일몽을 꾸며 움직일 생각을 하지 않았고 오로지 해나에게만 관심을 보인다. 해나는 위층에 누워 있는 죽은 남자에게 자신을 묶어놓은 듯 보인다.

식사 시간 동안 그는 소녀 건너편에 앉아 식사하는 모습을 바라본다.

반 년 전, 피사에 있는 산타 키아라 호텔에 있는 기다란 복도 끝에 있는 창문에서 해나는 하얀 사자를 볼 수 있었다. 전장의 꼭대기에 홀로 서 있는 하얀 사자는 주변의 두오모와 캄포산토(이탈리아의 피사에 있는 납골 묘지─옮긴이)의 하얀 대리석 색깔과는 어울렸지만 거칠고 순박해 보이는 모양이 다른 시대의 것 같았다. 마치 받아들여야만 하는 과거로부터의 선물과도 같았다. 하지만 그녀는 이 병원 주변의 사물 중 어떤 것보다도 이 사자를 기꺼이 받아들였다. 한밤이면 창문 너머로, 통행금지로 깜깜한 암흑 속에서 사자가 서 있을 것 같은 곳을 내려다보았고 그러면 새벽 근무를 나온 그녀처럼 사자가 모습을 드러냈다. 그녀는 다섯 시나 다섯 시 반쯤 고개를 들곤 했고 여섯 시가 되면 윤곽이 보이면서 세부적인 모습들이 점점 나타났다. 매일 밤 그녀가 환자들 사이를 왔다 갔다 할 때면 하얀 사자는 경비병이 되어주었다. 폭탄이 쏟아지는 와중에도 군대는 폭탄 충격을 받은 사람처럼 기울어지는 탑의 미친 논리로 이 근사한 유적지 동네의 다른 부분에 신경 쓰느라 사자는 그대로 놔두었다.

그들이 있는 병원 건물은 오래된 수도원 부지에 있었다. 지나치게 세심한 수도사들이 수천 년 동안 다듬어온 정원수들은 더 이상 알아볼 수 있는 동물 형태가 아니었고, 그 시절 동안 간호사들은 환자들이 탄 휠체어를 밀고 사라진 형체들 사이를 거닐었다. 오로지 하얀 돌만이 영구히 남은 듯 보였다.

간호사들 또한 주변에서 죽어가는 사람들 때문에 충격을 받았다. 혹은 편지처럼 아주 작은 물건에도 충격을 받았다. 간호사들은 절단된 팔을 들고 복도를 걸어가거나 샘물처럼 끊임없이 솟아나는 피를 닦아냈다. 그들은 점점 아무것도 믿지 않게, 아무것도 신뢰하지 않게 되었다. 간호사들은 지뢰를 해체하던 사람이 그가 있던 곳이 폭발하는 순간 부서진 것처럼 부서졌다. 해나가 산타 키아라 병원에서 부서졌던 건 한 관리가 백 개나 놓여 있는 침대 사이의 공간을 걸어와서 그녀에게 편지를 건네주었을 때였다. 아버지가 죽었다는 소식을 전하는 편지였다.

하얀 사자.

편지가 오고 얼마 후, 해나는 영국인 환자를 만났다. 타버린 동물처럼 뻣뻣하고 까맣게 되어버린 사람, 그녀에게는 연못 같은 사람. 그리고 지금, 몇 달 후, 그는 빌라 산 지롤라모에서 그녀의 유일한 환자이다. 그들의 전쟁은 끝났지만 다른 사람들이 모두 안전한 피사 병원으로 돌아갈 때 두 사람은 가지 않겠다고 했다. 소렌토나 마리나 디 피사 같은 모든 해변 요새는 이제 집으로 환송되기를 기다리는 북미군과 영국군으로 가득하다. 그렇지만 그녀는 자신의 제복을 빨아 깨끗이 개고는 떠나는 간호사들 편에 돌려보냈다. 모든 데서 전쟁이 끝난 건 아니야. 그녀는 이런 말을 들었다. 전쟁은 끝났어요. 이 전쟁은 끝났어요. 여기 전쟁은. 그녀는 이렇게 하면 탈영이나 비슷하다는 말을 들었다. 이건 탈영이 아니에요. 나는 여기 머무를 거예요. 아직 지뢰를 다 제거하지 않았고 물과 음식이 부족할지도 모른다는 경고를 받았다. 그녀는 위층으로 올라가 화상을 입은 남자, 영국인 환자에게 그녀는 여기 머무를 것이라 말했다.

그는 아무 말 하지 않았다. 머리를 그녀 쪽으로 돌리지도 못했다. 하지만 그의 손가락이 그녀의 하얀 손 안으로 들어왔다. 그녀가 그를 향해 몸을 숙이자 그는 검은 손가락을 그녀의 머리카락 안에 넣었고 손가락 골 사이로 차가운 머리카락을 느꼈다.

몇 살입니까?

스무 살이에요.

옛날에 어떤 공작이 있었어요. 그는 말했다. 그는 죽어 갈 때가 되자 피사의 사탑 절반 정도까지 데려가 달라고 했죠. 중간 높이에서 바깥을 내려다볼 수 있도록.

아빠 친구 한 분은 상하이 댄스를 추다가 죽고 싶다고 하셨어요. 난 그게 뭔지는 모르지만요. 그분도 그때 막 들은 얘기였어요.

아버지는 무얼 하시죠?

아빠…… 아빠 전쟁에 계세요.

당신도 전쟁에 있어요.

그녀는 그에 대해서는 아무것도 모른다. 그를 돌보고 모르핀 주사를 놓아준 지 한 달 남짓 되었어도. 처음 두 사람은 낯을 가렸고 이제 둘 다 혼자라는 사실이 명확해지자 한결 수줍어졌다. 그러다가 어느 순간 갑자기 뛰어넘었다. 환자와 의사, 간호사와 설비, 시트와 수건들이 모두 언덕을 내려가 피렌체로, 그다음은 피사로 이송되었다. 그녀는 코데인 알약과 함께 모르핀을 안전하게 챙겨두었다. 그녀는 사람들이 떠나는 모습, 줄지어 가는 트럭들을 바라보았다. 그녀는 영국인 환자의 창문에서 손을 흔들고 셔터를 내렸다.

빌라 뒤에는 집보다 높이 솟은 바위벽이 있었다. 건물 서쪽에는 가로막힌 긴 정원이 있고 30여 킬로미터 떨어진 곳에 융단처럼 깔린 피렌체 시는 종종 골안개 아래 잠겨 보이지 않았다. 소문에 의하면 이웃에 있는 오래된 메디치 빌라에 사는 장군들 중 하나는 나이팅게일을 잡아먹었다고 했다.

빌라 산 지롤라모는 악마의 육욕에서 거주자들을 보호하기 위해 지어진 곳으로 포위된 요새와 같은 외관이었고, 폭탄 공격 첫날 조각상들 대부분 팔다리가 날아가버렸다. 집과 풍경 사이, 무너진 건물과 불과 폭탄으로 망가진 땅의 잔해 사이에는 거의 구분이 없었다. 해나에게 황폐한 정원들은 또 다른 방들이나 다름없었다. 그녀는 터지지 않은 지뢰가 있음을 명심하며 일할 때는 가장자리를 따라 다녔다. 그녀는 도시에서 자란 사람만이 가질 수 있는 격렬한 정열로 집 옆의 비옥한 땅을 일구었다. 땅이 다 타버렸음에도, 물이 모자람에도. 언젠가 라임나무들이 큰 그늘을 이루고 푸른빛의 방들이 생길 것이었다.

*

카라바지오는 부엌으로 들어가 탁자에 앉아 엎드려 있는 해나를 보았다. 해나의 얼굴도, 몸 밑에 깔린 팔도 보이지 않았다.

오직 벌거벗은 등, 맨어깨만 보일 뿐이었다.

그녀는 잠잠히 있지도, 자고 있지도 않았다. 어깨가 한 번씩 떨릴 때마다 탁자 위에서 머리도 흔들렸다.

카라바지오는 그 자리에 섰다. 우는 일은 다른 어떤 활동보다도 힘을 많이 잃는다. 아직 새벽도 되지 않은 시간이었다. 어두운 탁자 나무에 기댄 그녀의 얼굴.

"해나."

그가 말을 걸자 그녀는 마치 고요함을 위장할 수 있다는 듯 가만히 멈추었다.

"해나."

그녀는 흐느끼기 시작했고 그 소리는 두 사람 사이의 장벽이 되고, 그녀에게 닿을 수 없도록 사이에 흐르는 강물이 되었다.

그는 처음에는 벌거벗은 그녀를 만져도 되는지 잘 알 수가 없어서 "해나"라고 부른 후, 붕대를 감은 손을 어깨에 댔다. 그녀는 계속 몸을 부들부들 떨었다. 세상에서 가장 깊은 슬픔, 그는 생각했다. 살아남을 수 있는 유일한 방법은 모든 것을 다 파헤치는 곳에서 나오는 슬픔.

해나는 여전히 머리를 숙인 채, 마치 탁자의 자석에서 억지로 몸을 떼어내듯이 일어서서 그에게 기대섰다.

"나랑 섹스하려는 생각이라면 만지지 마세요."

스커트 위로 보이는 해나의 피부는 투명했다. 이 부엌 안에서 해나가 입은 옷은 그게 다였다. 마치 침대에서 막 일어나 부분만 옷가지를 걸쳐 입고 나온 듯했다. 부엌문으로 언덕에서 불어오는 차가운 공기가 그녀를 망토처럼 감쌌다.

그녀의 얼굴은 붉게 젖어 있었다.

"해나."

"이해하시겠어요?"

"어째서 그처럼 그 사람을 숭배하는 거니?"

"난 그 사람을 사랑해요."

"그 사람을 사랑하는 게 아냐. 숭배하는 거지."

"가세요, 카라바지오 아저씨. 부탁이에요."

"넌 무슨 영문인지 몰라도 스스로 시체에 매달려 있는 거야."

"그 사람은 성인이에요. 난 그렇게 생각해요. 절망에 빠진 성인. 그런 것들이 있잖아요? 우리는 그들을 보호하기를 바라잖아요."

"그 사람은 상관도 안 해!"

"난 그 사람을 사랑해요."

"스무 살짜리가 유령을 사랑하기 위해 세상에서 떨어져 나오다니!"

카라바지오는 잠깐 말을 멈췄다.

"넌 슬픔으로부터 너 자신을 보호해야 해. 슬픔은 거의 증오에 가까워. 이 말만 하자. 이게 내가 배운 교훈이야. 네가 누군가의 독을 받아들일 때 너는 그걸 나눔으로써 치료할 수 있다고 생각하겠지만 너는 그 대신 독을 네 안에 쌓아놓는 거야. 사막에 있던 사람들은 너보다 훨씬 영리했어. 그들은 그가 유용할지도 모른다고 생각했지. 그래서 구해준 거야. 하지만 그가 더 이상 쓸모가 없자, 그들은 그를 버렸어."

"나를 가만히 놔두세요."

고독할 때, 그녀는 앉아서 과수원의 기다란 풀에 축축이 젖은 발목의 신경을 인식한다. 그녀는 과수원에서 찾아내 드레스의 어두운 면 주머니 속에 넣어 가지고 왔던 자두의 껍질을 벗긴다. 고독할 때, 그녀는 사이프러스 나무 열여덟 그루의 초록 그늘 밑에 난 오래된 길로 무엇이 올까 상상하려 한다.

영국인이 깨면 그녀는 그의 몸 위에 숙이고 자두 3분의 1을 입 안에 넣어준다. 그는 입을 벌리고 턱도 움직이지 않으면서 자두를 물처럼 받아먹는다. 그는 마치 이런 즐거움 때문에 울 것처럼 보인다. 그녀는 자두가 삼켜지는 것을 느낀다.

그는 혀가 닿을 수 없어 똑똑 떨어지는 마지막 과즙을 손을 들어 닦고 손가락을 입에 넣어 빤다. 자두 얘기를 해줄게요, 그가 말한다. 내가 어렸을 때……

*

처음 몇 밤이 지난 후, 대부분의 침대들을 추위를 이기기 위해 연료 삼아 다 태워버린 이후에, 그녀는 죽은 남자의 그물침대를 가져가 쓰기 시작했다. 그녀는 원하는 벽 어디든, 아침에 눈을 뜨고 싶은 방 아무 데나 못을 쾅쾅 박고 모든 쓰레기와 코르다이트 화약, 물이 흥건히 고인 바닥 위를 떠돌아다녔다. 쥐들은 3층에서 내려오기 시작했다. 매일 밤 그녀는 유령처럼 어스레한 카키색 그물침대로 올라갔다. 그녀가 간호하다가 죽은 이, 죽은 병사에게서 가져온 침대였다.

테니스 신발 한 켤레와 그물침대. 이 전쟁에서 그녀가 남에게서 가져온 것들이었다. 그녀는 천장 위 미끄러져 가는 달빛 아래서 깨어났다. 평소에 입는 드레스는 문 옆 못 위에 걸어두고 항상 입고 자는 오래된 셔츠 차림이었다. 이제 좀 더 후끈했기 때문에 이런 식으로 잘 수 있었다. 이전에 추웠을 때는 물건들을 태워야만 했다.

그물침대와 신발과 드레스. 그녀는 자신이 지은 이 축소형의 세계 속에서 안전했다. 다른 두 남자는 저 먼 행성 위, 각자의 기억과 고독의 영역 속에 있는 듯했다. 그녀의 아버지가 캐나다에서 사귀었던 친구 무리 중 하나였던 카라바지오는, 그 당시 가만히 있으면서도 동시에 난봉을 피울 수 있었고 줄줄이 다가오는 여자들에게 홀딱 빠져 있었다. 이제 그는 자신의 어둠 속에 누웠다. 과거에 그는 신뢰할 수 없는 남자들과는 같이 일하기를 거부하는 도둑이었고, 남자들하고도 이야기를 나눴지만 여자들과 이야기하기를 더 좋아했으며, 여자들과 이야기하면 꼭 관계의 그물에 걸려버리고 말았다. 그녀가 아침 이른 시간에 집 안을 살금살금 다닐 때면 그가 직업적이든 개인적이든 벌이는 도둑 일에 지쳐서 아버지의 팔걸이의자에 앉아 잠이 든 모습을 종종 보곤 했다.

그녀는 카라바지오에 대해 생각했다. 어떤 사람들은 이런저런 식으로든 안아줘야만 하고, 근육까지 파고들어야 하고, 그들 옆에서는 항상 제정신으로 남아 있어야만 한다. 그들 사이에 낄 수 있도록, 물에 빠지는 사람처럼 그들의 머리카락을 잡아 꼭 붙들어야만 했다. 그렇지 않으면 그들은 길에서 이쪽을 향해 아무렇지도 않게 걸어왔다가 손을 흔든다 싶더니 벽을 훌쩍 뛰어 넘어 몇 달 동안이나 사라져버린다. 카라바지오는 삼촌 같은 사람이었지만 줄곧 실종자였다.

카라바지오는 단순히 그의 팔, 날개 안에 넣어주는 것만으로도 심란하게 만드는 사람이었다. 그와 함께 있으면 그의 성격 안에 감싸였다. 그렇지만 이제는 그도 그녀처럼 커다란 집 안의 변경에서 어둠 속에 누워 있었다. 그렇게 거기에 카라바지오가 있었다. 그리고 버려진 영국인이 있었다.

전쟁 내내 가장 상처가 심한 환자들 옆에서 그녀는 간호사로서 자신의 역할 안에 숨겨진 냉정함을 유지함으로써 살아날 수 있었다. 나는 이 전쟁에서 살아남을 거야. 나는 이에 무너지지 않을 거야. 전쟁 내내, 그들이 천천히 통과했던 여러 마을을 거치는 동안, 이 문장들이 마음속에 묻혀 있었다. 우르비노, 앙기아리, 몬테르키. 피렌체에 입성하고, 더 나아가 마침내는 피사 근처의 다른 바다에 다다를 때까지.

피사 병원에서 그녀는 처음으로 영국인 환자를 만났다.

얼굴이 없는 남자. 흑단같이 검은 웅덩이. 불 속에서 신분을 알려줄 모든 특징이 전소되었다. 타버린 몸과 얼굴의 일부분에는 타닌산을 도포했고, 이것이 굳으면서 생살 위에 보호막을 형성했다. 눈 주변은 겐티아나 바이올렛을 두껍게 발랐다. 신분을 파악할 수 있는 점은 아무것도 없었다.

이따금 그녀는 담요 여러 장을 모아 덮고 누워서는, 담요의 따뜻함보다는 무게를 즐긴다. 달빛이 천장 위를 미끄러지며 잠에서 깨우면, 그물침대 위에 누운 채로 마음이 스케이트 타듯 지난다. 그녀는 잠과 반대되는 쉼이 진정으로 즐거운 상태임을 깨닫는다. 만약 작가라면 연필과 공책, 가장 좋아하는 고양이를 데리고 침대에서 글을 썼을 것이다. 낯선 이들과 연인들은 닫힌 문을 넘어설 수가 없다.

쉰다는 것은 세상의 모든 면을 판단 없이 받아들인다는 것이다. 바다에서의 목욕, 내 이름도 알지 못했던 군인과의 섹스. 내 자신을 향한 다정함이기도 했던, 알 수 없고 이름도 모를 사람들을 향한 다정함.

그녀의 다리는 군용 담요의 무게 아래 움직인다. 그녀는 영국인 환자가 천으로 만든 태반에서 꿈틀대듯이 모직 담요 속에서 헤엄친다.

그녀가 여기서 그리워하는 것은 느리게 다가오는 새벽빛, 익숙한 나무들의 소리이다. 토론토에서 보냈던 어린 시절을 통해 그녀는 여름밤을 읽는 법을 배웠다. 침대에 누워 있다가 팔에 고양이를 안고 반쯤 잠에 든 채로 화재 비상구로 걸어 나오면서 오롯한 자기 자신이 될 수 있는 시간이었다.

어린 시절 그녀의 교실은 카라바지오였다. 그는 그녀에게 공중제비를 가르쳤다. 이제 그는 두 손을 항상 주머니에 넣고 다니며 어깨로만 몸짓한다. 전쟁으로 그가 어느 나라에 살게 될지 누가 알았을까. 그녀 자신은 여자 대학 병원에서 훈련받았고, 그 이후 시칠리아 침공 때 해외로 보내졌다. 1943년의 일이었다. 제1 캐나다 보병 사단이 이탈리아로 진주했고 훼손된 시체는 어둠 속에서 굴을 파는 사람들이 진흙을 뒤로 전달하듯 야전병원으로 도로 보내졌다. 부대가 집중 포화를 맞아 처음 패주한 아레조 전투 후에, 그녀는 낮이고 밤이고 주위의 부상자들을 간호했다. 휴식 없이 사흘 꼬박 일한 후에, 그녀는 마침내 누군가 죽어 있는 매트리스 옆의 바닥에 누워 주변 세계에 아랑곳하지 않고 열두 시간 동안 잤다.

잠에서 깼을 때, 그녀는 가위 하나를 도자기 사발에서 꺼내 들고 몸을 앞으로 숙인 후, 머리카락을 잘랐다. 모양이나 길이는 상관하지 않고 아무렇게나 잘라버렸다. 이전 며칠 동안 머리카락 때문에 귀찮았던 기억이 아직도 마음에 남아 있었다. 몸을 앞으로 숙일 때마다 머리카락이 상처에서 흘러나온 피에 닿았다. 그녀는 죽음과 관련된, 죽음에 가둬놓을 그 무엇도 지니고 싶지 않았다. 그녀는 더 이상의 숱이 남아 있지 않다는 것을 확인하기 위해서 남아 있는 머리카락을 손에 쥐고 몸을 돌려 부상자들로 가득한 병실들을 마주보았다.

그녀는 결코 다시 거울에 자기 모습을 비춰보지 않았다. 전쟁이 점점 음울해지자 그녀는 이전에 알았던 사람들이 죽었다는 소식을 받았다. 환자의 얼굴에서 피를 닦아보니, 아버지거나 댄포스 가의 식당에서 음식을 건네주었던 사람을 만나는 날이 올까 두려웠다. 그녀는 점점 자신과 환자들에게 엄격해졌다. 이성만이 그들을 유일하게 구할 수 있는데 전쟁에는 이성이 없었다. 나라 전체에서 피의 측정계의 수치가 올랐다. 그녀의 마음속에서 이제 토론토는 어디고 무엇이었는가? 이것은 서로가 서로를 배신하는 오페라였다. 사람들은 주변 사람들에게 냉혹해졌다. 군인들, 의사들, 간호사들, 민간인들. 해나는 군인들에게 속삭이며 돌보는 부상자들에게 좀 더 가까이 몸을 숙였다.

그녀는 모든 이를 "친구"라고 부르며 이런 가사가 있는 노래를 비웃었다.

> 프랭클린 D.를 볼 기회가 있을 때마다 그는 언제나 내게
> "안녕, 친구"라고 말했지.
> (프랭크 시나트라, 〈I Can't Get Started〉 중에서—옮긴이)

그녀는 계속 피가 솟아나는 팔을 솜으로 닦았다. 유산탄 파편을 너무 많이 제거해서, 군대가 북쪽으로 이동하는 동안 돌보았던 인간의 거대한 몸에서 1톤은 되는 금속을 수송하는 듯한 기분이 들었다. 한 환자가 죽던 어느 날 밤, 그녀는 모든 규칙을 무시하고 그가 배낭에 넣어 가지고 다니던 테니스 신발을 꺼내 신었다. 그녀에게는 약간 컸지만, 편안했다.

그녀의 얼굴은 더 거칠어지고 말랐다. 카라바지오가 나중에 보게 되는 것이 이 얼굴이다. 그녀는 대체로 피로 때문에 야위었다. 항상 배가 고팠고, 자신이 간절히 삼키고 싶은 빵이 부서져 떨어지고 수프가 식는데도 먹을 수 없거나 먹으려 하지 않는 환자들을 먹이는 게 화가 날 정도로 피곤했다. 그녀는 이국적인 음식은 원하지 않았다. 그저 빵과 고기면 족했다. 어느 마을에는 병원 옆에 빵을 굽는 구역이 붙어 있었는데, 휴식 시간이면 제빵사들 사이를 돌아다니며 먼지와 음식의 기미를 들이마셨다. 후에, 로마 동쪽에 주둔했을 때는, 누군가 그녀에게 선물로 돼지감자를 주었다.

군대가 북쪽으로 이동하는 동안, 공회당이나 수도원, 부상자들이 주둔할 수 있는 어디든 머무르며 잠잘 때면 이상한 기분이 들었다. 누군가 죽으면 작은 마분지 깃발을 침대 발치에서 떼어내 멀리서도 조무사들이 알아볼 수 있도록 했다. 그런 후, 그녀는 굵은 돌로 지어진 건물을 떠나 봄이건, 겨울이건, 여름이건 할 것 없이 밖을 거닐었다. 계절은 전쟁

동안 늙은 신사처럼 고색창연하게 앉아 있었다. 그녀는 날씨
에 아랑곳하지 않고 밖으로 나섰다. 인간의 냄새가 배어 있
지 않은 공기를 원했고, 폭풍우와 함께 오더라도 달빛을 보
고 싶었다.

안녕, 친구. 잘 가요, 친구. 간호는 짧았다. 오직 죽기 전
까지만 계약되어 있을 뿐이었다. 그녀의 정신이나 과거에 있
던 어떤 것도 그녀에게 간호사가 되라고 가르치지 않았다. 하
지만 머리를 자른 것은 계약이었고, 이 계약은 피렌체 북쪽
의 빌라 산 지롤라모에서 묵을 때까지 지속되었다. 여기에선
간호사가 네 명 더 있었고, 의사 둘과 백 명의 환자가 있었다.
이탈리아의 전쟁은 북쪽 멀리로 옮겨갔고, 그들은 뒤에 남겨
졌다.

그 후, 일부 지역에서의 승리를 축하하는 동안, 이 언덕
마을에서 약간 슬퍼진 그녀는 자신은 피렌체나 로마, 어떤
다른 병원으로도 가지 않겠다고 말했다. 그녀의 전쟁은 끝났
다고. 그녀는 사람들이 "영국인 환자"라고 부르는 화상 환자
와 남겠다고 했다. 그는 팔다리가 연약해서 옮길 수 없을 게
뻔했다. 그녀는 그의 눈 위에 벨라도나 제를 발라주고 켈로
이드 피부와 광범위한 화상 치료를 위해 식염수 목욕을 시켜
주었다. 그녀는 병원이 안전하지 않다는 말을 들었다. 몇 달
동안 독일군의 방어기지로 쓰였던 수도원은 연합군이 뿌린
폭탄을 맞았다고. 그녀를 위해 아무것도 남겨놓지 않을 것이

며, 산적들로부터 안전도 보장할 수 없다고. 하지만 그녀는 그래도 떠나기를 거부했고, 간호사 제복을 벗고 몇 달 동안이나 가지고 다녔던 갈색 나염 드레스를 꺼내 테니스 신발과 신었다. 그녀는 전쟁에서 걸어 나갔다. 그녀는 이제까지 남들의 욕망에 따라 왔다 갔다 했다. 수녀들이 다시 찾으러 올 때까지 그녀는 영국인과 이 빌라에 남아 있을 것이었다. 그에게는 그녀가 배우고 싶고, 그 속으로 들어가고 싶고, 그 속에 숨고 싶은 점이 있었다. 그 안에서 그녀는 어른이 되지 않고 돌아설 수 있었다. 그가 그녀에게 말하는 방식과 생각하는 방식에는 어떤 왈츠 같은 음조가 있었다. 그녀는 그를 구하고 싶었다. 북부가 침공당하던 당시, 이백 명 부상자 중 한 명으로 그녀에게 맡겨졌던, 이 이름도 없고 얼굴도 없는 남자를.

나염 드레스를 입은 그녀는 축하하는 무리들을 떠났다. 그녀는 다른 간호사들과 같이 쓰는 방 안으로 들어가서 앉았다. 앉을 때 뭔가 눈앞에 반짝거렸다. 눈길을 끈 건 작은 둥근 거울이었다. 그녀는 천천히 일어서서 거울로 다가갔다. 아주 작았지만, 그만 해도 사치품처럼 보였다. 그녀는 일 년 동안이나 거울에 자기 모습을 비춰보지 않았고 간혹 벽에 어린 자신의 그림자만 보았을 뿐이었다. 거울에는 뺨밖에 비치지 않아, 팔을 뻗어 거울을 멀리 놓아야만 했다. 손이 떨렸다. 그녀는 잠금쇠가 달린 브로치처럼 보이는 자신의 작은

초상을 바라보았다. 그녀. 창문 너머로 의자에 앉아 햇볕을
쬐는 환자들이 직원들과 함께 웃고 환호하는 소리가 들려왔
다. 부상이 중한 환자들만 실내에 있을 뿐이었다. 그녀는 그
모습에 웃었다. 안녕, 친구. 그녀는 인사했다. 자기 자신을 알
아보려고 하며, 자신의 모습을 들여다보았다.

*

해나와 카라바지오가 정원을 걸을 때 두 사람 사이에 어
둠이 깔린다. 이제 그는 익숙하고 느린 어투로 이야기하기
시작한다.

"댄포스 가에서 누군가의 생일 파티를 늦게까지 열었지.
나이트 크롤러 식당이었어. 기억하니, 해나? 모두 다 일어서
서 노래를 불러야 했지. 네 아버지, 나, 지아네타, 친구들. 너
도 노래하고 싶다고 하더구나. 처음 있는 일이었어. 그때 넌
아직 학교 다닐 때였고 불어 수업에서 그 노래를 배웠지.

너는 의자에 올라가더니 한 단 더 올라 접시와 타오르는
촛불이 놓여 있는 나무 탁자 위에 서서 격식을 차려 불렀어.

'알론손 폰(Alonson Fon)!'(지금 여기서 해나가 부르는 노
래는 프랑스의 국가 〈라 마르세예즈〉인데, 첫 두 단어가 'Allons
Enfants'으로 시작한다. 해나가 어릴 때 발음만 흉내 내서 부른 것
이다—옮긴이)

너는 왼손을 가슴에 대고 큰 소리로 노래를 불렀지. 알론손 폰! 거기 있던 사람들 중 반이 네가 무슨 노래를 불렀는지 몰랐고, 아마 너도 정확한 단어가 뭔지는 몰랐겠지만, 그 노래가 무엇에 대한 것인지는 알았지.

창문 너머로 들어오는 산들바람에 네 치맛자락이 날렸고, 그 바람에 거의 촛불이 붙을 뻔했지. 네 발목은 바의 불빛에 비쳐 하얘 보였어. 네 아버지는 너를 올려다보고 있었다. 이 새로운 언어와 그처럼 명확하게 틀린 데 없이 머뭇대지 않고 쏟아져 나오는 대의명분, 네 치마에 닿을락말락하는 촛불에 경이로워하며. 우리는 마지막에는 모두 일어섰고, 너는 탁자에서 걸어 내려와 네 아버지 팔에 안기더구나."

"아저씨 손에 감긴 붕대를 풀어드릴게요. 아시겠지만 전 간호사잖아요."

"붕대가 편해. 장갑처럼."

"어쩌다 그렇게 됐어요?"

"어떤 여자의 창문에서 뛰어내리다 잡혔다. 내가 말한 여자, 사진을 찍었다고 한 여자야. 그 여자 잘못은 아니었어."

그녀는 그의 팔을 잡고 근육을 주무른다.

"제가 봐드릴게요."

그녀는 붕대 감은 손을 외투 주머니에서 꺼낸다. 낮에 보았을 때는 회색이었지만, 이 빛에서 보니 거의 형광처럼 빛을 발한다.

그녀가 붕대를 풀자, 그가 뒷걸음질 친다. 그가 다 놓여날 때까지 마술사처럼 하얀 붕대가 팔에서 줄줄 풀려난다. 그녀는 어린 시절의 삼촌을 향해 걸어간다. 그녀의 눈과 마주친 그의 눈에는 이 일을 미루고 싶다는 희망이 어려 있다. 그래서 그녀는 오로지 그의 눈만 바라본다.

그는 두 손을 인간 대접처럼 맞잡는다. 그녀는 그의 두 손을 잡고서는, 얼굴을 그의 뺨까지 들었다가 그의 목에 기댄다. 그녀가 잡은 손은 굳건하고 치유되어 있다.

"나는 그들이 내게 무엇을 남겨놓을지 협상을 해야 했어."

"어떻게 그렇게 하셨어요?"

"내가 과거에 가졌던 모든 기술을 이용해서."

"아, 기억나요. 아니 움직이지 마세요. 내게서 물러나지 마세요."

"지금은 이상한 시기구나. 전쟁의 끝."

"그래요. 적응 기간이에요."

"그래."

그는 초승달이 뜨듯 두 손을 올린다.

"그자들이 양손 엄지손가락을 잘랐어, 해나. 보렴."

그는 그녀 앞으로 손을 내민다. 그녀가 힐끔 쳐다보기만 하던 것을 직접적으로 보여준다. 그는 아무런 속임수가 없다는 걸 보여주려는 듯 손을 뒤집는다. 아가미처럼 보이는 곳이 손가락이 잘려 나간 부분이다. 그는 손을 그녀의 블라우스를 향해 뻗는다.

그가 두 손가락으로 블라우스를 잡아 부드럽게 자기 쪽으로 끌어당기자, 그녀의 어깨 아래 부분을 덮고 있던 천이 들리는 것을 느낄 수 있었다.

"이런, 면 감촉이 나는구나."

"어렸을 때, 난 아저씨를 항상 스칼렛 핌퍼넬(20세기 초 오르치 백작부인이 만든 가상의 인물로, 프랑스 대혁명 당시 귀족의 편에 서서 그들을 구했다는 스파이다―옮긴이)이라고 생각했었어요. 아저씨와 함께 한밤에 지붕 위에 올라가는 꿈을 꾸었죠. 아저씨는 주머니에 차가운 음식과 필통, 포레스트 힐 어딘가의 피아노에서 가져온 악보를 넣어와 내게 주었죠."

그녀는 어둠에 가린 그의 얼굴을 향해 말한다. 나뭇잎 그림자가 그의 입가에 어려 부잣집 마나님의 레이스 옷깃 같은 무늬를 드리운다.

"아저씬 여자를 좋아했죠? 여자들을 좋아했잖아요."

"난 지금도 좋아해. 어째서 과거형으로 말하는 거냐?"

"지금은 중요하지 않은 것처럼 보여요. 전쟁이며 이런저런 일들이 있으니까."

그가 고개를 끄덕이자 나뭇잎 무늬가 얼굴에서 굴러 떨어진다.

"아저씨는 오직 밤에만, 가로등 하나에만 의지해서 그림을 그리는 화가 같았어요. 발목에 오래된 커피 깡통을 붙들어 매고 전등이 달린 헬멧으로 풀숲을 비추면서 벌레를 잡는 사람 같기도 했어요. 도시 공원 곳곳에 그런 사람들이 있었죠. 아저씨가 저를 그런 데 데려가줬죠. 벌레를 파는 카페에. 마치 주식 거래 같다고 했어요. 벌레 가격이 오 센트, 십 센트, 계속 올랐다 떨어졌다 한다고. 사람들은 망하거나 큰돈을 벌거나 한다고. 기억나세요?"

"그래."

"저와 같이 들어가요. 추워요."

"위대한 소매치기들은 태어날 때부터 두 번째 손가락과 세 번째 손가락 길이가 거의 같아. 그러면 주머니 깊숙이까지 손을 넣을 필요가 없지. 기껏 1센티미터만 넣으면 되는 거야!"

두 사람은 집 쪽을 향해 나무 아래를 걷는다.

"아저씨를 누가 이랬어요?"

"그자들은 그 일을 할 여자를 하나 찾아냈지. 그게 더 혹독할 거라고 생각한 모양이야. 간호사 한 명을 데리고 왔더구나. 내 손목은 수갑을 채워서 탁자 다리에 매달았어. 내 엄지손가락을 잘랐을 때, 손이 아무런 힘도 없이 스르르 빠지더구나. 무슨 꿈속의 소원처럼. 하지만 여자를 불러온 남자, 그 사람이 진짜 책임자야. 그 사람이 바로 나를 이렇게 한 사람이지. 라누치오 토마소니. 여자는 무고해. 나에 대해

서 아무것도 모르고. 내 이름이나 국적, 내가 무슨 일을 했
는지도."

두 사람이 집 안으로 들어갔을 때 영국인 환자가 소리를
지르고 있었다. 해나는 카라바지오를 놓았고 그는 그녀가 이
층으로 올라가는 모습을 보았다. 그녀가 계단을 올라 난간
저 너머로 돌아갈 때 테니스 신발이 반짝였다.

목소리가 복도에 가득 울려 퍼졌다. 카라바지오는 부엌
으로 들어가 빵 한 조각을 찢어서 해나를 따라 계단 위로 올
라갔다. 그가 방으로 걸어가는 동안, 고함소리는 점점 광적
이 되었다. 그가 침실로 들어섰을 때, 영국인 환자는 개 한
마리를 쳐다보고 있었다. 개는 마치 비명 소리에 어안이 벙
벙한 듯 머리를 뒤로 젖히고 있었다. 해나는 카라바지오를
돌아보고 생긋 웃었다.

"몇 년 동안이나 개를 못 봤어요. 전쟁 내내 개라고는 한
마리도 못 봤는데."

해나는 웅크리더니 이 동물을 안고서는 털의 냄새와 그
안에 밴 언덕 풀 향기를 맡았다. 그녀는 개를 카라바지오 쪽
으로 밀어 보냈고 카라바지오는 개에게 빵 끄트머리를 내밀
었다. 영국인은 그때서야 카라바지오를 보고 입을 떡 벌렸
다. 그에게는 개가 ―해나의 등에 가려서― 남자로 변한 것처
럼 보였던 모양이었다. 카라바지오는 개를 팔에 안고 방을 떠

났다.

나는 계속 생각했어요. 영국인 환자가 말했다. 이 방은 폴리치아노(안젤로 암브로기니, 1454-1494, 일명 안젤로 폴리치아노라는 이름으로도 알려져 있다. 이탈리아 르네상스 시대의 학자이자 시인으로, 피렌체 대학의 교수였다고 한다. 로렌초 디 메디치의 후원을 받았으며 예술가, 학자들과도 교류가 있었다- 옮긴이)의 방임에 틀림없다고. 우리가 있는 곳은 그의 빌라였을 겁니다. 저 벽에서, 저 고대의 분수에서 물이 나오잖아요. 여긴 유명한 방이에요. 그 사람들이 모두 여기서 만났어요.

여긴 병원이었어요. 그녀는 조용히 말했다. 그 전에는, 그보다 한참 전에는 수녀원이었어요. 그다음에 군대가 여길 점령한 거예요.

여기는 빌라 브루스콜리였던 것 같아요. 폴로치아노는 로렌초의 총애를 받는 피후견인이었죠. 1483년 얘기예요. 피렌체, 산타 트리니타 교회에 가면 전면에 폴리치아노가 빨간 망토를 입고 메디치 가문 사람들과 함께 있는 그림을 볼 수 있어요. 총명하고, 대단한 사람이었죠. 사회에서 출세한 천재였어요.

한밤중이 지난 지 한참 후 그는 다시 또렷이 잠에서 깼다.

좋아요, 말해요. 그녀는 생각했다. 나를 어딘가로 데려가줘요. 그녀는 카라바지오의 손에 대해서 생각했다. 그 이름이 맞는지는 모르지만, 지금 빌라 부르스콜리의 부엌에서 떠돌이 개에게 무언가를 먹이고 있을 카라바지오.

정말 비참한 인생이었죠. 단검과 정치와 3층짜리 모자와 식민지 풍으로 패드를 넣은 스타킹과 가발. 비단 가발이라니! 물론 사보나롤라가 나중에 나타났죠. 그렇게 나중은 아니었어요. 그리고 허영의 소각 사건이 있었죠. 폴리치아노는 호메로스를 번역했어요. 시모네타 베스푸치에 대한 위대한 시도 썼고. 그 여자 알아요?

몰라요. 해나는 웃으면서 대답했다.

그 여자를 그린 그림이 피렌체 전역에 걸렸죠. 스물세 살의 나이에 폐결핵으로 죽었습니다. 폴리치아노가 「레 스탄제 페르라 지오스트라」라는 시를 써서 그 덕에 유명해졌고, 보티첼리가 그 시에 나오는 장면을 그렸죠. 레오나르도도 그 시의 장면들을 그렸어요. 폴리치아노는 매일 아침 두 시간씩 라틴어로 강의했고 오후에 두 시간은 그리스어로 강의를 했습니다. 그에게는 피코 델라 미란돌라라고 하는 친구가 있었어요. 허랑방탕하게 놀던 사교계 한량이었는데 갑자기 개종해서 사보나롤라 교파에 가담했죠.

어렸을 때 내 별명이 그거였는데. 피코.

그래요, 여기서는 많은 일들이 일어났을 겁니다. 벽에 그려진 이 분수. 피코와 로렌초와 폴리치아노와 젊은 미켈란젤로. 그들은 신세계와 구세계의 손을 각각 잡고 있었어요. 도서관에는 키케로가 쓴 마지막 네 권도 구해다 놓았어요. 그들은 기린과 코뿔소, 도도새를 수입해 들어왔어요. 토스카넬리는 상인들과의 서신을 바탕으로 세계지도를 그렸죠. 그들은 플라톤의 흉상을 둔 이 방에 앉아 밤새 토론을 했을 겁니다.

그리고 그때 사보나롤라의 외침이 거리로부터 들려오는 거죠. "회개하라! 대홍수가 올 것이니라!" 그리고 모든 게 쓸려 가버렸어요. 자유 의지, 고상하고자 하는 소망, 명성, 예수와 마찬가지로 플라톤을 숭배할 권리. 그리고 소각 사건이 일어난 거죠. 가발과 책, 동물 가죽, 지도를 다 태웠습니다. 사백 년이 넘은 후 사람들이 무덤을 열어보았어요. 피코의 뼈는 그대로 보존되어 있었다고 합니다. 폴리치아노의 뼈는 먼지로 바스러졌죠.

해나는 영국인이 비망록의 페이지를 넘기면서 다른 책으로부터 오려 풀로 붙여넣은 정보를 읽는 소리에 귀를 기울였다. 화염 속에 사라져간 위대한 지도들, 불에 태워 열에 녹아버린 플라톤의 대리석 조각상, 지식이 균열될 때 정확한 보고서처럼 골짜기 너머로 퍼져 나가던 타닥타닥 소리. 폴리치아노는 그 풀밭 언덕 위에 서서 미래의 냄새를 맡고 있었죠. 그 아래 어딘가, 회색 독방 안에서 피코도 서서 구원의 제3의 눈으로 모든 것을 바라보고 있었지요.

그는 개를 위해 대접에 물을 약간 따라주었다. 늙은 잡종개. 전쟁보다 나이가 많다.

그는 수도원의 수도사들이 해나에게 준 와인 병을 들고 앉았다. 여기는 해나의 집이므로 그는 조심스레 움직였고 어떤 물건도 옮겨놓지 않았다. 그는 작은 야생화들, 그녀가 자기 자신을 위한 선물로 준 꽃들을 보고 여전히 그녀가 문명인임을 인식한다. 웃자란 정원에서는 한 떼기의 풀들도 다 간호사 가위로 다듬어져 있다. 그가 좀 더 젊은 남자였다면 그녀의 이런 모습을 보고 사랑에 빠졌으리라.

그는 더 이상 젊지 않았다. 그녀는 그를 어떻게 보고 있을까? 그의 상처, 불안정함, 뒷덜미에 돋아난 회색 고수머리. 그는 한 번도 자기 자신을 연륜과 지혜가 있는 남자로 상상해본 적이 없었다. 그들은 모두 더 나이가 들었지만, 여전히 그는 나이가 들어감에 따라 지혜가 쌓인다고 느끼지 않았다.

그는 개가 물을 마시는 모습을 보기 위해 쭈그리고 앉으려다, 균형을 너무 늦게 잡는 바람에 비틀거리다 탁자를 붙잡아서 와인 병을 뒤엎었다.

당신 이름이 데이비드 카라바지오, 맞지?

그들은 그를 참나무 탁자의 굵은 다리에 수갑으로 붙들어 맸다. 어느 순간 그는 피가 철철 쏟아지는 왼손으로 탁자를 안고 일어서 그대로 달려가 얇은 문을 지나 뛰어내리려 했다. 여자가 칼을 떨어뜨리며 멈추더니 더 이상 못하겠다고 했다. 탁자 서랍이 미끄러져 내려 그의 가슴에 부딪쳤고 그 안의 내용물도 다 쏟아졌다. 그는 어쩌면 그 안에 사용 가능한 총이 있을지도 모른다고 생각했다. 그때 라누치오 토마소니가 면도날을 집어 들고 그에게로 다가왔다. 카라바지오, 맞지? 토마소니는 아직도 확실히 몰랐다.

그가 탁자 아래 누웠을 때 손에서 쏟아지는 피가 얼굴 위로 떨어졌고, 갑자기 맑은 생각이 들며 탁자 다리에 붙들린 수갑에서 빠져 나올 수 있었다. 그는 고통을 가라앉히기 위해 의자를 던져버렸고, 왼쪽으로 몸을 기울여 다른 한쪽 수갑에서도 빠져 나왔다. 사방이 피투성이였다. 그의 손은 이미 쓸모가 없었다.

그 후로 몇 달 동안 그는 자기도 모르게 다른 사람의 엄지손가락만 보고 다녔다. 마치 그 사고로 시기심이 생겨나 그가 다른 사람이 된 것만 같았다. 하지만 이 사고로 또한 연륜도 생겨났다. 마치 탁자에 묶여 있던 그 하룻밤 동안 적들이 그가 속도를 줄일 수 있도록 하는 해결책을 부어 넣어준 것 같았다.

그는 어질어질한 머리로 개와 붉은 포도주에 흠뻑 젖은 탁자를 내려다보며 섰다. 경비병 둘, 그 여자, 토마소니. 전화가 울리고 또 울려 토마소니를 방해한다. 그는 면도날을 내려놓고 신랄하게 실례, 라고 속삭인 후 피투성이가 된 손으로 수화기를 들고 귀를 기울인다. 카라바지오는 자기가 한 얘기는 별로 가치가 없었을 거라고 생각했다. 하지만 그를 놓아준 것을 보면 가치가 있었는지도 모른다.

　그 후, 그는 비아 디 산토 스피리토를 따라 머릿속에 숨겨두었던 접선 장소로 걸어갔다. 브루넬리스키 교회를 지나 독일문화원 도서관 쪽으로 향했다. 그를 돌보아줄 사람이 있는 곳이었다. 갑자기 그는 어째서 그들이 그를 풀어주었는지를 깨달았다. 그가 자유롭게 가도록 풀어줘서 속인 후, 접선자를 알아내려는 것이었다. 그는 돌아보지 않고 옆길로 돌았다. 결코 돌아보지 않았다. 그는 자신의 상처를 지혈시킬 수 있는 길가 모닥불이 있었으면 했다. 타르 가마솥에서 나오는 김을 쐬면 검은 연기가 그의 손을 감쌀 것이었다. 그는 산타 트리니타 다리 위에 있었다. 주변에는 아무것도, 지나가는 차 하나 없어 그는 놀랐다. 그는 다리의 매끄러운 난간 위에 걸터앉고 뒤로 누웠다. 아무런 소리도 들리지 않았다. 이전에 그가 젖은 주머니에 손을 넣고 걸어갔을 때는 탱크와 지프차들이 미친 듯이 돌아다니던 곳이었다.

　거기 누워 있을 때, 폭탄을 묻어놓은 다리가 폭발했고 그는 위로 솟구쳤다가 세상 끝의 일부분이 되어 다시 떨어졌다. 눈을 떴을 때는 거대한 머리가 그의 옆에 있었다. 숨을 들이마시자 가슴에 물이 가득 차 들어왔다. 그는 물속에 있었다. 아르노의 얕은 물 속, 그의 옆에는 턱수염 달린 머리가 있었다. 그는 그쪽으로 손을 뻗었지만 심지어 찔러볼 수도 없었다. 빛이 강물 속으로 쏟아지고 있었다. 그는 군데군데 불이 붙어 있는 수면 위로 헤엄쳐 올라왔다.

그가 해나에게 그날 저녁 늦게 이 이야기를 해주었을 때
해나는 말했다.

"그 사람들이 아저씨를 고문하다가 만 건 연합군이 오
고 있기 때문이었어요. 독일군들은 떠날 때 다리를 폭파하고
이 도시를 빠져 나가려던 중이었죠."

"난 모르겠다. 어쩌면 내가 그 사람들에게 다 털어놓았
을 수도 있지. 그 머리는 누구의 것이었을까? 그 방에는 계
속 전화가 걸려 왔어. 사람들이 숨죽여 속삭였고, 그 남자는
내게서 물러섰지. 모두들 그가 전화선 건너편에서 전해지는
말 없는 다른 목소리에 귀를 기울이는 모습을 바라보고 있었
어. 우리는 무슨 소리인지 들을 수 없었지. 누구의 목소리였
을까? 누구의 머리였을까?"

"독일군은 떠나는 중이었어요. 데이비드."

*

그녀는 『모히칸 족의 최후』를 펴서 맨 뒷장의 여백에 이
렇게 쓰기 시작한다.

카라바지오라는 이름의 남자가 있다. 내 아버지의 친구.

나는 항상 그를 사랑했다. 그는 나보다 나이가 많은데, 아마 마흔다섯 살쯤 되는 것 같다. 그는 암흑의 시기에 있고 자신감을 다 잃었다. 무슨 이유에선가 나는 이 아버지 친구에게서 보살핌을 받는다.

그녀는 책을 덮고 도서관으로 내려가 그 책을 책장 위 높은 선반에 숨겨놓는다.

*

영국인은 입으로 숨을 쉬며 잠들어 있었다. 그는 깨어 있을 때도 잘 때도 항상 입으로 숨을 쉬었다. 그녀는 의자에서 일어서서 조심스럽게 그가 손에 들고 있는 촛불을 빼냈다. 그녀는 연기가 방 밖으로 나갈 수 있도록 창문으로 걸어가 촛불을 불어 껐다. 그녀는 그가 그렇게 촛불을 손에 들고 누워 있는 것이 마음에 들지 않았다. 죽은 듯한 자세를 흉내 내 그렇게, 손목에 촛농이 떨어지는데도 모르고. 마치 채비를 갖추는 양, 기후와 빛을 본떠 자기 자신의 죽음으로 빠져들기를 원하는 양.

그녀는 창문 옆에 서서 손가락으로 머리에 난 머리카락을 꼭 쥐고 잡아당겼다. 어둠 속에서, 해거름 후 비치는 빛 속에서는 혈관을 갈라보면 피가 검은색으로 보인다.

그녀는 방에서 나가야만 했다. 갑자기 피곤하지도 않은데 폐쇄공포증을 느꼈다. 그녀는 복도를 성큼성큼 걸어가서 계단을 뛰어 내려가서는 빌라의 테라스로 나갔다. 그런 후 마치 자기가 버리고 나온 소녀의 형체를 분간하려는 양 고개를 들었다. 그녀는 다시 건물 안으로 돌아갔다. 그녀는 빳빳하게 퉁퉁 불은 문을 밀고 도서관으로 들어가 방 맨 끝의 프렌치 도어를 막아놓은 판자를 치우고 문을 열어 밤 공기가 들게 했다. 카라바지오가 어디에 있는지 그녀는 알지 못했다. 그는 이제 대부분 저녁만 되면 밖으로 나갔고 새벽이 되기 몇 시간 전에야 돌아오고는 했다. 어쨌든 그의 흔적은 없었다.

그녀는 피아노를 덮었던 회색 천을 붙잡아 질질 끌면서 방 한구석으로 걸어갔다. 수의처럼 감기는 천, 물고기를 잡는 그물.

빛은 없었다. 멀리서 우르르 우렛소리가 들렸다.

그녀는 피아노 앞에 섰다. 그녀는 내려다보지도 않고 피아노를 치기 시작했다. 단지 화음만 짚어가는 식으로 음률을 뼈대만 남기고 다 줄여버린 연주였다. 그녀는 마치 물에서 무엇을 잡았나 손을 꺼내보는 사람처럼 각 화음을 치고 멈추었다가 다시 음조의 기본 뼈대만 눌러가며 계속 이어갔다. 그녀는 손가락을 더욱더 천천히 움직였다. 그녀는 두 남자가 프렌치 도어 사이로 슬쩍 들어와 총을 피아노 끝에 놓고 앞에 섰을 때도 아래를 내려다보고 있었다. 바뀌어버린 방 안의 공기 중에 화음이 아직도 남아 있었다.

　그녀는 팔을 옆구리에 붙인 채 맨발 한쪽을 베이스 페달 위에 올려놓고 엄마가 가르쳐준 노래를 계속 연주했다. 부엌 탁자든, 위층으로 올라가는 벽이든, 잠들기 전 침대든 평면 이 있는 곳이면 어디서나 연습했던 곡이었다. 옛날 집에는 피 아노가 없었다. 그녀는 일요일 아침마다 동네 주민 센터로 가 서 연주했지만, 일주일 내내 어디서든 연습을 하면서 엄마가 부엌 탁자에 분필로 그려놓았다가 나중에 지우곤 하는 음 들을 익혔다. 석 달 동안 여기 있었지만 빌라의 피아노로 연 주한 건 이번이 처음이었다. 그녀는 여기 온 첫날부터 프렌치 도어 너머 피아노의 형체를 눈여겨보았다. 캐나다에서는 피 아노에 물을 주었다. 뒤를 열고 물이 가득 찬 유리잔을 넣어 놓으면 한 달 뒤 유리잔이 비어 있었다. 그녀의 아버지는 바 가 아니라 피아노에서만 물을 마시는 난쟁이들에 대한 이야 기를 해주었다. 그녀는 그 이야기를 믿은 적은 없었고 처음 엔 쥐가 아닐까 생각했다.

　번쩍 하는 불빛이 골짜기를 가르고 밤새 폭풍우가 내렸 었다. 그녀는 남자 중 한 명이 시크 교도임을 알았다. 이제 그 녀는 연주를 멈추었고, 약간 놀라기는 했지만 어쨌거나 안도 한 기분으로 미소 지었다. 원형 파노라마로 비치는 빛이 그 들 뒤로 너무 순식간에 지나간 터라 남자의 터번과 물에 젖어 반짝이는 총이 흘긋 보일 뿐이었다. 피아노의 위 뚜껑은 몇 달 전에 이미 떼어내서 병원 탁자로 썼기 때문에, 그들은 맨 끝에 있는 건반들 위에 총을 놓았다. 영국인 환자라면 이 무기들이 무슨 종류인지 알아봤으리라. 그녀는 외국인 사이에 둘러 싸여 있었다. 순수한 이탈리아 사람은 한 명도 없었다. 빌라 로맨스. 폴리치아노는 1945년의 이 정경에 대해서 어떻게 생각할까? 피아노를 사이에 둔 두 남자와 한 여자. 전쟁은 거의 끝났고 물에 젖은 총은 번개가 방 안으로 미끄러져 들어올 때마다 환히 빛난다. 번개는 지금 그러하듯이 모든 것들을 색과 그늘로 채웠고 30초마다 천둥은 골짜기 곳곳에서 콰르릉 떨어졌다. 번갈아 부르는 답가, 화음, 사랑스러운 애인을 차 마실 때 데리고 가면……

가사 알아요?

그 사람들은 미동도 하지 않았다. 그녀는 간단한 화음만 치던 데서 벗어나 손가락을 놀려서 복잡한 음률을 만들었고, 이제껏 억제해왔던 것, 진부한 음악에서 열린 음과 다양한 양상을 만들어내는 재즈의 구체적인 요소들에 빠져들었다.

사랑스러운 애인을 차 마실 때 데리고 가면 모든 남자들

이 나를 부러워하겠지 그래서 나는 사람들이 몰려가는

데는 그녀를 데리고 가지 않아 사랑스러운 애인을 차 마

실 때 데리고 가면

그들이 그녀를 바라보는 동안 옷은 점점 젖어만 가고, 번개가 방 안에 있는 그들 사이에 떨어질 때마다 그녀의 손은 이제 천둥과 번개에 맞춰서, 혹은 그 안에서 피아노를 연주했다. 혹은 그에 역행해서 빛 사이의 어둠을 가득 채웠다. 너무도 집중하고 있는 얼굴이라, 그들은 자신들이 그녀에게는 보이지 않는다는 것을 알았다. 그녀의 머릿속에서 신문을 찢어 부엌 수도에서 적시는 엄마의 손과 그 손이 흐려진 음들을 지우고 사방치기 놀이처럼 선으로 죽죽 그은 건반들을 닦았던 기억들을 떠올리느라 여념이 없었다. 그 후에 그녀는 지역 주민 센터에 일주일에 한 번 교습을 받으러 갔다. 거기서 그녀는 연주를 했지만 앉으면 발이 페달에 닿지 않아서 일어서서 치는 편을 선호했다. 그녀는 여름 샌들을 신은 발을 왼쪽 페달 위에 올려놓았고 메트로놈은 똑딱똑딱 움직였다.

그녀는 노래를 끝내고 싶지 않았다. 오래된 노래에서 흘러나오는 이러한 단어들을 포기하고 싶지 않았다. 그녀는 그들이 갔던 곳들을 보았다. 사람들이 몰려가지 않는 곳, 잎난초가 만발한 곳들이었다. 그녀는 고개를 들고 남자들을 향해 고개를 끄덕였다. 이제 그만두겠다는 뜻이었다.

카라바지오는 이 장면을 하나도 보지 못했다. 돌아와서

보니 해나와 공병단에서 온 군사 두 명이 부엌에서 샌드위치
를 만들고 있었다.

언젠가 화재

최후의 중세식 전쟁이 1943년과 1944년에 이탈리아에서 치러졌다. 8세기 이후로 서로 차지하기 위해 전투를 벌였던 거대한 갑(岬) 위의 요새 마을에서 새로운 왕들의 군대들은 경솔하게도 벼랑을 향해 돌진했다. 괘등 주위로 들것들이 오고 갔고 포도밭은 난자당했다. 이 포도원에서 탱크가 지나간 고랑 아래를 깊이 파면 피 묻은 도끼와 창이 나왔다. 몬테르키, 코르토나, 우르비노, 아레조, 산세폴크로, 앙기아리. 그리고 해안.

고양이들은 남쪽을 향한 포탑 속에서 잠이 들었다. 영국인들과 미국인들, 인도인들과 호주인들, 캐나다인들은 북쪽으로 진군했고, 남겨진 폭탄들이 공기 중에서 폭발해 공기 중에 녹아들었다. 군대가 산세폴크로, 석궁을 상징으로 삼는 마을에 집결했을 때 몇몇 군인들은 석궁을 얻어서 밤이면 말없이 점령하지 못한 도시 너머로 쏘았다. 퇴각하는 독일군의 육군 원수 케셀링은 흉벽에서 뜨거운 기름을 붓는 방식을 진지하게 고려했다.

중세 학자들은 옥스퍼드 대학에서 데려와 움브리아로 보냈다. 그들의 평균 나이는 예순이었다. 그들은 군대와 함께 주둔했고 전략 회의에서는 비행기가 발명되었다는 사실을 계속 잊었다. 그들은 예술의 관점에서 마을을 이야기했다. 몬테르키에는 피에로 델라 프란체스카가 조각한 〈파르토의 성모〉 상이 마을 묘지 옆 예배당에 있었다. 마침내 봄비가 내리는 동안 13세기의 성이 함락되자, 부대는 교회의 높은 돔 지붕 아래 묵었고 헤라클레스가 히드라를 죽이는 광경이 새겨진 돌 설교단 옆에서 잤다. 그곳의 물은 죄다 상했다. 많은 사람들이 장티푸스로 죽었고 다른 이들은 열병을 앓았다. 아레조에 있는 고딕 교회에서 병사들은 쌍안경으로 올려다보면 피에로 델라 프란체스카의 프레스코 화에 그려진 당대의 얼굴을 만날 수 있었다. 솔로몬 왕과 대화를 나누고 있는 시바의 여왕. 가까이에, 죽은 아담의 입 속에 처박혀 있는 선악과 나뭇가지. 몇 년 후 이 여왕은 실로암을 건너는 다리가 이 성스러운 나무로 만들어졌음을 알게 된다.

언제나 비가 오고 추웠고 심판과 신심, 희생을 보여주는 위대한 예술작품들 이외에는 아무런 질서가 없었다. 제8군 (2차 대전 당시 북아프리카와 이탈리아 전선에서 싸웠던 영국 편성 부대-옮긴이)이 파괴된 다리들 위로 연이어 강을 건너왔고 공병 부대는 적들의 포화를 뚫고 밧줄 사다리를 타고 강둑을 기어내려 가거나 헤엄치거나 걸어서 건넜다. 식량과 천막은 물에 쓸려 내려갔다. 장비를 매단 사람들이 실종되었다. 일 단 강을 건너면 병사들은 물 밖으로 올라가려 했다. 군인들 은 벼랑 표면의 진흙 벽에 손목까지 파묻고 매달렸다. 진흙 이 굳어 지탱해주기를 바랐다.

젊은 시크 공병은 진흙에 뺨을 대고 시바의 여왕의 얼 굴과 살결을 생각했다. 여왕에 대한 욕망 말고 이 강에 안식 이란 없었다. 욕망은 다소 그의 몸을 데워주었다. 그는 여왕 의 머리카락에서 베일을 벗길 것이다. 그는 오른손을 그녀의 목과 올리브 색 블라우스 사이에 넣을 것이다. 그 또한 이 주 전 아레조에서 본 현명한 왕과 죄의식에 찬 여왕처럼 지치고 슬펐다.

그는 손을 진흙 강둑에 꾹 박고 물 위에서 버텼다. 그 시 기의 밤과 낮에는 미묘한 개인의 성격이라는 건 사라져 오로 지 책이나 벽화에만 존재했다. 그 돔의 벽화에서 누가 더 슬 펐던가? 그는 몸을 앞으로 숙이고 여왕의 연약한 목의 피부 에 기댔다. 그는 아래로 내리깐 눈과 사랑에 빠졌다. 언젠가 다리의 신성함을 알게 될 여인.

밤에 야영지의 침대에 누워 있을 때면 그는 두 팔을 두 군데 사이만큼이나 멀리 뻗었다. 해결이나 승리의 기미는 전 혀 보이지 않았다. 그를 잊고, 그의 존재를 절대로 인정하지 않거나 인지하지도 못할 프레스코 벽화의 여왕과 맺은 일시적 계약 이외에는. 그, 시크 인, 빗속에서 공병의 사다리를 반쯤 올라 그 뒤에 올 군대를 위해 베일리 다리를 세운 사람. 하지만 그는 그들의 이야기가 담긴 벽화를 기억했다. 그리고 한 달 뒤 대대가 바다에 도착했을 때, 모든 일을 겪고 살아남아 카톨리카라는 해변 마을에 입성했을 때, 사람들이 벌거벗은 채로 바다에 뛰어들어도 괜찮을 정도로 기술자들이 20미터 뻗은 지뢰밭을 다 치우고 난 후에, 그는 그동안 친해졌던 중세 학자 한 명에게로 다가갔다. 언젠가 그에게 말을 건네고 스팸을 나눠주었던 사람이었다. 그는 이 학자에게 친절에 대한 보답으로 뭔가 보여주겠다고 약속했었다.

공병은 트라이엄프 모터바이크를 부대에서 허가받아 대출해서 선홍색 경광등을 팔에 묶고 학자와 함께 왔던 길을 되돌아갔다. 그의 허리를 꼭 껴안은 노인을 뒤에 태우고, 이제 적들이 떠난 우르비노와 앙기아리 같은 마을을 도로 거쳐 이탈리아의 척추인 산맥의 꾸불꾸불한 봉우리를 지나 아레조로 향하는 서녘 비탈길을 내려갔다. 밤의 피아자는 군대 없이 텅 비었고, 공병은 교회 앞에 모터바이크를 세웠다. 그는 중세 학자가 내릴 수 있도록 도와주고, 그의 도구들을 챙겨 교회 안으로 들어갔다. 더 차가운 어둠. 더 거대한 공허. 그곳을 채우는 그의 발소리. 다시 한 번 그는 오래된 돌과 나무의 냄새를 맡았다. 그는 조명 장치를 세 개 밝혔다. 그런 후 도르래를 쏴서 신랑(身廊) 위 기둥들에 고정시키고 미리 밧줄을 부착해 놓은 대갈못을 거대한 나무 대들보에 쐈다. 교수는 흥미롭게 그를 바라보며 간간이 드높은 암흑 속을 올려다보았다. 젊은 공병은 학자를 빙빙 돌아 허리와 어깨에 멜빵을 매어주고 작은 조명 장치 하나를 노인의 가슴에 테이프로 붙여주었다.

그는 학자를 영성체 대 위에 남겨두고 계단을 쿵쿵 밟아, 밧줄의 반대편 끝이 있는 위층으로 올라갔다. 그는 밧줄을 붙잡고 어둠 속에서 발코니 아래로 뛰어내렸고 노인은 동시에 높이 솟구쳐 올랐다. 공병이 땅에 닿을 때쯤에는 노인은 곧바로 솟아올라 프레스코 벽화와 1미터 정도 거리 안에 있는 허공에서 건들건들 흔들리게 되었다. 가슴에 매단 조명 장치가 후광처럼 빛났다. 여전히 밧줄을 잡은 채로 공병은 앞으로 걸어갔고 노인은 오른쪽으로 흔들리며 〈막센티우스 황제의 도주〉 앞으로 날아갔다.

5분 후, 공병은 노인을 내려주었다. 그는 자신을 위해 조명 장치를 켜고 인공 하늘의 짙은 푸른색으로 감싸인 돔 안으로 솟아올랐다. 그는 쌍안경으로 바라본 순간부터 그 안의 금빛 별들을 기억했다. 아래를 내려다보니 중세 학자가 기진맥진해서 신도석에 앉아 있는 모습이 보였다. 그는 이제 이 교회의 높이가 아니라 깊이를 깨달았다. 액체와 같은 감각. 우물의 공허와 어두움. 손에 든 불빛이 마술 막대기처럼 퍼져 나갔다. 그는 그녀, 슬픔의 여왕 쪽으로 가까이 갔다. 그의 갈색 손이 거대한 목의 오목한 부분에 닿았다.

시크 인은 정원 맨 끝에 텐트를 세운다. 해나 생각에는
이전에 라벤더가 자랐던 곳이다. 그녀는 그곳에서 마른 잎을
발견해 손가락 사이에서 굴려보고 무슨 잎인지 알아냈다.
가끔씩 비가 온 후에는 라벤더 향도 느낄 수 있다.

처음에 그는 집 안으로는 들어오려고 하지 않는다. 그
는 어떤 임무나 지뢰 해체와 관련해서 할 일만 가지고 지나
친다. 언제나 정중하다. 고개만 살짝 까닥인다. 해나는 그가
빗물을 모은 대야를 해시계 위에 형식을 갖춰 올려놓고 씻는
모습을 본다. 화단에 물 주는 용도로 쓰였던 정원의 수도는
이제 말라버렸다. 그녀는 셔츠를 벗고 날개를 사용하는 새처
럼 물을 끼얹고 있는 갈색 몸을 바라본다. 낮에는 주로 그의
팔이 군복 반팔 셔츠에 가려져 있고 전쟁은 벌써 끝난 듯한
데도 항상 소총을 들고 다닌다는 것을 깨닫는다.

그는 총으로 다양한 자세를 취한다. 반기 위치로 잡기도
하고, 어깨에 걸칠 때는 팔꿈치로 반 갈고리 모양을 만들기
도 한다. 그는 그녀가 그를 바라보고 있음을 문득 깨닫고 휙
돌아선다. 그는 공포로부터 살아난 생존자이며, 마치 이 모
든 일을 다 감당할 수 있다고 주장하는 듯이 이런 파노라마
속에서 그녀의 모습을 인정하고, 수상해 보이는 것은 돌아서
간다.

그는 자급자족하므로, 그녀와 집 안의 모든 이들은 안심한다. 그러나 카라바지오는 이 공병이 지난 3년 동안 전쟁에서 익힌 서양 노래를 끊임없이 흥얼거린다고 투덜댄다. 폭풍우가 치던 날 이 남자와 함께 왔던 또 한 명의 공병은 하디라는 이름이었는데, 읍내 더 가까이 다른 데서 숙박한다. 허나 그녀는 이들이 지뢰를 제거하기 위해 막대기를 들고 정원에 들어와 함께 일하는 모습을 보았다.

개는 카라바지오를 잘 따르게 되었다. 젊은 군인은 개와 함께 오솔길을 뛰놀기는 해도 어떤 종류의 먹이도 주지 않으려 한다. 이 개가 스스로 살아남아야 한다고 느끼기 때문이다. 그는 음식을 발견하면 혼자 먹는다. 친절은 오직 거기까지이다. 밤에는 골짜기를 굽어보는 난간에 자고 비가 올 때만 텐트 안으로 기어들어간다.

그쪽에서도 밤에 헤매고 다니는 카라바지오를 목격한다. 두 번, 이 공병은 카라바지오를 먼발치서 따라간다. 하지만 이틀 후, 카라바지오는 이 남자를 불러 세워 말한다. 다신 내 뒤를 밟지 마. 젊은 남자는 부인하려 하지만, 나이 든 남자는 거짓말하는 얼굴을 한 손으로 막고 입을 다물게 한다. 그래서 군인은 카라바지오가 이틀 전에 자신의 존재를 알았다는 것을 안다. 어찌 되었든 뒤를 밟은 건 전쟁 중에 교육 받았던 습관의 잔재일 뿐이었다. 지금도 그는 소총을 들어 발포하고 표적을 정확하게 맞추고 싶은 욕망을 느낀다. 다시, 또다시 그는 조각상의 코나 골짜기의 하늘을 맴도는 갈색 매들을 겨냥한다.

그는 아직도 한창 젊은 나이다. 점심 식사로 30분을 쓰며 음식을 게걸스럽게 먹어치우고 접시를 깨끗이 치우기 위해 일어선다.

그녀는 그가 일하는 모습을 본다. 과수원과 집 뒤로 웃자란 정원에서 그는 고양이처럼 조심스레 시간에 구애받지 않고 작업한다. 그녀는 그의 손목의 피부 색깔이 더 짙다는 것을 깨닫는다. 언젠가 그녀 앞에서 차를 마실 때 쩔렁이던 팔찌 속에서 자유롭게 움직이던 손목이다.

그는 자신이 하는 류의 수색에서 닥칠 수 있는 위험에 대해 결코 말하지 않는다. 이따금 폭발이 일어나면 그녀와 카라바지오는 집에서 서둘러 뛰어나온다. 먹먹한 폭발음에 그녀의 심장이 죄어온다. 그녀는 밖으로 뛰어나가거나 곁눈으로 카라바지오를 보면서 창문으로 뛰어간다. 그러면 공병이 허브 테라스에서 돌아보지도 않은 채로 집 쪽으로 손을 느긋하게 흔드는 모습을 볼 수 있다.

한번, 카라바지오는 도서관에 들어갔다가 공병이 천장 옆, 트롱프 뢰유 옆에 기대어 있는 모습을 보았다. 카라바지오는 방 안에 들어갔다가 혼자인가 싶어서 높은 구석을 바라본 것이었다. 그러자 젊은 군인은 초점을 흩트리지도 않고 손바닥을 내밀더니 손가락을 튕겨서 들어오지 말라는 신호를 보냈다. 그가 구석의 장식 천 뒤에서 찾아낸 도화관 전선을 해제하고 끊는 동안 안전을 위해서 방을 떠나라는 경고였다.

그는 언제나 콧노래를 부르거나 휘파람을 분다. "휘파람 부는 사람이 누구죠?" 어느 날 밤 영국인 환자가 묻는다. 그는 이제까지 새로 온 군인을 만난 적도 본 적도 없었다. 군인은 난간 위에 누워 떠가는 구름을 바라볼 때면 홀로 노래를 부른다.

겉으로 보기에 텅 빈 빌라에 들어설 때, 그는 일부러 큰소리를 낸다. 그는 여기서 유일하게 아직까지도 제복을 입고 있는 사람이다. 텐트에서 나올 때 그는 꼼꼼하게 차려 입고 허리띠 쬠쇠는 반들반들하며 터번은 양쪽 균형이 맞게 쓰고 깨끗한 부츠를 신고서 집 안 나무나 돌바닥을 쿵쿵 걷는다. 그는 맡고 있는 문제에서 정신을 떼고 웃음을 터뜨린다. 그는 무의식적으로 자신의 신체, 자신의 육체성에 반해 있는 것처럼 보인다. 빵 조각을 줍기 위해 몸을 숙이거나, 주먹이 풀숲을 스치거나 사이프러스 숲을 지나 읍내에 있는 동료 공병을 만나러 갈 때 거대한 철퇴처럼 아무 생각 없이 소총을 돌리는 모습이 그러하다.

그는 이 몇 안 되는 식구들과 그들의 질서 범위에서 동떨어져 혼자 뜬 별로 가볍게 존재하는 생활에 만족하는 듯하다. 이 생활은 그에게 있어서는 진흙과 강과 다리를 파헤치고 건너와 맞은 휴일 같다. 그는 오로지 오라고 했을 때만 집 안에 들어와 뜨내기손님처럼 머무른다. 첫날 밤, 해나가 치는 아슬아슬한 피아노 소리를 따라 사이프러스가 늘어선 오솔길을 올라와 도서관에 들어섰던 그때 그랬던 것처럼.

폭풍우가 치던 그날 밤 그는 음악에 대한 호기심 때문이 아니라 피아노 치는 사람이 위험하다 생각했기 때문에 빌라에 접근했던 것이었다. 퇴각하는 군대는 가끔 연필 폭탄을 악기 속에 남겨놓기도 했다. 돌아온 집주인이 피아노 뚜껑을 열면 손이 날아갔다. 괘종시계를 다시 돌리려고 하다가 유리 폭탄이 터져서 벽 반쪽과 함께 가까이 있는 사람을 다 날려버린 일도 있었다.

그는 피아노 소리를 따라 하디와 함께 언덕을 뛰어 올라가서 돌 벽을 넘어 빌라에 들어갔다. 소리가 멈추지 않는 한, 피아노 치는 사람이 메트로놈이 가도록 맞춰놓은 얇은 금속판을 빼내지 않았다는 뜻이었다. 대부분 연필 폭탄들은 이런 것들에 숨겨져 있었다. 얇은 전선판을 똑바로 세워놓기 가장 쉬운 장소들에. 폭탄들은 수도나 책등에 부착되어 있기도 했고, 과일 나무에 드릴로 박혀 있어 가장 낮은 나뭇가지에서 사과 한 개가 떨어져도 나무가 폭발하고 그 가지를 잡고 있던 손이 같이 날아갈 수도 있었다. 그는 어떤 방이나 들판을 볼 때마다 거기 무기가 숨겨져 있을 가능성에 대해서 생각했다.

그는 프렌치 도어 문 앞에 멈춰 서서 머리를 문틀에 기대고 방 안으로 슬쩍 들어갔다. 그 안은 번개가 칠 때 빼고는 캄캄했다. 거기에는 마치 그를 기다리고 있는 양 한 소녀가 서서 자신이 연주하고 있는 건반을 내려다보고 있었다. 그의 눈은 먼저 레이더처럼 방 안을 훑으며 방의 광경을 파악했고 그다음에서야 그녀 모습을 보았다. 메트로놈은 벌써 똑딱똑딱 순진하게 좌우로 흔들리고 있었다. 아무런 위험도, 어떤 작은 전선도 없었다. 그는 젖은 군복을 입고 서 있었고, 처음에 젊은 여인은 그가 들어왔다는 사실을 알지 못했다.

그의 텐트 옆에는 광석 수신기 안테나가 나무들 사이로 걸려 있다. 밤중에 카라바지오의 망원경으로 건너다보면 라디오 다이얼이 형광 초록빛으로 빛나는 것을 볼 수 있다. 공병이 갑자기 시야 안쪽으로 휙 움직이면 몸에 가려서 보이지 않기도 한다. 그는 낮에는 이동식 기계 장치를 매고 있었다. 이어폰 한쪽만 귀에 꽂고 다른 하나는 턱 밑으로 흘러내리도록 놔둔다. 그렇게 해서 중요할지도 모르는 바깥세상의 소리를 들을 수 있다. 그는 어떤 정보를 주워들었든지 그들에게 흥미 있을 것이라 생각하면 집 안에 들어와 전해준다. 어느 날 오후에는 악단 지휘자 글렌 밀러가 죽었다고 알려준다. 비행기가 영국과 프랑스 사이 어딘가에서 추락했다는 것이었다.

그렇게 그는 그들 사이를 움직인다. 그녀는 그가 죽어버린 정원 먼 곳에서 탐지기를 들고 다니면서 다른 사람들이 끔찍한 편지처럼 남겨놓고 간 전선이나 기폭 장치의 매듭을 푸는 모습을 본다.

그는 항상 손을 씻는다. 카라바지오는 처음엔 그가 너무 유난스럽다고 생각했다.

"어떻게 전쟁을 견뎠소?"

카라바지오는 웃는다.

"난 인도에서 자랐어요, 아저씨. 거기서는 손을 항상 씻죠, 식사 전에는. 일종의 습관이에요. 전 편잡 출신입니다."

"나는 북미 출신이에요."

그녀가 말한다.

그는 반은 텐트 안에서, 반은 밖에서 잔다. 그녀는 그의 손이 이어폰을 빼서 무릎에 떨어뜨리는 모습을 본다.

그런 후 해나는 망원경을 내려놓고 가버린다.

*

그들은 거대한 궁륭 아래에 있었다. 하사는 조명 장치를 밝혔고 공병은 바닥에 누워 소총의 조준경을 통해 올려다보며 군중 속에서 형제를 찾는 양 황토색 얼굴들을 보았다. 십자선이 성경 인물들 사이에서 흔들렸고 빛이 몇 백 년 동안이나 기름과 촛불 연기에 어두워진 의복과 살결에 잠겼다.

노란 가스 불빛은 이 성역에서는 불경한 일이었으므로, 군인들은 쫓겨나서 본당을 볼 수 있는 허가를 남용한 죄로 영원히 기억될 것이었다. 그들은 상륙 교두보를 건너 소규모 접전 수천 번과 몬테카시노의 폭탄전을 겪은 후, 정중하게 숨죽이며 바티칸 궁전의 라파엘 방들을 지나서 마침내 여기까지 오게 된 것이었다. 열일곱 명의 남자는 시칠리아에 상륙한 후, 이 나라의 발목에서부터 전투를 치르며 거슬러 올라와 여기에 이르렀다. 성당에서는 주로 어두운 복도로 지나가면 괜찮다고 허락해주었다. 이곳에 있는 것만으로도 감지덕지라는 듯이.

그들 중 한 사람이 말했다.

"제기랄. 빛이 좀 더 있어야겠는데, 샨드 하사?"

하사가 조명 장치의 걸쇠를 풀고 팔을 뻗어 내밀자 빛이 주먹에서 나이아가라 폭포처럼 쏟아졌고, 그는 불빛이 다할 때까지 그 자리에 서 있었다. 나머지 사람들은 그 자리에 서서 빛을 받아 천장 가득히 모습이 드러난 형체들과 얼굴들을 올려다보았다. 하지만 젊은 공병은 벌써 등을 깔고 누워 소총을 겨누었다. 그의 눈은 노아와 아브라함의 턱수염을 쓸었고 여러 악마들에 거의 닿았다. 마침내 위대한 얼굴을 보자 그는 꼼짝도 할 수 없었다. 창과 같은, 현명하고 용서가 없는 얼굴.

경비병들이 현관에서 고함을 질렀고 뛰어오는 발걸음

소리를 들을 수 있었다. 조명 장치는 앞으로 30초밖에 지속되지 않을 것이었다. 그는 몸을 굴려 소총을 신부에게 건넸다.

"저 사람요. 저 사람은 누구죠? 북서쪽으로 세 시 방향에 있는 사람, 누구죠? 빨리 말해주세요. 불꽃이 꺼지려 하니까요."

신부는 소총을 받아 안고 구석으로 치웠다. 불꽃이 사그라졌다.

그는 소총을 젊은 시크 교도에게 돌려주었다.

"시스티나 성당에 이런 화기를 들이면 우리 모두 큰일 날 수 있다는 것을 알고 있겠지요. 여기 오지 말걸 그랬습니다. 하지만 샨드 하사에게 감사할 수밖에 없군요. 그가 영웅적으로 해냈으니 말입니다. 실제로 큰 해를 준 것도 아닌 것 같고."

"보셨어요? 저 얼굴, 누구였죠?"

"아 봤어요. 위대한 얼굴이죠."

"보셨군요."

"네, 이사야."

제8군이 동부 해안의 가비체에 도착했을 때, 공병은 야간 순찰대를 맡게 되었다. 이틀째 밤, 그는 물속에 적의 움직임이 있다는 정보를 단파 수신기를 통해 받았다. 경비대는 폭탄을 쏘았고 거친 경고 사격으로 물이 폭발했다. 적중시키지는 못했지만 물속에서 폭발로 인해 하얀 물거품이 일면서, 무언가 움직이는 검은 윤곽선이 잡혔다. 그는 소총을 들어 떠도는 그림자를 1분은 좋이 노려보았지만 가까이에서 다른 움직임이 있나 확인하기 위해 쏘지 않기로 했다. 적은 여전히 북쪽, 리미니 도시의 가장자리에 주둔하고 있었다. 그림자가 시야에 들어왔을 때 후광이 성모 마리아의 머리 주변에 비쳤다. 성모는 바다에서부터 나오고 있었다.

성모는 배 위에 서 있었다. 두 남자가 배를 젓고 있었다. 다른 두 명이 성모를 똑바로 지탱했다. 배가 해안에 닿았을 때 마을 사람들이 열려 있는 캄캄한 창문에서 박수를 치기 시작했다.

공병은 크림색 얼굴과 배터리로 작동되는 작은 전구로 이루어진 후광을 볼 수 있었다. 그는 읍내와 바다 사이의 콘크리트 토치카에 누워서, 배에서 내린 네 남자가 1.5미터 높이의 석고상을 팔에 들고 내리는 모습을 보았다. 그들은 지뢰에도 머뭇거리지 않고 해안가로 걸어갔다. 아마도 독일군들이 그곳에 있었을 때 지뢰가 파묻히는 모습을 보고 도표를 그려놓았을지도 몰랐다. 그들의 발은 모래에 푹푹 잠겼다. 1944년 5월 29일, 가비체 바다에서 일어난 일이었다. 성모 마리아 해양 축제였다.

어른과 어린이들은 거리로 나왔다. 악대 제복을 입은 남자들도 나타났다. 악기들은 축하 행사의 일부로 꼼꼼하게 닦여 있었지만 악대는 연주를 하지도 않고 통행금지 규칙을 깨지도 않았다.

그는 어둠 속에서 슬쩍 나왔다. 포신을 등에 메고 손에는 소총을 들었다. 터번을 쓰고 무기를 든 그의 모습을 보고 사람들은 충격을 받았다. 사람들은 해안의 무인지대에서 그가 나오리라고는 기대하지 못했다. 그는 소총을 들고 조준경으로 성모의 얼굴을 보았다. 나이도 성별도 알 수 없는 얼굴. 스무 개의 작은 전구가 우아하게 까닥이면서 만들어낸 빛 앞에 남자들의 검은 손이 보였다. 성모상은 연청색 망토를 입고 있었고 왼쪽 무릎은 주름을 보여주기 위해 살짝 들려 있었다.

주민들은 낭만적인 사람들이 아니었다. 그들은 파시스트들, 영국인들, 프랑스인들, 고트 족과 독일인들을 이기고 살아났다. 너무나 자주 점령을 당했기 때문에 아무런 의미가 없었다. 하지만 바다에서 나온 이 푸른색과 크림색의 석고상은 꽃이 가득한 포도 트럭 위에 실렸고 악대가 그 앞을 말없이 행진했다.

그가 이 마을을 어떻게 보호해줄 수 있건 간에 의미가 없었다. 그는 이 총기들을 들고서는 하얀 드레스를 입은 아이들 사이를 걸어갈 수 없었다.

그는 사람들로부터 남쪽으로 이동해서 석상의 움직임에 맞춰 걸어갔다. 동시에 사람들도 연결된 거리에 도착했다. 그는 소총을 들어 다시 한 번 성모의 얼굴을 조준했다. 행렬이 도착한 곳은 바다를 굽어보는 갑이었고, 사람들은 성모를 거기 놓아두고 집으로 돌아갔다. 그가 근처에서 계속 따라오고 있다는 것을 눈치챈 사람은 아무도 없었다.

성모의 얼굴은 여전히 빛나고 있었다. 성모를 배로 날라온 남자 네 명은 경비병처럼 성모 주위에 사각 대형으로 앉았다. 석고상 뒤에 부착된 배터리가 닳기 시작했다. 배터리는 아침 네 시 반에 다 떨어졌다. 그는 그때 시계를 들여다보았다. 그는 소총의 조준경으로 사람들을 보았다. 두 명은 잠들어 있었다. 그는 조준경을 성모의 얼굴로 옮겨 자세히 관찰했다. 빛이 이울어짐에 따라 표정이 다르게 보였다. 어둠 속에서는 그가 아는 누군가가 더 닮아 보이는 얼굴이었다. 여동생. 미래의 딸. 이 얼굴과 헤어질 수 있다면 그는 손짓으로서 거기에 무언가를 남겨 놓았을 것이었다. 하지만 그는 결국 그 자신의 신앙이 있었다.

*

카라바지오는 도서관에 들어간다. 그는 대부분의 오후를 여기서 보냈다. 언제나처럼 책들은 그에게 신비로운 피조물이다. 그는 책 한 권을 빼서 제목 페이지를 펼친다. 그가 방에 들어온 지 5분 후 가벼운 신음 소리가 들린다.

몸을 돌리자 해나가 소파에서 잠들어 있는 모습이 보인다. 그는 책을 덮고 책장 아래 허벅지 높이의 선반에 기댄다. 그녀는 웅크린 채로 왼쪽 뺨을 먼지 낀 문직 천에 대고, 오른쪽 팔을 얼굴 쪽으로 들어 주먹 쥔 손을 턱에 대고 있다. 눈썹이 꿈틀거리고 자는 동안 얼굴이 골똘해진다.

그가 이 오랜 세월 후에 그녀를 처음 봤을 때, 그녀는 긴장한 모습이었고 여러 일들을 효과적으로 헤쳐 나가기 위해 다 졸아들어 몸만 남은 듯했다. 그녀의 몸은 사랑에 빠진 것처럼 전쟁에 빠져 있었고, 모든 부분을 다 사용했다.

그는 큰 소리로 재채기를 했고, 고개를 떨어뜨렸다. 들어보니 그녀가 깨서 눈을 훤히 뜨고 그를 똑바로 응시하고 있었다.

"몇 시인지 맞춰봐."

"네 시, 음 오 분쯤. 아니, 네 시, 음 칠 분쯤."

그녀가 대답했다.

남자와 아이 사이의 오래된 놀이였다. 그는 시계를 찾기 위해 밖으로 나왔고, 그녀는 그의 동작과 확신을 보니 그가 최근에 모르핀을 맞고서 익숙한 자신감을 되찾아 기분이 좋아졌고 정확해졌다는 것을 알 수 있었다. 그가 그녀의 정확성에 놀라 머리를 흔들며 돌아오자 그녀는 일어나 앉으며 미소 지었다.

"난 태어날 때부터 머릿속에 해시계가 들어 있나 봐요,

그렇죠?"

"그러면 밤에는?"

"달시계라는 것도 있어요? 누군가 발명했을까? 어쩌면
빌라를 설계하는 건축가들이 모두 필수적인 십일조를 내듯
이 도둑들을 위한 달시계를 숨겨놓는지도 몰라요."

"부자들은 걱정 좀 되겠는데."

"달시계 앞에서 만나요, 데이비드 아저씨. 약한 것들이
강해질 수 있는 곳이에요."

"영국인 환자와 너처럼?"

"난 일 년 전에 아이를 낳을 뻔했어요."

지금 그의 정신은 약으로 가볍고 정확해졌기 때문에 그
녀의 말이 여기저기 들뜨어도, 그는 그녀에게 보조를 맞춰
이해해줄 것이었다. 이제 그녀는 자신이 깨어서 대화를 하고
있다는 것도 완전히 깨닫지 못한 채, 마치 꿈속에서 얘기하
는 것처럼, 마치 그의 재채기가 꿈속의 재채기인 양 속내를
털어놓고 있다.

카라바지오는 이런 상태에 익숙하다. 그는 종종 달시계
앞에서 사람들을 만났다. 침실 벽장 전체가 실수로 무너지면
서 새벽 두 시에 사람들을 깨운 적도 있다. 그런 충격을 받으
면 되레 사람들은 두려워하지 않고 폭력을 쓰지도 못한다는
걸 그는 알게 되었다. 털고 있는 집의 주인들에게 방해를 받
으면 그는 손뼉을 치면서 미친 듯이 이야기를 하고, 비싼 시

계를 공기 중에 던졌다가 손으로 잡으며 재빨리 그들에게 물 건들이 어디 있는지 질문을 던졌다.

"난 아이를 잃었어요. 내 말은 잃어야만 했다는 거죠. 아기 아빠는 벌써 죽었어요. 전쟁이 있었어요."

"이탈리아에 있었을 때니?"

"이 일이 일어날 때쯤에는 시칠리아에 있었어요. 우리가 군대를 따라 아드리아 해로 올라가는 동안 내내 나는 이 생각을 떠올렸어요. 나는 아이와 대화를 계속했어요. 병원에서는 열심히 일했고, 주변의 모든 사람으로부터 멀어졌어요. 내가 모든 것을 공유하고 있는 아이를 빼고는. 머릿속에서요. 나는 환자들을 목욕시키고 간호하는 동안 아이와 이야기했어요. 약간 미쳤었죠."

"그리고 네 아버지가 죽었구나."

"네. 그다음 패트릭이 죽었어요. 소식을 전해 들었을 때 피사에 있었어요."

그녀는 이제 깨어 있었다. 일어나 앉았다.

"알았구나? 흠……."

"집에서 편지를 받았어요."

"알았기 때문에 여기 온 것이냐?"

"아니요."

"그래. 난 네 아버지가 밤샘 조문이나 그러한 것들을 믿었을 것이라고는 생각 안 한다. 패트릭은 죽으면 2인조 여성 악단이 연주해주었으면 한다고 했지. 아코디온과 바이올린. 그게 다였어. 네 아버지는 정말 심하게 감상적이었지."

"네. 아빠는 정말 시키면 뭐든 할 사람이었죠. 아빠는 절망에 빠진 여자를 만났다면 당황해서 어쩔 줄 몰랐을 거예요."

바람이 골짜기에서부터 그들이 있는 언덕까지 불었다. 예배당 밖 서른여섯 계단에 줄지어선 사이프러스 나무들은 바람에 따라 근덕였다. 이른 빗방울이 굴러 토도독 소리를 내며 계단 옆 난간에 앉아 있는 두 사람 위로 떨어졌다. 자정도 한참 지난 한밤이었다. 그녀는 콘크리트 선반 위에 누웠고, 그는 바장이며 몸을 내밀어 골짜기를 내려다보았다. 다른 곳으로 몰려가는 빗소리만 들릴 뿐이었다.

"언제부터 아기에게 얘기하는 걸 그만두었니?"

"너무 바빠졌어요, 갑자기. 군대들은 몬로 다리에서 전투를 벌인 후 우르비노로 갔죠. 아마도 우르비노에서 그만두었던 것 같아요. 군인이 아니라 사제나 간호사일 뿐인데도 총을 맞을 수 있다는 생각이 들었죠. 그곳은 토끼 사육장, 좁은 내리막길 같았어요. 군인들은 몸의 일부분만 가지고 들어왔다가 한 시간 정도 나와 사랑에 빠진 후 죽어갔어요. 그들의 이름을 기억해주는 것이 중요했죠. 하지만 나는 그들이 죽을 때마다 계속 아이를 보았어요. 잘못을 깨끗이 씻어버리는 것이죠. 몇몇 군인들은 일어나 앉아 숨을 더 잘 쉬고 싶어서 감은 붕대를 뜯어버리기도 했어요. 어떤 군인들은 죽어가면서도 팔에 난 가벼운 긁힌 상처를 걱정했죠. 그런 후 입에 거품을 무는 거예요. 나지막이 무언가 터지는 소리. 한번은 죽은 군인의 눈을 감겨주기 위해서 몸을 앞으로 숙였는데, 그가 눈을 번쩍 뜨고 비웃은 일도 있었어요. '내가 죽을 때까지 기다리지 못해 안달이 났나보지? 쌍년!' 그는 일어나 앉더니 내 쟁반에 담긴 모든 걸 쓸어버렸어요. 격렬히 화를 냈죠. 누가 그렇게 죽고 싶겠어요? 그런 분노를 안고 죽고 싶겠어요? 쌍년이라니. 그런 후에는 나는 항상 그들이 입에 거품을 물기를 기다렸어요. 난 이제 죽음을 알아요, 데이비드 아저씨. 모든 냄새를 알고 그들을 고뇌에서 딴 데로 정신을 쏟도록 할 수 있는 법을 알아요. 주 혈관에 모르핀을 재빨리 찔러 넣어야 할 때를 알아요. 식염수 용액을 주사하기도 하죠. 죽기 전에 창자를 비우기 위해서요. 빌어먹을 장군들이 내 일을 했어야만 하는데. 빌어먹을 장군들 모두가. 강을 건너기 전에 먼저 조건을 걸어야만 했어요. 도대체 우리가 뭐길래 이런 책임을 져야만 하는 거였죠? 대체 우리가 뭐라고 나이 든 사제처럼 현명해져야만 하고, 아무도 원치 않는 무언가로 사람들을 이끌고 가서 얼마간은 편안하게 해주는 법을 알고 있어야 하는 거죠? 나는 그들이 죽은 사람들에게 베풀어주었던 종부 성사의 말을 하나도 믿을 수 없었어요. 천박한 말들. 감히 어떻게 그럴 수가! 한 인간이 죽어가는데 감히 그렇게 말할 수가!"

불빛은 하나도 없었다. 등불은 모두 꺼졌고, 하늘은 구름에 가렸다. 살아남아 있는 집들은 문명화된 생활양식을 보여 사람들 주의를 끌지 않는 쪽이 더 안전했다. 그들은 어둠 속에서 집의 부지를 걸어 다니는 데 익숙했다.

"어째서 군대가 너를 영국인 환자와 여기 남겨두고 싶어 하지 않았는지 알지? 아니?"

"남세스럽게 결혼이라도 할까 봐요? 내가 파더 콤플렉스가 있어서요?"

그녀는 그를 바라보며 미소 지었다.

"저 친구는 어때?"

"아직도 저 개 때문에 진정 못하는 것 같아요."

"내가 그 개를 데리고 왔다고 해."

"그 사람은 아저씨가 여기 있는 것조차 실감하지 못하는 듯해요. 아저씨가 도자기를 들고 도망갈지도 모른다고 생각해요."

"그 사람이 와인 좀 좋아할 것 같니? 오늘 와인 한 병 슬쩍해왔는데."

"어디서요?"

"필요해, 필요 없어?"

"지금 우리가 마셔요. 그 사람은 생각지 말고."

"이런, 큰 발전인데!"

"큰 발전 같은 것 아니에요. 난 독한 술이 절실히 필요하거든요."

"스무 살짜리가 말이지. 내가 스물이었을 때는……."

"그래요, 그래. 다음에는 축음기를 슬쩍해오시면 어때요? 어쨌거나 이런 걸 전리품이라고 하겠죠."

"조국이 내게 이 모든 것을 가르쳤다. 내가 전쟁 중 조국을 위해 한 일이 이건걸."

카라바지오는 포화를 맞은 예배당을 지나 집 안으로 들어갔다.

해나는 약간 어질어질한 머리로 균형을 못 잡고 일어나 앉았다.

"그런데 조국이 아저씨를 어떻게 했는지 보라지."

그녀는 혼잣말했다.

가까이에서 함께 일했던 사람들 틈에 껴 있을 때도 전쟁 중에 해나는 거의 말을 하지 않았다. 그녀는 삼촌, 가족이 필요했다. 그녀는 아이의 아버지가 필요했다. 그러면서 그녀는 이 언덕 마을에서 몇 년 만에 처음으로 취하기를 기다렸다. 그동안 화상 입은 남자는 위층에서 네 시간의 잠에 빠져들었다. 아버지의 옛 친구는 그녀의 의료품함을 뒤져 주사기의 유리 뚜껑을 깨고 자기 팔에 구두끈을 꽉 잡아매고 모르핀을 주사한 후 약 기운에 사로잡혔다.

그들을 둘러싼 산 속에서는 밤 열 시가 되어도 오직 땅만 어둡다. 맑은 회색 하늘과 초록색 언덕.

　　"나는 허기에 넌더리가 났어요. 사람들이 제게 욕망을 느끼는 것에도 질렸죠. 그래서 나는 데이트나 지프차 드라이브, 연애 놀이, 죽기 전의 마지막 댄스에서 빠졌어요. 사람들은 나를 거만한 속물이라고 생각했죠. 나는 다른 사람들보다 두 배로 일했어요. 근무도 두 배로 했고, 공습을 받을 때도 일했고, 환자들을 위해 무엇이든 다 했으며, 요강을 죄다 비웠어요. 그런데도 나는 남자랑 나가지 않고 그들의 돈을 쓰지 않으려 했기 때문에 속물이 되었죠. 나는 집으로 가고 싶었지만 집에는 아무도 없었어요. 나는 또 유럽에 넌더리가 났어요. 내가 여자기 때문에 금덩어리처럼 취급당하는 것에도 질렸고. 내 말 뜻은, 아이는 그냥 죽지 않았어요. 내가 바로 아기를 지워버렸죠. 그 후에 나는 아무도 내 근처에 가까이 오지 못하도록 한참 뒤로 물러섰죠. 난 속물들의 이야기에 끼지도 않았어요. 누군가 죽을 때도 옆에 있지 않았어요. 그때 그 사람을 만난 거예요. 까맣게 타버린 사람. 나중에야 영국인임이 밝혀진 사람.

　　참 오랜만이었어요, 데이비드 아저씨, 내가 남자와 무언가를 해볼 생각을 한 것은."

*

　시크 공병이 빌라에 오고 나서 일주일 후, 사람들은 그
의 식사 습관에 익숙해졌다. 어디에 있든지 −언덕 위에 있든
지 빌라에 있든지− 그는 열두 시 반쯤이면 돌아와서 해나와
카라바지오에 동참해서 배낭에서 푸른 보자기로 싼 작은 꾸
러미를 꺼낸 후 두 사람이 먹는 식탁 위에 펼쳐놓았다. 양파
와 향초. 카라바지오는 그가 이것들을 프란시스코 수도회의
정원에서 지뢰 탐지를 하는 동안 뽑아온 게 아닐까 의심하고
있었다. 그는 도화관 전선에서 고무를 벗겨낼 때 쓰는 칼로
양파 껍질을 벗겼다. 그다음에는 과일을 깎았다. 카라바지
오는 그가 침공 작전 동안 한 번도 군대 식당에서 식사를 하
지 않은 것이 아닐까 의심했다.

　실상 그는 항상 동이 터올 때 충실하게 대열 안에 서서,
컵에 가장 좋아하는 영국 차를 받아서는, 자기 몫으로 배급
되는 가당연유를 차에 탔다. 그는 햇빛 속에 서서 천천히 차
를 마시며 군대의 느릿한 움직임을 바라보았다. 주둔 예정인
날에 군인들은 오전 아홉 시에 벌써 카나스타 카드 게임을
했다.

　이제 동틀 녘, 폭격으로 반쯤 초토화된 빌라 산 지롤라모
의 정원에 서 있는 상처 입은 나무 아래서, 그는 수통을 들어
물을 한 모금 마신다. 그는 치약 가루를 칫솔에 뿌리고 10분

동안 께느른하게 이를 닦으면서, 아직도 안개 속에 잠겨 있는 골짜기를 내려다보며 여기저기 어슬렁거린다. 어쩌다 아래에 두고 살게 된 경치를 바라다보니 경이롭다기보다는 호기심이 든다. 그가 어렸을 때부터 양치질은 언제나 그에게는 야외 활동이었다.

그 주변의 풍경은 그저 일시적인 것으로서 그에는 어떤 영구성도 없다. 그는 덤불숲에서 어떤 냄새를 맡고 비가 올지도 모르는 가능성을 단순하게 인지한다. 그의 정신은 사용하고 있지 않을 때도 레이더와 같고, 그의 눈은 주변 500미터 안에 존재하는 무생물들의 배치를 파악한다. 반경 500미터는 작은 무기의 살상 범위이다. 그는 정원에도 퇴각하던 부대가 뿌려놓은 지뢰가 가득하다는 사실을 인식하며 땅에서 조심스레 뽑은 양파 두 개를 살핀다.

점심시간, 카라바지오는 삼촌처럼 자상한 눈길로 푸른 보자기에 싸인 물건들을 흘깃 쳐다본다. 카라바지오는 이 젊은 군인이 지금 오른손으로 집어먹고 있는 음식과 같은 먹이를 먹는 동물은 아주 희귀할 것이라 생각한다. 군인은 손가락으로 음식을 집어 입으로 가져간다. 그가 칼을 쓰는 것은 오로지 양파 껍질을 벗기거나 과일을 저밀 때뿐이다.

두 남자는 밀가루 한 자루를 찾으러 골짜기까지 수레를 타고 내려간다. 또, 군인은 지뢰를 제거한 지역의 지도를 산

도메니코에 있는 본부에 전달도 해야 한다. 서로에 관한 질문을 하기가 어색한 두 사람은 해나에 대해서 이야기한다. 많은 질문이 오고 가다 나이 든 남자는 전쟁 전부터 그녀를 알았다고 인정한다.

"캐나다에서요?"

"그래, 거기서부터 알았지."

두 사람은 길 양쪽에 피워놓은 수많은 모닥불을 지나치고 카라바지오는 젊은 군인의 관심사를 그들 자신에게로 돌린다. 이 공병의 별명은 킵이다. "킵을 데려와." "여기 킵이 온다." 그 별명은 기이하게도 저절로 그에게 붙었다. 그가 영국에서 처음 폭탄 제거 보고서를 썼을 때, 버터가 떨어져 보고서에 얼룩을 남겼고 장교가 소리를 질렀다. "이게 뭐지? 키퍼 기름?" 주위 사람들은 와하하 웃음을 터뜨렸다. 그는 그때 키퍼가 뭔지 몰랐지만 젊은 시크 교도는 그 후에 그 말이 염장한 영국 물고기를 가리키는 이름이라는 말을 번역으로 들어 알았다. 일주일 안에 그의 본명인 키르팔 싱은 잊혔다. 그는 별로 거리끼지도 않았다. 서퍽 경과 그의 폭약 전담반은 그를 별명으로 부르길 좋아했고, 그는 성으로 부르는 영국식 관습보다는 별명이 더 나았다.

그해 여름 영국인 환자는 보청기를 껴서 집 안에서 일어나는 모든 일에 생생히 반응할 수 있었다. 귀 안에 걸린 호박으로 만든 마개는 일상적 소음들을 번역해주었다. 복도에 있는 의자가 바닥에 끌리는 소리, 개가 방 밖에서 득득 긁는 소리. 그러면 그는 보청기의 소리를 키웠고 개의 숨소리나 테라스에서 들리는 공병의 고함소리까지도 들을 수 있었다. 그래서 젊은 군인이 도착하고 며칠 후에 영국인 환자는 집 근처에 그가 존재하고 있다는 것을 깨달았지만, 해나는 두 사람이 서로 좋아하지 않을 것을 알고 두 사람을 떼어놓았다.

하지만 해나가 어느 날 영국인 환자의 방에 들어가 보니 공병이 거기 있었다. 그는 두 팔을 어깨에 가로로 걸친 소총 위에 걸고 침대 발치에 서 있었다. 그녀는 이처럼 총을 아무렇게나 다루는 것이 싫었고 그녀가 들어가자 그가 나른하게 몸을 돌리는 게 마음에 들지 않았다. 그의 몸이 마치 바퀴의 축인 양, 무기는 어깨와 팔, 그리고 작은 갈색 손목에 한데 꿰매져 있는 양.

영국인이 그녀 쪽으로 몸을 돌리더니 말했다.

"우리는 아주 사이가 좋아졌어요!"

그녀는 공병이 이 영역에 아무렇지도 않게 걸어 들어와 그녀를 어디에서나 에워싸고 있는 것이 분했다. 킵은 이 환자가 총에 대해서 정통하다는 것을 카라바지오에게 들었기 때문에 폭탄을 찾는 문제에 대해서 영국인하고 논의하기 시작했다. 군인은 방에 들어왔다가 영국인 환자가 연합군과 적군의 무기에 대해서 백과사전이나 다름없다는 것을 알았다. 영국인은 기묘한 이탈리아식 도화관에 대해서 알고 있을 뿐 아니라 투스카니 지방의 세부 지적도도 잘 알았다. 곧 두 사람은 서로에게 폭탄의 윤곽을 그려주었고 각각의 특정한 회로에 대한 이론들을 꼼꼼히 토의했다.

"이탈리아식 도화관은 수직으로 꽂혀 있는 것 같습니다. 그리고 항상 맨 끄트머리에 있는 것도 아니죠."

"음, 상황에 따라 다르지. 나폴리에서 만든 것들은 그런 식이지만, 로마 공장들은 독일군의 체계를 따라. 물론 나폴리도 15세기로 거슬러 올라가면……."

그렇다면 영국인 환자가 우회적으로 이야기하는 방식에 귀를 기울여야 한다는 뜻이었고, 젊은 군인은 가만히 앉아서 침묵을 지키는 데 익숙하지 않았다. 그는 안절부절못하며 영국인이 간간이 생각의 흐름을 활성화하기 위해서 말을 끊고 침묵을 지킬 때마다 끼어들었다. 군인은 머리를 뒤로 젖히며 천장을 쳐다보았다.

"우리가 해야 할 일은 멜빵 투석기를 만드는 겁니다."

공병은 해나가 들어서자 그쪽으로 몸을 돌리며 골똘한 어조로 말했다.

"그래서 이 사람을 집 주위로 데리고 나가야 해요."

그녀는 두 사람을 쳐다보고 어깨를 으쓱한 후 방에서 나가버렸다.

카라바지오가 복도에서 해나를 지나쳤을 때, 그녀는 미

소 짓고 있었다. 두 사람은 복도에 서서 방 안에서 일어나는 대화에 귀를 기울였다.

베르길리우스적인 인간에 대한 내 개념을 말했던가, 킵? 내 설명을…….

보청기 켜져 있어요?

뭐라고?

그걸 켜시라고…….

"저 사람, 친구가 생긴 것 같네요."

해나는 카라바지오에게 말했다.

그녀는 햇빛이 환한 마당으로 걸어 나간다. 정오가 되면 수도꼭지를 통해 빌라의 분수에 물이 나오고 20분간 물을 쏟아놓는다. 그녀는 신발을 벗고 분수의 마른 수반 안으로 올라가 기다린다.

이 시간이 되면 건초의 냄새가 사방에 퍼져 있다. 청파리가 비틀비틀 공기 중에 날아다니다가 벽에 부딪치듯 사람에 부딪치고, 무심하게 물러선다. 그녀는 물거미가 분수의 위쪽 수반 아래 지어놓은 집을 본다. 그녀의 얼굴이 분수의 쭉 뻗어 나온 부분에 지는 그늘 아래 든다. 그녀는 이 돌 요람 안에 앉아 있기를 좋아한다. 가까이 아직도 잠잠한 꼭지에서 나오는 서늘하고 어두운 숨은 공기의 냄새. 늦은 봄 처음으로 지하실을 열었을 때 흘러나온 공기와 같다. 그래서 바깥에 걸린 열기와는 대조가 된다. 그녀는 두 팔을 쓸고, 먼지와 꽉 끼는 신발에서 발가락을 빼서 기지개를 켠다.

집 안에 너무 남자가 많다. 그녀는 어깨에서 이어지는 맨팔에 입을 댄다. 그녀는 자기 피부, 그 익숙한 냄새를 맡는다. 자기 자신의 맛과 향. 그녀는 그것을 처음 인식하게 되었던 때를 기억한다. 십대 언젠가 ─시간이라기보다 장소처럼 느껴지는 때이다─ 키스를 연습하기 위해서 자신의 팔에 키스를 하고 손목 냄새를 맡았고 허벅지 위로 몸을 굽혔다. 두 손을 모아 그 속에 숨을 쉬면 숨결이 코로 도로 들어왔다. 그녀는 하얀 맨발을 얼룩덜룩 색이 진 분수에 대고 문지른다. 공병이 그녀에게 전쟁 중 마주친 조각상들에 대해서 이야기해준 적이 있었다. 그는 서러워하는 천사의 형상을 한 조각상 옆에서 잠들기도 했다고 했다. 반은 남자고 반은 여자며, 그가 아름답다고 생각했던 조각상. 그는 고개를 젖혀 그 몸을 바라보았고 참전한 후 처음으로 평화를 느꼈다고 했다.

그녀는 돌 냄새, 돌에 밴 차가운 나방 냄새를 맡는다.

그녀의 아버지는 몸부림치며 죽었을까, 아니면 편안히 죽어 갔을까? 아버지는 지금 영국인 환자가 침대에 장엄하게 누워 쉬고 있듯이 그렇게 누웠을까? 낯선 사람에게 간호를 받았을까? 피붙이가 아닌 사람이 피붙이인 사람보다 더 감정을 파고들 수도 있다. 마치 낯선 사람의 팔 안에 빠져들었을 때 내 자신의 선택을 비춘 거울을 발견하는 것처럼. 공병과 달리, 그녀의 아버지는 이 세계에서 완전히 편안해지지 못했다. 대화할 때 아버지는 수줍어서 말꼬리를 흐리고는 했다. 패트릭이 말하는 문장에는 중요한 단어가 두서너 개 빠져 있어. 엄마는 이렇게 불평했었다. 하지만 해나는 아버지의 그런 점을 좋아했다. 아버지에게는 봉건적인 기질이 없어 보였다. 아버지는 모호했고 불확실했기 때문에 망설이는 매력이 있었다. 아버지는 대부분의 남자들과는 달랐다. 심지어 부상당해 누워 있는 영국인 환자도 익숙한 봉건주의적인 목표가 있었다. 하지만 그녀의 아버지는 배고픈 유령으로, 그 주변에 있는 자신만만하고 소란하기까지 한 사람들을 좋아했다.

아버지는 사고 당시 여전히 평소처럼 무심하게 죽음을 향해 갔을까? 아니면 분노했을까? 해나가 아는 한 아버지는 절대로 화를 내지 않는 사람이었으며, 말싸움을 싫어했고 누군가 루스벨트나 팀 벅(Tim Buck, 1891-1973, 캐나다의 정치가이자 사회주의자—옮긴이)을 나쁘게 말하거나 토론토 시장 중 누구라도 칭찬하면 방에서 나가버렸다. 아버지는 평생 동안 누구도 개종시키려고 한적 없었고, 근처에서 일어나는 일들을 그저 감싸 안거나 축하했다. 그게 전부였다. 소설은 길을 따라 걸어가는 거울이다. 그녀는 영국인 환자가 추천해준 책에서 그 글귀를 읽었고, 아버지를 그런 식으로 기억했다. 그녀가 아버지에 대한 순간의 기억들을 모을 때마다, 아버지가 어느 날 밤 토론토의 포터리 길 북쪽에 있는 어떤 다리에서 차를 세우던 순간이 떠올랐다. 아버지는 거기가 바로 찌르레기와 비둘기들이 불편하고 불행하게 서까래에 옹기종기 모여 앉아 밤을 지새우는 곳이라고 말했다. 그래서 어떤 여름 밤 두 사람은 그곳에 멈춰 서서 머리를 밖으로 빼고 새떼들이 졸음에 차 짹짹대는 소음에 귀를 기울였다.

패트릭이 비둘기장에서 죽었다는 소리를 들었다. 카라바지오가 말했다.

그녀의 아버지는 당신이 만들어낸 도시를 사랑했다. 친구와 함께 색칠했던 거리와 벽과 경계선. 그는 진정으로 그 세계에서 한 발짝도 밖으로 나온 적이 없었다. 그녀는 실제 세계에 대해서 알던 모든 것이 스스로 배웠거나 카라바지오에게 배웠다는 것을 깨달았다. 혹은 그들이 함께 살던 시절, 새어머니였던 클라라로부터 배웠다. 클라라, 한때 배우였던 여자. 자기 생각을 명확히 표현하던 사람. 그들이 모두 전쟁에 나가버렸을 때 분노를 표현하던 여자. 이탈리아에서 보낸 지난해 내내, 그녀는 클라라로부터 온 편지를 지니고 다녔다. 편지는 조지안 만의 한 섬에 있는 분홍 바위 위에서 쓴 것이었다. 물 위로 불어와 공책 종이를 날리던 바람으로 쓴 편지. 마지막으로 클라라는 그 공책에서 페이지를 찢어내 해나에게 보내는 봉투에 넣었다. 해나는 이 봉투들을 여행가방에 넣어서 가지고 다녔다. 각각의 봉투에는 분홍 바위에서 떨어져 나온 돌티와 바람이 들어 있었다. 하지만 해나는 한 번도 답장을 쓰지 않았다. 클라라에게 슬픔 어린 그리움을 느꼈지만 편지를 쓸 수가 없다. 그 모든 일들을 겪은 이제는. 그녀는 패트릭의 죽음에 대해서 얘기하는 것을 참을 수 없었고 차마 인정할 수도 없다.

그리고 지금, 이 대륙에서 전쟁은 다른 곳으로 지나가버리고, 한때 잠깐이나마 병원으로 변했던 수도원과 교회들은 투스카니와 움브리아의 언덕에서 뚝 떨어져서 고독하다. 이곳들에는 전쟁이 만든 사회의 잔재, 거대한 빙산이 남기고 간 작은 빙퇴석들이 남아 있다. 이제 이곳들을 둘러싸고 있는 것은 신성한 숲뿐이다.

그녀는 얇은 치마 속에 발을 오므려 넣고 팔을 허벅지 위에 올려놓는다. 모든 것이 잠잠하다. 텅 빈 관 속에서 무언가 돌아가는 익숙한 소리가 들려온다. 분수의 중심 기둥 속에 묻힌 파이프 속에서 불안하게 울리는 소리다. 그리고 고요해진다. 그다음 갑자기 물이 그녀 주위에 와르르 쏟아진다.

*

해나는 영국인 환자에게 『킴』(루드야드 키플링의 소설—옮긴이)에 등장하는 늙은 방랑자나 『파르마의 수도원』(스탕달의 소설—옮긴이)의 파브리지오와 함께하는 여행을 읽어주었고,

두 사람은 군대와 말과 수레의 소용돌이에 함께 휘말려가며 흥분했다. 전쟁으로부터 도망치든가 전쟁을 향해 달려갔던 사람들. 그의 침실 한쪽 구석에는 그녀가 벌써 그에게 읽어주었던, 함께 지나쳤던 풍경들이 담겨 있는 책들이 쌓여 있었다.

많은 책들은 질서에 대한 작가의 확신과 함께 시작한다. 어떤 책은 소리 없이 노를 저으며 그들의 바다 속으로 미끄러져 들어갔다.

나는 세르비우스 갈바가 집정관이었을 때 집필을 시작했다.

……티베리우스, 칼리굴라, 클라우디우스, 네로의 역사들은 그들이 권력을 잡았던 동안에는 공포로 인해 날조되었고, 그들이 죽은 후에는 새로운 증오를 받으며 쓰였다.

타키투스는 그의 연대기를 그렇게 시작했다.

그렇지만 소설들은 망설임이나 혼돈으로 개시했다. 독자들은 절대로 완벽히 균형을 잡을 수가 없었다. 문이, 자물쇠가, 댐이 열리고 그들은 쏟아져 나갔다. 한 손으로는 뱃전을 잡고, 다른 손으로는 모자를 부여잡은 채로.

책을 읽기 시작하면, 그녀는 위로 받쳐 올린 문간을 지

나 커다란 마당으로 들어선다. 파르마와 파리와 인도가 양탄
자를 펼친다.

그는, 시의 명령에 반항하여, 오래된 아자이브-게르-경
이의 집 건너편 벽돌 단 위에 놓인 대포 잠-잠마 위에 걸
터앉았다. 아자이브-게르란 그곳 토박이 주민들이 라호
르 박물관을 부르는 이름이었다. 잠-잠마, 그 "불을 내
뿜는 용"을 차지한 자가 편잡을 차지한다. 그 위대한 녹
색 청동 물건은 항상 정복자가 가장 먼저 획득하는 전리
품이었다.

"천천히 읽어요, 아가씨. 키플링은 천천히 읽어야 돼. 쉼
표가 찍힌 곳을 주의 깊게 보면 자연스레 끊어 읽는 곳을 알
수 있게 돼요. 그는 펜과 잉크를 사용했던 작가죠. 한 페이지
를 쓰다가도 여러 번 고개를 들었을 거요. 창문 밖을 내다보
며 새 소리에 귀를 기울였겠지. 혼자 있을 때 대부분의 작가
들이 그러듯이. 어떤 작가들은 새들의 이름을 모르지만 키
플링은 알고 있었어요. 아가씨의 눈은 너무 빠르고 북미 대
륙 사람답지. 키플링이 펜을 놀렸던 속도를 생각해요. 그렇
지 않으면 이 오래된 첫 문단이 얼마나 소름 끼치고 따개비처
럼 끈적끈적 달라붙겠어."

영국인 환자가 해준 첫 번째 낭독 강의였다. 그는 다시

말을 끊지 않았다. 그가 잠이 드는 일이 있어도, 그녀는 자신이 지치기 전까지는 고개도 들지 않고 계속 읽어나갔다. 그가 줄거리를 반 시간쯤 놓친다고 해도 그저 그가 이미 알고 있을지도 모르는 이야기 속의 방 하나가 어두워지는 것에 불과했다. 그는 그 이야기의 지도에 익숙했다. 동쪽으로는 베르나레 족이 있었고 펀잡 북쪽에는 칠리안왈라가 있었다. (이 모든 일들은 공병이 마치 이 소설에서 빠져 나온 양 그들의 삶에 들어오기 전에 일어났다. 마치 밤 동안 키플링의 책 페이지를 마법의 램프처럼 문지른 양. 마법의 약처럼.)

그녀는 섬세하고 성스러운 문장들을 깨끗하게 읽어 내려가며 『킴』을 끝마쳤다. 그런 후 환자의 공책, 그가 어떻게든 불 속에서 가지고 나올 수 있었던 책을 집어 들었다. 이 책은 원래 두께의 거의 두 배로 불어나 비스듬히 벌어졌다.

공책 속에는 성서에서 찢어내 풀로 붙인 얇은 종이가 있었다.

다윗 왕이 나이 많아 늙으니, 이불을 덮어도 따뜻하지 않았다.

신하들이 왕에게 말하였다. "저희가 임금님께 젊은 처녀를 한 사람 데려다가, 임금님 곁에서 시중을 들게 하겠습니다. 처녀를 시중드는 사람으로 삼아, 품에 안고 주

무시면, 임금님의 몸이 따뜻해질 것입니다."

신하들은 이스라엘 온 나라 안에서 젊고 아름다운 처녀를 찾다가, 수넴 처녀 아비삭을 발견하고, 그 처녀를 왕에게로 데려왔다. (『열왕기』 1:1~1:4. 표준새번역 성경에서 인용—옮긴이)

화상을 입은 조종사를 구한 _____ 족은 그를 1944년 시와에 있는 영국군 기지로 데리고 왔다. 그는 한밤에 구급 열차를 타고 서부 사막에서 튀니지까지 이송되었고, 그 후에는 배로 이탈리아까지 보내졌다. 이 당시 전쟁에서는 자기가 누구인지 잊어버린 군인들이 수백 명은 되었고 대부분은 의심스럽다기보다 그저 무지한 것이었다. 자신의 국적이 확실하지 않다고 주장하는 사람들은 해안 병원이 있는 티레니아의 수용소에 배정되었다. 화상 입은 조종사는 또 하나의 불가사의로, 신분을 증명할 물건도 없었고 알아볼 수도 없었다. 근처에 있는 범죄자 수용소에는 미국 시인 에즈라 파운드가 우리에 갇혀 있었다. 그는 체포될 당시 몸을 숙여 밀고자의 정원에서 유칼리 씨앗을 하나 뽑았고, 수용소에 가서는 매일같이 보안을 유지해야 한다는 망상에 빠져 몸과 주머니 여기저기에 위치를 바꿔가며 숨겼다. '기억을 위한 유칼리나무(에즈라 파운드가 저술한 『피사의 시편 (The Pisan Cantos)』의 캔토 74 중 373행. 죽음의 공포를 잊지 않는다는 뜻으로 그는 유칼리나무 씨앗을 부적처럼 간직했다고 한다-옮긴이)'였다.

"날 속이려고 해봐요."

화상 입은 조종사는 그를 신문하는 자들에게 말했다.

"나보고 독일어를 해보라고 해요. 할 수 있으니까. 또,
돈 브래드먼(Donald Bradman, 1908-2001, 호주의 전설적인 크
리켓 선수-옮긴이)에 대해서 물어봐요. 마마이트(잼처럼 발라
먹는 식품류로 영국의 상표명-옮긴이)에 대해서도 물어보시지.
거트루드 지킬(Gertrud Jekyll, 1843-1932, 영국의 저명한 원예
가-옮긴이)에 대해서 물어보는 건 어때요?"

그는 지오토 작품을 소장한 유럽 미술관들을 속속들이
알았고, 진짜 같은 트롱프 뢰유를 볼 수 있는 곳들도 다수 알
고 있었다.

해안 병원은 20세기로 접어드는 당시 여행객들이 빌려
썼던 해안가의 해수욕 오두막을 이용해서 만들어졌다. 열기
가 뜨거운 동안에는 옛날 캄파리 양산을 옛날 탁자 구멍에
꽂아넣었고 붕대를 감은 환자나 부상자, 혼수상태의 환자
들은 그 아래 앉아 바다 공기를 마시며 천천히 이야기하다가
응시하다가 계속 지껄이고는 했다. 화상을 입은 남자는 다
른 사람에게서 동떨어져 있는 젊은 간호사를 인식했다. 그는
그렇게 죽은 듯한 시선에는 익숙했고 그녀가 간호사라기보
다는 환자에 가깝다는 것을 알았다. 그는 뭔가 필요할 때만
그녀에게 말을 걸었다.

그는 다시 신문을 받았다. 그에 관한 모든 것은 매우 영국적이었다. 다만 그의 피부가 짙은 검은색이라는 것 이외에는. 신문하는 장교들에게 그는 역사로 전해 내려오는 습지 화석 인간과 같았다.

그들은 그에게 연합군이 어디 주둔하고 있는지를 물었고, 그는 연합군이 피렌체는 점령했겠지만 북쪽에 있는 언덕 마을에 발목을 잡힌 상태로 추정한다고 말했다. 소위 말하는 고딕 전선이었다.

"당신네 사단은 피렌체에서 막혀서, 가령 프라토와 피에솔레 같은 요새를 지나치지 못하고 있어요. 독일인들이 빌라와 수도원에 막사를 치고 훌륭하게 방어하고 있기 때문이죠. 이건 오래된 얘깁니다. 사라센 군대에 대항하는 십자군들도 똑같은 실수를 했습니다. 그리고 그들처럼 당신들도 이제는 요새 마을이 필요하죠. 이런 마을은 콜레라가 창궐하던 시기를 제외하고는 버려진 적이 없습니다."

그가 계속 지껄여대서 적군이든 아군이든 할 것 없이 돌아버릴 정도였고 결국 그 사람들은 그의 진짜 정체를 확실히 알지 못했다.

피렌체 북쪽 언덕 마을에 있는 빌라 산 지롤라모에서 지낸 지 몇 달이 지난 지금, 침실로 쓰는 나무 방에서 그는 라벤나의 죽은 기사 조각상처럼 누워 있다. 그는 오아시스 마을에 대해서 띄엄띄엄 말하고 나중에는 메디치 가 사람들,

키플링의 산문체, 그의 살을 깨물었던 여자에 대해서 이야기한다. 그의 비망록, 헤로도토스의 『역사』 1890년 판에는 지도와 일기, 여러 언어로 쓰인 산문과 다른 책에서 오려낸 문단들이 들어 있었다. 빠져 있는 것은 그의 이름뿐이었다. 그가 실제로 누군지에 대해서는 아무런 단서가 없었고, 익명에 계급도 소속 대대도 분대도 알 수 없었다. 그의 책에 나와 있는 언급들은 모두 전쟁 전이나 1930년대의 이집트와 리비아의 사막에 대한 이야기였고 동굴 예술이나 화랑 미술, 그의 작은 필체로 쓴 일기 항목에 대한 얘기가 여기저기 흩뿌려져 있었다.

"갈색 머리 여자는 없어." 영국인 환자는 해나가 그 위로 몸을 숙이자 이렇게 말한다. "피렌체에 있는 성모상에는."

그는 아직도 손에 책을 들고 있다. 해나는 자고 있는 몸에서 책을 치우고 옆에 있는 탁자 위에 놓는다. 그녀는 일어서서 펼쳐진 책 그대로 내려다보며 읽는다. 그녀는 책장을 넘기지 않겠다고 스스로에게 약속한다.

1936년 5월
당신에게 시를 읽어줄게요. 클리프턴의 아내가 형식적인 목소리로 말했다. 아주 가까운 사람이 아니라면 그녀는 언제나 이렇게 보인다. 우리는 모두 남쪽 야영지에서 모닥불 주위에 모여 있었다.

나는 사막을 걸었다.

그러다 나는 외쳤다.

"아, 주님, 나를 이곳에서 꺼내주시기를!"

한 목소리가 말했다. "그곳은 사막이 아니다."

나는 외쳤다. "그렇지만…… 모래가, 열기가, 텅 빈 수평선이 있지 않습니까."

목소리가 말했다. "그곳은 사막이 아니다."

아무도 말하지 않았다.

그녀는 말했다. 스티븐 크레인이 쓴 시예요. 그 사람은 한 번도 사막에 와본 적이 없었어요.

사막에 왔었어요. 매독스가 말했다.

1936년 7월

전쟁에는 평화 시에 일어나는 우리 인간의 배신에 비하면 유치하기 그지없는 배신들이 일어난다. 새 연인은 다른 연인의 습관을 받아들인다. 사물은 짓뭉개지고 새로운 견지에서 드러난다. 이런 일들은 초조하거나 부드러운 문장으로 행해지지만 심장은 불의 기관이다.

사랑 이야기는 심장을 잃어버린 사람들에 대한 것이 아니라 몸속에 살고 있는 그 음침한 거주자가 아무것도 속일 수 없다는 것을 알게 되는 사람들에 대한 이야기다.

즉, 사랑을 우연히 만났을 때 우리의 몸은 그 무엇도 속일 수 없다. 현명한 잠도 습관적인 사회적 우아함도 속일 수 없다. 그것은 자기 자신과 과거를 소진하는 일이다.

초록방은 거의 어두워진다. 해나는 몸을 돌리다가 한참을 가만히 있었던 탓에 목이 뻣뻣해져 있음을 깨닫는다. 그녀는 낱장이 두꺼운 해양 책 위에 괴발개발 쓰인 필체에 너무나 집중하여 깊이 빠져 있었다. 그 위에는 작은 양치식물이 풀로 붙여져 있다. 『역사』. 그녀는 이 책을 덮지 않는다. 처음에 탁자 위에 올려놓은 이후로는 손도 대지 않았다. 그녀는 책을 두고 떠난다.

킵은 빌라 북쪽의 들판에서 커다란 부비 트랩을 발견했다. 그의 발이 ―그는 과수원을 가로지르려다 녹색 전선을 밟을 뻔했다― 뒤틀리는 바람에 균형을 잃고 무릎을 꿇었다. 그는 전선이 팽팽해질 때까지 들어올려 그 끝을 따라가보았다. 전선은 지그재그로 나무 사이로 이어졌다.

폭탄이 묻힌 곳에 이르자 그는 캔버스 가방을 무릎에 놓고 앉았다. 이 폭탄은 충격적이었다. 적들은 폭탄을 콘크리트로 묻어 놓았다. 그들은 폭발물을 그 속에 넣어 놓고 축축한 콘크리트로 덮어 작동 기제와 폭발력을 감추었다. 4미터 정도 떨어진 곳에 메마른 나무가 한 그루 있었다. 10미터 떨어진 곳에 또 다른 나무가 있었다. 두 달 치의 풀들이 콘크리트 공 위에 자라 있었다.

그는 가방을 열고 가위로 풀들을 잘라냈다. 작은 밧줄 그물을 그 주위에 얼기설기 얽어놓고 밧줄과 도르래를 나뭇가지에 감아 천천히 콘크리트를 허공으로 들어올렸다. 콘크리트에서는 전선 두 개가 나와 땅에 묻혀 있었다. 그는 자리에 앉아 나무에 기대고 콘크리트를 바라보았다. 속도는 이제 문제가 되지 않았다. 그는 가방 안에서 광석 수신기를 꺼내 이어폰을 머리에 썼다. 곧, 라디오에서는 AIF(호주 대영제국군) 방송국에서 나오는 미국 음악이 흘러나와 그를 가득 채웠다. 한 곡이나 춤곡의 평균 연주 시간은 2분 30초였다. 그는 〈진주 목걸이〉와 〈시-잼 블루스〉, 다른 노래들을 따라 작업했다. 그렇게 하면 배경 음악을 잠재의식적으로 받아들이며 거기서 얼마나 오래 있었는지 알 수 있었다.

소음은 중요하지 않았다. 이런 종류의 폭탄에는 위험 신호를 주는 시계 초침 소리나 똑딱거리는 소리가 없었다. 음악에 정신을 파는 편이 되레 폭발물의 가능한 구조와 얼기설기 얽힌 실이나 그 위에 부은 축축한 콘크리트가 가진 성질을 명료하게 생각하는 데 도움이 되었다.

두 번째 밧줄을 연결한 콘크리트 공이 허공에 팽팽하게 매달려 있다는 것은 그가 아무리 세게 공격을 해도 전선 두 개가 떨어져 나가지 않을 것임을 의미했다. 그는 일어서서 보이지 않는 폭탄을 조심스럽게 끌로 깎으며 떨어져 나온 돌가루를 입으로 불거나 깃털 막대를 사용하여 털어내고 콘크리트를 좀 더 떼어냈다. 그는 방송 주파수에서 벗어날 때만 해체 작업에서 정신을 딴 데로 돌려, 다시 스윙 음악이 깨끗하게 들리도록 맞추었다. 그는 아주 천천히 얽혀 있는 전선들을 파냈다. 얼기설기 꼬여 있는 전선은 모두 여섯 개였고 다 검은색으로 칠해져 있었다.

그는 전선들이 박혀 있는 기판에서 먼지를 털어냈다.

검은 전선 여섯 개. 킵이 아이였을 때, 아버지는 끝만 보이도록 손가락을 한데 모으고 어느 게 가장 긴 것인지 맞춰보라고 한 적 있었다. 꼬마 킵이 작은 손가락으로 골라내자, 아버지는 꽃이 피듯 손을 확 폈고, 소년이 잘못 골랐다는 것이 드러났다. 물론 사람들은 빨간 전선을 음극 쪽으로 만든다. 하지만 이 적은 폭탄을 콘크리트로 감쌌을 뿐 아니라 모든 전선을 검은색으로 칠해 성질을 지워버렸다. 킵은 심리적 소용돌이로 끌려들어가고 있었다. 칼로 물감을 긁어냈더니 빨강, 파랑, 녹색이 드러났다. 그의 적은 이것도 꼬아놓았을까? U자 형 강처럼 검은 전선으로 우회선을 만들어 양극과 음극의 회로를 시험해봐야 했다. 어느 쪽 힘이 약해지는지를 확인하면 위험 요소가 어디 있는지 알 수 있을 것이었다.

해나는 긴 거울을 앞에 들고 복도를 지났다. 거울이 무거워서 쉬엄쉬엄 앞으로 나갈 수밖에 없었다. 거울에 낡고 짙은 분홍색 복도가 비쳤다.

영국인은 자기 모습을 보고 싶어 했다. 그녀는 방에 들어서기 전에 자기 모습을 먼저 조심스럽게 비춰보았다. 창문에서 들어오는 빛이 간접적으로 그의 얼굴에 반사되지는 않길 바랐다.

검은 피부의 영국인은 그 자리에 누워 있었다. 그의 모습에서 하얀 부분이라고는 귀에 낀 보청기와 빛나는 듯 보이는 베개뿐이었다. 그는 손으로 시트를 내렸다. 이렇게 미는 정도가 그가 할 수 있는 전부였고, 해나가 마저 이불을 침대 바닥까지 젖혀주었다.

그녀는 침대 발치의 의자 위에 올라서서 천천히 거울을 숙여 그를 비춰주었다. 앞에서 손으로 거울을 버티고 이 자세로 있을 때, 희미한 고함소리가 들려왔다.

그녀는 처음에는 무시했다. 골짜기에서 집까지 소리가 들려오는 일은 종종 있었다. 철거 부대가 계속 메가폰으로 소리를 질러대서 영국인 환자와 단둘이 살 때도 줄곧 놀라곤 했었다.

"거울 좀 가만히 들어요, 아가씨."

영국인 환자가 말했다.

"누가 소리 지르는 것 같아서요. 들었어요?"

그는 왼손을 들어 보청기 볼륨을 높였다.

"그 젊은이인데. 나가서 찾아봐요."

그녀는 벽에 거울을 세워놓고 복도를 서둘러 내려갔다. 그녀는 바깥에서 잠깐 멈춰 서서 다음 고함소리가 들려오기를 기다렸다. 소리가 들렸을 때 그녀는 정원을 통과해서 집 위의 들판으로 향했다.

그는 마치 거대한 거미줄을 들고 있는 양 두 손을 높이 쳐들고 서 있었다. 그는 이어폰을 빼려고 고개를 흔들고 있었다. 그녀가 그에게로 뛰어가자 그는 온통 지뢰밭이니 왼쪽으로 돌아서 오라고 소리쳤다. 그녀는 멈췄다. 이제까지 위험하다는 의식도 없이 수도 없이 걸어 다녔던 길이었다. 그녀는 치맛자락을 들고 기다란 풀 속에 내디딘 발을 보며 앞으로 움직였다.

그는 그녀가 가까이 다가올 때도 손을 여전히 허공에 쳐들고 있었다. 그는 속임수에 넘어가버렸고, 결국 전류가 흐르는 전선 두 개를 손에 들고서 연결선들의 안전을 생각하지 않고는 놓을 수도 없는, 이러지도 저러지도 못하는 상태에 빠졌다. 그는 전선 중 하나를 무력화시키기 위해서 손이 또 하나 필요했고, 도화관 머리를 다시 살펴봐야 했다. 그는 전선들을 그녀에게 조심스레 넘겨주고, 두 손을 내려놓고 피가 통하도록 문질렀다.

"일 분 후에 도로 가져갈게요."

"괜찮아요."

"가만히 있어요."

그는 손가방을 열어 가이거 계수기와 자석을 찾았다. 그는 다이얼을 돌려서 그녀가 들고 있는 전선에 가져다 댔다. 음극 쪽으로 움직이지 않았다. 아무런 단서가 없었다. 아무것도. 그는 어떤 속임수를 썼을까 궁금해하며 뒷걸음질 쳤다.

"저것들을 저 나무에 테이프로 붙일게요. 그다음에 가서도 됩니다."

"아뇨, 내가 들고 있을게요. 나무까지 닿지 않잖아요."

"안 됩니다."

"킵, 내가 들고 있을 수 있어요."

"우린 난국에 빠졌어요. 여기 속임수가 있어요. 난 여기서부터 어떻게 해야 할지 몰라요. 이 계략이 얼마나 완전한지도 모르겠어요."

그녀를 놔두고 그는 처음 전선을 발견했던 곳으로 도로 뛰어 갔다. 그는 이번에는 전선을 잡고 계속 따라왔다. 가이거 계수기로는 계속 측정했다. 그런 후 그녀로부터 10미터 떨어진 곳에 쭈그리고 앉아서 생각에 잠겼다. 그는 가끔씩 고개를 들었지만 그녀를 본다기보다는 그녀가 손에 들고 있는 전선이 뻗어나간 두 갈래만 바라보았다. 모르겠어요. 그는 큰 소리로 천천히 외쳤다. 난 모르겠어요. 내 생각엔 당신이 왼손에 들고 있는 전선을 잘라야 할 것 같은데, 당신은 가요. 그는 라디오 이어폰을 머리에 뒤집어쓰고 소리가 다시 돌아

와 정신이 맑아지도록 했다. 그는 전선의 여러 다른 경로를
머릿속으로 그려보고 여기저기 얽혀 있는 매듭과 갑작스러
운 모서리, 양극에서 음극으로 전환하는 숨겨진 스위치 쪽
으로 방향을 틀었다. 일촉즉발의 상태였다. 그는 접시만큼
눈이 컸던 개를 기억했다. 그는 전선을 따라 가며 줄곧 전선
을 들고 아주 가만히 있는 여자의 손을 주시했다.

"당신은 가는 게 좋아요."

"전선을 자르려면 손이 하나 더 필요하잖아요."

"나무에 붙이면 돼요."

"내가 들고 있을게요."

그는 여자의 왼손에서 가느다란 살무사 같은 전선을 집
었다. 그런 다음 또 다른 전선도 받아 들었다. 그녀는 떠나지
않았다. 그는 더 이상 아무 말도 하지 않았다. 그는 이제 혼
자 있는 것처럼 최선을 다해 명료하게 생각해야 했다. 그녀는
그에게로 다가가서 전선 중 하나를 도로 가져갔다. 그는 이
제 더 이상 의식하지 않고 그녀의 존재를 지웠다. 그는 폭탄
기폭 장치의 경로를 여행하며 정신으로 모든 주요 지점을 건
드리고 폭탄 속을 X선처럼 들여다보면서 해체 과정의 안무
를 짰다. 그동안 밴드 음악이 다른 모든 것들을 채웠다.

그는 그녀에게로 다가가서 정리(定理)가 잊히기 전에 그
녀가 왼손 주먹으로 쥐고 있는 전선을 잘랐다. 이빨로 무언
가 무는 듯한 소리가 났다. 그는 그녀의 어깨를 따라, 목으로

이어지는 드레스의 짙은 무늬를 보았다. 폭탄은 죽었다. 그는 절단기를 내려놓고 한 손을 그녀의 어깨에 얹었다. 무언가 인간적인 것을 만져야만 했다. 그녀는 들리지 않는 소리로 무어라고 말했고 손을 뻗어 이어폰을 벗겨냈다. 침묵이 침범했다. 산들바람과 바스락거리는 소리. 그는 전선을 딸깍 자르는 소리가 전혀 들리지 않았다는 것을 깨달았다. 단지 끊는 느낌, 작은 토끼의 뼈를 부러뜨리는 듯한 느낌이 있었을 뿐이었다. 그는 그녀를 놔주지 않고 손을 그녀의 팔 밑으로 내밀어 여전히 단단히 쥐고 있는 전선 18센티미터를 잡아당겼다.

그녀는 불가사의하게 그를 바라보면서 방금 한 말에 대한 대답을 기다렸지만, 그는 그녀의 말을 듣지 못했다. 그녀는 고개를 저으며 주저앉았다. 그는 주변에 있는 여러 물건들을 그러모아 가방에 넣었다. 그녀가 고개를 들어 나무를 올려다보다 문득 내려다보니, 그가 손을 떨고 있었다. 손은 마치 간질 환자처럼 긴장해서 딱딱히 굳었고 순식간에 숨은 깊고 가빠졌다. 그녀는 그 위로 몸을 숙였다.

"내가 한 말 들었어요?"

"아니요. 뭐라고 했어요?"

"이제 죽겠구나 싶었어요. 나는 죽고 싶었어요. 그리고 내가 죽는다면 당신과 함께 죽을 것이라는 생각을 했어요. 나처럼 젊은 당신과 같은 사람. 지난해에 내 옆에서 죽어가는 수많은 사람들을 보았어요. 그때는 무섭지 않았어요. 나는 분명히 지금처럼 용감하지 않았어요. 나는 혼자 생각했죠. 이 풀밭 위에는 이 빌라가 있어. 우리는 죽기 전에 엎드려야만 했어. 당신을 내 팔에 안고. 난 당신의 목에 있는 뼈, 쇄골을 만지고 싶었어요. 그 뼈는 피부 아래 있는 작고 딱딱한 날개 같아요. 내 손가락을 그 위에 대고 싶었어요. 나는 언제나 강이나 바위의 색깔이나 갈색 눈의 수잔(갈색 눈의 수잔, 혹은 검은 눈의 수잔이라고 하는 꽃은 꽃 가운데가 검고 꽃잎이 노란 국화로 데이지 꽃과 비슷하다. 메릴랜드 주의 국화이다—옮긴이) 같은 색깔을 한 피부색을 좋아했어요. 그 꽃이 뭔지 알아요? 본 적 있어요? 너무 피곤해요, 킵. 잠을 자고 싶어요. 나무 밑에서 잠들고 싶어요. 눈을 당신의 쇄골에 대고, 다른 사람 생각 없이 눈을 감고 싶어요. 나뭇가지 사이 구부러진 곳을 찾아 그리로 올라가 잠들고 싶어요. 당신은 참 조심스러워요! 어떤 전선을 잘라야 할지도 알고. 어떻게 알았어요? 모르겠다, 모르겠다만 되풀이했잖아요. 하지만 알고 있었어. 그렇죠?

떨지 말아요. 당신은 나를 위해서 잔잔한 침대가 되어주어야만 해. 내가 안아줄 수 있는 자상한 할아버지가 되어서 동그랗게 몸을 말고 누울 수 있게 해주세요. 난 이 표현이 좋아요. '동그랗게 몸을 만다'는 표현. 참으로 느릿한 말이죠, 서둘러서는 안 돼요……."

그녀의 입이 그의 셔츠에 닿았다. 그는 최대한으로 고요히 그녀와 함께 땅에 누웠다. 맑은 눈은 나뭇가지 속을 올려다보았다. 그녀의 깊은 숨소리를 들을 수 있었다. 그가 그녀의 어깨에 팔을 둘렀을 때, 그녀는 이미 잠이 들어 있었지만, 그 팔을 잡아 끌어당겼다. 슬쩍 내려다보니 아직도 그녀가 전선을 들고 있었다. 아마도 다시 주운 듯했다.

가장 생생한 것은 그녀의 숨소리였다. 몸무게가 참으로 가벼이 느껴지는 것이, 그녀가 그에게 무게를 싣지 않으려고 균형을 잡고 있음이 분명했다. 그가 얼마나 오래 이렇게 누워 있을 수 있을까. 움직일 수도 없고 바쁜 업무로 돌아갈 수도 없었다. 반드시 고요하게 있어야만 했다. 그와 마찬가지로 그는 몇 달 동안 조각상에 의지했다. 군대가 해변 전투를 치르며 위로 진격하여 매번 요새 마을을 넘을 때마다 마을들은 다 똑같아 보였다. 어디에나 똑같이 좁은 거리가 있었고 이 거리들은 피의 하수구로 변하였다. 그래서 그는 만약 발을 삐끗하기라도 하면 이 비탈길에서 붉은 액체에 빠진 채 미끄러져 낭떠러지에서 골짜기 속으로 떨어질지도 모른다는 꿈을 꾸기도 했다. 매일 밤 그는 점령한 교회의 차가운 공기 속으로 걸어가서 그날 밤 그를 위해 불침번을 서줄 조각상을 찾아냈다. 그는 오로지 돌의 일족들만 신뢰했고 어둠 속에서 조각상들에게 가급적 가까이 다가갔다. 슬퍼하는 천사의 허벅지는 한 여인의 완벽한 허벅지가 되었고, 몸의 선과 그림자는 참 부드러워 보였다. 그는 그런 조각상들의 무릎을 베고 잠에 빠져들곤 했다.

그녀는 갑자기 그에게 좀 더 무게를 실었다. 이제 그녀의 숨소리는 더 깊이 늘어나 첼로 소리처럼 들렸다. 그는 잠자는 여자의 얼굴을 바라보았다. 그는 아직도 그가 폭탄을 해체할 때 그녀가 떠나지 않아서 화가 나 있었다. 그로 인해 그녀는 그에게 빚을 지웠다. 그에게 아까 일을 되돌아보고 그녀에 대한 책임감을 느끼도록 했다. 그 당시에는 그런 생각이 없었겠지만. 마치 그 행위가 그가 폭탄을 처리하는 데 유용한 영향력을 끼칠 수 있었다는 것처럼.

하지만 이제 그는 무언가의 안에 있다는 느낌을 받았다. 아마도 지난해에 어디에선가 보았던 그림 속인지도 몰랐다. 어떤 들판 위 안전한 한 쌍. 일해야 한다는 생각이나 세상의 위험에 대한 생각도 없이 나른히 잠들어 있는 남녀를 그는 얼마나 많이도 보아 왔던가. 그의 옆에 누운 하나의 숨소리 속에는 생쥐의 움직임 같은 것이 느껴졌다. 그녀는 꿈을 꾸며 약간 화내고 있었다. 그는 눈을 돌려 머리 위의 나무와 하얀 구름이 떠 있는 하늘을 올려다보았다. 그녀의 손이 마치 강둑을 따라 모로 붙어 있는 진흙처럼 그를 꽉 붙잡았다. 그는 이미 건너온 급류에 도로 휩쓸려가지 않도록 축축한 땅을 움켜쥐었다.

만약 그림에 나오는 영웅이었다면, 그도 공정하게 잠을 잘 권리가 있다고 주장할 수 있을 터였다. 그렇지만 그녀가 말했듯이 그는 갈색 바위였고, 폭풍우로 진흙이 넘치는 갈색 강물이었다. 마음속에 있는 무언가 때문에 그는 그처럼 순진한 발언에도 움찔했다. 소설이라면 폭탄을 성공적으로 해체하는 것으로 끝난다. 현명하고 아버지처럼 자상한 백인들은 서로 악수를 나누고 공을 치하하며 절뚝거리면서 떠날 것이고, 이런 특별한 사건으로 인해 마음이 누그러져서 고독으로부터 빠져 나온다. 하지만 그는 프로페셔널이었다. 그리고 그는 여전히 외국인, 시크 교도였다. 그가 유일하게 인간적이고도 개인적인 접촉을 한 사람은 이 폭탄을 만들고 나뭇가지로 흔적을 지우면서 떠나버린 이 적군뿐이었다.

어째서 그는 잠을 잘 수 없는 것일까? 어째서 그는 모든 것이 여전히 반쯤 불이 붙어 있고 발화가 지연되고 있을 뿐이라는 생각을 그만두고 여자에게로 돌아누울 수 없는 것일까? 그가 상상하는 그림 속이라면 두 사람이 껴안고 누워 있는 들판은 불이 붙어 있었을 것이었다. 한번은 쌍안경을 들고 부비 트랩이 깔린 집으로 진입하는 공병들을 따라간 적이 있었다. 그는 탁자 끝에 놓인 성냥갑을 쳐서 떨어뜨렸고 폭탄이 부스럭 터지는 소리가 들리기 직전 환한 불빛에 휘감겼다. 1944년의 번개는 어떤 모습일까. 여자의 팔을 조이고 있는 드레스 소매의 고무줄을 어떻게 신뢰할 수 있을까? 아니면 강 속의 돌멩이처럼 깊고 친밀한 그녀의 호흡 속에 섞인 덜거덕 소리는.

송충이가 옷깃을 따라 뺨으로 올라가자 그녀는 잠에서 깼다. 그녀는 눈을 뜨고 그가 그녀 위로 몸을 숙이는 것을 보았다. 그는 그녀의 피부를 건드리지 않고 송충이를 얼굴에서 떼어낸 후 풀밭 속에 놓아주었다. 그녀는 그가 벌써 짐을 다 챙겼다는 것을 눈치챘다. 그는 뒤로 움직여 나무에 기댔고 그녀가 천천히 몸을 굴려 등을 대고 누워 한껏 여유 있게 기지개를 켜는 모습을 보았다. 해가 머리 위에 뜬 것을 보니 오후인 듯했다. 그녀는 머리를 뒤로 젖히고 그를 보았다.

"나를 꼭 잡았어야죠!"

"그렇게 했어요. 당신이 움직여서 갈 때까지는."

"얼마나 오래 잡고 있었어요?"

"당신이 움직일 때까지. 움직여야 할 필요가 있었을 때까지."

"나를 마음대로 이용한 건 아니죠? 그랬나요?"

그러더니 한 마디 덧붙였다.

"그냥 농담이었어요."

그렇지만 그녀는 그가 얼굴을 붉히는 것을 보았다.

"집으로 내려갈래요?"

"그래요. 배가 고프군요."

그녀는 햇빛에 어지럽고 다리가 피곤해서 제대로 일어설 수도 없었다. 두 사람이 얼마나 오래 거기 있었는지 알 수 없었다. 그녀는 이 깊은 잠과 그 안으로 떨어질 때의 가벼움을 잊을 수가 없었다.

*

영국인 환자의 방에서 파티가 시작된 것은 카라바지오가 어딘가에서 축음기를 찾아왔다고 알렸을 때였다.

"축음기를 틀고 네게 춤추는 법을 가르칠 거야. 해나. 저기 있는 네 젊은 친구가 아는 춤 말고. 나는 이런저런 춤을 봐왔지만 어떤 춤은 싫어하지. 하지만 이 음악, 〈얼마나 오래 이렇게 지내왔던가(How Long Has This Been Going On)〉(조지 거쉰(George Gershwin)과 아이라 거쉰(Ira Gershwin)이 1927년에 작곡, 작사한 곡으로 첫 키스의 희열을 묘사한 곡이다-옮긴이)는 정말 좋은 노래야. 노래 전체도 전체지만 도입부의 멜로디가 정말 순수하거든. 위대한 재즈 연주가들만이 그 가치를 인정해주지. 자, 이제 테라스에서 파티를 열도록 하자. 그래야 개도 끼워줄 수 있으니까. 아니면 영국인에게 쳐들어가서 위층 침실에서 파티를 해도 좋고. 네 젊은 친구는 술을 마시지 않는데도 어제 산도메니코에서 와인 몇 병을 찾아왔더군. 음악만 있는 게 아니야. 자, 네 팔을 내밀어보렴. 아니. 먼저 바닥에 분필로 선을 긋고 연습하는 게 좋겠다. 기본 스텝이 세 개야. 하나-둘-셋. 이제 팔을 줘봐. 오늘 무슨 일 있었니?"

"저 사람이 커다란 폭탄을 하나 해체했어요. 까다로운 폭탄. 저 사람에게 얘기해달라고 하세요."

공병은 별로 겸손하지 못한 태도로 어깨를 으쓱했지만, 너무 복잡해서 설명할 수 없다는 투였다. 밤이 빠르게 내려, 골짜기부터 산으로 퍼져 나갔다. 그들은 다시 한 번 등불을 켰다.

*

그들은 발을 질질 끌며 복도를 지나 영국인 환자의 침실로 갔다. 카라바지오는 한 손에는 축음기 손잡이와 바늘을 들고 축음기를 날랐다.

"자, 이제 역사 강의를 시작하기 전에." 카라바지오는 침대에 정적으로 누워 있는 인물을 향해 말했다. "〈마이 로맨스〉(리처드 로저스와 로렌츠 하트의 곡. 두 사람은 파트너로 많은 곡을 함께 만들었다―옮긴이)를 먼저 들려드리겠습니다."

"1935년 로렌츠 하트가 쓴 곡이죠. 내가 알기론."

영국인 환자가 웅얼거렸다. 킵은 창턱에 앉았고 해나는 공병과 춤추고 싶다고 말했다.

"나한테 다 배울 때까지는 안 돼, 꼬마 벌레 아가씨."

그녀는 카라바지오를 이상하다는 듯 올려다보았다. 이
말은 아버지가 그녀를 부를 때 쓰는 애칭이었다. 그는 해나
를 넓고 털이 까칠한 품 안으로 끌어당기면서 다시 한 번 "꼬
마 벌레 아가씨"라고 부른 후 춤 교습을 시작했다.

그녀는 깨끗하지만 다림질하지 않은 드레스를 입었다.
두 사람이 돌 때마다 그녀는 공병이 가사를 따라 혼자 흥얼
거리고 있는 모습을 볼 수 있었다. 만약 전기가 들어온다면
라디오를 켤 수 있었을 것이고 그러면 어딘가에서 벌어지는
전쟁 소식을 들을 수밖에 없었다. 그들에게는 킵이 가진 광
석 수신기뿐이었지만, 그는 정중하게 그것도 천막 속에 놓아
두고 왔다. 영국인 환자는 로렌츠 하트의 불운한 삶에 대해
늘어놓고 있었다. 영국인은 하트의 가장 훌륭한 가사 중 하
나인 〈맨해튼〉의 일부는 개사되었다고 주장하며 바뀐 가사
를 읊었다.

우린 브라이튼에서 수영할래요
물속에 들어가면 고기들이 깜짝 놀라요
당신의 수영복은 너무 얇아요
지느러미를 맞댄 조개들이 히죽 웃어요

"근사한 가사에 선정적이기도 했지요. 하지만 리처드 로

155

저스는 약간 더 위엄 있는 가사를 원했다고 합니다."

"내 움직임을 생각하고 맞춰야지."

"아저씨가 맞추시면 어때요?"

"네가 요령을 익히면 그렇게 하지. 지금 요령을 아는 사람은 나뿐이잖냐."

"킵도 알걸요."

"알지도 모르지만 하려고 안 할걸."

"와인을 좀 마셔야겠어."

영국인 환자가 말하자 공병이 물잔을 들어 창문 너머로 들어 있던 물을 버리고 영국인이 마실 수 있게 와인을 따랐다.

"일 년 만에 처음 마시는 술이군."

그때 먹먹한 소음이 들렸고 공병은 재빨리 몸을 돌려 창문 너머 어둠을 보았다. 다른 사람들은 그 자리에 얼어붙었다. 지뢰가 폭발한 것일 수도 있었다. 킵은 다른 사람들 쪽으로 몸을 돌리고 말했다.

"괜찮아요. 지뢰가 아닙니다. 지뢰 제거된 지역에서 들렸어요."

"레코드판을 뒤집어, 킵. 이제 〈얼마나 오래 이렇게 지내 왔던가〉를 소개하지, 작사 작곡은……."

카라바지오는 영국인 환자가 끼어들 수 있는 틈을 만들어주었지만, 영국인은 와인을 마시느라 정신이 팔렸기 때문에 고개를 흔들며 입에 와인을 담은 채 싱긋 웃었다.

"이 알코올 때문에 내가 죽겠군."

"무슨 일이 있어도 당신은 안 죽소, 친구. 당신은 순수한 탄소 상태니까."

"카라바지오 아저씨!"

"조지와 아이라 거쉰 부부요. 들어봐요."

카라바지오와 해나는 구슬픈 색소폰 소리에 맞춰 미끄러졌다. 카라바지오의 말이 맞았다. 선율 진행은 느릿느릿하게 길게 이어져서, 이 연주가가 아늑한 도입부를 떠나 노래에 진입하고 싶어 하지 않는다는 것을 감지할 수 있었다. 마치 프롤로그에 나오는 아가씨에게 홀딱 반한 양, 이야기가 아직 시작되지 않은 그곳에 머물러 있고 싶어 하는 듯했다. 영국인은 그런 노래의 도입부를 "버든(반복구)"이라고 한다고 웅얼거렸다.

그녀는 근육이 단단한 카라바지오의 어깨에 뺨을 기댔다. 그녀는 깨끗한 드레스에 쓸리는 등 위에 놓인 그의 상처 입은 손을 느낄 수 있었다. 두 사람은 침대와 벽 사이, 침대와 문 사이, 침대와 킵이 앉아 있는 창문 벽감 사이의 좁은 공간 속을 누볐다. 간혹, 그들이 몸을 돌리면 킵의 얼굴을 볼 수 있었다. 그는 무릎을 세우고 팔을 그 위에 얹은 자세로 앉아 있었다. 혹은 창문 너머 어둠을 바라보기도 했다.

"보스포러스 포옹이라고 하는 춤 아는 사람 있어요?"

영국인이 물었다.

"그런 건 모르겠는데요."

킵은 천장과 그림이 그려진 벽 위로 미끄러져 지나가는 커다란 그림자들을 바라보았다. 그는 몸을 일으켜 걸어가 영국인의 빈 잔을 채워주었고 잔 가장자리에 병을 부딪쳐 건배를 했다. 서풍이 방 안으로 밀려들었다. 그는 갑자기 화가 나서 몸을 휙 돌렸다. 코르다이트 화약 냄새가 아주 희미하게, 공기 중 1퍼센트 정도로 풍겨왔다. 그는 피곤하다는 듯 손짓을 하며 해나를 카라바지오의 품 안에 남겨두고 방에서 빠져 나갔다.

그가 어두운 복도를 따라 내려가는 길에는 아무런 불빛이 없었다. 그는 가방을 집어 들고 집에서 나와 예배당의 서른여섯 계단을 내려간 후, 몸에서 나오는 피곤한 생각을 지우고 그저 길 위를 달렸다.

어떤 공병일까, 아니면 민간인일까? 꽃과 향초의 향기가 길옆에 서 있는 벽을 따라 흘렀고, 옆구리가 쑤시기 시작했다. 사고 아니면 잘못된 선택이리라. 공병들은 대부분 남과 어울리지 않았다. 그들은 성격이라는 면에 있어서는 기이한 사람들로 어떤 면에서는 보석이나 광석을 세공하는 사람과 비슷했다. 그들은 냉정하고 명확했으며 그들의 선택은 가끔 같은 일을 하는 사람들까지도 무서워할 정도였다. 킵은 보석을 세공하는 사람들과 같은 특질을 인식했으나 자기 자신에게 그런 점이 있다고는 생각지 않았다. 하지만 다른 사람들은 그렇게 생각하리라는 것도 알고 있었다. 공병들은 결코 서로 친하게 지내지 않았다. 그들은 오로지 새로운 장치, 적의 습관에 대한 정보를 교환할 때만 말을 했다. 공병들이 숙박하고 있는 시청으로 올라가면 세 명의 얼굴만 보이고 네 번째 얼굴을 보지 못할 수도 있었다. 어쩌면 네 명은 다 있고 들판 어딘가에는 노인이나 소녀의 시체가 있을지도 모른다.

그는 입대하면서 명령 계통 도표를 익혔고, 거대한 매듭이나 악보처럼 점점 더 복잡해지는 청사진을 공부했다. 그는 자신에게서 3차원을 꿰뚫어볼 수 있는 능력을 발견했다. 어떤 사물이나 정보가 적힌 페이지를 한 번 보면 재배치할 수 있고, 단순 주제에 즉흥 연주를 더한 음악처럼 단순한 바탕에 더해진 이상한 무언가를 알아볼 수 있는 악당의 시선이 있었다. 그는 천성적으로 보수적이었지만, 또한 가장 최악의 장치, 방 안에서 일어날 수 있는 사고를 상상할 수 있는 능력이 있었다. 가령, 탁자 위에 놓인 자두가 있는데 아이가 다가가서 독이 있는 씨까지 먹어버린다거나, 한 남자가 어두운 방에서 아내 옆에 누우려다가 받침 위에 놓인 양초 등불을 확 쳐버린다든가. 어떤 방 안에서도 이처럼 사고가 일어날 수 있는 배치를 찾아볼 수 있었다. 악당의 시선이란 표면 아래 묻혀 있는 선을 볼 수 있고, 보이지 않을 때 이런 매듭들이 어떻게 꼬여 있는지를 알 수 있는 능력이었다. 그는 이제 추리소설을 볼 때면 범인을 너무 쉽게 맞출 수 있기 때문에 짜증이 나서 읽지 않게 되었다. 그는 독학자 특유의 추상적인 광기를 가진 사람들과 있을 때 가장 편안했다. 예를 들자면, 그의 정신적 지주인 서퍽 경, 혹은 영국인 환자 같은 사람들.

그는 아직 책을 그렇게 신뢰하지는 않았다. 최근에 해나는 그가 영국인 환자의 옆에 앉아 있는 모습을 볼 수 있었다. 마치 『킴』에 나오는 인물의 역할이 반전된 것처럼 보였다. 젊은 학생은 이제 인도인이고 현명하고 나이 든 선생은 영국인이었다. 하지만 밤에 이 나이 든 사람 옆에 남아서 산을 넘어 성스러운 강으로 안내하는 이는 해나였다. 두 사람은 심지어 그 책을 같이 읽었고, 바람이 옆에 놓인 촛불을 꺼뜨려 책장이 순간 어둠 속에 잠기게 되면 해나의 목소리는 느려졌다.

그는 종이 땡땡 울리는 대기실 구석에 쭈그리고 앉아서 온갖 생각에 몰두했다. 깍지 낀 두 손은 무릎 위에 올려놓고 동공은 한 점으로 작아졌다. 일순간 —또다시 0.5초 동안에— 그는 거대한 수수께끼의 해결에 다다랐다고 느꼈다……

그리고 어떤 면에서는 그렇게 길고 긴 밤 책을 읽고 귀를 기울였던 것은 젊은 병사를 위해 대비했던 것인지도 모른다는 생각이 들었다. 다 자란 소년, 그들과 함께할 청년. 하지만 이야기 속에서 어린 소년에 해당하는 건 해나였다. 그리고 킵이 누군가의 역을 맡아야만 한다면, 크레이턴 장교일 것이다.

책, 매듭 지도, 도화관판, 오로지 촛불과 가끔씩 들이치는 번개, 그리고 폭발로 일어날 수 있는 빛으로만 밝은 버려진 빌라의 네 사람. 전기 없는 눈앞이 캄캄한 산과 언덕과 피렌체. 촛불 빛은 50미터도 미치지 못한다. 좀 더 거리를 두고 보면 여기에 있는 무엇도 바깥세상에 속해 있지 않았다. 그들은 영국인 환자의 방에서 이 밤 잠깐 동안 춤을 추며 그들의 소박한 모험을 축하했다. 해나는 잠을, 카라바지오는 축음기를 발견한 것을, 킵은 어려운 해체 작업을 해낸 것을. 그렇지만 그는 벌써 그 순간을 잊고 있었다. 그는 축하와 승리를 불편해하는 사람이었다.

그저 50미터만 떨어져서 보아도, 세상에 그들의 존재를 보여주는 것은 아무것도 없었다. 골짜기의 눈으로 바라보면 그들에게는 소리도 모습도 없었다. 그동안 해나와 카라바지오의 그림자가 벽을 스쳐가고 킵은 벽감에 편안히 들어 앉아 있고 영국인 환자는 와인을 홀짝홀짝 마셨다. 이 술이 알코올에 한동안 익숙지 않았던 몸속으로 스며들어 취기가 빨리 올랐고 그의 목소리는 사막 여우의 휘파람 소리, 라벤더와 다북쑥 근방에서만 서식할 수 있기 때문에 오로지 에식스에서만 볼 수 있다는 영국 개똥지빠귀가 파드득대는 소리를 냈다. 화상 입은 남자의 모든 욕망은 머릿속에 있었고, 공병은 자기만의 생각에 잠겨 돌 벽감 안에 앉아 있었다. 그때 그는 들려오는 소리에 대해 속속들이 깨닫고 확신하면서 고개를 재빨리 돌렸다. 그는 그들을 돌아보고 생전 처음 거짓말을 했다.

"괜찮아요. 지뢰가 아닙니다. 지뢰 제거된 지역에서 들렸어요."

그는 코르다이트 화약 냄새가 풍겨올 때까지 준비하고 기다렸다.

이제 몇 시간 후, 킵은 다시 창문 벽감 안에 앉아 있다. 만약 영국인의 방에서 7미터 건너편으로 가 그녀를 만질 수 있다면, 제정신이 돌아올지도 몰랐다. 방 안에는 빛이 거의 없이 그녀가 앉아 있는 탁자에 초가 하나 켜 있을 뿐이고 오늘은 그녀도 책을 읽지 않았다. 그는 어쩌면 그녀가 약간 취했을지도 모른다고 생각했다.

지뢰 폭발의 근원지에서 돌아와 보니, 카라바지오는 도서실 소파에서 팔에 개를 안은 채로 잠들어 있었다. 그가 열린 문간에 멈춰 서자 개는 꼼짝도 않고 그를 바라보았다. 자기는 깨어 있으며 이곳을 지키고 있다는 것을 인정해달라는 듯했다. 조용히 그르렁대는 소리가 카라바지오의 코 고는 소리 위에 겹쳤다.

그는 부츠를 벗고 신발끈을 한데 묶어 어깨에 둘러메고 위층으로 올라갔다. 비가 내리기 시작했기 때문에 천막 위에 덮을 방수 천이 필요했다. 복도에서 보니 영국인 환자의 방에 아직도 불이 켜 있었다.

그녀는 야트막한 초에서 빛이 퍼져 나오는 탁자 위에 한 팔꿈치를 괴고 머리를 뒤로 기댄 채 의자에 앉아 있었다. 그는 부츠를 바닥에 내려놓고 세 시간 전만 해도 파티가 벌어졌던 방 안으로 조용히 들어갔다. 아직도 공기 중에서는 알코올 냄새가 났다. 그가 들어가자 그녀는 손가락을 입술에 대고 환자를 가리켰다. 그는 킵의 소리 없는 걸음걸이를 들을 수 없었다. 공병은 다시 한 번 벽의 우묵한 자리에 앉았다. 만약 그가 방 건너로 가서 그녀를 만질 수 있다면, 제정신이 돌아올지도 몰랐다. 하지만 두 사람 사이에는 믿을 수 없고 복잡한 여행이 놓여 있었다. 그 사이의 세계는 넓었다. 그리고 영국인은 잘 때는 안전하다는 것을 스스로 인식할 수 있도록 보청기를 최대 수준까지 올려놓았기 때문에, 작은 소리에도 잠에서 깼다. 여자의 눈은 주위를 두리번거리다가 직사각형 창문 속에 앉아 있는 킵과 마주치자 고요해졌다.

그는 사람이 죽은 위치와 거기 남은 잔해를 찾아냈고, 그들은 하디 하사관을 매장했다. 그 이후 그는 그날 오후의 여자를 계속 생각하게 되었고, 괜히 끼어들었던 것을 떠올리니 갑자기 겁도 났고 화도 났다. 그녀는 너무도 아무렇지 않게 자신의 인생을 해치려 했었다. 그녀는 그를 빤히 바라보았다. 그녀의 마지막 표현은 입술에 댄 손가락이었다. 그는 몸을 삐뚜름히 숙여 어깨에 멘 밧줄에 대고 뺨 한쪽을 닦았다.

그는 돌아올 때 마을을 다시 지나왔었다. 원래는 가지를 바짝 쳐놓았지만 전쟁이 발발한 이후로 다듬어주지 않은, 마을 광장의 나무들 위로 빗방울이 떨어졌다. 그는 두 남자가 말 등에 앉아 악수를 나누는 기묘한 조각상들을 지났다. 그리고 이제 그는 여기에 있었다. 흔들리는 촛불 빛에 그녀의 모습이 변하여 무슨 생각을 하는지 알 수 없었다. 지혜인지 슬픔인지 호기심인지.

만약 그녀가 책을 읽고 있었거나 영국인 위에 몸을 숙이고 있었더라면, 그는 그녀에게 고개를 끄덕이고 떠났을 것이었다. 하지만 그는 이제 젊고 외로운 사람으로서 존재하는 해나를 바라보고 있다. 오늘밤, 지뢰가 폭발한 현장을 바라보며 그는 그날 오후 해체 현장에 그녀가 있었다는 사실이 두려워지기 시작했다. 그는 그 기억을 지워버려야만 했다. 그렇지 않다면 그가 기폭 장치에 접근할 때마다 그녀가 항상 그의 옆을 따라다닐 것이었다. 그는 그녀를 태아처럼 품게 될 것이었다. 그가 작업을 할 때는 명징함과 음악만이 그를 채웠고 인간 세상은 지워져버렸다. 이제 그녀가 그의 안이나 그의 어깨 위에 있게 되었다. 한때 군대가 붕괴시키려고 했던 터널에서 한 장교가 살아 있는 염소를 꺼내왔던 장면을 기억하는 식으로.

아니다.

그건 사실이 아니었다. 그는 해나의 어깨를 원했고, 오늘 오후 햇빛 속에서 그랬던 것처럼 손바닥을 그 어깨에 대고 싶었다. 그녀는 잠들어 있고 그는 마치 누군가의 사격 조준기로 겨냥 당한 양 그녀 옆에서 어색하게 누워 있던 그때처럼. 가상의 화가가 그린 풍경화 속에 있었을 때처럼. 그는 편안함을 원하지 않았지만 편안함으로 그녀를 감싸고 싶었다. 그녀를 이 방에서 이끌어 데리고 나가고 싶었다. 그는 자신의 약점을 믿기를 거부했고 그녀에게서도 자기에게 불리한 약점을 찾을 수가 없었다. 두 사람 다 서로에게 그런 가능성이 있음을 드러내려 하지 않았다. 해나는 너무도 고요히 앉아 있었다. 그녀는 그를 바라보았고 촛불이 흔들리며 그녀의 모습을 바꾸어놓았다. 그는 그녀에게 있어 그가 단지 윤곽으로밖에 보이지 않는다는 사실을 깨닫지 못했다. 어둠의 일부가 되어버린 야윈 체격과 피부.

아까 그가 창문 벽감을 떠나는 모습을 보았을 때, 그녀는 불같이 화가 났다. 그가 마치 그들이 어린아이인 양 지뢰로부터 보호하고 있다는 것을 알았기 때문이었다. 그녀는 카라바지오에게 좀 더 바짝 매달렸다. 일종의 모욕이었다. 그리고 오늘밤에는 저녁의 들뜬 기분이 점점 고조되어 카라바지오가 잠깐 그녀의 구급상자를 뒤지고 나서 잠자러 간 이

후에도, 영국인 환자가 뼈만 남은 손가락으로 허공을 휙 끌어당기는 시늉을 해 몸을 숙이자 그녀의 뺨에 입을 맞춘 후에도 책을 읽을 수가 없었다.

그녀는 다른 촛불들은 불어 끄고 침대 옆 탁자 위에 놓인 야간용 촛불 하나만 켜놓고 거기 앉았다. 영국인은 술기운에 횡설수설 연설을 늘어놓은 후에 이제는 조용해져서 그녀를 마주본 채로 누웠다.

"언젠가 나는 말이 될 거예요. 언젠가는 개가, 돼지가, 머리 없는 곰이. 언젠가는 불이."(『한여름밤의 꿈』 3막 1장, 퍽의 대사—옮긴이)

그녀는 옆에 놓인 금속 쟁반 위에서 촛농이 흘러넘치는 소리를 들을 수 있었다. 공병은 폭발이 일어난 언덕 어디께를 향해 마을을 가로질러 가버렸고, 그가 굳이 아무 말 하지 않았다는 사실에 아직도 화가 났다.

그녀는 책을 읽을 수가 없었다. 그녀는 영원히 죽어가고 있는 남자와 함께 방에 앉아 있었다. 등의 우묵한 부분은 카라바지오와 춤추던 중에 우연히 벽에 쿵 부딪쳐서 든 멍 때문에 아직도 아팠다.

이제 그녀에게로 다가가면, 그녀가 그를 빤히 바라보며 유사한 침묵으로 대할 것이다. 그가 짐작하도록 놔둬, 떠나버려. 그녀는 이전에도 군인들의 추파를 받아본 적이 있다.

하지만 그는 이렇게 행동한다. 그는 방을 반쯤 가로질러 가더니 아직까지 어깨에 메고 있는 가방에 손을 쑥 집어넣는다. 그의 걸음걸이는 소리가 나지 않는다. 그는 몸을 돌려 침대 옆에 멈춘다. 영국인 환자가 호흡을 한 번 길게 내쉬자, 그는 칼로 보청기의 전선을 자르고 도로 가방 안에 넣는다. 그는 몸을 돌리더니 그녀를 향해 씩 웃는다.

"아침에 전선을 다시 연결해놓도록 하죠."

그는 왼손을 그녀의 어깨 위에 올려놓는다.

*

"데이비드 카라바지오. 당신에겐 어색한 이름이군요, 물론……."

"적어도 나는 이름이나 있지."

"그렇긴 하군요."

카라바지오는 해나의 의자에 앉는다. 오후의 태양이 방 안을 채우고 유영하는 티끌들을 비춘다. 영국인의 어둡고 야윈 얼굴과 각진 코는 포대기에 둘둘 싸인 얌전한 매의 외양을 하고 있다. 매의 관 같군. 카라바지오는 생각한다.

영국인은 카라바지오를 향한다.

"카라바지오가 인생 말년에 그린 그림이 있죠. 〈골리앗의 머리를 든 다윗〉. 그 그림 속에서 젊은 전사는 쭉 뻗은 팔로 짓밟히고 늙은 골리앗의 머리를 들고 있어요. 하지만 그 그림에서 진정으로 슬픈 건 그게 아니에요. 사람들은 다윗의 얼굴이 젊은 카라바지오의 자화상이라고 생각하고 골리앗은 더 늙은 카라바지오, 즉 그 그림을 그렸을 때의 그의 얼굴을 그린 자화상이라고 추정하고 있지요. 젊음이 쭉 뻗은 팔에 매달린 노년을 판결하고 있는 겁니다. 한 인간의 필멸성을 판단하는 거죠. 나는 칩이 침대 발치에 서 있는 것을 보면 내 다윗, 데이비드라는 생각이 듭니다."

카라바지오는 말없이 그 자리에 앉아 있다. 생각은 떠도는 먼지 속에 빠져든다. 전쟁은 그에게서 균형을 앗아갔고, 그는 모르핀에 전 가짜 팔다리를 단 현재 모습을 가지고는 다른 세계로 돌아갈 수 없다. 그는 결코 가정생활에 익숙해진 적이 없는 중년의 남자다. 일생 동안 그는 영구적인 친밀감은 피했다. 이 전쟁 이전까지는 남편이라기보다는 연인에 맞는 남자였다. 그는 연인들이 혼돈을 떠나가듯이, 도둑들이 가난해진 집을 떠나듯이 쓱쓱 빠져 나가는 남자였다.

그는 침대에 누운 남자를 바라본다. 사막에서 온 이 영국인이 누군지 알아야 한다. 해나를 위해서 이 사람의 정체를 밝혀야 한다. 아니 어쩌면 이 사람을 위해서 피부를 발명해야 할지도 모른다. 탄닌산이 화상 입은 남자의 생살을 감추어주고 있듯이.

전쟁 초기에 카이로에서 일하면서 그는 이중 첩보원이나 육신을 갖춘 유령을 만들어내는 훈련을 받았다. 그는 '치즈'라는 이름의 가공 요원을 담당했고, 몇 주 동안 적에게 거짓 소문을 흘리며 이 가공의 요원에게 사실을 입히고 탐욕스럽다거나 술에 약하다거나 하는 성격을 부여했다. 카이로의 어느 구역에서는 사막에서 전체 연대를 만들어내서 일한 적도 있었다. 그는 전쟁의 한때, 그의 주변 사람들에게 바쳐진 온통 거짓말만 하던 시기를 거쳐 살아왔다. 그는 마치 새 울음소리를 흉내 내며 어두운 방 안에 있는 남자 같은 기분을 느꼈었다.

하지만 여기에서 그들은 피부를 떨쳐버렸다. 그들은 오로지 진실한 자기 모습 이외에는 아무것도 흉내 낼 수 없다. 아무런 방어벽이 없이 다른 사람 안에서 진실을 찾아볼 수밖에 없었다.

*

그녀는 도서관 책장에 꽂힌 『킴』을 꺼내고, 피아노에 기대어서 맨 뒤의 빈 종이에 써내려 간다.

그가 말하기를, 그 대포는 −잠−잠마− 아직도 라호르에 있는 박물관 야외에 있다고 한다. 대포는 모두 두 문인

데 그 도시에 있는 힌두인들 집집이 지즈야, 세금이라는
명목으로 걷어 들인 금속 컵과 대접으로 만들어졌다. 이
식기들을 다 녹인 다음에 대포로 만들었다. 이 대포는
17세기와 18세기에 시크 교도와의 전투에서 많이 쓰였
다고 한다. 대포 하나는 체납 강을 건너는 전투 중에 잃
어버렸다……

　　그녀는 책을 덮고 의자 위에 올라가서 책을 높고 보이지
않는 책장에 꽂는다.

　　그녀는 그림이 그려진 침실로 새 책을 가지고 들어가서
책 제목을 알린다.
　　"이제 책은 됐어요, 해나."
　　그녀는 그를 바라본다. 그는 아직까지도 아름다운 눈을
가지고 있다고 해나는 생각한다. 암흑에서 나오는 그 회색
눈빛 속에서는 갖가지 일이 일어난다. 한순간 그녀를 향해
눈길이 수없이 깜박이는가 싶더니 곧 등대처럼 다른 쪽으로
돌려버린다.
　　"책은 더 이상 읽지 않아도 돼. 헤로도토스를 줘."
　　그녀는 그의 손 안에 두껍고 더러워진 책을 놓아준다.
　　"표지에 얼굴 조각상이 그려진 『역사』 판본도 본 적이 있
어. 프랑스 박물관에서 발견된 조각상이었지. 하지만 내 상

상 속의 헤로도토스는 그런 모습이 아니야. 내가 생각한 그 사람은 사막에서 볼 수 있는 마른 체격의 남자지. 오아시스마다 떠돌아다니며 씨앗을 교환하듯 전설을 교환하고 의심 없이 모든 것을 받아들이며 신기루를 꿰뚫는 사람. 헤로도토스는 말했지. '나의 이 역사책은, 시작에서부터 주요한 역사적 주장들에 대한 보충 설명을 추구한다.' 이 책에서 볼 수 있는 점은 역사가 미치는 범위 안 막다른 곳이야. 사람들이 나라를 위해 어떻게 서로를 배신하는지, 사람들이 어떻게 사랑에 빠지는지……. 몇 살이라고 했지, 해나?"

"스무 살이에요."

"내가 사랑에 빠졌던 건 그보다 훨씬 늦은 나이였지."

해나는 잠깐 머뭇거린다.

"상대 여자분은 누구였어요?"

하지만 그는 이제 그녀에게서 눈길을 돌린다.

*

"새들은 나뭇가지가 죽어버린 나무들을 더 좋아하지."

카라바지오가 말했다.

"그 위에 앉아 있으면 전경이 훤히 보이거든. 어느 방향으로든 날아오를 수 있으니까."

"내 얘기를 하시는 거라면, 나는 새가 아니에요."

해나가 말했다.

"진짜 새는 저 위층에 있는 남자죠."

킵은 새가 된 그녀의 모습을 상상해보려 한다.

"솔직하게 말해봐. 넌 너보다 똑똑하지 못한 남자를 사랑할 수 있어?"

맹렬히 몰려오는 모르핀 기운에 사로잡힌 카라바지오는 시비를 걸고 싶었다.

"성생활에서 내가 가장 걱정했던 점이지. 내 성생활은 늦게 시작됐지만. 이건 여기 있는 소수 정예의 사람들에게는 말해 두어야겠군. 내가 결혼한 후에야 대화에서 성적 기쁨을 느끼게 된 것이나 마찬가지지. 이전에는 단어가 선정적이라고 느낀 적이 없었어. 지금은 가끔 섹스보다 말하는 게 더 좋을 때도 있다니까. 문장들. 이런 얘기를 줄줄 늘어놓다가 다른 얘기를 줄줄 하고, 또다시 이 얘기를. 하지만 말 때문에 생기는 문제는 말을 너무 많이 해서 궁지에 몰리게 되는 거야. 반면 섹스를 하다가 궁지에 몰리는 일은 없지."

"남자들이나 할 말이네요."

해나가 웅얼거렸다.

"뭐, 나는 없었어."

카라바지오는 계속 말을 이었다.

"자네는 있었을지도 모르겠는데, 킵. 산골에 살다가 뭄바이로 내려왔을 때나 군사 훈련 받으러 영국에 갔을 때 말이야. 혹시 섹스 많이 해서 궁지에 몰린 사람 있었나? 킵, 자네 몇 살이지?"

"스물셋이요."

"나보다 나이가 많네요."

"해나보다 나이가 많군. 해나가 자네보다 똑똑하지 못하다면 얘를 사랑할 수 있겠어? 내 말 뜻은, 얘는 자네보다 똑똑하지 않을 수도 있다는 말이지. 그렇지만 굳이 사랑에 빠지기 위해 이 애가 자네보다 똑똑하다고 생각할 필요는 없지 않나? 이제 생각해봐. 얘는 영국인이 유식하다는 이유만으로 저 사람에게 사로잡혀 있어. 저 친구하고 얘기를 할 땐 우리는 커다란 들판에 있는 셈이지. 저 사람이 영국인인지조차도 알 수 없다고. 어쩌면 아닐 수도 있지. 그런데도 자네보다는 저 친구하고 사랑에 빠지는 게 쉽단 말이야. 왜 그럴까? 우리는 뭔가 알고 싶고, 조각들이 어떻게 맞아 들어가는지 보고 싶어서지. 말을 잘하는 사람들은 유혹적이고 우리를 구석으로 몰지. 우리는 자라고 변화하는 것 이상을 원해. 멋진 신세계지."

"내 생각은 달라요."

해나가 말했다.

"나도 그렇게 생각하진 않아. 자, 내 나이대의 사람들에 대한 얘기를 해주지. 나이 들어서 가장 나쁜 점은 사람들이 이젠 나이가 들었으니까 성격도 그만큼이나 원숙해졌을 거라고 생각하는 거야. 중년의 문제점은 사람들이 이제 다 완전한 인간으로 성숙했을 것이라고 생각한다는 것이지. 여기."

이 시점에서 카라바지오는 두 손을 들어 해나와 킵을 향했다. 해나는 일어서서 그의 등 뒤로 가더니 두 팔로 목을 끌어안았다.

"이러지 말아요. 알았죠, 데이비드 아저씨?"

그녀는 두 손으로 부드럽게 그의 손을 감쌌다.

"수다쟁이는 위층에 있는 사람 하나로 충분해요."

"우리를 봐. 우리는 도시가 너무 뜨거워지고 있는데 이 더러운 언덕 마을, 더러운 빌라에 더러운 부자들처럼 앉아 있어. 아침 아홉 시인데 위층 남자는 아직 자고 있지. 해나는 저 남자에게 강박관념을 갖고 있어. 나는 해나의 온전한 정신 상태에 강박을 느끼지. 내 '균형'에도 강박을 느끼고. 그리고 킵은 조만간 폭탄에 날아가버릴지도 몰라. 어째서? 누구를 위해서? 얘는 이제 겨우 스물세 살이야. 영국군은 저 친구에게 기술을 가르치고, 미국군은 또 다른 기술을 가르치며, 공병대는 강의를 하지. 이 사람들은 온갖 감언이설에 속아 부자들이 사는 언덕으로 파견되었어. 자넨 이용되는 거야, 보요. 웨일즈 어 표현이지. 난 여기 오래 머무르지 않을 거야. 난 너를 집에 데리고 갈 거야. 닷지 시티에서 빠져나와."

"그만해요, 데이비드. 저 사람은 살아남을 거예요."

"어젯밤 폭탄에 날아간 공병, 그 사람 이름이 뭐라고 했지?"

킵은 대답하지 않았다.

"이름이 뭐였지?"

"샘 하디요."

킵은 대화에서 떠나 창문으로 가서 밖을 내다보았다.

"우리 모두의 문제는 있어서는 안 될 곳에 있다는 거야. 아프리카에서, 이탈리아에서 무엇 하는 거지? 대체 킵은 과수원에서 폭탄을 해체하면서 무엇 하는 거지? 어째서 영국인들의 전쟁을 하고 있는 거지? 서부 전선의 농부는 나뭇가지를 자를 때마다 톱날이 망가진다는군. 왜인 줄 알아? 지난 전쟁 동안 박힌 총알 파편이 너무 많아서야. 우리가 몰고 온 질병 때문에 나무들도 굵어졌고, 군대는 너희들 머릿속에 생각을 주입해 놓고서도 여기 남겨놓고 떠나서 다른 데 가서 문제를 일으키지. 우리는 모두 여기서 함께 나가야 해."

"영국인을 남겨두고 갈 수는 없어요."

"저 영국인은 몇 달 전 이미 떠난 사람이야. 그는 베두인들과 함께 있든지 협죽초와 거름이 가득한 영국 정원에 있는 거야. 저 사람은 자기가 주변을 빙글빙글 맴돌면서 말을 걸려고 했던 여자가 누군지도 기억 못해. 자기가 어디 있는지도 몰라.

넌 내가 너한테 화를 내고 있다고 생각하는구나. 넌 사랑에 빠졌으니까. 그렇지 않아? 삼촌의 질투라고. 난 너 때문에 겁이 난다. 난 영국인을 죽이고 싶어. 그것만이 너를 구할 수 있는 유일한 방법이니까. 너를 여기서 끌어낼 수 있는 방법. 그런데 저 사람을 좋아하게 되었어. 네 근무지를 버려. 네가 목숨을 무릅쓰는 위험한 짓을 하지 못하도록 킵을 말릴 수 있을 만큼 영리하지 못한다면 어떻게 킵이 너를 사랑하겠니?"

"그거야, 저 사람은 문명화된 세계를 믿으니까요. 저 사람은 문명화된 사람이니까요."

"첫 번째 실수야. 올바른 행동은 기차를 타, 그리고 아기를 갖는 거다. 가서 영국인, 저 친구에게 물어보자. 뭐라고 생각하나?

넌 왜 더 똑똑하게 행동하지 않는 거냐? 똑똑하지 않아도 괜찮은 사람들은 부자들뿐이야. 다른 사람들이 비위를 맞추니까. 그 사람들은 오래전에 특권의식에 갇혀버렸어. 그 사람들은 자신들의 재산을 지켜야만 해. 세상에서 부유한 사람들만큼 비열한 이들은 없다. 내 말 믿어. 하지만 그 사람들은 더러운 문명 세상의 규칙을 따라야만 해. 그 사람들이 전쟁을 선포하고 명예를 지켜야 하기 때문에 떠날 수 없지. 하지만 너희 둘은 아냐. 우리 셋은 아니야. 우리는 자유로워. 얼마나 많은 공병들이 죽어갔나? 어째서 너희들은 아직 죽지 않은 거지? 책임감을 버려. 이제 행운도 남아 있지 않아."

해나는 컵에 우유를 따랐다. 다 따르자, 그녀는 우유단지 주둥이를 컵의 손에 대고 따랐다. 우유가 그의 갈색 팔과 팔꿈치 위로 흐르다 멈췄다. 그는 그래도 우유단지를 치워버리지 않았다.

*

집 서쪽에는 두 단으로 된 길고 좁다란 정원이 있다. 형식을 갖춘 테라스와 더 높은 곳에 위치한, 더 어두운 정원. 그 정원에 있는 돌계단과 콘크리트 조상들은 비로 생긴 녹색 곰팡이가 덮여 가려져 있다. 공병은 여기에 텐트를 쳤다. 비가 내리고 안개가 골짜기 위로 솟아오르며, 사이프러스와 전나무 가지에서 떨어지는 빗방울이 언덕바지, 폭탄을 반쯤 제거한 이 고립지대 위에 떨어진다.

모닥불을 피워야만 이처럼 영원히 젖어 있고 그늘진 위층 정원의 습기를 말릴 수 있다. 널빤지 찌끼, 이전 폭격에서 떨어져 나간 서까래, 질질 끌리는 나뭇가지, 오후에 해나가 뽑아놓은 잡초들, 낫으로 벤 잔디와 쐐기풀. 해거름이 되기 직전의 늦은 오후, 이 모든 것들을 여기로 가지고 와서 태운다. 축축한 모닥불 연기가 김을 내며 타오르고, 식물 향이 풍기는 연기가 덤불을 타고 나무속으로 오르다 앞 테라스 위에서 스러져 간다. 연기는 영국인 환자의 창문에 닿고, 그는 연기 자욱한 정원에서 떠도는 목소리들과 간간이 터지는 웃음 소리를 듣는다. 그는 연기 향을 해독해서 무엇을 태워 나온 냄새인지를 구분한다. 로즈 메리구나. 금관화, 다북쑥. 무언 가 향기 없는 식물도 있다. 어쩌면 개제비꽃이나 이 언덕의 약산성 토양에서 잘 자라는 하늘바라기일지도 모른다.

영국인 환자는 해나에게 무엇을 심어야 할지 충고한다.

"이탈리아 친구에게 씨앗 좀 구해달라고 해. 그 방면에 는 유능해 보이던데. 자두 잎이 필요할 거야. 또 파이어 핑 크, 인디언 핑크라고도 하는 것도 구해. 라틴 친구에게 줄 라 틴 이름이 필요하면 실레네 버지니카라고 하지. 빨강 층층이 꽃도 좋아. 되새를 꾀고 싶으면, 개암과 산벚나무를 심어."

그녀는 모든 것을 받아 적는다. 그러고는 만년필을 작은 탁자 서랍 속에 넣어둔다. 그 서랍 안에는 그에게 읽어주던 책과 촛불 두 자루, 베스타 성냥이 들어 있다. 이 방에는 의 료용품은 놓아두지 않는다. 다른 방에 숨겨놓는다. 카라바 지오가 찾으러 다닐 수도 있으니. 그가 영국인 환자를 방해 하길 원치 않는다. 그녀는 식물 이름을 적은 종이쪽지를 나 중에 카라바지오에게 주려고 드레스 주머니 속에 넣는다. 육 체적 매혹이 고개를 쳐들었기 때문에 그녀는 이제 세 남자와 함께 있는 게 어색해졌다.

이런 감정을 육체적 매혹이라고 할 수 있다면. 이 모든 게 킵에 대한 사랑과 관련이 있다면. 그녀는 진갈색 강 같은 그의 팔뚝을 베고 눕는 게 좋고 그 강에 푹 잠기듯 그녀 옆에 누운 그의 살 속 보이지 않는 혈관의 맥박을 느끼며 깨어나는 것이 좋다. 그가 죽어가는 때가 오면, 그녀가 직접 짚어서 식염수액을 주사해야 할 혈관이다.

새벽 두 시나 세 시, 영국인을 놔두고 온 해나는 정원을 지나 공병이 성 크리스토퍼의 팔에 걸어놓은 내풍 램프 쪽으로 걸어간다. 그녀와 빛 사이에는 절대적인 암흑뿐이지만, 가는 길에 있는 덤불과 관목 숲, 거진 다 타서 깜부기로만 남은 모닥불의 위치를 다 안다. 이따금 그녀는 유리 깔때기 위를 한 손으로 가리고 불꽃을 불어 끄기도 하고 가끔은 그저 타도록 놔두고 그 밑을 지난다. 그녀는 열린 천막 문으로 기어들어가서 그의 몸에 바짝 붙는다. 원하는 팔을 베고, 면봉 대신에 혀, 바늘 대신에 치아를, 잠들게 하는 코데인 호흡기 대신에 입을 들이밀어, 쉬지 않고 계속 똑딱똑딱 움직이는 그의 뇌를 천천히 졸음에 밀어 넣는다. 그녀는 페이즐리 무늬 드레스를 개서 테니스 신발 위에 올려놓는다. 그녀는 그에게 있어 세상은 극히 소수의 주요한 규칙만을 가지고 그들 주위에서 타오른다는 것을 안다. TNT는 증기로 대체하고 다 빼버린 다음에는…… 그녀가 마치 여동생처럼 그의 옆에서 정숙하게 누워 자는 동안 그의 머릿속에는 오직 이 생각뿐이라는 것을 안다.

천막과 어두운 숲이 두 사람을 두른다.

그들은 그녀가 오르토나나 몬테르키의 임시 병원에서 다른 환자들에게 주었던 안식에서 한 발짝 더 나아갔을 뿐이다. 마지막 온기를 나누기 위한 그녀의 몸, 안식을 주기 위한 속삭임, 잠을 주기 위한 바늘. 하지만 공병의 몸은 다른 세상에서 온 무엇도 안으로 들여 넣어주지 않는다. 사랑에 빠진 청년은 그녀가 모아온 음식을 먹으려 하지 않고, 그녀가 놓아주는 약도 필요로 하지 않고 원치도 않는다. 모르핀을 원하는 카라바지오와는 달리, 사막에서 만들어진 연고를 간절히 원하는 영국인과는 달리. 영국인 환자는 베두인들이 그를 치료해준 방식대로 자기 자신을 새롭게 조립할 수 있는 연고와 꽃가루를 갈망하고 있다. 단지 잠의 안식을 위해서.

그가 주변에 둘러놓은 몇 가지 장식물들이 있다. 그녀가 그에게 주었던 이파리, 양초 끄트머리, 그리고 그의 천막 안에는 광석 수신기, 훈련용품으로 가득 찬 배낭이 있다. 그는 침착하게 전투에서 나왔다. 이는 잘못된 것이라 할지라도 그에게는 명령을 의미한다. 그는 엄격한 자세 그대로 조준경을 통해 골짜기 위를 선회하는 매의 움직임을 좇고 폭탄을 연다. 그는 보온병을 들어 뚜껑을 돌려 열고 마실 때에도 금속 컵을 절대 쳐다보지 않고 추적하고 있는 물건에게서 절대로 눈을 떼지 않는다.

나머지 우리들은 그저 변두리에 머물러 있을 뿐이야, 그녀는 생각했다. 그의 눈은 오로지 위험한 것에만 못 박혀 있고, 듣는 귀는 단파로 전해지는 헬싱키나 베를린의 소식에만 향해 있어. 그가 다정한 연인일 때도, 그녀가 왼손으로 그의 팔뚝 근육이 긴장하는 자리, 카라(시크 교도들이 종교적 신앙의 표시로 끼는 헐렁한 강철 팔찌―옮긴이) 위를 꼭 잡고 있을 때도 그녀는 여전히 그 망연한 표정을 보면 자신이 보이지 않는 사람인 것 같은 기분이다. 그 느낌은 그가 고개를 돌려 그녀의 목에 대고 신음할 때까지 지속된다. 위험을 제외한, 그 외 모든 것들은 가장자리에 있다. 그녀는 그에게 소리를 내는 법을 가르쳤고 그에게서 그 소리를 듣기를 원했다. 전투 후에 그가 잠깐이라도 긴장을 풀 때가 있다면, 오직 이 신음 소리를 낼 때뿐이다. 마침내 어둠 속에 있는 자신의 자리를 기꺼이 인정한다는, 인간적인 소리를 냄으로써 자신의 희열을 알리겠다는 뜻 같다.

　　그녀가 그를 얼마나 사랑하는지, 혹은 그가 그녀를 얼마나 사랑하는지는 알 수가 없다. 아니면 이 모든 것들이 어디까지 비밀스러운 게임인지도. 그들은 점점 친밀해지면 질수록, 낮 동안에는 되레 더 거리를 둔다. 그녀는 그가 남겨두고 가는 거리가, 그가 그들의 권리라고 생각하는 간극이 마음에 든다. 그렇게 함으로써 두 사람은 각각 개인적인 에너지를 얻을 수 있고, 그가 그녀의 창문 아래를 아무런 말 없이 지나처 마을에 있는 다른 공병들을 만나러 1킬로미터 남짓한 길을 걸어갈 때 두 사람 사이의 공기에는 비밀스러운 암호가 흐른다. 그는 접시나 음식을 그녀의 손 안에 건넨다. 그녀는 그의 갈색 손목 위에 이파리 하나를 놓아둔다. 아니면 두 사람은 카라바지오를 사이에 끼워서 무너진 벽을 다시 모르타르로 바르는 일을 하기도 한다. 공병은 좋아하는 서양 노래를 부르고, 카라바지오는 그 노랫소리가 즐겁지만 아닌 척한다.

"펜실베이니아 육-오천-오오오오."(글렌 밀러의 연주곡으로 유명하다. 가사는 오로지 '펜실베이니아 육-오천'뿐이다—옮긴이)

젊은 공병은 숨을 들이켠다.

그녀는 온갖 다양한 형태로 존재하는 그의 짙은 피부색을 알게 된다. 목의 색에 대비되는 팔뚝의 색깔. 손바닥, 뺨, 터번 아래의 색깔. 빨간 전선과 검은 전선을 가르거나 아직도 음식을 먹을 때 사용하는 암회색 접시 위에서 빵을 집어 올리는 손가락의 짙은 색깔. 그다음 그는 일어선다. 자급자족하는 태도는 다른 사람들에게는 무례하게 보이지만, 그는 이것이 극도로 공손한 태도라고 생각하고 있는 것이 분명하다.

그녀는 무엇보다도 목욕할 때 젖은 목의 색깔을 사랑한다. 그가 그녀 위에 있을 때 손가락으로 잡을 수 있는 땀방울이 맺힌 가슴도. 그리고 천막 안의 어둠 속에 잠긴 짙고 강인

한 팔도. 언젠가 한번은 마침내 등화관제가 끝나 그녀의 방에서 골짜기 너머 켜진 도시의 불빛이 보였다. 그 불빛들은 마치 황혼처럼 그들 사이에서 피어올랐고 그의 몸 색깔을 환히 비추었다.

*

후에 그녀는 그가 절대로 그녀에게 주시당하거나 그녀를 주시하려 하지 않았다는 것을 깨닫게 된다. 그녀는 소설에서 그 단어를 보고 책에서 골라내 사전에서 찾아보게 된다. 주시당한다. 책임을 진다. 그는 결코 이런 행동을 허락하지 않았다는 것을 안다. 그녀가 어두운 정원 200미터를 걸어 그에게 간다면 그것은 그녀의 선택이다. 그리고 그는 잠들어 있을지도 모른다. 사랑이 없어서가 아니라 다음 날 위험에 맞서야 하므로 맑은 정신을 유지해야 할 필요성 때문에.

그는 그녀가 대단하다고 여긴다. 그는 깨어서 그녀가 퍼져가는 불빛 속으로 들어오는 모습을 본다. 그는 무엇보다도 그녀 얼굴에 떠오른 영리한 표정을 사랑한다. 혹은 저녁에 카라바지오가 어리석은 짓을 하지 못하게 말싸움 할 때의 목소리를 사랑한다. 그리고 그녀가 마치 성녀처럼 그에게로 다가와 바짝 안는 방식을 사랑한다.

그들은 이야기를 나눈다. 가볍게 가락이 섞여 있는 그의 목소리는 작은 천막의 캔버스 천 냄새 속에서 흐른다. 이 천막은 그가 이탈리아 작전 내내 가지고 다녔던 것으로, 이제 그는 마치 자기 몸의 일부인 양 밤에는 몸 위를 덮는 카키색 날개가 되어주는 이 천막을 가벼운 손가락으로 쓰다듬는다. 이 천막은 그의 세계이다. 그녀는 이런 밤에는 캐나다로부터 멀리 떠난 기분이다. 그는 그녀에게 어째서 잠들지 못하느냐고 묻는다. 거기 누운 그녀는 그의 자급자족하는 성격, 세상에서 너무도 손쉽게 등을 돌려버릴 수 있는 능력에 언짢아 한다. 그녀는 비를 막을 수 있는 양철 지붕 하나, 창문 밖에서 아늘아늘 흔들릴 포플러 나무 두 그루, 들으면서 잠들 소음을 원한다. 그녀가 토론토의 동쪽 끝에서 살 때, 그리고 그후 2년간 패트릭과 클라라를 따라 스쿠타마타 강과 조지안 만에서 살 때 함께 자랐던 잠자는 나무들과 잠자는 지붕들. 그렇지만 그녀는 이처럼 나무들이 빽빽한 정원에서 잠자는 나무 하나 찾지 못했다.

"키스해줘요. 내가 가장 순수하게 사랑하는 건 당신의 입이에요. 당신의 치아."

그리고 후에, 그의 머리가 한쪽으로 떨어져 열려 있는 천막 입구로 들어오는 공기를 향할 때, 그녀는 자기 자신만 들을 수 있을 정도로 속삭이곤 했다.

"어쩌면 카라바지오에게 물어봐야 할지 몰라요. 아버지가 언젠가 카라바지오 아저씨는 항상 사랑에 빠지는 남자라고 이야기를 한 적이 있죠. 그냥 사랑에 빠지는 게 아니라 항상 그 속에 푹 잠겨버린다고. 언제나 어쩔 줄을 모른다고. 언제나 행복하다고. 킵? 내 말 듣고 있어요? 난 당신과 함께 있어서 참 행복해요. 당신과 이처럼 같이 있어서."

대체적으로 그녀는 두 사람이 함께 헤엄칠 수 있는 강이 있으면 하고 바랐다. 수영에는 마치 무도회장에 있는 것처럼 뭔가 형식성이 있다고 그녀는 생각했다. 하지만 그는 강에 대해서 다른 감각을 가지고 있었다. 한번은 아무런 말 없이 모로 강에 들어가 베일리 가동교에 붙어 있던 케이블을 잡아당겨야 했던 적이 있었다. 나사가 막힌 강철판들은 마치 살아 있는 생물처럼 물속으로 미끄러져 들어갔고 하늘은 공습으로 환했다. 누군가가 그의 옆에서 강 한가운데로 빠졌다. 계속해서 공병들은 잃어버린 도르래를 찾아 잠수했고 물속의 갈고리와 씨름하다 흙탕물을 뚫고 수면으로 솟아오르면 화약 불빛으로 하늘 아래 얼굴들이 환했다.

밤새 모두 울고 소리치며 서로가 미치지 않도록 말려야만 했다. 옷에는 겨울 강물들이 새들어 왔고 다리는 머리 위에서 느릿느릿 길을 만들었다. 그리고 이틀 후에는 또 다른 강. 어느 강을 가든지 이름이 지워진 양, 별 없는 하늘처럼, 문 없는 집처럼 다리가 없었다. 공병 부대가 밧줄을 들고 강 안으로 들어가서 어깨에 케이블을 메고 나르고 나사를 조이고 금속 소리가 나지 않도록 기름을 치면 군대가 그 다리 위를 행진했다. 여전히 그 아래 물속에 있는 공병들과 급조한 다리 위를 지나갔다.

강 한가운데 있을 때 폭탄이 떨어지는 일도 잦았다. 폭탄은 진흙 강둑에 떨어져 불을 내고 강둑을 부수어 돌 더미로 만들었다. 그때 그들을 보호해줄 장치는 아무것도 없었고, 수면을 찢고 들어오는 금속 위로 흐르는 갈색 강은 비단처럼 하늘하늘했다.

그는 그 생각에서 돌아섰다. 그녀 또한 강에 대한 기억이 있었고 그 강으로부터 길을 잃고 떠나왔으나, 그녀와는 반대로 그는 빨리 잠에 드는 요령을 알았다.

그래. 카라바지오는 그녀에게 어떻게 사랑에 푹 잠길 수 있는지 설명해주려 했다. 조심스러운 사랑이라도 푹 잠기는 법을.

"난 당신을 스쿠타마타 강에 데려가고 싶어요, 킵."

그녀는 말했다.

"당신에게 스모크 호수를 보여주고 싶어요. 내 아버지가 사랑했던 여자가 그 호숫가에 살고, 차보다도 더 손쉽게 카누를 몰지요. 당신이 카누를 타는 클라라를 만나주었으면 좋겠어요. 내게 남은 유일한 가족이죠. 이제 다른 가족은 없어요. 아버지는 전쟁 때문에 그녀를 버렸죠."

그녀는 발을 헛디디거나 머뭇거리는 법 없이 그가 밤에

자는 천막으로 걸어간다. 나무들은 체처럼 달빛을 곱게 거르고 그녀는 마치 무도회장의 조명 공에서 비추는 빛 속에 사로잡힌 것 같다. 그녀는 그의 천막 안으로 들어가 자고 있는 그의 가슴에 한쪽 귀를 대고 심장 고동 소리를 듣는다. 그가 폭발물에 달린 시계소리에 귀를 기울이듯이. 새벽 두 시. 모두들 잠들어 있다. 그녀 외에는.

남 카이로 1930-1938

　헤로도토스 이후 수백 년 동안, 서방 세계는 사막에 별로 관심을 보이지 않는다. 기원전 425년부터 20세기의 초반까지는 딴 데 시선이 쏠린다. 침묵. 19세기는 강을 찾는 자들의 시대이다. 1920년대에는 대지의 이 고립 지역에 다정하게도 새 역사가 덧붙여진다. 주로 개인 기금으로 지원을 받은 탐사단들이 찾아가고, 그 후에는 런던 켄싱턴 고어에 자리 잡은 지리 학회에서 잇따라 소박한 강연회를 연다. 강연자들은 콘래드의 소설에 나오는 선원들처럼 햇볕에 그을리고 기진맥진한 남자들로, 택시의 예절이나 버스 차장들의 재빠르고 무미건조한 재담을 편안히 받아들이지 못한다.

　학회 모임에 참석하기 위해 교외에서 나이츠브리지로 오는 국철을 타고 올 때면, 이들은 종종 길을 잃기도 하고 표를 잘못 두기도 한다. 옛날 지도에만 매달리고 시간을 들여 고생스럽게 쓴 강의 노트를 이제 신체의 일부가 된 듯 항상 지니고 다니는 배낭에 넣어가지고 오느라 그쪽에만 신경을 쓴 탓이다. 온 세계에서 온 사람들이 빛이 고독히 남아 있는 초저녁 여섯 시에 여행한다. 도시의 대부분이 집으로 돌아가는 익명의 시간이다. 이 탐험가들은 켄싱턴 고어에 너무 일찍 도착해서 라이온스 코너 하우스에서 식사하고 지리 학회에 입장한다. 그들은 커다란 마오리 카누 옆에 있는 2층 홀에 자리를 잡고 노트를 넘겨본다. 여덟 시에 강연이 시작된다.

격주에 한 번씩 강의가 있다. 누군가는 강연을 소개하고, 누군가는 감사 인사를 한다. 마지막 강연자는 보통 주장을 하거나 경화(硬貨, 금이나 달러와 쉽게 교환 가능한 통화를 의미한다−옮긴이)에 관한 강연을 평가한다. 비판적인 관점은 견지하지만 절대 무례하게 굴지는 않는다. 주요 강연자들은 사람들 기대대로 사실을 충실히 따르며, 강박적인 추정들도 겸손하게 발표한다.

지중해에 위치한 소쿰에서부터 수단의 엘 오베이드에 이르는 리비아 사막을 횡단했던 우리 여행은 지표면에 있는 몇 가지 경로 중 한 가지를 따라 이루어졌으며, 다양하고 흥미로운 지리학적 문제들을 여럿 제기하고 있습니다……

몇 년에 걸쳐 준비와 조사와 기금 마련을 했는지에 대해서는 이 참나무 벽 방에서는 절대로 언급되지 않는다. 전주의 강연자는 남극의 빙하 속에서 서른 명의 사람들을 잃었다. 극악한 열기나 모래바람 속에서도 비슷한 희생이 발생하여 짤막한 추도사와 함께 사실이 고지된다. 인간이나 재정과 관련된 행동들은 모두 논의되고 있는 문제 저편으로 미뤄진다. 당면한 논제는 지표면과 그 위의 '흥미로운 지리학적인 문제들'이다.

이제까지 많이 논의되었던 와디 라얀 이외에도, 이 지역에 있는 다른 함몰 지형이 나일 삼각주의 관개나 배수와 연결되어 사용할 수 있는 가능성이 있을까요? 자연히 분출되는 오아시스 수원(水源)들은 점점 감소되는 중입니까? 어디서 신비로운 '제르주라'를 찾아야만 할까요? 앞으로 발견할 수 있는 '잃어버린' 오아시스들이 남아 있을까요? 프톨레마이오스의 거북이 습지는 어디에 있는 것입니까?

이집트의 사막 조사단 책임자였던 존 벨은 1927년에 이런 질문을 했다. 1930년대가 되자 논문들은 더욱더 겸손해졌다. "저는 '카르가 오아시스의 선사 지리학'에 대한 흥미로운 토의에서 제기된 몇몇 요점들에 몇 가지 질문을 더하고 싶습니다." 1930년대 중반, 잃어버린 제르주라 오아시스가 라디슬라우 드 알마시와 그의 동료들에게 발견되었다.

1939년, 장장 10년에 걸친 리비아 사막 탐사가 끝나자, 이 광대하고 고요한 지구의 고립지대는 전쟁이 펼쳐지는 또 하나의 극장이 되었다.

*

나무가 그려진 침실에서 화상을 입은 환자는 아득한 거리를 바라본다. 육체가 살아 있는 듯 거의 액체처럼 부드러웠던, 라벤나의 죽은 기사처럼 머리를 돌베개 위에 누이고 발 너머로 먼 풍광을 바라보는 식이다. 사람들이 간절히 원했던 아프리카의 비보다도 더 먼 곳. 카이로에서의 삶들을 향해. 일하면서 보냈던 날들.

해나는 그의 침대 옆에 앉아, 그가 이 여행을 떠나는 동안 시종처럼 따른다.

1930년, 우리는 길프 케비르 고원의 대부분을 지도로 만들면서 제르주라라고 하는 잃어버린 오아시스를 찾고 있었어. 아카시아의 도시.

우리는 사막의 유럽인이었지. 존 벨은 1917년에 길프 지역을 발견했어. 그다음에는 케말 엘 딘이. 그 후에는 바그놀드가 모래 바다로 가는 남쪽 길을 찾아냈고, 매독스, 사막 조사단의 월폴, 와스피 베이 각하, 사진사 카스파리어스, 지리

학자인 카다르 박사와 버먼. 길프 케비르는 리비아 사막에 자리 잡은 거대한 고원으로, 매독스는 스위스 크기와 같다고 말하길 좋아했지. 그곳은 우리의 심장이었고, 동쪽과 서쪽으로는 가파르게 떨어지는 급경사지, 북쪽으로는 완만하게 기울어지는 고원이었어. 나일 강에서부터 서쪽으로 650킬로미터가량 떨어진 사막 위에 솟아 있었지.

고대 이집트인들은 오아시스 마을에서 서쪽에는 물이 전혀 없다고 생각했어. 세상은 거기서 끝이 났어. 내부에는 물이 없었지. 하지만 공허한 사막 속에서는 항상 잃어버린 역사에 둘러싸이게 돼. 테부와 세누시 족은 소유한 우물들을 엄격한 비밀에 부치고 지키며 여기저기 떠돌아다녔지. 사막의 내부 안에 자리 잡고 있다던 기름진 땅에 대한 소문이 떠돌았어. 13세기 아랍 작가들은 제르주라에 대해 이야기했어. '작은 새들의 오아시스.' '아카시아 나무의 도시.' 『숨겨진 보물의 책』, 『키탑 엘 카누즈』에서 제르주라는 하얀 도시로 나와. '비둘기처럼 하얗다.'

리비아 사막의 지도를 보면 여러 이름을 볼 수 있지. 1925년 케말 엘 딘. 그는 혼자나 다름없이 최초로 대규모 현대적인 탐사를 실행했어. 1930년에서 1932년, 바그놀드. 1931-1937, 알마시-매독스. 북회귀선 바로 북쪽.

우리는 전쟁과 전쟁 사이에 지도를 만들고 재탐사를 떠나면서 일단의 한 국가를 이루었어. 우리는 바나 카페에서 만나듯 다클라와 쿠프라에서 모였지. 바그놀드는 오아시스 사회라고 불렀어. 우리는 서로의 세세한 점까지, 서로의 기술과 약점을 알았어. 바그놀드가 모래 언덕을 묘사하는 방식이 너무 아름다워서 다른 모든 점은 용서했지. "언덕의 홈과 도랑이 파인 모래는 개 입천장의 텅 빈 부분을 닮았다." 그게 바로 진짜 바그놀드였어. 궁금한 게 있으면 개의 입 속으로 손을 집어넣을 수 있는 사람.

1930년. 우리의 첫 여행. 자그부브의 남쪽에서 즈와야와 마자브라 족이 살고 있는 보호구역 안 사막으로 이동했어. 엘 타지까지 이레가 걸리는 여행. 매독스와 버먼, 다른 사람 넷. 낙타 몇 마리와 말 한 마리, 개 한 마리. 우리가 떠날 때 부족민들은 오래된 농담을 했지. "모래폭풍 속에서 여행을 시작하는 행운이 따른다."

우리는 첫날 32킬로미터 떨어진 남쪽 지역에서 야영했어. 다음 날 아침에는 다섯 시에 깨어나서 천막 밖으로 나갔지. 너무 추워서 잘 수가 없었거든. 우리는 모닥불 쪽으로 나갔고 더 큰 어둠 속에 잠긴 빛 속에 앉았어. 우리 위에는 새벽의 늦은 별들이 떠 있더군. 앞으로 두 시간 동안 해는 뜨지 않을 것이었지. 우리는 뜨거운 찻잔을 돌렸어. 낙타들은 먹이를 먹고 반쯤 졸면서 대추야자를 씨째로 씹었어. 우리는 아침을 먹고 차를 석 잔 더 마셨어.

몇 시간 후, 우리는 맑은 하늘에서 예고 없이 닥쳐 온 모래바람 속에 휘말렸어. 처음에는 상쾌했던 산들바람이 점차 강해졌지. 마침내 우리는 아래를 내려다보았어. 사막의 표면이 변해 있더군. 책 좀 건네줘봐, 여기…… 하사네인 베이가 그런 폭풍들을 아주 잘 설명해놓은 부분이 있어.

"마치 지표면 아래에 증기관이 묻혀 있는 듯, 수천 개의 구멍 속에서 수증기가 작게 분사되어 나온다. 모래는 풍풍 솟아나오며 소용돌이친다. 바람이 점점 힘을 더함에 따라 조금씩 모래가 높이 일어난다. 마치 사막의 표면 전체가 그 밑에서 뚫고 올라오는 힘에 복종해 솟아오르는 것 같다. 커다란 자갈들이 정강이, 무릎, 허벅지로 날아와 부딪친다. 모래 알갱이들은 몸 위를 기어올라 얼굴을 치고 머리까지 이른다. 하늘은 꽉 막혔고, 아주 가까이에 있는 사물들을 제외하고는 모두 시야에서 흐려져가며, 세계는 가득 찬다."

우리는 계속 이동해야만 했어. 발길을 멈추면 모래바람이 가만히 있는 건 무엇이든 감싸버리겠다는 듯 차올라 마침내 사람을 그 안에 가둬버리기 때문이야. 영원히 그 안에서 길을 잃을 수도 있어. 어떤 모래폭풍은 다섯 시간이나 계속되기도 하지. 심지어 몇 년 뒤에는 트럭을 타고 지나갔는데도

시야가 캄캄한 채로 운전해야만 했어. 가장 심각한 공포는 밤에 찾아와. 한번은 쿠프라 북쪽 어둠 속에서 폭풍을 만난 적이 있었지. 새벽 세 시에. 질풍이 땅에 박혀 있는 천막들을 쓸어버려 우리는 그와 함께 날아가버렸어. 마치 가라앉은 배에 물이 차듯 모래를 잔뜩 들이마시고 가라앉으며 질식하기 직전 낙타 운전수가 꺼내주었지.

우리는 아흐레 동안 폭풍 세 개를 지나 여행했어. 보급품을 찾을 수 있을 것이라고 기대했던 작은 사막 마을들을 놓치고 말았어. 말이 사라져버렸지. 낙타 세 마리가 죽었고. 지난 이틀 동안 음식도 차도 없었고. 다른 세상과 이어지는 유일한 연결고리는 아침의 어둠 속에서 들려오는, 불에 그을려 거멓게 된 차 단지와 기다란 숟가락, 유리잔이 짤랑거리는 소리뿐이었어. 사흘째 밤이 지나자, 우리는 이야기를 포기했어. 중요한 건 불과 최소한의 갈색 액체뿐.

우리가 엘 타지라는 사막 마을까지 흘러든 것은 순전한 운이었어. 나는 수크(야외 시장)를 거닐었어. 시계들이 울려대는 뒷골목을 지나 기압계들이 가득한 거리, 소총 탄약통을 늘어놓은 노점을 지나, 이탈리아 토마토소스와 벵가지에서 온 통조림 음식, 이집트에서 온 옥양목이 늘어선 판매대를 지나쳤고, 타조 꼬리로 만든 장식품들, 노상 치과 의사들, 책 상인들을 스쳐 지나갔어. 우리는 여전히 아무 말도 없었고, 각각 갈 길로 흩어졌지. 우리는 마치 물에 빠져 죽다 살아난 사람처럼 이 새로운 세계를 느릿하게 받아들였어. 엘 타지의 중앙 광장에 앉아 양고기와 밥, 떡을 먹었고 아몬드 과육을 탄 우유를 마셨어. 호박과 박하 향이 나는 차 석 잔을 조심스럽게 기다려 마신 후에.

1931년 어느 시점에 나는 베두인 카라반들에 합류했고 거기 우리 일행 중 한 사람이 또 있다는 말을 들었지. 페넬론-반즈라는 것을 나중에야 알았어. 나는 그의 천막으로 갔어. 그는 그날 화석 나무를 목록화하는 작업을 하러 간단한 탐사를 하러 떠나고 없었어. 나는 그의 천막을 둘러보았지. 몇 단씩 겹쳐져 있는 지도, 항상 지니고 다니는 가족사진 등등. 천막을 나서려 하는데 동물 가죽으로 된 벽 높이에 걸려 있는 거울이 보였어. 거울을 들여다보니 침대의 상이 비치더군. 이불 밑에 불룩 튀어나온 덩어리 같은 게 있었어. 아마도 개려니 생각하고 젤라바를 걷어 보니 작은 아랍 소녀가 거기 묶인 채로 자고 있었지.

1932년이 되자 바그놀드는 탐사를 끝마쳤고 매독스와 우리 나머지는 뿔뿔이 흩어져 있었어. 사라져버린 캄비세스(고대 페르시아 왕가 아케아메니드 왕조의 왕 이름—옮긴이)의 군대를 찾아서. 제르주라를 찾아서. 1932년과 1933년과 1934년에 걸쳐. 서로 몇 달씩 얼굴을 볼 수가 없었지. 그저 마흔날

길을 횡단하는 베두인과 우리뿐. 사막 부족들이 강처럼 흘러갔지. 내가 살면서 만난 사람들 중에서 가장 아름다운 인간들이었어. 우리는 독일인, 영국인, 헝가리인, 아프리카인으로 다양했지. 우리 모두는 그들에게는 하등 중요한 존재가 아니었어. 점차적으로 우리는 국적을 잃어갔지. 나는 국가를 싫어하게 되었어. 우리는 민족국가에 의해 뒤틀려버렸어. 매독스는 나라 때문에 죽었지.

사막의 권리를 주장하거나 소유할 수는 없어. 사막은 바람에 불려온 천 조각으로, 돌로도 눌러놓을 수 없어. 사막은 캔터베리가 존재하기 전부터, 온갖 전투와 조약이 유럽 국가들과 동방 국가 사이를 조각조각 꿰매기 한참 전부터 수백 가지의 변화하는 이름이 붙여졌지. 사막을 여행하는 카라반, 이상하리만큼 한가로운 연회와 문화들은 그 뒤에 아무것도, 하다못해 깜부기불 하나도 남기지 않았어. 유럽에 집을 두고 저 멀리 아이들을 둔 우리 모두도 우리 고국의 옷을 벗어 던지고 싶어 했어. 사막은 신앙의 장소이지. 우리는 풍경 속으로 사라진 거야. 불과 모래 속으로. 우리는 오아시스 항구를 떠났어. 물이 나와 만질 수 있는 곳……. 아인, 비르, 와디, 포가라, 코타라, 샤더프. 나는 이렇게 아름다운 이름들 위에 내 이름을 더하고 싶지 않았어. 내 성을 지워버려! 국가를 지워버려! 나는 사막으로부터 그런 것들을 배웠지.

그래도, 어떤 사람들은 자신의 족적을 거기 남기고 싶어

했어. 바짝 마른 물 길 위에, 이 자갈 깔린 둔덕 위에. 이 수단의 북서쪽, 시레나이카 남쪽의 땅덩이 위에 작은 허영심을 남기고 싶어 했지. 페넬론-반즈는 자신이 발견한 화석 나무들에 자기 이름을 붙이고 싶어 했어. 심지어는 어떤 부족의 이름까지도 자기 이름을 따서 지으려고 했고, 그 협상을 하느라일 년을 보냈지. 그렇지만 보컨이 그를 앞섰어. 어떤 유형의 사구(沙丘)에 자기 이름을 붙였거든. 하지만 나는 내 이름과 내 출신 지역의 이름을 지워버리고 싶었어. 사막에 온 지 10년, 전쟁이 그곳까지 미치자 국경을 슬쩍 넘기가 쉬웠지. 어떤 이에게도 속하지 않고, 어떤 국가에도 속하지 않고.

1933년 아니면 1934년이었을 거야. 연도는 생각나지 않아. 매독스, 카스파리어스, 버먼, 나, 수단인 운전수 두 명과 요리사. 그때 우리는 차체가 네모 난 에이-타이프 포드 자동차를 타고 이동했지. 처음으로 공기 바퀴라고 하는 커다란 풍선 바퀴를 사용한 차야. 그게 모래 위에서는 더 잘 달리거든. 하지만 자갈밭이나 삐쭉삐쭉한 바위가 많은 곳에 가면 견디지 못할 수도 있으니 도박이지.

우리는 3월 22일에 카르가를 떠나. 버먼과 나는 1838년에 윌리엄슨이 쓴 대로 와디 세 개가 제르주라를 이루고 있으리라는 이론을 세웠지.

길프 케비르의 서남쪽에는 평원 위에 고립되어 우뚝 솟

은 화강암 산괴 세 개가 있어. 제벨(아랍어로 '산', '언덕'이라는 뜻—옮긴이) 아르카누, 제벨 우와이나트, 제벨 키수. 이 세 산은 서로 25킬로미터씩 떨어져 있어. 몇몇 협곡에는 물이 적잖이 흐르지만 제벨 아르카누의 물은 쓰고 정말 비상시가 아니라면 마실 수 없지. 윌리엄슨은 세 와디가 제르주라를 이루고 있다고 말했지만 그 위치들을 찾지는 못했기 때문에 이 이론은 꾸며낸 이야기로 치부되지. 하지만 이 분화구 모양의 언덕 위에는 비가 내리면 생기는 오아시스가 있어 어떻게 캄비세스 왕과 그의 군대가 대전투 중에 사막을 건널 시도를 했는가, 세누시 교도들은 어떻게 여기로 돌격했는가 하는 수수께끼를 풀 실마리가 될 수도 있었지. 피부가 검고 덩치가 거인 같은 돌격대원들은 물도 초원도 없다고 알려진 사막을 건넜거든. 이곳은 그 후 수세기 동안 문명화되어 수천 개의 통로와 길이 뚫린 세계였지.

우리는 아부 발라스에서 고전 그리스 암포라 형태로 생긴 단지를 찾아. 헤로도토스가 그런 단지에 대해서 이야기를 한 적이 있어.

버먼과 나는 엘 조프 요새 안에서 뱀처럼 생긴 기묘한 노인과 이야기를 하지. 한때 위대한 세누시 토후의 서재였던 석조 홀 안에서. 카라반들의 안내를 업으로 삼고 사투리 억양이 심한 아랍어를 쓰는 테부 족 노인이야. 나중에 버먼은 헤로도토스를 인용하면서 '박쥐들이 끽끽 울어대는 소리' 같다고 하더군. 우리는 낮이고 밤이고 그 노인과 이야기를 하지만, 노인은 아무 얘기도 알려주지 않아. 세누스 교도의 교의, 그들이 가장 소중하게 여기는 강령에 의하면 사막의 비밀을 이방인에게 폭로해서는 안 되지.

와디 엘 멜리크에서 우리는 알려지지 않은 종의 새들을 봐.

5월 5일, 나는 돌 골짜기를 올라 다른 방향에서 우와이나트 고원에 접근해. 내가 올라간 곳은 아카시아 나무들이 빽빽한 너른 와디지.

언젠가 한때, 지도를 만드는 사람들이 다녀본 곳의 지명을 자신의 이름이 아니라 사랑하는 사람의 이름을 따서 짓던 시대가 있었어. 사막의 대상(隊商) 무리 속에서 목욕을 하는 여자는 모습이 보일까 봐 한 팔에 모슬린 천을 들어 가렸지. 어떤 나이 든 아랍 시인의 여자, 어깨가 비둘기처럼 하얀 여자였지. 시인은 오아시스에 그녀의 이름을 붙였어. 동물 가죽으로 만든 양동이에서 떨어지는 물방울이 여자의 몸 위에 굴러 떨어지고, 여자는 천으로 몸을 감싸지. 늙은 시인은 그녀에게서 몸을 돌려 제르주라를 묘사해.

그래서 사막에 있는 남자는 마치 찾아낸 우물 속에 있는 것처럼, 갇혀 있는 그대로 떠나고 싶지 않을 정도로 시원한 그늘 속에 있는 것처럼 하나의 이름 속으로 빠져들게 돼. 내커다란 소망은 거기, 아카시아 나무들 사이에 머무르는 것이었어. 내가 걷고 있는 곳은 이전에 아무도 걸어본 적이 없는 그런 곳은 아니었고, 몇 세기 동안은 짧게나마 갑작스레 사람들이 밀려들던 곳이었지. 14세기의 군대, 테부 족의 카라반, 1915년의 세누시 돌격대. 그렇지만 이 기간 사이에는 아무것도 없었어. 비가 내리지 않아 아카시아는 시들고 와디는 말라버렸지…… 50년, 혹은 150년 후에 갑작스레 물이 다시나타날 때까지. 이 오아시스는 역사에 전해 내려오는 전설과 소문처럼 간헐적으로 나타났다가 사라졌다가 했어.

사막에서, 연인의 이름처럼 가장 사랑받는 물은 손바닥 안에서 푸른빛을 띠고, 목으로 들어가는 물이야. 사람들은 부재를 삼키는 거야. 카이로에 사는 한 여자는 침대에 누워 있던 하얗고 기다란 몸을 일으켜서 창문 밖으로 내밀지. 그녀의 나신으로 빗물을 받아들일 수 있도록.

해나는 그의 생각이 멀리 떠도는 것을 감지하고 몸을 앞으로 내밀어 아무 말 없이 그를 바라본다. 누구였죠? 그 여자는?

대지의 끝은 식민주의자들이 자신들의 영향권을 키워

나가면서 밀고 들어가는 지도상의 한 점이 아니야. 한편에는 하인들과 노예들, 권력의 물결과 지리 학회의 통신원들이 있어. 다른 한편에는 위대한 강을 건너는 백인이 내디딘 첫 번째 발걸음과 영원히 거기 있었던 산의 (백인의 눈으로 본) 첫 번째 광경이 있어.

우리는 어릴 때는 거울을 보지 않아. 나이가 들고, 우리 이름과 전설, 우리의 삶이 미래에 무슨 의미가 있을지 신경을 쓰게 되면 보게 되지. 우리가 가진 이름, 첫 번째로 본 사람이라는 주장, 가장 강대한 군대, 가장 영리한 상인을 가졌다는 데 허영심을 느끼게 돼. 나르키소스가 자기 자신을 우상화하기 시작한 건 나이가 들어서야.

하지만 우리는 우리의 삶이 과거에 무슨 의미가 있을 것인가에 관심을 가졌어. 우리는 과거로 항해했지. 우리는 젊었고, 권력과 큰돈은 일시적인 것일 뿐임을 알았어. 우리는 모두 헤로도토스를 읽으며 잠들었지.

"한때 위대했던 그 도시들은 이제는 작아졌을 것이며, 내 시대에 위대했던 사람들은 이전에는 하잘것없었으리라…… 인간의 행운은 같은 자리에 머물지 않는다."

1936년, 제프리 클리프턴이라는 젊은 남자가 옥스퍼드에 있는 친구를 만났다가, 이 친구에게서 우리가 하는 일에 대한 얘기를 들었지. 그는 내게 연락을 했고, 다음 날 결혼했으며 2주후 아내와 함께 카이로로 날아왔어.

부부는 우리 세계로 들어왔어. 우리 네 사람. 케멜 엘 딘 왕자, 벨, 알마시, 매독스. 우리의 입에 여전히 오르내리는 이름은 길프 케비르였어. 길프 어딘가에 제르주라가 자리 잡고 있다. 거슬러 올라가면 13세기 아랍 문헌에서부터 등장하는 그 이름. 멀리까지 시간에 맞게 여행하려면 비행기가 필요한데, 젊은 클리프턴은 부유했고 비행기를 조종할 수 있었으며 비행기가 있었어.

클리프턴은 우와이나트 북쪽에 있는 엘 조프에서 우리를 만났어. 그는 2인석 비행기에 앉아 있었고, 우리는 베이스캠프에서 걸어 나와 그에게로 갔지. 그는 조종석에서 일어서더니 휴대용 병에 담긴 술을 따라주더군. 그의 신부는 그의 옆에 앉아 있었어.

"전 이곳을 비르 베사하 컨트리 클럽이라고 명명하겠습니다."

그는 엄숙히 선언하더군.

나는 그의 아내의 얼굴에 친절하면서도 자신이 없는 표정이 흩어져 있는 것을 보았지. 가죽 헬멧을 벗었을 때 흐르던 사자 갈기 같은 머리카락도.

그들은 젊었고, 마치 우리 아이들 같았어. 두 사람은 비행기에서 나와 우리와 악수를 했지.

그때가 1936년, 우리 이야기의 시초지……

두 사람은 모스 비행기의 날개에서 뛰어내렸어. 클리프
턴은 휴대용 병을 내밀며 우리에게 걸어왔고 우리 모두는 뜨
듯한 알코올을 홀짝홀짝 마셨지. 그는 의식을 좋아하는 사
람이었어. 그는 자기 비행기를 루퍼트 베어(1920년대부터 인기
있었던 신문 연재 만화의 주인공 곰—옮긴이)라고 이름 붙였어.
그가 사막을 사랑했던 것 같진 않아. 하지만 우리의 엄격한
질서에 경외를 느낀 나머지 어울리고 싶은 마음에 사막에 대
한 애정을 느꼈던 게지. 마치 도서관에서 정숙 수칙을 존중
하는 명랑한 대학생처럼. 우리는 그가 아내를 데리고 오리라
는 예상은 못했지만, 그래도 정중하게 행동했던 것 같아. 그
녀가 거기 서 있는 동안 모래가 사자 갈기 같은 머리카락 속
으로 스며들었지.

이 젊은 부부에게 우리는 무엇이었을까? 우리 중 어떤
사람들은 사구 형성, 오아시스의 소멸과 재출현, 사막의 잃
어버린 문화에 대한 책을 썼어. 우리는 사거나 팔 수도 없고,
외부 세계는 아무런 관심을 가지지 않을 것들에 관심을 가
진 것처럼 보였어. 우리는 위도나 700년 전에 일어났던 사건
들에 대해서 논쟁했지. 탐험의 올바른 공식에 대해. 낙타를
치면서 주크 오아시스에 살았던 아브드 엘 멜릭 이브라힘 엘
즈와야가 사진 개념을 이해할 수 있는 첫 번째 부족민이었다

는 주장을 하고.

클리프턴 부부는 신혼여행의 마지막 날이었어. 나는 두 사람을 다른 사람들과 함께 남겨두고 쿠프라에서 온 남자에게 합류해 그와 함께 며칠을 보내면서 탐사의 남은 기간 동안 비밀로 유지했던 이론들을 시험했어. 나는 사흘 후 엘 조프에 있는 베이스캠프로 귀환했지.

우리는 사막의 모닥불을 둘러싸고 앉았어. 클리프턴 부부, 매독스, 벨과 나. 만약 몇 센티미터만 뒤로 몸을 젖히면 어둠에 갇혀 보이지 않을 지경이었지. 캐서린 클리프턴은 무언가를 읊기 시작했고 내 머리 뒤로는 더 이상 야영지에서 흘러나오는 가는 불빛으로 생긴 후광이 보이지 않았어.

그녀의 얼굴 생김생김으로 보아 고전적인 혈통임을 알 수 있었어. 그녀의 양친은 법률계에서 유명한 인물들인 것 같더군. 나는 여자가 시를 읊어주는 소리를 듣기 전까지는 시를 좋아하는 사람이 아니었어. 그런데 그 사막에서 그녀는 별을 묘사하기 위해 대학 시절에 배웠던 시를 우리 한가운데로 끌고 들어왔지. 아담이 한 여인에게 상냥하게 우아한 은유를 가르쳐주었던 대로.

그러니 이 별들이 비록 깊은 밤에 잠겨 보이지 않는다고 헛되이 빛나는 것이 아니며, 사람이 없다고, 천국을 바라보는 이 없다, 주를 찬양하는 이 없다 생각지 말라.

수백만의 영적인 피조물이 우리가 깨어 있을 때나 잠에
들었을 때나 모습을 드러내지 않고 지상 위를 걷는다.
이들은 모두 낮이나 밤이나 하느님의 업적을 끊임없이
찬양한다.
메아리가 퍼지는 가파른 언덕과 덤불숲의 밤하늘에 가
끔은 홀로, 가끔은 서로 조응하며 그들의 위대한 창조
주를 노래하는 목소리를 얼마나 자주 들었던가……(『실
낙원』 제4장, 674-684, 천사 우리엘의 대사─옮긴이)

그날 밤, 나는 목소리와 사랑에 빠졌어. 오로지 목소리
와. 더 이상 듣고 싶은 건 없었어. 나는 일어나 자리를 떴지.

그녀는 버드나무 가지였어. 그녀가 내 나이가 되고 겨울
이 오면 어땠을까? 나는 아직도, 항상 그녀를 아담의 눈으로
바라보지. 비행기에서 내려올 때, 우리 한가운데에 앉아 모
닥불을 쑤석거릴 때, 수통에 담긴 물을 마실 때 팔꿈치를 들
어 나를 향하는 모습. 그녀의 팔다리는 이처럼 어색했지.
몇 달 후, 우리가 카이로에서 여럿 무리 지어 춤을 출 때,
그녀는 나와 왈츠를 추었지. 살며시 취해 있기는 했어도 그녀
는 감히 범접할 수 없는 표정을 짓고 있었지. 지금에서도 나
는 그녀의 본성을 가장 잘 드러내주는 얼굴은 연인이었을 때
가 아니라, 그날 우리가 반쯤 취했을 때 그녀가 보였던 그 얼

굴이라고 믿고 있어.

최근 몇 년간 나는 그녀가 그 표정으로 내게 전하려 했던 게 무엇이었나 파헤치려 했어. 그 표정은 경멸 같았지. 내게는 그렇게 보였어. 이제는 그녀가 나를 관찰하려 했었다는 생각이 들어. 그녀는 순진했고 내게 있는 무언가에 놀랐어. 나는 보통 바에서 하듯이 행동하고 있었지만, 이번에는 사람을 잘못 봤던 것이지. 나는 행동거지를 때에 따라 달리하는 사람이야. 나는 그녀가 나보다 젊다는 사실을 잊고 있었어.

그녀는 나를 관찰하고 있었던 거야. 그다지도 간단했던 것을. 그리고 나는 그녀의 조각상 같은 시선에서 잘못된 움직임, 그녀를 드러내 줄 수 있는 무언가를 바라보고 있었던 것이지.

내게 지도를 하나 줘, 그럼 도시를 하나 지어주지. 내게 연필 한 자루만 줘, 남 카이로에 있는 방의 벽에 걸렸던 사막 차트를 그려줄 테니. 언제나 사막은 우리 사이에 있었어. 잠에서 깨어 눈을 들면 지중해안에 따라 지어졌던 옛날 촌락들의 지도를 볼 수 있었지. 카잘라, 토브룩, 메르사 마트루. 그리고 그 남쪽에 손으로 그린 와디들이 있었고 그 주변에는 우리가 침범하고 그 안에 푹 빠지려 했던 노란 그늘들이 있었지.

"내 임무는 길프 케비르를 공격했던 몇몇 탐사를 간략하게 묘사하는 것입니다. 버먼 박사가 수천 년 동안 존재했던 사막으로 나중에 우리를 데려가줄 것입니다."

매독스는 켄싱턴 고어에 모인 다른 지리학자들에게 이런 식으로 말했어. 하지만 지리 학회의 의사록에서는 부정(不貞)의 기록을 찾을 수 없어. 우리의 방은 역사의 모든 둔덕과 사건을 기록했던 상세 보고서에도 나와 있지 않으니까.

카이로에 있는 수입한 앵무새를 파는 거리에 가면 거의 사람 말에 가깝게 말하는 새들 때문에 고통 받게 돼. 길에 깃털을 달아놓은 듯, 줄지어 놓인 새들은 짖어대고 휘파람을 불지. 나는 어떤 부족들이 어떤 실크로드로, 어떤 낙타 길을 골라 작은 가마를 타고 사막을 가로지르며 이 새들을 데리고 왔는지를 알았지. 마흔 날의 여행, 새들은 적도의 정원에서 노예처럼 포획되고 꽃처럼 꺾인 후에 강물을 건너기 위해 대나무 새장에 넣어진 이후 거래되지. 새들은 마치 중세식으로 구애를 받는 신부들같이 보여.

우리는 그 새들 사이에 섰어. 나는 그녀에게 낯선 도시를 구경시켜 주는 중이었지.

그녀의 손이 내 손목에 닿았어.

"내가 당신에게 내 생명을 주면, 당신은 그저 내려놓고 말겠죠. 그렇지 않은가요?"

나는 아무 말도 하지 않았어.

캐서린

처음으로 그녀는 그의 꿈을 꾸었을 때, 비명을 지르면서 남편 옆에서 깨어났다.

두 사람의 침실에서 그녀는 입을 벌린 채 침대보를 내려다보았다. 남편이 그녀의 등에 손을 대었다.

"악몽이야. 걱정하지 마."

"그래요."

"물 좀 가져다줄까?"

"그래요."

그녀는 움직이려 하지 않았다. 두 사람이 누웠던 자리에 다시 누우려 하지 않았다.

그 꿈은 이 방에서 일어났다. 그녀의 목에 놓인 그의 손 (그녀는 이제 그 목을 만져보았다), 처음 몇 번의 만남 속에서 감지했듯이 그녀를 향한 그의 분노. 아니 분노가 아니었다. 무관심, 결혼한 여자가 그들 사이에 끼어 있다는 데에 대한 버성긴 기분. 두 사람은 동물처럼 몸을 숙이고 있었고, 그가 그녀의 목을 멍에처럼 뒤에서 안는 바람에 그녀는 흥분이 되어 숨도 쉴 수 없었다.

남편이 유리잔을 접시에 받쳐 들고 왔지만, 그녀는 팔을 들 수도 없었다. 두 팔이 늘어져 부들부들 떨렸다. 남편이 잔을 어색하게 입에다 대주어서 그녀는 염소가 든 물을 꿀꺽꿀꺽 마셨다. 물이 턱 밑을 타고 흐르고 위 속으로 떨어졌다. 도로 몸을 뉘었을 때 그녀는 목격한 것을 생각할 겨를도 없이 빠르게 깊은 잠에 빠져들었다.

그때가 처음으로 인식한 것이었다. 그녀는 다음 날에 문득 그 사실을 떠올렸으나 그때는 너무 바빠서 그 생각을 오래 붙들지 않고 그저 놓아버렸다. 번잡했던 밤에 일어난 우연한 충돌이었을 뿐 그 이상은 아니었다.

일 년 후, 또 다른 꿈, 더 위험하면서도 평화로운 꿈들이 찾아왔다. 심지어 이런 꿈들을 처음 꾸었을 때, 그녀는 손에 와 닿았던 손을 기억했고 두 사람 사이에 맴돌던 고요한 분위기가 폭력으로 휙 전환되기를 기다렸다.

누가 유혹적인 빵 부스러기를 떨어뜨렸던가? 전혀 생각도 않던 사람을 향해 이르는 방향으로. 한 번의 꿈이 그렇게 했다. 그리고 그 후에 연속적으로 이어지는 꿈들도.

그는 후에 이를 근접성이라는 말로 표현했다. 사막의 근접성. 여기서는 그 말이 유효하다고, 그는 말했다. 그는 그 말을 사랑했다. 물의 근접성, 여섯 시간 동안 모래 바다를 달려가는 차 안에서 붙어 앉아 있는 신체의 근접성. 트럭의 변속 장치 옆에 놓인 그녀의 땀 찬 무릎, 언틀먼틀한 길을 넘을 때 휙 뒤틀리기도 하고 솟아오르기도 하던 무릎. 사막에서는 어디든 둘러볼 여유가 있고, 주변에 있는 모든 사물들의 배치에 대한 이론을 세울 여유가 있다.

그가 그런 식으로 말했을 때, 그녀는 그가 싫었다. 눈에는 여전히 정중한 빛을 띠었지만, 마음속으로는 그의 뺨을 한 대 치고 싶었다. 그녀는 항상 그를 치고 싶은 욕망이 있었고, 이조차도 성적(性的)이라는 것을 인식했다. 그에게 모든 관계는 도식적이었다. 근접하거나 거리가 있다. 그에게 헤로도토스에 나온 역사들에 따라 모든 사회가 분명히 이해되는 것이나 마찬가지였다. 그는 몇 년 전 이후로는 줄곧 반쯤 창조해 내다시피 한 사막의 세계를 탐험하려고 애써 왔으면서도, 떠나온 세계의 방식대로 경험을 하고 있다고 생각했다.

카이로의 비행장에서 그들은 기자재를 내려 차에 실었다. 그녀의 남편은 다음 날 세 남자가 떠나기 전에 모스 비행기의 급유관을 확인해보려고 그대로 남아 있었다. 매독스는 어떤 대사관에 전보를 쳐야 한다고 가고 없었다. 그리고 그는 카이로에서 보내는 마지막 밤에는 으레 그러듯이 술을 마시러 시내로 갈 생각이었다. 처음에는 마담 바댕의 오페라

카지노에서, 나중에는 파샤 호텔 뒤의 거리로 사라질 작정이었다. 그는 저녁이 되기 전에 이미 짐을 싸두었으므로, 다음 날 아침에는 숙취에 멍멍한 상태로 트럭에 올라타기만 하면 되었다.

그래서 그는 그녀를 시내까지 차로 데려다주었다. 공기는 후텁지근했으며, 시간이 시간인지라 교통은 심하게 막히고 느릿느릿했다.

"너무 덥군요. 맥주 한 잔 마시고 싶어요. 한잔하시겠어요?"

"아니요. 저는 앞으로 두 시간 정도는 수배해야 할 일이 여러 가지 있습니다. 결례를 용서해주십시오."

"괜찮아요." 그녀는 말했다. "방해하고 싶지는 않아요."

"돌아오면 부인과 같이 한잔하죠."

"삼 주 후에요?"

"그쯤이겠죠."

"나도 갔으면 좋으련만."

그는 이 말에는 아무런 대답을 하지 않았다. 두 사람이 불라크 다리를 건너자 교통체증이 더 심해졌다. 수레도 너무 많았고, 거리를 차지하고 걷는 사람들도 너무 많았다. 그는 나일 강을 따라 남쪽을 횡단하여, 막사 바로 너머에 위치한 세미라미스 호텔로 향했다. 그녀가 묵고 있는 곳이었다.

"이번에는 제르주라를 찾으시겠군요, 그렇지요?"

"이번에는 찾을 작정입니다."

그는 이전의 자기 자신으로 어느 정도 되돌아가 있었다.
차를 몰고 오는 동안, 그녀를 거의 쳐다보지도 않았다. 한번
은 차가 막혀 5분 동안 옴짝달싹하지 못하고 서 있었는데도.

호텔에 이르자 그는 극도로 정중해졌다. 그가 이런 식으
로 행동할 때면, 그녀는 그가 더 싫어졌다. 두 사람 모두는
이런 태도가 정중함이나 우아함인 척해야만 했다. 그가 그
럴 때면 그녀는 옷을 입은 개를 떠올렸다. 망할 자식. 남편이
이 사람과 함께 일해야만 하는 것이 아니라면, 다신 꼴도 보
고 싶지 않았다.

그는 그녀의 짐을 뒷좌석에서 꺼내 로비 안까지 날라다
주려 했다.

"여기요, 내가 받을 수 있어요."

조수석에서 내려가는 그녀의 셔츠 뒤가 축축했다.

도어맨이 짐을 받겠다고 했지만 그가 만류했다.

"아니요. 부인이 나르겠다고 합니다."

그녀는 그가 제멋대로 짐작하는 데에 또다시 화가 났다.
도어맨은 두 사람을 남겨두고 가버렸다. 그녀가 그를 향해 몸
을 돌리자 그가 가방을 건네는 바람에 그녀는 두 손을 어색
하게 내밀어 무거운 가방을 받으면서 그를 마주보게 되었다.

"자, 그럼 안녕히 가세요. 행운을 빌어요."

"그래요. 제가 다들 잘 돌보겠습니다. 다들 안전할 거예요."

그녀는 고개를 끄덕였다. 그녀는 그늘 속에 섰고, 그는

마치 쨍쨍한 햇볕을 인식하지 못한 듯 그 속에 서 있었다.

그때, 그가 그녀에게 좀 더 가까이 다가섰다. 그녀는 순간 그가 포옹하려고 한다고 생각했다. 하지만 대신에 그는 오른팔을 앞으로 내밀었다가 그녀의 맨 목을 가로지르듯이 옆으로 댔다. 그 때문에 그녀의 피부는 그의 축축한 팔뚝 전체에 닿게 되었다.

"잘 있어요."

그는 다시 트럭으로 걸어갔다. 그녀는 이제 그가 팔로 칼처럼 치고 간 양 목에 핏방울처럼 남은 땀방울을 느낄 수 있었다.

그녀는 쿠션을 들어 마치 그를 막는 방패처럼 무릎 위에 놓는다.

"당신이 나랑 사랑을 나눈다면, 나는 그 일에 대해서 거짓말을 하진 않을 거예요. 내가 당신과 사랑을 나눈다면 그 일에 대해서 거짓말을 하진 않을 거예요."

그녀는 마치 마음대로 풀려나간 몸의 한 부분을 눌러 넣듯이 쿠션을 심장 위에 댄다.

"당신이 가장 싫어하는 게 뭐죠?"

그가 묻는다.

"거짓말이요. 당신은요?"

"소유권." 그가 대답했다. "나를 떠나면, 나를 잊어."

그녀가 주먹을 그에게로 날려, 바로 눈 아래 뼈를 세게 친다.

그녀는 옷을 입고 떠난다.

매일 그는 집에 돌아와서 검은 멍을 거울에 비춰보았다. 그는 점점 호기심을 느꼈다. 그 멍에 대해서가 아니라 자신의 얼굴 형태에 대해서. 속눈썹이 그렇게 긴지는 이전에는 미처 깨닫지 못했고, 모랫빛 머리카락이 희끗희끗해지고 있는 것도 몰랐다. 이처럼 자신의 모습을 거울에 비추어본 것은 몇 년 만이었다. 속눈썹은 참 길다.

아무것도 그를 그녀에게서 떼어놓을 수는 없다.

매독스와 함께 사막에 있거나 버먼과 함께 아랍 도서관에 있지 않을 때는 그녀를 그로피 공원에서 만난다. 물을 많이 주는 자두 정원 옆에 있는 곳이다. 그녀는 여기서 가장 행복하다. 그녀는 습기를 그리워하는 여자, 나지막한 초록 관목들과 양치식물들을 항상 사랑하는 사람이다. 반면 그는 이 정도 푸르른 잎들을 보면 카니발같이 느껴진다.

그로피 공원에서 두 사람은 호를 그리며 빙 돌아 남 카이로 구시가지, 유럽인들은 잘 가지 않는 시장으로 간다. 그의 방에는 지도가 벽을 덮고 있다. 세간 살림을 놓아 꾸미려 시도는 해보았지만, 그의 거주지에는 항상 야영장 같은 분위기가 있다.

두 사람은 서로의 품 안에 안겨 눕는다. 위에서 돌아가는 선풍기가 맥박처럼 뛰며 그늘을 드리운다. 아침마다 그와 버먼은 고고학 박물관에서 작업을 하며, 아랍어 문헌과 유럽 역사서들을 나란히 놓고 서로의 모방, 일치, 이름 변화를 알아내려고 한다. 헤로도토스를 지나 제르주라의 이름이 사막의 대상(隊商)에 끼어 있었던 목욕하는 여인의 이름을 본떠 지어졌다는 기록이 남아 있는 키탑 알 카누즈까지. 그곳에도 선풍기의 그늘이 천천히 깜박인다. 그리고 여기에서도 이루어지며, 어린 시절 역사가, 상처가, 키스의 방식이 친밀히 교환되고 반복된다.

"난 어찌해야 할지 모르겠어요. 난 어찌해야 할지 모르겠다고요! 어떻게 내가 당신의 연인이 될 수 있어요? 그 사람, 미쳐버릴 거예요."

계속해서 상처가 났다.

연한 적갈색에서 갈색까지 다양한 여러 색깔의 멍. 그녀가 접시를 들고 가다가 뒤집어버리는 바람에 접시가 그의 머리에 부딪쳐서 깨졌고 피가 금발 머리카락 위로 솟아올랐던 상처. 포크로 그의 어깨 뒤를 찍어 의사가 여우에게 물린 게 아닌가 의심하게 했던 찍힌 자국.

그는 그녀를 안으려 다가설 때면 먼저 주위에 움직이는 물체가 없는지 확인하려고 둘러보곤 했다. 그는 멍이 들거나 머리에 붕대를 감은 채로 공공장소에서 다른 사람이 있을 때 그녀를 만나면 택시가 급정거를 해서 열려 있던 옆 창문에 머리를 부딪쳤다고 설명했다. 혹은 팔뚝에 맞은 자국을 감추기 위해 요오드를 발랐다. 매독스는 그가 급작스레 사고를 많이 당하기 시작했다며 걱정했다. 그녀는 그의 박약한 설명을 조용히 비웃을 뿐이었다. 나이 때문인지도 몰라. 안경을 써야 하나. 그녀의 남편은 매독스를 팔꿈치로 쿡 찌르며 말했다. 어쩌면 만나는 여자 때문인지도 모르죠. 그녀는 말했다. 봐요, 여자가 할퀴거나 문 자국이 아니에요?

전갈한테 물린 겁니다. 그가 대답했다. 안드록토누스 오스트랄리스.

엽서. 깔끔한 손글씨가 직사각형 안에 가득하다.

내 하루의 반 동안은 당신을 만질 수 없다는 사실을 견딜 수가 없어.
그 나머지 시간 동안에는 당신을 다시 만나건 아니건 상관없다는 생각이 들어.
이건 도덕성의 문제가 아니야.
얼마나 참을 수 있는가의 문제지.

날짜도, 이름도 없다.

가끔 그녀가 그와 함께 밤을 보낼 수 있을 때, 두 사람
은 새벽녘에 세 개의 미나렛(회교 사원의 첨탑)에서 시작되는
이 도시 사람들의 기도 소리에 잠에서 깬다. 그는 남 카이로
와 그녀의 집 사이에 뻗어 있는 쪽빛 시장을 그녀와 함께 걷
는다. 아름다운 찬송가가 공기 중에 화살처럼 울리고, 하나
의 미나렛은 마치 차가운 아침 공기를 걷는 두 사람이 소문
을 주고받듯 다른 미나렛과 화답한다. 숯과 마의 냄새가 벌
써 공기에 무게와 깊이를 더한다. 성스러운 도시의 죄인들.

그는 한 팔로 식당 탁자 위에 놓인 접시와 유리잔을 쓸
어버린다. 도시 어딘가에 있는 그녀가 이 소란을 듣고 고개
를 들 수 있도록. 그녀와 함께 있지 않을 때이다. 그는 이제껏
서로 몇 킬로미터나 떨어진 사막 마을 사이 한갓진 곳에 있으
면서도 한 번도 외롭다 생각지 않았다. 사막에 있는 남자는
그의 몸을 먹는 것이 물이 아니라 부재임을 알고 두 손을
오므려 부재의 감각을 담는다. 엘 타지 근처에서 자라는 어
떤 식물이 있다. 이 식물을 꺾으면, 그 심장이 사라진 자리에
향초 영양분을 담은 액이 차오른다. 매일 아침, 잃어버린 심
장에 해당하는 양만큼의 액체를 마실 수가 있다. 이 식물은
이런저런 요소의 부족으로 인해 죽기 전까지 일 년 동안 살
아남는다.

그는 희미한 지도들이 둘러싼 방 안에 누워 있다. 캐서린과 함께 있지 않다. 그의 허기는 모든 사회적 규칙과 예의를 태워 버리고 싶다.

그는 다른 사람들과 함께 보내는 그녀의 삶에는 더 이상 흥미가 없다. 그는 오로지 그녀의 살금살금 다가오는 아름다움, 극적인 표정을 원한다. 그는 두 사람 사이의 시간과 비밀스러운 반향, 최소한의 영역이 주는 깊이, 덮인 책의 두 책장 같은 낯선 친밀함을 원한다.

그는 그녀로 인해 분해되었다.

그녀가 그를 이런 상태로 만들었다면, 그는 그녀를 어떤 상태로 만들었던가?

그녀가 자신과 같은 계급의 사람들의 벽에 둘러싸여 있고 그는 더 큰 무리 속에 끼어 그녀 옆에 있을 때, 그는 스스로는 웃지 않을 농담을 한다. 성정에 맞지 않게 그는 광적으로 탐험의 역사를 공격한다. 그는 기분이 좋지 않을 때면 이렇게 한다. 오로지 매독스만이 그 습관을 알아차린다. 하지만 그녀는 심지어 그와 눈도 마주치려 하지 않는다. 그녀는 모든 이, 방 안의 모든 물건을 향해 미소를 지어 보이고 꽃꽂이라거나 가치 없는 비개인적인 일들을 칭찬한다. 그녀는 그의 행동을 오독하고 이것이 그가 원하는 것이라고 생각하여 자신을 보호하기 위한 벽의 크기를 두 배로 키운다.

그렇지만 지금, 그는 그녀 안에 있는 이 벽을 참을 수 없다. 당신도 벽을 만들어요. 그녀는 그에게 말한다. 그러면 나도 내 벽을 만들 테니. 그녀는 그가 참을 수 없는 아름다움으로 찬란히 빛나며 이렇게 말한다. 아름다운 의상을 입고, 자기를 향해 미소를 짓는 모든 이들을 향해 창백한 얼굴로 웃어 보이며, 그의 성난 농담에 알 듯 모를 듯한 웃음을 띠는 그녀. 그는 거기 있는 사람들이 모두 다 알고 있는 탐사에 대해 이런저런 섬뜩한 말을 계속한다.

그리피 바의 로비에서 그가 그녀에게 인사를 건네자 그녀가 휙 몸을 돌려버린 이후, 그는 제정신이 아니다. 그는 그녀를 잃는다는 사실을 받아들일 수 있는 방법이 오로지 그가 계속 그녀를 안을 수 있는지, 혹은 그녀가 그를 계속 안아줄 수 있는지에 달려 있다는 것을 안다. 두 사람이 어쨌든 서로를 달래어 거기서 빠져 나올 수 있는지에 달려 있다. 벽을 세우는 것은 방법이 아니다.

햇빛이 그가 있는 카이로의 방으로 쏟아져 들어온다. 그의 손은 헤로도토스의 일기 위에 축 늘어져 있지만 몸의 나머지 부분에는 긴장이 가득하다. 그래서 그는 단어를 틀리게 쓰고, 펜은 뼈대가 없는 양 흐느적흐느적 움직인다. 그는 '햇볕'이라는 단어를 차마 써내려 갈 수가 없다. '사랑에 빠졌다'는 어구노.

아파트에는 오로지 강과 그 너머 사막에서 들어오는 빛 밖에는 없다. 햇볕은 그녀의 목과 발, 그가 사랑해 마지않는 오른팔의 주삿바늘 자국 위에 떨어진다. 그녀는 나신을 껴안고 침대 위에 앉아 있다. 그는 손바닥을 펼쳐 그녀 어깨 위의 땀을 스르르 닦는다. 이건 나의 어깨야, 그는 생각한다. 남편의 것이 아니라, 내 어깨야. 연인으로서 그들은 몸의 부분들을 이처럼 서로에게 준다. 강 가두리에 있는 이 방에서.

두 사람이 함께 있는 몇 시간 동안 방은 점점 어두워져 이 정도의 빛만 남았다. 오로지 강과 사막의 빛. 드물게 소나기가 떨어질 때만 두 사람은 창가로 가서 두 손을 내뻗는다. 가능한 한 그들의 몸을 그 안에서 씻고자 함이다. 갑자기 쏟아지는 짧은 비로 고함소리가 거리를 가득 메운다.

"우리는 다시 서로 사랑할 수 없을 거예요. 다시 서로를 볼 수 없을 거예요."

"알아."

그가 말한다.

그녀가 계속 헤어져야 한다고 주장하던 밤.

침대에 앉아 있는 그녀는 끔찍스러운 양심으로 무장을 하고 자신의 마음속에 갇혀 있다. 그는 그 속을 뚫고 들어갈 수 없다.

오로지 그의 몸만이 그녀 옆에 있을 뿐이다.

"다시는 안 돼요. 무슨 일이 있어도."

"그래."

"그 사람 미쳐버릴 거예요. 알겠어요?"

그는 그녀를 그의 안으로 끌어들이려는 시도를 포기하고 아무 말 하지 않는다.

한 시간 후, 두 사람은 건조한 밤 속을 걷는다. 저 멀리 더위 때문에 창문을 열어놓은 〈뮤직 포 올〉 극장에서 축음기 노래 소리가 들려온다. 두 사람은 극장이 끝나 그녀가 아는 사람들이 나오기 전에 헤어져야 한다.

두 사람은 대성당 근처에 있는 식물원에 이른다. 그녀는 이슬방울을 하나 보고 그 위로 몸을 숙여 핥아 입 안에 넣는다. 그가 그녀를 위해 요리해줄 때 벤 손의 핏방울을 핥았듯이. 피. 눈물 같은 이슬. 그는 모든 것이 몸 안에서 사라졌으며 이제 몸 안에 연기만 품고 있는 느낌이다. 살아 있는 모든 것은 미래의 갈망과 욕망에 대한 지식뿐이다. 상처처럼 속마음이 드러나고 아직 젊기에 죽을 운명을 생각하지 못하는 이 여자에게는 하고 싶은 말을 할 수가 없다. 그는 그녀에게서 가장 사랑하는 점을 바꾸어놓을 수가 없다. 절대 타협하지 않는 성격. 그녀가 사랑하는 시들의 낭만성은 여전히 실재하는 세상과 편안히 공존한다. 이런 특성들을 제외하고는 세상에 질서란 없음을 그는 안다.

그녀가 끈질기게 우기던 이날 밤. 9월 28일. 나무에 떨어졌던 비는 뜨거운 달빛에 벌써 말라버렸다. 눈물처럼 그의 몸 위에 떨어지는 시원한 물방울 하나 없다. 그로피 공원에서의 이별. 그는 길 건너 네모난 빛이 밝히고 있는 집 안에 그녀의 남편이 있느냐고 묻지 않았다.

그는 줄지어 그들 머리 위에까지 솟아 있는 야자나무와 부챗살처럼 펼쳐진 나뭇가지들을 본다. 그녀가 그의 연인이었을 때, 그녀는 이 나무들처럼 머리와 머리카락을 그의 몸 위에 드리웠다.

이제 키스조차 나누지 않는다. 단지 한 번의 포옹뿐. 그는 그녀에게서 몸을 떼고 걸어가다가 뒤돌아본다. 그녀는 여전히 그 자리에 있다. 그는 그녀에게서 몇 미터 떨어진 곳으로 되돌아가 강조하기 위해 한 손가락을 든다.

"그저 알려주고 싶어서. 난 당신이 떠난다고 그리워하진 않아."

미소를 지으려 애쓰느라 일그러진 그의 얼굴. 그녀는 그에게서 고개를 돌리다 문기둥에 부딪친다. 그는 그녀가 움찔하는 모습을 보고 아팠으리라는 것을 안다. 하지만 두 사람은 이미 벌써 헤어진 사이, 그녀의 주장에 따라 벽으로 갈라져 있다. 그녀의 움찔거림, 고통은 우연일까 의도적일까. 그녀는 관자놀이에 손을 갖다 댄다. 그녀는 말한다.

"그렇게 될 거예요."

우리 인생의 이 시점부터, 그녀는 일찍이 그에게 이렇게 속삭였었다. 우리는 영혼을 찾거나 잃어버릴 거예요.

어떻게 이런 일이 일어났을까? 사랑에 빠졌다가 분해되
어버리는 일이.

나는 그녀의 팔 안에 안겨 있었어. 나는 그녀의 주삿바
늘 자국을 볼 수 있도록 소매를 어깨까지 걷었어. 이 자국이
좋아. 나는 말했지. 그녀의 팔에 새겨진 희미한 후광. 그로부
터 몇 년 전 주사기가 그녀의 팔을 뚫고 들어가 약을 안에 넣
고 피부에서 빠져 나오는 장면이 눈에 생생해. 그녀가 아홉
살, 학교 다니던 시절의 모습이.

묻혀 있는 비행기

그의 두 눈은 각각 다른 쪽을 향하며 긴 침대 아래를 응시한다. 그 끝에는 해나가 있다. 그녀는 그를 씻겨준 후, 앰플 끝을 떼서 그에게 모르핀을 놓아준다. 조각상. 침대. 그는 모르핀의 보트에 오른다. 모르핀은 그의 몸을 질주하며, 지도가 세계를 2차원의 종이에 눌러넣듯이 시간 감각과 지형에 대한 인식을 몸 안쪽에서 무너뜨린다.

기나긴 카이로의 저녁들. 바다 같은 밤하늘. 줄줄이 갇혀 있다 해거름에 풀려난 매 떼들은 마지막 낙조가 남은 사막으로 긴 호를 그리며 날아가. 씨 한 줌을 뿌리듯 일사불란하게 움직이지.

1936년, 그 도시에서는 무엇이든 살 수 있었어. 휘파람 한 번에 달려오는 개나 새부터 들붐비는 시장에서 잃어버리지 않도록 여자의 새끼손가락에 매는 끔찍한 가죽 끈까지.

카이로 북동쪽 구역에는 신학을 공부하는 학생들이 있

는 거대한 마당이 있었고 그 너머는 칸 엘 칼릴리 바자였어. 좁은 거리 위에서 내려다보면, 역시 거리나 노점으로부터 3미터 높이에 있는 골판 양철 지붕 위를 돌아다니는 고양이들이 보였지. 이 모든 것들 위에 우리의 방이 있었어. 창문은 미나렛과 펠러커 배(지중해 연안에서 흔히 볼 수 있는 삼각돛 소형 범선—옮긴이), 고양이, 끔찍한 소음들을 향해 열려 있었어. 그녀는 내게 어린 시절의 뜰에 대해서 이야기했지. 잠이 오지 않을 때는 나를 위해 어머니의 뜰을 그려주었어. 한 마디, 한 마디로. 침대에 나란히 누워. 물고기 연못 위에 낀 12월의 얼음. 삐걱대던 장미 시렁. 내 손목 위 혈관이 모이는 지점을 잡고 자신의 목 밑에 오목하게 팬 자리로 이끌었어.

1937년 3월, 우와이나트. 매독스는 공기가 옅어져 기분이 좋지 않아. 해발 450미터의 지대인데 그는 이처럼 약간만 높아도 힘겨워하지. 그는 서머싯의 마스튼 마그나 영지를 떠나오면서 모든 관습과 습관을 보통의 건조한 지역에 맞는 해발 고도에 근접하도록 바꾼 사막인이기 때문이야.

"매독스, 여자 목 아래 오목하게 팬 부분 이름이 뭔가? 앞부분. 여기. 이게 뭐지? 공식적인 이름이 있나? 엄지손가락으로 누른 정도 크기의 오목한 부분."

매독스는 정오의 땡볕 아래서 나를 잠깐 바라보지.

"정신 차려."

*

"얘기 하나 해주마."

카라바지오는 해나에게 말한다.

"알마시라는 헝가리인이 있었어. 전쟁 중 독일군 편에서 일했다지. 아프리카 군단하고 같이 비행을 했다던데. 하지만 그보다 더 중요한 인물이었다더군. 1930년대에 위대한 사막 탐험가였다고 해. 사막에서 물이 솟는 구멍을 모두 알고 있었으며 모래의 바다를 지도로 만드는 일을 도왔다지. 사막에 대해서는 모르는 것이 없었다고 하더군. 사막의 방언을 모두 다 알고. 어디선가 들어본 이야기 아니야? 세계대전 사이에 그는 항상 카이로에서 탐사 여행을 떠났어. 한번은 제르주라를 찾아 나섰던 탐사였다고 해. 잃어버린 오아시스. 그런 후, 전쟁이 발발했을 때 독일군에 입대했다지. 1941년, 그는 첩자들을 위한 안내역이 되어 그들을 데리고 사막을 건너 카이로로 갔다는군. 내가 하고 싶은 말은 저 영국인 환자는 영국인이 아니라는 거야."

"물론 저 사람은 영국인이에요. 글로스터의 화단에 대한 얘기는 다 어쩌고요?"

"바로 그거야. 모두 완벽한 배경이지. 이틀 전 밤에 우리가 개 이름을 지으려고 했을 때, 기억 나?"

"네."

"그가 무슨 이름으로 하자고 했지?"

"그날 밤에는 약간 이상했어요."

"아주 이상했지. 내가 모르핀을 좀 더 놓아주었거든. 그 이름 기억해? 그는 이름 여덟 개를 말했어. 그중 다섯은 확실히 농담이었어. 그런 후 세 개의 이름을 냈어. 키케로, 제르주라, 딜라일라."

"그래서요?"

"키케로는 어떤 첩자의 암호명이었어. 영국군은 그의 정체를 파헤쳤지. 이중, 아니면 삼중 비밀요원이었어. 도망쳤지. '제르주라'는 좀 더 복잡해."

"제르주라에 대해서는 알아요. 그 이야기는 했었어요. 또 정원에 대해서도 말했어요."

"그렇지만 지금은 대부분 사막일 뿐이지. 영국인 정원은 점점 줄어들고 있어. 그는 죽어가는 사람이야. 나는 네가 이층에 두고 있는 사람이 첩자 동조자 알마시라고 생각한다."

두 사람은 침구를 보관하는 방 안에서 식물 줄기로 삼은 바구니 위에 앉아 서로를 마주 보았다. 카라바지오는 어깨를 으쓱했다.

"그럴 수도 있다는 거야."

"난 저 사람이 영국인이라고 생각해요."

그녀는 생각을 하거나 자신에 대한 무언가를 고려할 때면 언제나 그러하듯이 뺨 안쪽을 악물었다.

"네가 저 사람을 사랑한다는 건 안다. 하지만 저 사람은 영국인이 아니야. 전쟁 초기에 난 카이로에서 일했다. 트리폴리 추축에서. 롬멜의 레베카 첩자는……."

"'레베카 첩자'라는 게 무슨 뜻이에요?"

"1942년, 독일군은 엘 알라메인 전투 이전 에플러라는 첩자를 카이로에 파견했어. 그는 다프네 뒤 모리에의 소설 『레베카』를 암호 책으로 사용해서 롬멜에게 부대의 움직임을 전했지. 자, 그래서 그 책은 영국 첩보국 직원들이 침대밑에 놓고 읽는 책이 되었지 뭐냐. 심지어 나도 읽었는걸."

"아저씨도 책을 다 읽어요?"

"그렇게 말해주다니 고맙구나. 롬멜의 개인적 명령을 받잡고 에플러가 사막을 건너 카이로까지 갈 수 있도록 안내한 남자가 —트리폴리에서 카이로까지— 라디슬라우 드 알마시 백작이었어. 이 지역은 아무도 횡단할 수 없다고 생각하던 곳이야.

전쟁 사이에 알마시는 영국인 친구들을 사귀었어. 위대한 탐험가들이지. 하지만 전쟁이 발발하자 그는 독일군에 동조했어. 롬멜은 그에게 에플러를 데리고 카이로로 가달라고 부탁했어. 비행기나 낙하산으로 가면 너무 뻔하니까. 그는 이 사람을 데리고 사막을 건너 나일 삼각주까지 안내해주었지."

"잘도 알고 계시네요."

"나도 카이로에 기지를 두고 있었거든. 우리는 두 사람을 쫓고 있었지. 알마시는 지알로에서부터는 여덟 명으로 구성된 일행을 이끌었어. 그들은 사구에서 모래를 몇 트럭씩이나 계속 파내야 했어. 그는 그들을 우와이나트와 화강암 고원이 있는 방향으로 데리고 갔지. 물도 얻고 동굴을 피난처로 삼을 수 있도록. 거기가 바로 중간 지점이야. 1930년, 그는 거기서 바위그림이 있는 동굴들을 찾아냈어. 그렇지만 이고원에는 연합군들이 우글거려서 그는 거기 있는 우물들을 쓸 수가 없었지. 그는 다시 모래사막으로 나갔어. 그들은 영국 석유 트럭을 습격해서 자기들 탱크를 채웠어. 카르가 오아시스에서는 영국 군복으로 갈아입고서 차에다 영국군 차량 번호판을 달았지. 하늘에서 모습을 들키자, 와디로 숨어서 사흘 동안 쥐 죽은 듯 꼼짝도 하지 않았어. 모래 속에서 햇볕에 이글이글 익어가면서.

카이로에 도착하기까지 석 주가 걸렸다던가. 알마시는 에플러와 악수를 하고 그와 헤어졌어. 바로 여기서 우리는 그의 흔적을 놓쳐버렸지. 그는 몸을 돌려 다시 사막으로 홀로 돌아갔어. 우리는 그가 다시 사막을 건너 트리폴리로 돌아가려 했다고 생각했어. 하지만 그때가 그의 모습을 본 마지막이었어. 영국군은 마침내 에플러를 잡았고 레베카 암호를 이용해서 엘 알라메인 전투에 대해 롬멜에게 거짓 정보를 흘렸던 거야."

"난 아직도 믿을 수 없어요, 데이비드 아저씨."

"카이로에서 에플러를 잡도록 도와준 사람의 이름은 샘슨이었어."

"샘슨과 딜라일라(삼손과 데릴라)네요."

"바로 그거지."

"어쩌면 이 사람이 샘슨일지도 모르잖아요."

"나도 처음에는 그렇게 생각했다. 샘슨도 알마시와 아주 닮았거든. 사막에 푹 빠진 것도 같고. 그는 어린 시절 레반트 (레반트, 프랑스어로 르방(levant), 떠오른다는 뜻으로 광의로는 그리스와 이집트 사이에 있는 지중해 연안 지역을 통틀어 말하고 협의로는 시리아, 레바논 두 지역을 말한다—옮긴이)에서 자라 베두인을 잘 알았지. 하지만 알마시로 말하자면, 그는 비행기를 조종할 수 있었거든. 우리는 지금 비행기 추락 사고를 당한 사람 이야기를 하는 게 아니냐. 여기 이 사람이 있어. 알아볼 수 없을 정도로 화상을 입고, 결국에는 피사에서 영국군의 팔에 넘겨진 사람. 또한 그는 영국인처럼 발음하기 때문에 걸리지 않고 빠져 나갈 수 있지. 알마시는 영국에서 학교를 다녔으니까. 카이로에서 그는 영국인 첩자로 불렸어."

그녀는 바구니에 앉은 채로 카라바지오를 쳐다보았다. 그녀는 입을 열었다.

"제 생각으로는 그 사람을 그냥 그대로 놔두어야 할 것 같아요. 그 사람이 어느 편이든 상관없잖아요?"

카라바지오는 말했다.

"난 저 사람하고 좀 더 얘기해보고 싶어. 모르핀을 좀 더 주고. 속 얘기를 끌어내야지. 알겠니? 무슨 결과가 나올지 보는 거야. 딜라일라냐, 제르주라냐. 저 사람에게 바뀐 주사를 주어야 해."

"싫어요, 데이비드. 아저씨는 너무 강박적이에요. 저 사람이 누구인지 상관없어요. 전쟁은 끝났어요."

"그러면 내가 할 거다. 내가 브롬턴 칵테일을 주조할 거야. 모르핀과 알코올을 섞어서. 런던 브롬턴 병원에서 암환자들을 위해 만들어낸 비법이지. 걱정 마라. 그렇다고 죽을 리는 없으니까. 이렇게 하면 몸에 빨리 흡수가 돼. 난 이걸 우리가 가지고 있는 것과 조합할 수 있어. 저 친구에게 그 약 한잔만 주면 돼. 그러면 곧장 모르핀 기운이 돌지."

그녀는 바구니에 앉은 채로 맑은 눈을 뜨고 미소 지으며 그를 바라보았다. 전쟁의 막바지에 이르러, 카라바지오는 수많은 모르핀 도둑 중 한 명이 되었다. 그는 빌라에 도착하자마자 몇 시간 만에 그녀가 보유한 의약품들의 냄새를 맡았다. 작은 튜브에 담긴 모르핀은 이제 그의 공급원이었다. 인형 놀이용 치약 튜브처럼 생겨서, 그녀는 맨 처음 이 모르핀 튜브를 보고 아주 기이한 모양이라고 생각했었다. 카라바지오는 하루 종일 주머니에 두세 개씩 넣어 가지고 다니면서 이 액체를 그의 살 속에 흘려 넣었다. 언젠가 과도한 양을 투약

하고 정신을 못 차린 그가 빌라의 어두운 모퉁이에서 웅크리고 앉아 벌벌 떨면서 구토하고 있는 것을 못 보고 걸려 넘어진 적도 있었다. 그는 고개를 들었지만 그녀를 알아보지도 못했다. 그녀는 그에게 말을 걸어보려고 했지만 그는 그저 도로 바라보기만 했다. 그는 공급품이 담긴 금속 상자를 찾아내더니 어디 숨어 있었는지 모를 힘으로 상자를 뜯었다. 한번은 공병이 철문에 손바닥을 베자, 카라바지오는 치아로 유리 끄트머리를 깨서 빨아들인 다음 킵이 미처 무엇인지 알아채기도 전에 그의 갈색 손에 모르핀을 뱉었다. 화가 난 킵은 이글이글하는 눈으로 그를 쏘아보며 떠밀었다.

"그 사람 가만 놔두세요. 그 사람은 제 환자예요."

"누가 그 사람에게 해코지라도 한다던? 모르핀과 알코올은 고통을 없애줄 거다."

*

(오후 세 시. 브롬턴 칵테일 3cc.)

카라바지오는 남자의 손에서 책을 슬며시 빼낸다.

"사막에서 추락 사고를 당했을 때 비행기 출발지가 어디였나?"

"길프 케비르에서 오는 길이었지요. 누군가를 데리러 거기로 간 거요. 8월 하순이었어요. 1942년."

"전쟁 중에? 그때쯤이면 모두들 떠나고 없을 땐데."

"그래요. 오직 군대뿐이었지."

"길프 케비르라."

"그래요."

"그게 어디요?"

"키플링 책 좀 줘봐요…… 여기."

『킴』의 앞장은 소년과 성인(聖人)이 지나간 경로를 점선으로 표시한 지도였다. 이 지도에는 인도의 일부만 나와 있을 뿐이었다. 사교 평행선이 나누고 있는 아프가니스탄, 산골짜기에 위치한 카시미르.

그는 검은 손으로 누미 강을 따라 훑다가 마침내 위도 23도 30분에 위치한 바다에 이른다. 그는 손가락으로 서쪽 18센티미터 지점까지 더 훑다가 페이지에서 손을 떼고 가슴에 얹는다. 그는 자신의 갈비뼈를 만진다.

"여기요. 길프 케비르. 북회귀선 바로 북쪽. 이집트와 리비아 국경 위에."

1942년에 무슨 일이 일어났나?

카이로로 여행을 갔다가 돌아오는 길이었지요. 나는 오래된 지도들을 기억하고 있었고 전쟁 전 석유와 물을 저장해놓은 곳들을 찾아낼 수 있으니 적군들 사이를 쓱쓱 피해 가며 우와이나트를 향해 차를 몰았어요. 이제는 나 혼자니까

훨씬 더 손쉬웠어요. 길프 케비르에서 몇 킬로미터 떨어진 곳에서 트럭이 폭발하면서 전복되자 나는 불꽃에 데지 않으려고 자동적으로 모래 위로 굴렀어요. 사막에서는 언제나 불이 무섭죠.

트럭은 폭발했는데, 아마도 누가 고의로 파괴했는지도 모르겠어요. 베두인들 사이에도 첩자는 있거든. 이들 대상들은 하나의 도시처럼 계속 떠돌아다닙니다. 어디를 가든지 향료와 방, 정부 자문을 데리고. 당시 전쟁 때는 베두인들 사이에 항상 독일군 편이 끼어 있는 것처럼 영국인들도 끼어 있었어요.

트럭을 놔두고 나는 우와이나트로 걷기 시작했어요. 거기 비행기가 묻혀 있다는 것을 알고 있었으니까.

잠깐. 무슨 뜻이지? 묻혀 있는 비행기라니?

매독스는 탐사 초기에 오래된 비행기를 하나 가지고 있었습니다. 불필요한 부품은 다 줄여 필수적인 부분만 남긴 비행기. 유일하게 남아 있는 '부가적인' 부분은 조종석의 둥근 덮개뿐이었어요. 사막 비행에는 꼭 있어야 하는 것이니. 사막에서 같이 보내던 때, 그가 내게 비행기 조종법을 가르쳐줬어요. 우리 둘은 비행기에 탕갯줄을 쳐놓고 어떻게 공기 중에 떠 있는지, 혹은 선회하는지 이론을 세웠어요.

클리프턴의 비행기─루퍼트─가 우리 한가운데로 날아왔을 때, 매독스의 고물 비행기는 그 자리에 그냥 놓아두었지요. 방수 천으로 덮어놓고 우와이나트 북동쪽 우묵하게 들어간 곳에 말뚝을 박아 고정시켜 놓은 채로. 그 후 몇 년간 모래가 덧덮였더군요. 우리 둘 다 다시 그 비행기를 볼 수 있을 것이라는 기대는 하지 않았죠. 그건 사막이 만들어낸 또 하나의 희생자에 불과하니까. 몇 달 동안 우리는 북동쪽 협곡을 지나다녔지만 비행기 형체로 울퉁불퉁한 모래 더미는 보지 못했어요. 이제는 10년이나 더 새 것인 클리프턴의 비행기가 우리 이야기 안으로 날아들어 왔으니.

그래서 그쪽으로 걸어갔다는 거요?

그래요. 나흘 밤을 걸었지요. 나는 그 남자와 카이로에서 헤어지고 다시 사막 안으로 들어갔어요. 사방 곳곳이 전쟁이었습니다. 갑자기 '팀'이 생겼어요. 버먼 팀, 바그놀드 팀, 슬라틴 파샤 팀. 그들은 여러 번 서로의 목숨을 구해줬는데 이젠 각자의 진영으로 갈라지고 말다니.

나는 우와이나트를 향해 걸어갔어요. 정오쯤에 거기 도착해서 고원의 동굴 안으로 기어들어갔지. 아인 두아라고하는 우물 위로.

"카라바지오는 당신의 정체를 알아냈다고 생각하고 있어요."

해나가 말했다.

침대 위에 누운 남자는 아무 말 하지 않았다.

"아저씨 말로는 당신은 영국인이 아니래요. 아저씨는 한동안 카이로와 이탈리아에서 첩보원으로 일했거든요. 독일군에 잡힐 때까지. 우리 가족하고 카라바지오 아저씨는 전쟁 전부터 알던 사이였어요. 아저씨는 도둑이었죠. '사물의 움직임'을 믿고 있어요. 어떤 도둑들은 당신이 경멸하는 사막의 탐험가들 몇몇처럼 수집가예요. 남자가 여자를 수집하듯이, 여자가 남자를 수집하듯이. 하지만 카라바지오 아저씨는 그런 사람이 아니었어요. 아저씨는 호기심이 너무 많고 관대해서 도둑으로서 성공하기는 어려웠죠. 훔친 물건의 반은 집에 갖고 오지도 않았어요. 아저씨는 당신이 영국인이 아니래요."

그녀는 말을 하면서 그의 침착한 태도를 관찰한다. 그는 그녀가 하는 말에 귀를 기울이는 것 같지 않았다. 그저 평소처럼 아득한 곳을 생각했다. 듀크 엘링턴이 〈고독〉을 연주할 때의 표정과 생각 같았다.

그녀는 이야기를 그만두었다.

그는 아인 두아라고 하는 얕은 우물에 이르렀다. 그는 입고 있던 옷을 모두 벗어 던지고 우물에 몸을 담갔다. 처음에는 머리부터, 그다음에는 야윈 몸을 푸른 물에 넣었다. 나흘 밤 동안 걸어오느라 팔다리에서 기운이 다 빠졌다. 그는 옷을 바위 위에 널어두고 암석 위로 높이 올라가 1942년 당시에는 벌써 광활한 전장이 되어버린 사막을 빠져 나갔다. 그는 벌거벗은 채로 동굴의 암흑 속으로 들어갔다.

그는 수년 전에 발견한 익숙한 그림 한가운데 있었다. 기린 떼, 소 떼. 깃털이 달린 머리장식을 하고 두 손을 든 남자. 헤엄치는 자세가 분명히 보이는 몇몇 인물들. 이곳이 고대 호수였다고 한 버먼의 말이 맞았다. 그는 차가운 안쪽까지 걸어 들어갔다. 헤엄치는 사람들의 동굴, 그녀를 놓아두고 온 곳. 그녀는 아직도 거기 있었다. 그녀는 스스로 구석까지 몸을 끌고 들어갔고 직접 낙하선 천으로 자기 몸을 덮었다. 그는 돌아오겠다고 약속했었다.

그는 동굴에서 죽는 편이 좀 더 행복할 것 같았다. 은밀한 그곳, 바위 속에 갇혀 헤엄치는 사람들에 둘러싸여. 버먼은 그에게 아시아의 정원에서는 바위를 보고 물을 상상할 수 있으며, 잔잔한 연못을 보고 단단한 바위라고 믿을 수 있다는 말을 했다. 하지만 그녀는 정원 안에서, 습기 속에서, 시렁이나 고슴도치와 같은 단어와 함께 자라난 여자였다. 사막에 대한 그녀의 정열은 일시적이었다. 그녀는 그 때문에 사막의 고집스러움을 사랑하게 되었고, 그 고독 안에서 그가 느끼는 안식을 이해하고 싶어 했다. 그녀는 언제나 빗속, 수증기가 어리는 욕실, 나른한 물기 속에서 더 행복했다. 카이로의 비 오는 밤이면 그의 방 창문에서 도로 물러나 그 습기를 그대로 품기 위해 아직도 축축한 옷을 입었다. 그녀가 가족의 전통이나 정중한 의식, 외우고 있는 옛날 시들을 사랑하는 것과 마찬가지였다. 그녀는 이름도 없이 죽는 것을 싫어했으리라. 그녀는 선조들로 이어지는 선이 만질 수 있을 정도로 뚜렷했지만, 반면 그는 자신이 지나온 통로를 다 지워버렸다. 그가 그렇게 익명성을 간직하고 있는데도 그녀가 그를 사랑했다는 사실이 감탄스러웠다.

그녀는 중세인들이 죽어 누워 있는 방식대로 등을 대고 반듯이 누워 있었다.

나는 벌거벗은 채로 그녀에게 다가갔어요. 남 카이로에 있는 우리의 방에서 그랬던 것처럼. 그녀의 옷을 벗기고 아직도 사랑하고 싶었지요.

내가 한 짓이 뭐가 끔찍합니까? 우리는 연인의 모든 것을 용서하지 않나요? 우리는 이기심과 욕망, 기만을 용서하지 않습니까? 우리가 자기 자신의 동기를 가지고 있는 한. 팔이 부러진 여자와 사랑을 나눌 수도 있고, 열이 있는 여자를 사랑하기도 해요. 언젠가 그녀는 내 손의 벤 상처에서 나오는 피를 빤 적도 있고, 나는 그녀의 생리혈을 맛보고 삼킨 적도 있어요. 어떤 유럽어에는 적절한 번역어가 없는 단어들이 있습니다. 펠호말리(Felhomaly, 헝가리어로 반쯤 깔린 어둠을 의미한다―옮긴이). 무덤의 황혼. 죽은 자와 산 자 사이에 친밀감이 내포되어 있는 말이죠.

나는 그녀를 잠에 빠져 있는 마루로부터 두 팔로 안아

올렸습니다. 천이 거미줄 같았죠. 나는 그 모두를 다 떨쳐버렸어요.

나는 그녀를 안고 햇볕 아래로 나갔습니다. 나는 옷을 입었죠.

돌 위의 열기로 옷은 바삭하게 말라 있더군요.

나는 그녀의 몸을 받칠 수 있도록 두 손을 맞잡아 안장처럼 만들었죠. 모래에 이르자마자, 그녀의 몸을 돌려 내 어깨 너머를 보도록 했습니다. 몸무게가 공기처럼 가벼워진 것이 느껴지더군요. 나는 이처럼 내 팔에 안긴 그녀의 몸에 익숙했습니다. 그녀는 방 안에서 마치 선풍기의 그림자처럼 두 팔을 뻗고 손가락을 불가사리처럼 펼친 채 내 주위를 빙빙 돌곤 했죠.

우리는 이처럼 북동쪽 협곡까지 갔습니다. 거기 우리 비행기가 묻혀 있었죠. 지도는 필요 없었어요. 난 전복된 트럭에서부터 줄곧 석유통을 들고 왔었죠. 3년 전에는 석유가 없었던 탓에 우리는 무력했으니까.

"3년 전에는 무슨 일이 있었지?"
"그녀가 부상을 당했어요. 1939년이었죠. 그녀의 남편이 비행기를 추락시켰습니다. 우리 세 사람 모두를 끌고 동반 자살을 시도했던 것이었죠. 심지어 그땐 연인 사이도 아니었는데. 우리 관계가 어떤 연유인지 모르지만 그에게로 흘러

들어갔던 게죠."

"그래서 그 여자는 부상이 너무 심해서 같이 갈 수 없었던 거군."

"그래요. 그녀를 구할 수 있는 유일한 가능성은 내가 혼자 가서 도움을 청하는 것이었죠."

동굴 안, 이별 후 서로에게 분노를 느끼던 몇 달이 흐르고 마침내 이 시점에 이르러, 두 사람은 다시 연인으로서 함께하게 되었고 이야기를 나눌 수 있게 되었다. 두 사람은 마침내 사회적 규칙이 절대 용납하지 않는다는 이유로 둘 사이에 세웠던 돌덩이를 밀어 치워버렸다.

그때 식물원에서 그녀는 결단과 격노에 차서 문기둥에 머리를 부딪쳤었다. 연인, 비밀로 남기에는 너무 자존심이 강했다. 그녀의 세계에는 그런 영역이 없었다. 그는 그녀에게로 돌아가서 손가락을 들고 이렇게 말했었다. 난 당신이 떠나도 그리워하지 않아.

그렇게 될 거예요.

헤어져 있던 몇 달 동안 그는 더욱더 신랄해졌고 모든 것을 혼자서 충당했다. 그는 그녀가 옆에 오면 피했다. 그녀가 그를 바라볼 때의 침착한 태도를 견딜 수가 없었다. 그는 그녀의 집에 전화를 걸었고, 남편과 이야기를 나누면서 배경음으로 들려오는 그녀의 웃음소리를 들었다. 그녀는 모든 사람을 매혹시키는 공공연한 매력이 있었다. 그가 그녀에게서 사랑하는 점이기도 했다. 이제 그는 아무것도 신뢰할 수 없게 되었다.

그는 그녀가 다른 애인으로 그의 빈자리를 채우지 않았을까 의심했다. 그는 그녀가 다른 사람들에게 보이는 몸짓 하나하나를 약속 암호로 해석했다. 언젠가 그녀는 로비에서 라운델의 재킷 앞섶을 잡고 흔들었고 그가 뭐라고 웅얼거리자 웃었다. 그래서 그는 두 사람 사이에 무언가가 있지 않나 확인하려고 이 무고한 정부 보조관의 뒤를 이틀 동안이나 밟았다. 그는 그녀가 마지막으로 그에게 보였던 애정의 징표들을 더 이상 신뢰하지 않았다. 그녀는 그에게 동조하기도 하고 반대하기도 했다. 그녀는 그를 반대했다. 그녀가 가끔씩 보여주는 덧없는 미소를 참을 수가 없었다. 그녀가 건네주는 술은 마실 수조차 없었다. 저녁 식사에서 그녀가 나일 강의 백합이 떠 있는 대접을 가리키면, 차마 쳐다볼 수도 없었다. 빌어먹을 꽃 한 송이가 하나 더 있는 것일 뿐. 그녀는 그와 남편을 배제하고 새 친구 무리를 사귀었다. 그런 일이 있은 후에 남편에게 돌아가는 사람은 없다. 그는 적어도 사랑과 인간 본성에 대해서 그 정도는 알고 있었다.

그는 연갈색 담배 종이를 사서, 이제는 더 이상 그의 흥미를 끌지 않는 전쟁들에 대해서 기록한 『역사』의 군데군데를 풀로 붙였다. 그는 그를 반대하는 그녀의 주장들을 모두 적어 내려갔다. 책에 이 종이를 붙임으로써 그는 자신에게 목격자이자 청자의 목소리를 부여했다. '그'의 목소리를.

전쟁이 발발하기 직전 마지막 며칠 동안 그는 마지막으로 야영지를 철수하기 위해 길프 케비르에 갔다. 그녀의 남편이 그를 데리러 오기로 되어 있었다. 서로를 사랑하게 되기 전까지 둘 다 깊이 사랑했던 남편이.

클리프턴은 약속 날짜에 우와이나트로 그를 데리러 비행기를 몰고 왔다. 잃어버린 오아시스 위에 낮게 떠 웅웅대는 비행기의 자취를 따라 아카시아 이파리들이 휘날렸다. 모스 비행기는 천천히 움푹하게 팬 땅으로 향했다. 그동안 그는 파란 방수 천을 신호 삼아 들고 높은 산등성이에 서 있었다. 그때 비행기가 빙그르르 돌아 곧바로 그를 향해 내려오는가 싶더니 50미터 떨어진 땅에 추락했다. 푸른 연기 한 줄기가 착륙 장치에서 피어올랐다. 불은 나지 않았다.

남편이 미쳐버렸던 것이었다. 모두를 죽여버리려고 했다. 아내와 함께 자살하려고. 또 사막에서 빠져 나갈 길을 없애버려 그도 죽여버리려고.

하지만 그녀는 죽지 않았다. 그는 일그러진 비행기의 손아귀에서, 남편의 손아귀에서 그녀를 빼냈다.

어떻게 나를 그리도 증오할 수 있었죠? 그녀는 헤엄치는 사람들의 동굴에서 상처의 고통을 참으며 속삭였다. 부러진 손목. 산산조각 난 갈비뼈. 당신은 내게 너무 냉혹하게 굴었어요. 그래서 남편이 의심하게 된 거예요. 난 아직도 당신이 미워요. 사막이나 술집으로 사라져버린 것 때문에.

그로피 공원에서 당신이 나를 버렸잖아.

당신이 다른 것으로는 나를 원하지 않았기 때문이에요.

당신 남편이 미쳐버릴 것이라고 말했기 때문이지. 그래, 그 사람은 미쳐버렸군.

오랫동안은 아니었어요. 남편이 미치기 전에 내가 미쳐버렸어요. 내 안의 모든 것을 당신이 죽여버렸기 때문에. 키스해주세요. 자기변호는 말아요. 내게 키스하고 나를 이름으로 불러줘요.

이전에 두 사람의 몸은 향수 속에서, 땀 속에서 만났었다. 미친 듯이 서로의 혀나 치아 아래 얇은 막에 닿으려고 몸부림을 치며. 사랑을 나누는 동안 거기에서 진정한 성격을 찾을 수 있고 서로의 몸에서부터 진정한 본성을 끄집어낼 수 있는 양.

이제 그녀의 팔에는 분도 뿌려져 있지 않고 허벅지에서 장미 향수 냄새가 나지도 않았다.

당신은 자기 자신을 우상파괴자라고 생각하겠지만, 그렇지 않아요. 당신은 그저 움직이거나 가질 수 없는 것을 대체할 뿐이죠. 무언가를 하다가 실패한다면 다른 것으로 물러나버려요. 아무것도 당신을 바꾸지 못해요. 얼마나 많은 여자들을 가져보았죠? 난 당신을 절대로 바꿀 수 없다는 것을 알았기에 떠났어요. 그 방 안에서 당신은 마치 성격의 일부를 조금이라도 드러내는 게 자기 자신에 대한 가장 큰 배신이라도 되는 양 가끔은 너무도 고요하게, 가끔은 너무도 아무 말 없이 서 있곤 했어요.

헤엄치는 사람들의 동굴에서 우리는 이야기를 나누었습니다. 우리는 안전한 쿠프라에서 오로지 위도 2도 정도밖에 떨어져 있지 않았어요.

그는 말을 멈추고 손을 내민다. 카라바지오는 검은 손바닥 위에 모르핀 알약을 놓아주고, 알약은 곧 남자의 검은 입속으로 사라진다.

나는 호수의 마른 바닥을 건너 쿠프라 오아시스를 향했습니다. 낮의 열기와 밤의 냉기를 가릴 옷가지밖에는 아무것도 들고 가지 않았죠. 헤로도토스 책은 그녀 옆에 남겨두고 왔어요. 3년 후, 1942년에 나는 마치 기사의 갑옷처럼 그녀의 몸을 안고 묻혀 있는 비행기로 함께 걸어갔습니다.

사막에서 생존 도구는 지하에 있습니다. 혈거인들의 동굴, 묻혀 있는 식물 안에 잠자고 있는 물, 비행기. 경도 25도,

위도 23도. 나는 방수 천을 향해 파고 들어갔고 매독스의 오래된 비행기는 점차 모습을 드러냈지요. 밤이어서 공기가 차가웠는데도 땀이 나더군요. 나는 나프타 등불을 그녀 위에 비추며 잠깐 동안 옆에 앉아 있었습니다. 그녀의 몸의 윤곽이 고개를 끄덕이는 듯 깜박였습니다. 두 명의 연인과 사막. 별빛이었는지 달빛이었는지는 기억나지 않습니다. 거기 바깥의 모든 것은 전쟁 중이었죠.

비행기가 모래에서 나왔습니다. 음식도 없었고 나는 기운이 다 빠졌죠. 방수 천이 너무 무거워서 벗길 수가 없어서 간단하게 잘라버렸어요.

두 시간 눈을 붙인 후 아침이 되자 나는 그녀를 조종석에 태웠습니다. 시동을 걸고 비행기에 생명을 불어넣었죠. 우리는 앞으로 나갔고, 너무 늦게 몇 년이 지난 후에서야 하늘로 날아올랐습니다.

목소리가 멈춘다. 화상을 입은 남자는 모르핀을 맞아 흔들리는 시야 속에서 앞을 똑바로 바라본다.

비행기는 이제 그의 눈앞에 있다. 느릿한 목소리는 힘겹게 비행기를 땅에서부터 들어 올리고 엔진은 바늘땀을 뛰어넘듯 불규칙적으로 돈다. 그녀의 수의는 조종석의 시끄러운 공기 중에서 펄럭거린다. 며칠 동안 고요 속에서 걷고 난 후라 소음이 끔찍하다. 그는 무릎 위로 쏟아진 기름을 내려다본다. 그녀의 셔츠에서 나뭇가지 하나가 부러져 나간다. 아카시아 가지와 뼈. 땅에서 얼마나 높이 올라온 걸까? 하늘에서 얼마나 낮게 떠 있는 걸까?

착륙 장치가 야자나무 끄트머리 위를 스치고 그는 그 위를 빙그르르 돈다. 기름이 좌석 위로 흐르고 그녀의 몸이 그 위에서 미끄러진다. 합선이 되어 불꽃이 튀고 그녀 한쪽 무릎 위 작은 전선에 불이 붙는다. 그는 그녀를 옆의 좌석 뒤로 잡아끈다. 그는 두 손으로 조종석 유리를 밀어보지만 옴짝달싹하지 않는다. 유리를 주먹으로 치기 시작하자 금이 가고 마침내 유리가 깨진다. 기름과 불꽃이 여기저기서 튀고 돈다. 하늘에서 얼마나 낮게 떨어진 걸까? 그녀는 무너진다. 아카시아 가지, 이파리. 팔 형태를 이루던 나뭇가지가 그의 주위에서 흩어져나간다. 공기가 빨려들듯 밀려오며 팔다리가 사라져버리기 시작한다. 혀에 느껴지는 모르핀 냄새. 그의 눈 속 검은 호수에 비치는 카라바지오. 그는 이제 두레박처럼 들썩들썩한다. 얼굴이 온통 피투성이다. 그는 이제 망가진 비행기를 몰고 있다. 날개를 덮는 캔버스 천이 속력에 의해 찢겨 나간다. 그들은 죽은 짐승 고기이다. 야자수로부터 얼마나 지나왔나? 얼마 전이었지? 그는 두 다리를 기름에서 빼지만 너무 무겁다. 다리를 다시 들어 올릴 도리가 없다. 그는 이제 늙어버렸다. 갑자기. 그녀 없이 살아가는 데 지쳤다. 그는 다시 그녀 품 안에 누울 수 없고 자는 동안 그녀가 낮이고 밤이고 불침번을 서주리라는 기대도 할 수 없다. 그에게는 아무도 없다. 사막 때문에 진이 빠진 게 아니라 고독 때문에 진이 빠졌다. 매독스도 죽었다. 이파리와 나뭇가지로 변형된 여인. 그의 위에서 입을 벌린 듯 뻥 뚫린 깨진 유리.

그는 기름에 전 낙하산을 메고 비행기를 뒤집는다. 유리가 떨어지고 바람이 그의 몸을 뒤로 당긴다. 그때 그의 발이 빠져 나오고 그는 이제 환히 빛을 발하며 허공에 떠 있다. 그는 어째서 환한 빛이 나오는지 알지 못하다가 몸에 불이 붙었다는 사실을 그제서야 깨닫는다.

*

해나는 영국인 환자의 방에서 목소리가 흘러나오자 두 사람이 나누는 이야기를 엿듣기 위해 복도에 선다.

어때요?

근사한데!

자, 이젠 내 차례예요.

아! 멋져, 멋진걸.

이야말로 가장 위대한 발명품이죠.

대단한 걸 찾아냈는데, 젊은 친구.

방 안으로 들어서자 킵과 영국인 환자가 가당연유를 주

고받는 모습이 보인다. 영국인은 깡통을 핥다가 얼굴에서 떼고 걸쭉한 액체를 우물우물 삼킨다. 그는 환한 얼굴로 킵을 바라본다. 킵은 깡통을 가질 수 없어서 언짢은 표정이다. 공병은 해나를 힐끔 보고 침대 옆에서 주저하며 맴돌다가 손가락을 두 번 튕기더니 마침내 깡통을 검은 얼굴에서 떼어낸다.

"우리는 공통의 즐거움을 찾아냈어. 이 청년과 나. 나는 이집트로 가는 여행에서 좋아하던 거고, 그는 인도에서 좋아했다더군."

"가당연유 샌드위치 먹어본 적 있으세요?"

공병이 물었다.

해나는 두 사람을 번갈아 바라본다.

킵은 깡통 안을 들여다본다.

"또 하나 가져올게요."

그는 그렇게 말하고 방에서 나간다.

해나는 침대에 누운 남자를 바라본다.

"킵과 나는 둘 다 국제적인 사생아야. 한 곳에서 태어났으나 다른 곳에서 살기로 한 사람들이지. 평생 우리 고향에 돌아가려고 하거나 거기서 멀어지려고 발버둥 치며 살았어. 킵은 그걸 아직 깨닫지 못하겠지만. 그래서 우리 두 사람 사이가 좋은 거지."

부엌에 간 킵은 총검으로 가당연유 새 깡통에 구멍을 두 개 낸다. 그는 이제 자신이 오로지 이 목적으로만 총검을 쓰고 있다는 사실을 깨닫는다. 그는 도로 위층으로 달려가 침실로 간다.

"어릴 때 분명히 다른 데서 자라셨을 거예요. 영국인들은 그런 식으로 핥지 않거든요."

"몇 년 동안 나는 사막에서 살았어. 내가 아는 모든 것은 거기서 배웠지. 내게 일어난 중요한 일들은 모두 사막에서 일어났어."

그는 해나를 보고 미소 짓는다.

"한 친구는 모르핀을 먹이더니, 다른 친구는 가당연유를 먹이는군. 균형 잡힌 식단을 찾아낸 건지도 모르겠어!"

그는 도로 킵을 향한다.

"공병 부대에 입대한 게 언젠가?"

"오 년 됐습니다. 주로 런던에서 근무했죠. 그다음에 이탈리아로 파병되었어요. 불발탄 해체 부대로."

"자네를 가르친 사람이 누구였어?"

"울리치에서 영국인에게 배웠어요. 다들 괴짜라고 하던 사람이죠."

"선생으로는 가장 좋은 류이지. 그렇다면 서퍽 경이겠군. 모덴 양은 만나봤어?"

"네."

어느 시점부터 두 사람 중 어느 쪽도 해나가 대화에 편안하게 낄 수 있도록 하는 노력을 하지 않는다. 하지만 그녀는 그의 선생에 대해서 알고 싶고, 그가 자신의 스승을 어떻게 묘사하는지 보고 싶다.

"그 사람은 어떤 사람이었어요, 킵?"

"과학 조사 분야에서 근무했던 분이에요. 실험 부대의 사령관이었고. 모덴 양은 비서인데, 항상 그분을 수행했고 운전수인 프레드 하츠 씨도 동행했죠. 서퍽 경이 폭탄 해체를 할 때 불러주면 모덴 양이 받아 적고 하츠 씨가 도구 보조를 했어요. 영리한 분이셨죠. 사람들은 이 삼인조를 삼위일체라고 불렀죠. 세 사람 다 1941년에 폭사했어요. 이어리스에서."

그녀는 벽에 기댄 공병을 바라본다. 그는 한 발을 들어 장화 밑창을 벽에 그려진 덤불에 대고 있다. 슬픔의 표정도 없고 해독할 수 있는 것은 아무것도 없다.

어떤 남자들은 그녀의 팔 안에서 인생의 마지막 매듭을 풀고 갔다. 앙기아리 마을에서 살아 있는 남자들을 들어 올렸더니 벌써 벌레에 먹혀 썩어 들어가고 있었다. 오르토나에서는 팔이 없는 소년의 입에 담배를 물려주기도 했다. 그녀는 무슨 일이 있어도 그만두지 않았다. 그녀는 근무를 계속했지만 아무도 모르게 슬며시 개인적인 자아는 점점 뒤로 물러났다. 상아 단추가 달린 노란색과 진홍색 제복을 입은 간호사들은 감정적으로 너무 많이 동요하여 전쟁의 시녀로 변해 갔다.

그녀는 킵이 머리를 벽에 기대는 모습을 바라보고 그의
얼굴에 떠오른 무감한 표정을 이해한다. 그 표정은 읽을 수
있다.

원래 그 자리에

(1940년, 영국 웨스트베리)

키르팔 싱은 말의 안장이 놓여 있어야 할 등 위에 섰다.
처음에는 말 등 위에 그저 멈춰 서서, 그의 눈에는 보이지 않
지만 이 광경을 바라보고 있을 사람들에게 손을 흔들었다.
서퍽 경은 쌍안경을 통해 바라보다가 젊은이가 손을 흔드는
모습을 보고 두 팔을 들어 흔들었다.

그런 후 싱은 웨스트베리 백악질 언덕의 거대한 백마 그
림(영국 웨스트베리, 솔즈베리 평원에 있는 백악질 언덕 급경사지
에 그려진 거대한 하얀 말의 그림—옮긴이) 속, 말의 흰색 부분으
로 들어섰다. 이제 하얀 배경 때문에 짙은 피부색과 카키색
유니폼이 극도로 강조되며 그는 검은 형체로 보였다. 쌍안경
의 초점이 정확하다면, 서퍽 경은 싱의 공병 소속을 표시하
는, 어깨에 달린 가는 진홍색 끈도 볼 수 있을 것이었다. 그
들 눈에 싱은 동물 모양으로 잘라낸 종이 지도 위를 성큼성

253

큼 걷는 것처럼 보였다. 하지만 싱은 경사지 아래로 내려가면서 거칠게 그려진 백악질 그림에 스치는 장화만 의식했다.

모덴 양이 그의 뒤를 따라 어깨에 가방을 둘러메고 접은 우산으로 몸을 지탱하며 천천히 언덕에서 내려왔다. 그녀는 말에서부터 3미터 위에 멈춰 서더니 우산을 펴고 그늘 밑에 앉았다. 그런 후 공책을 폈다.

"내 목소리 들립니까?"

싱이 물었다.

"그래요, 잘 들려요."

모덴 양은 손에 묻은 백묵가루를 치마에 문질러 닦고 안경을 고쳐 썼다. 그런 후 먼 곳을 올려다보고 싱이 그랬던 것처럼 보이지 않는 사람을 향해 손을 흔들었다.

싱은 모덴 양을 좋아했다. 그녀는 그가 영국에 도착한 이래로 사실상 처음으로 말을 건네본 영국 여자였다. 대부분 그는 울리치에 있는 막사에서 시간을 보냈다. 거기 온 지 석 달 동안 그는 오로지 다른 인도인들과 영국인 장교들만 만났다. 한 여자가 군대 매점에서 질문에 대답을 해주긴 했으나 여자들과의 대화는 오직 두세 문장뿐이었다.

그는 둘째 아들이었다. 장남은 입대하고, 둘째 아들은 의사가 되고, 그다음 아들은 사업가가 되는 게 상례였다. 가족의 오랜 전통이었다. 하지만 전쟁으로 인해 모든 것이 바뀌었다. 그는 시크 연대에 입대했고 영국으로 파병되었다. 런던에서 첫 몇 달을 보낸 후, 지연 작동과 불발된 폭탄을 처리하기 위해 창설된 기술 부대에 자원했다. 1939년에 고위층이 하던 말들은 순진하기 그지없었다. "불발탄은 내무성의 소관으로 사료되고, 공습 예방 관리인과 경찰들에 의해 수집되어 편의 하치장으로 배송된 후 무장 부대의 군인이 정해진 절차에 걸쳐 해체할 것을 합의한다."

1940년이 되어서야 육군성이 폭탄 처리 책임을 이어받았고 다시 왕립 기술부대로 넘겼다. 스물다섯 개의 폭탄처리 부대가 창설되었다. 기술 장비는 부족했고 보유하고 있는 기기라고는 오로지 망치와 끌, 도로 공사 도구들뿐이었다. 전문가는 한 명도 없었다.

폭탄은 다음 부품들의 조합이다.
용기나 폭탄 상자 도화관 기폭약, 혹은 뇌관부 고성능 폭약으로 된 전폭약 상부구조 부품―수직 안전판, 손잡이, 코프링(폭탄 끝에 달린 금속 고리) 등

비행기로 영국에 투하되는 폭탄의 80퍼센트가 외피가 얇은 다용도 폭탄이다. 무게는 45킬로그램부터 450킬로그램 나가는 것까지 다양하다. 900킬로그램짜리 폭탄은 '헤르만' 혹은 '에사우'라고 한다. 1,800킬로그램짜리 폭탄은 '사탄'이라고 한다.

싱은 오랫동안 훈련을 받은 후에는 잘 때에도 손에서 도식이나 표를 놓지 않았다. 반쯤 꿈을 꾸면서 원통형 미로에 들어서서 피크르산과 뇌관, 축전기로 이루어진 길을 따라 몸속 깊이에 있는 도화관에 이르렀다. 그때 갑자기 잠에서 깼다.

폭탄이 목표물에 명중하면, 저항력 때문에 진동판이 활성화되고 도화관에 있는 탄약에 불이 붙는다. 폭발이 일어나 뇌관으로 전달되면 펜트라이트가 폭발한다. 이로 인해 피크르산이 도화되어 TNT와 아마톨 폭약, 알루미늄화된 탄약으로 된 전폭약이 폭발한다. 자극이 진동판부터 폭발까지 걸리는 시간은 1마이크로 초이다.

가장 위험한 폭탄들은 낮은 고도에서 떨어져 땅에 닿을 때까지도 활성화되지 않은 종류들이다. 이런 불발탄들은 도시나 들판에 묻혀서 휴지 상태에 있다가 농부의 지팡이, 자동차 바퀴의 압력, 상자 위에서 통통 튀는 테니스공의 압력 등에 의해서 자극을 받으면 진동판과 접합된 부분이 흔들려서 폭발하게 된다.

싱은 다른 자원자들과 함께 트럭을 타고 울리치에 있는 연구 부서로 갔다. 불발탄이 적었던 시기였음을 감안하면 폭탄처리 부대의 사망률이 끔찍하게 높았던 때였다. 1940년, 프랑스가 점령당하고 영국이 포위당하자 사망률은 점점 높아졌다.

9월이 되자 공습이 시작되었고, 한 달 만에 처리해야 할 불발탄이 2,500개가 생겼다. 도로는 봉쇄되고 공장은 버려졌다. 9월이 되자 살아 있는 폭탄의 수는 3,700개에 이르렀다. 폭탄처리 부대가 백 개나 새로 창설되었지만 폭탄의 기본 작동 방식도 아직 제대로 몰랐다. 이 부대 안의 수명은 10주였다.

"당시는 폭탄처리의 영웅 시대이자 개인 무용(武勇)의 시기로, 사태의 긴급성 및 지식과 장비의 부족으로 인해 어마어마한 위험을 무릅써야만 했다…… 그러나 이들의 활동은 보안상의 이유로 대중에게 알려지지 않았기 때문에 주인공들의 이름은 익명으로 남아야 했던 영웅적 시대였다. 공공연한 보도는 적군이 아군의 무기 처리 능력을 추정하는 데 도움을 주므로 바람직하지 못했다."

웨스트베리로 가는 차 안, 싱은 하트 씨 옆 조수석에 앉았고 모덴 양은 서퍽 경과 함께 뒷좌석에 앉았다. 카키색의 험버 자동차는 유명했다. 흙받기는 형광 빨간색으로 칠했고 ―폭탄처리반 차량은 다 이런 색이었다― 밤에는 푸른 필터를 댄 차폭등을 왼쪽에 붙였다. 이틀 전 한 남자가 다운스에 있는 유명한 백마 그림 위를 지나다가 폭사했다. 기술자들이 현장에 도착하자, 또 다른 폭탄 하나가 이 역사적 유적 한가운데, 1778년에 웨스트베리의 백악질 급경사 언덕에 새겨진 거대한 말 그림의 배에 떨어져 있는 것을 발견했다. 바로 이 사건 직후에, 다운스에 있는 모든 백마들 —일곱 개가 있었다— 위에 위장 그물을 씌웠다. 그렇게까지 해서 그림을 보호하고자 하는 게 아니라 영국 공습 때 눈에 띄는 목표물을 만들지 않기 위해서였다.

뒷좌석에서 서퍽 경은 유럽의 전장에서 날아온 울새의 이동과 폭탄처리의 역사, 데번 크림에 대해서 수다를 떨었다. 그는 젊은 시크 인에게 최근에 발견한 문화인 양 영국의 관습을 소개해주고 있었다. 작위가 있긴 했어도, 그는 데번에 살았고 전쟁이 발발하기 전까지 그의 정열을 로나 둔(1869년 리처드 도드리지 블랙모어가 쓴 소설로 로맨스와 역사 소설 성격을 띤 작품이다. 데번의 엑스무어 지방이 배경이다—옮긴이)과 이 소설이 역사적, 지리학적으로 얼마나 사실에 입각해 있는지를 연구하는 데 바쳤다. 겨울이 되면 대부분 브랜던과 폴록의 마을들 주변에서 어슬렁대며 다녔고 엑스무어가 폭탄처리반 훈련지로 이상적이라는 주장을 당국 담당자들에게 관철시켰다. 서퍽 경의 휘하에는 열두 명이 있었다. 여러 부대에서 차출된 재능 있는 공병들과 기술자들로, 싱도 그중 한 명이었다. 이들은 그 주의 대부분을 런던의 리치먼드 파크에 주둔하면서, 다마 사슴이 어슬렁거리는 동안 불발탄 해체에 관한 새로운 방법이나 작업 방법을 배웠다. 하지만 주말에는 엑스무어로 내려가서 낮에는 훈련을 계속하고 그

후에는 서퍽 경에게 끌려 로나 둔이 결혼식 때 총을 맞았다는 교회로 갔다.

"이 창문이나 이 뒷문에서부터…… 통로 아래로 총알이 날아와 로나 둔의 어깨에 맞았지. 훌륭한 사격 솜씨였네. 물론 괘씸하기 그지없는 범죄지만 말이야. 악한은 쫓기자 황무지로 도망을 갔고 근육이 찢어지고 말았다네."

싱에게 이 이야기는 인도 우화처럼 귀에 익었다.

서퍽 경이 그 지역에서 가장 가깝게 지내는 친구는 사교계는 싫어해도 서퍽 경은 좋아했던 여성 비행사였다. 두 사람은 함께 사냥을 다녔다. 이 숙녀는 브리스톨 해협을 내려다보는 절벽 위에 위치한 카운티스베리의 작은 오두막에 살았다. 험버를 타고 지나는 마을마다 서퍽 경이 설명할 만한 이국적인 물품들이 있었다. "여긴 바로 인목 지팡이가 특산품이지." 싱이 제복과 터번 차림으로 튜더 모퉁이 상점에 들어가 주인과 지팡이에 대해 이런저런 수다를 떨 사람으로 보이는 모양이었다. 서퍽 경은 영국인 중 영국인이었다고, 그는 나중에 해나에게 말했다. 만약 전쟁이 나지 않았다면 그는 카운티스베리와 가정 농장이라고 부르는 은거지에서 나올 사람이 아니었다. 그는 농장에서 와인을 마시거나 오래된 세탁실에 있는 파리들과 함께 빈둥대면서 살았다. 쉰 살이 된 서퍽 경은 결혼하긴 했으나 천상 독신남에 가까웠고 매일 절벽을 걸어 비행사 친구를 만나러 갔다. 그는 물건 수선을 좋아했다. 옛날 세탁 수조도 고치고 배관 발전기나 물레방아로 도는 요리용 꼬챙이도 고쳤다. 그는 비행사인 스위프트 양이 오소리의 행태에 대한 정보를 모으는 일을 돕기도 했었다.

그래서 웨스트베리의 백마 그림으로 향하는 자동차 여행에는 일화와 정보가 가득했다. 전시에도 서퍽 경은 가장 좋은 찻집을 알고 있었다. 솜화약 사고를 당해 팔 한쪽에 삼각건을 맨 서퍽 경은 파멜라 찻집으로 의젓하게 걸어 들어가며 데리고 온 일당을 ─비서, 운전사, 공병─ 마치 자기 아이들을 다루듯이 안으로 몰아넣었다. 서퍽 경이 어떻게 불발탄 처리 위원회를 설득해서 실험적인 폭탄처리 부대를 창설하도록 허락받았는지 확실히 아는 사람은 아무도 없었지만 발명 이력으로 봐서는 누구보다도 그가 가장 적임자였다. 그는 독학자였고 마음의 눈으로 보면 어떤 발명품이든 그 뒤에 있는 동기와 영혼을 읽을 수 있다고 믿었다. 그는 주머니 셔츠를 즉시 고안해내서, 작업 중인 공병들이 도화관이나 기구를 보관할 수 있도록 했다.

그들은 차를 마시고 스콘이 나오기를 기다리며 원래의 자리에서 폭탄을 해체하는 방법에 대해 논의했다.

"난 자네를 믿네, 싱 군. 자네도 알지?"

"네, 사령관님."

싱은 그를 좋아했다. 서퍽 경은 그가 영국에서 처음으로 만난 진정한 신사였다.

"자네가 나와 마찬가지로 그 일을 잘할 수 있으리라고 믿고 있네. 모덴 양이 자네와 함께 가서 기록을 할 거야. 하츠 군은 뒤에 서 있을 거고. 기구나 힘이 좀 더 필요하거나 하면 호루라기를 불게. 그러면 저 친구가 가서 도울 테니. 하츠 군은 충고는 하지 않지만 완벽하게 이해하고 있거든. 저 친구가 아무 일도 하지 않거든, 자네 하는 일이 마음에 들지 않는다는 거야. 그러면 나는 그 충고를 받아들일 걸세. 하지만 현장에서는 자네가 전적으로 지휘권을 가져. 자, 내 피스톨을 주지. 도화관은 아마 이제는 좀 더 복잡해졌겠지만, 모르는 일이니까. 운이 좋을 수도 있겠지."

서퍽 경은 유명세를 얻게 된 사고를 은근히 빗대고 있었다. 그는 리볼버로 도화관 머리를 통해 그 안의 탄환을 쏴서 시계 몸체의 움직임을 멈추게 하는 방식으로 도화관의 지연 동작을 막는 방법을 발견해냈다. 하지만 이 방법은 독일군이 뇌관과 시계를 맨 위에 놓은 새 도화관을 도입함으로써 폐기되었다.

키르팔 싱은 친구가 생겼고 그 사실을 결코 잊을 수 없었다. 그때까지 그는 전쟁의 반을 영국에서 한 발짝도 나와본 적 없으며 전쟁이 끝나기만 하면 카운티스베리에서 한 발짝도 나오지 않을 계획인 이 영국 신사의 곁에서 보냈다. 싱은 펀잡에 있는 가족들에게서 멀리 떨어져 아는 이 하나 없는 영국에 도착했다. 스물한 살 때였다. 그는 군인 이외에는 아무도 만나지 못했다. 그래서 실험적인 폭탄처리 부대의 자원자를 뽑는다는 공고를 보았을 때, 다른 군인들이 서퍽 경을 광인이라고 부르는 소리를 듣기는 했지만 그는 벌써 전쟁에서는 직접 주도권을 잡아야 한다는 결론을 내렸다. 개성이나 개별성뿐 아니라 선택권이나 목숨을 지킬 수 있는 가능성이 그쪽에 더 많았다.

지원자 중에서는 그가 유일한 인도인이었으며, 서퍽 경은 늦게 도착했다. 열다섯 명의 지원자들은 비서의 안내로 도서관으로 안내되었고 기다리라는 말을 들었다. 비서가 책상에 앉아서 이름을 옮겨 적는 동안 군인들은 면접과 시험에 대해 농담을 했다. 싱이 아는 사람은 아무도 없었다. 그는 벽으로 가서 기압계를 쳐다보았다. 막 만지려 하다가 물러서서 얼굴만 가까이 댔다. 매우 건조부터 보통, 폭풍까지. 그는 새로 배운 영국 발음으로 이 단어들을 웅얼거려 보았다. "매우 건조, 매우 건조." 그는 다른 사람들을 돌아보고 방 안을 둘러보다가 중년의 비서와 눈이 마주쳤다. 그녀는 그를 엄격하게 바라보았다. 인도 청년. 그는 미소를 지으며 책장으로 걸어갔다. 이번에는 아무것에도 손대지 않았다. 한 지점에 이르자 그는 올리버 호지 경이 지은 『레이먼드: 삶과 죽음』이라는 책에 코를 들이댔다.

그는 또 하나 유사한 제목을 찾아냈다. 『피에르, 혹은 모호성』(허먼 멜빌의 소설로 당시에는 도덕과 문체 양쪽에 있어서 논란이 되었던 작품—옮긴이). 그는 몸을 돌렸다가 다시 한 번 자기를 바라보는 여자의 눈길과 마주쳤다. 그는 마치 주머니에 책을 챙기기라도 한 양 켕기는 기분이었다. 여자는 터번을 처음 보는 듯했다. 영국인들이란! 그들은 자신들을 위해 싸워주기를 바라지만 결코 말을 걸지는 않는다. 싱, 그리고 모호성.

지원자들은 점심 식사 중에 아주 활달한 서픽 경을 만났다. 경은 원하는 군인들에게는 다 와인을 따라주고 그들이 던지는 농담마다 큰 소리로 웃어주었다. 오후에 지원자들은 물건의 용도에 대한 사전 지식 없이 기계류의 부품을 다시 끼우라는 이상한 시험을 쳤다. 시험 시간은 두 시간이었지만, 문제를 다 풀면 시험장을 나갈 수 있었다. 싱은 재빨리 시험을 치고, 나머지 시간에는 여러 부품들을 구성해서 다양한 물건들을 발명했다. 그는 인종이 문제가 되지 않는다면 쉽게 합격하리라는 것을 예감했다. 그는 수학과 기계공학의 재능을 타고난 나라 출신이었다. 그곳에서는 절대로 차를 부수는 법이 없었다. 차 부품은 마을 건너편으로 가지고 가서 재봉틀이나 수도 펌프를 만드는 데 재활용되었다. 포드 차의 뒷좌석은 다시 천을 씌워서 소파로 썼다. 그의 고향 마을 사람들은 대부분 연필보다는 스패너나 스크루드라이

버를 가지고 다녔다. 차에서 불필요한 부품들은 커다란 괘종시계나 관개용 도르래, 사무실 회전의자 속으로 들어갔다. 기계류가 고장 나도 해답을 쉽게 찾을 수 있었다. 자동차 엔진이 과열되면 새 고무호스가 아니라 쇠똥을 퍼서 컨덴서 주위에 붙여서 식혔다. 그가 영국에서 본 것은 인도 대륙이 200년은 쓸 수 있을 정도로 넘치는 부품들이었다.

그는 서퍽 경이 뽑은 지원자 세 명 중에 포함되었다. 그에게는 말도 걸지 않았던 이 남자는 (그리고 웃어주지도 않았다. 싱이 농담을 하지 않았으니까.) 방을 가로질러 와서 한 팔을 그의 어깨에 둘렀다. 까다로워 보였던 비서는 모뎅 양이라고 이름을 밝혔고, 셰리 주가 담긴 커다란 유리 잔 둘이 담긴 쟁반을 수선스럽게 들고 와서 하나는 서퍽 경에게 건네주고는 이렇게 말했다. "청년은 술 안 마시죠." 그러더니 다른 한 잔은 본인이 직접 잔을 들어 보였다.

"축하해요. 시험 성적이 정말 대단했어요. 하지만 시험 보기 전부터 뽑힐 줄 알았죠."

"모뎅 양은 사람 성격을 잘 알아보지. 영리함과 성격을 보는 눈이 있다니까?"

"성격이라고 하셨습니까?"

"그래. 물론 그게 꼭 필수적인 건 아니지만 우리는 함께 일하게 될 것이지 않나. 우리는 가족적인 분위기야. 점심 이

전부터 모덴 양이 자네를 고르더라고."

"윙크해주고 싶었지만 꾹 참았다니까요, 싱 군."

서퍽 경은 다시 싱의 어깨에 팔을 두르고 그를 창문으로 데리고 갔다.

"내 생각에는 다음 주 중반까지는 작업을 시작해야 할 필요가 없을 것 같아. 부대원 몇 명을 데리고 가정 농원으로 갈 생각이네. 데번에 대한 지식을 모으고 서로를 알 수 있는 기회로 삼자고. 자네는 우리와 함께 험버를 타고 갈 거야."

그렇게 그는 전쟁의 혼돈스러운 체계에서 벗어나는 길을 얻었다. 해외에서 일 년을 보낸 후에 비로소 한 가족의 일원으로 받아들여져 마치 돌아온 탕아처럼 식탁에 자리를 받고 대화에 낄 수 있었다.

그들이 서머싯을 지나 브리스톨 해협을 내려다보는 데번의 해변도로로 들어섰을 때는 벌써 어둑어둑해졌다. 진한 핏빛의 낙조 속에서 하츠 씨는 히스와 진달래가 가두리에 늘어선 좁은 도로로 들어섰다. (차로 5킬로미터는 더 가야 했다.) 서퍽, 모덴, 하츠 삼인조 외에 여섯 명의 공병이 부대를 이루었다. 그들은 주말 동안 돌 오두막 주변의 황무지를 돌아다녔다. 모덴 양과 서퍽 경, 경의 아내는 토요일 밤 저녁식사에 여자 비행사를 초대했다. 스위프트 양은 싱에게 땅 위를 날아 인도까지 가보는 게 평생 소원이었다고 말했다. 막사에서 나온 싱은 자기가 지금 어디 있는지 알 수가 없었다. 천장에는 굴대에 말린 지도가 걸려 있었다. 어느 날 아침 혼자 그는 이 지도가 바닥에 닿도록 굴대를 돌려보았다. 카운티스베리 지역. R. 폰스 제작. 제임스 할리데이의 소망에 따라 그림.

"소망에 따라 그림……."

싱은 영국인들이 점점 좋아졌다.

그는 해나와 밤에 천막에 있을 때 이어리스에서 일어난 폭발사고에 대해서 말한다. 서퍽 경이 해체하려고 했던 250킬로그램짜리 폭탄이 터져버린 사고. 그 사고로 프레드 하츠 씨와 모덴 양, 서퍽 경이 훈련하고 있던 공병 네 명도 같이 죽었다. 1941년 5월이었다. 싱이 서퍽 경의 부대에 배속된 지 일 년 되었을 때였다. 그는 그날 블랙클러 중위와 함께 런던에서 사탄 폭탄이 떨어진 엘리펀트 앤 캐슬 지역을 청소하고 있었다. 두 사람은 1,800킬로그램짜리 폭탄을 해체하는 작업을 함께했고 기진맥진했다. 고개를 들었을 때 폭탄처리반 장교 두 명이 그의 방향을 가리키는 것을 보고 무슨 일일까 생각했던 것이 어렴풋이 기억났다. 아마도 그들이 또 다른 폭탄을 발견했다는 뜻이었을 것이다. 밤 열 시가 지나자 그는 위험할 정도로 피곤했다. 하지만 해체해야 할 폭탄이 하나 더 있었다. 그는 다시 작업으로 돌아갔다.

사탄 폭탄의 해체가 끝났을 때, 그는 시간을 절약하기로 하고 한 장교에게 다가갔다. 장교는 그 자리를 뜨고 싶은지 처음에는 몸을 반쯤 돌렸다.

"네. 어디입니까?"

장교는 그의 오른손을 잡았다. 그는 뭔가 잘못되었다는 사실을 알았다. 블랙클러 중위가 그 뒤에 있었고 장교들은 사고 이야기를 해주었다. 블랙클러 중위는 두 손을 싱의 어깨 위에 얹고 꽉 쥐었다.

그는 차를 타고 이어리스로 갔다. 장교들이 머뭇거리며 부탁하지 못했던 게 뭔지 짐작할 수 있었다. 그 사람은 단지 사망 소식을 말해주러 온 것은 아닐 터였다. 그들은 결국 전쟁 중이었다. 그 말인즉, 근처에 두 번째 폭탄이 하나 더 있다는 뜻일 것이었다. 아마도 같은 설계의 폭탄이리라. 그리고 이번은 무엇이 잘못되었는지 알아볼 수 있는 유일한 기회였다.

그는 이 일을 혼자 하고 싶었다. 블랙클러 중위는 런던에 남기로 했다. 두 사람은 이 부대에서 마지막으로 남은 대원이었고 둘 다 위험을 무릅쓰는 것은 어리석은 행위였다. 서퍽 경이 실패했다면, 새로운 형태의 폭탄이 있다는 뜻이었다. 그는 어느 경우에든 이 일을 혼자 하고 싶었다. 두 사람이 함께할 때는 논리의 바탕이 있어야만 했다. 결정을 공유하고 협의해야 했다.

그는 차를 타고 밤의 어둠 속을 지나는 동안 감정의 수면 위로 올라온 모든 것들을 도로 눌러버렸다. 정신을 맑게 하기 위해서는 그들은 여전히 살아 있어야만 했다. 셰리를 마시기 전에 언제나 독한 위스키를 커다란 잔에 따라 한 잔 들이켜던 모덴 양. 이런 식으로 하면 좀 더 천천히 마실 수 있었고, 저녁 내내 좀 더 숙녀다운 태도를 유지할 수 있었다.

"싱 군은 술을 마시지 않죠. 하지만 마시게 되면 나처럼 해야 해요. 위스키를 한 잔 들이켜면 그다음부터는 조신하게 홀짝홀짝 마실 수 있죠."

그다음에 모덴 양은 나른하고 엄숙하게 웃곤 했다. 싱은 그녀처럼 은제 술병을 두 개 지니고 다니는 여성은 본 적이 없었다. 그러니 모덴 양은 여전히 술을 마시고 있을 것이고, 서퍽 경은 여전히 키플링 케이크를 깨작깨작 먹고 있을 것이다.

다른 폭탄은 1.5킬로미터 정도 떨어진 지점에 투하되었다. 이것도 SC-250킬로그램이었다. 익숙한 종류처럼 보였다. 그들은 이런 폭탄 수백 개를 거의 단순 암기로 해체했다. 전쟁은 이런 식으로 진화해갔다. 여섯 달 정도에 한 번씩 적들은 무언가를 바꾸었다. 그 기술과 변덕, 단순 주제에 붙인 즉흥적인 성부를 익혀서 다른 부대원들에게 가르쳤다. 그들은 이제 새로운 국면에 이른 것이었다.

그는 아무도 데려가지 않았다. 단순히 매 단계를 기억하기만 하면 되었다. 그를 태워다준 하사관은 하디라는 이름이었고 그는 지프차에 그대로 남아 있었다. 아침까지 기다렸다가 해도 된다는 말을 들었지만 싱은 군대에서는 그가 지금 당장 해주기를 바란다는 것을 알았다. 250킬로그램짜리 SC 는 너무 흔했다. 만약 변형이 있다면, 빨리 알아내야 했다. 그는 미리 전화해서 조명을 밝혀달라고 부탁했다. 피곤한 몸으로 일하는 것은 아무렇지 않았지만 지프차 두 대의 불빛만으로는 충분하지 않았고 적당한 조명이 있기를 바랐다.

이어리스에 도착했을 때, 폭탄 지역은 벌써 조명을 설치해두었다. 낮에, 폭탄을 맞지 않은 평시에는 그저 들판이었으리라. 울타리들과 연못 하나. 하지만 이제는 경기장이었다. 그는 추위를 느끼고 하디의 스웨터를 빌려 입고 있는 옷 위에 입었다. 하지만 불빛 때문에 체온이 유지될 터였다. 그가 폭탄을 향해 걸어갈 때, 그 사람들은 여전히 그의 마음속에 살아 있었다. 시험.

환한 빛을 받자, 기포가 송송 뚫린 금속이 정확한 초점하에 들어왔다. 이제 그는 불신을 제외한 모든 것을 잊었다. 서퍽 경은 열일곱 살, 심지어 열세 살 때라도 위대한 체스의 대가를 무찌를 수 있다고 했다. 하지만 브리지 게임을 잘하려면 나이가 들어야만 한다. 브리지 게임은 성격에 좌우되기 때문이다. 너희들의 성격과 상대의 성격. 적의 성격을 생각해야만 한다. 이 점은 폭탄처리에도 해당되었다. 이 게임은 양손 브리지였다. 적이 한 명 있다. 파트너는 없다. 가끔 내가 내는 시험에서 나는 군인들에게 브리지를 해보라고 한다. 사람들은 폭탄이 기계적인 물체라고 생각한다. 기계적인 적. 하지만 너희들은 누군가 그 폭탄을 만들었다는 것을 기억해야만 한다.

폭탄 외피는 땅에 떨어지면서 깨졌기 때문에, 싱은 그 안에 든 폭발 물질을 볼 수 있었다. 그는 누군가의 눈길을 느꼈지만 그 눈길의 주인이 서퍽 경인지 이 기묘한 장치의 발명자인지 굳이 따지고 싶지는 않았다. 신선한 인공조명이 그에게 힘을 새로 불어넣어 주었다. 그는 폭탄 주위를 돌아 다각도에서 살폈다. 도화관을 제거하기 위해 그는 주실(主室)을 열어야 했고 폭발 물질을 지나쳐야 했다. 그는 가방 단추를 풀고 만능열쇠를 꺼내 폭탄 상자 뒷면에 붙은 판에 대고 조심스럽게 돌렸다. 안을 들여다보니 도화관 주머니가 상자에서 떨어져 나온 것이 보였다. 이건 행운이라고 할 수도 있었다. 어쩌면 불운일 수도 있었다. 어느 쪽인지는 아직 말할 수 없었다. 문제는 폭탄 기제가 벌써 작동 중인지, 벌써 기폭 장치가 켜졌는지 알 수 없다는 것이었다. 그는 무릎을 꿇고 그 위에 몸을 숙였다. 단도직입적인 선택의 세계 뒤에서 혼자 있다는 것이 기뻤다. 좌회전, 아니면 우회전. 이것을 자르든가, 아니면 저것을 자르든가. 하지만 그는 피곤했다. 그리고 아직도 마음속엔 분노가 끓고 있었다.

그는 얼마나 시간이 있는지 알 수 없었다. 너무 오래 기다리면 위험이 더 커졌다. 실린더의 돌출부를 장화로 꼭 고정시키고, 그는 손을 안으로 넣어 도화관 주머니를 떼어내서 폭탄 위로 들어올렸다. 이렇게 하자마자 몸이 벌벌 떨리기 시작했다. 도화관을 꺼낸 것이다. 폭탄은 이제 본질적으로는 위험하지 않았다. 그는 전선이 어지러이 얽혀 있는 도화관을 풀밭 위에 내려놓았다. 불빛 아래서 깨끗하고 환하게 보였다.

그는 기본 상자를 트럭 쪽으로 50미터 정도 끌고 가기 시작했다. 그쪽에 이르면 군인들이 폭발물 원료를 비워버릴 것이었다. 그가 상자를 끌고 있을 때, 400미터 정도 떨어진 곳에서 세 번째 폭탄이 폭발했다. 하늘이 환해졌고 호를 그리는 빛줄기들은 미묘하고도 인간적으로 보였다.

한 장교가 그에게 알코올이 포함된 홀릭스(분말 형태로 된 우유 음료. 잠이 잘 오게 하기 위해 물에 타서 마신다―옮긴이)가 담긴 컵을 건넸고, 그는 홀로 도화관 주머니 쪽으로 돌아갔다. 그는 음료에서 나오는 수증기를 들이마셨다.

더 이상 심각한 위험은 없었다. 잘못한다면, 작은 폭발로 손이 떨어질 수는 있다. 하지만 충격의 순간 그의 심장에 달라붙지 않는 한 죽지는 않을 것이었다. 문제는 이제 단순히 문제였다. 도화관. 폭탄의 새로운 '장난질'.

그는 미로같이 얽힌 전선을 원래의 형태로 재설정해야 할 것이었다. 그는 장교에게로 걸어가서 보온병에 남아 있는 뜨거운 음료 나머지를 다 줄 수 있겠느냐고 청했다. 그런 후 다시 돌아가서 도화관 옆에 앉았다. 새벽 한 시 반이 다 된 시각이었다. 시계를 차고 있지 않았기 때문에 그저 어림짐작 하기로 그랬다. 한 시간 반 동안 그는 단춧구멍에 매달린 외 눈안경의 확대경을 이용해서 들여다보았다. 그는 몸을 숙이 고 놋쇠에 집게로 생긴 긁힌 자국이 있나 들여다보았다.

훗날, 그는 폭탄을 해체할 때면 정신을 딴 데 두어야만 했다. 그의 마음속에 사건과 순간들로 이루어진 개인적 역 사가 생기자, 눈앞에 놓인 문제를 생각해보는 동안 모든 것 을 태우거나 묻어버리는 순수한 소리에 버금가는 무엇이 필 요하게 되었다. 라디오나 광석 수신기에서 나오는 시끄러운 밴드 음악은 그렇게 나중에 들인 습관이었다. 현실의 빗방울 에 젖지 않도록 막아주는 방수 천.

그렇지만 지금은 저 멀리에 있는 무언가를 의식했다. 마 치 구름 위에 비친 번개의 반사광 같았다. 하츠와 모덴과 서 픽은 죽었다. 갑자기 그저 이름이 되었다. 그의 눈은 다시 도 화관 상자에 집중했다.

그는 마음속에서 도화관을 거꾸로 뒤집고 논리적 가 능성을 생각했다. 그런 후 다시 수평으로 돌려보았다. 뇌관 의 나사를 풀어서 그 위에 몸을 숙이고 놋쇠의 긁힌 자국에 바짝 귀를 들이댔다. 그는 시계 부분을 도화관에서 부드럽 게 분리해서 내려놓았다. 도화관 주머니의 튜브를 집어서 그

272

안을 내려다보았다. 아무것도 보이지 않았다. 그는 그것도 풀밭 위에 놓으려다가 머뭇거리고 다시 불빛에 들어서 보았다. 무게에 이상이 없었다면 다른 점을 눈치 채지 못했을 것이었다. 장난을 친 부분을 찾아보려고 한 게 아니었다면 무게도 신경 쓰지 않았을 것이었다. 보통 그들은 소리를 듣거나 외관을 보았다. 그는 도화관 튜브를 조심스럽게 기울였고, 그 무게의 실체가 구멍으로 스르르 미끄러져 나왔다. 해체하려는 시도를 뒤엎을 수 있는 두 번째 뇌관, 완전히 다른 장치였다.

그는 장치를 자기 쪽으로 살살 빼냈고 뇌관의 나사를 풀었다. 장치에서 백녹색 섬광이 번쩍 하면서 회초리를 내려치는 소리가 났다. 두 번째 뇌관은 그렇게 꺼졌다. 그는 그것도 꺼내어 풀밭 위에 있는 다른 부품 위에 놓았다. 그러고는 지프차로 돌아갔다.

"두 번째 뇌관이 있었습니다."

그는 웅얼웅얼 보고했다.

"전선을 잡아 꺼낼 수 있어서 운이 좋았습니다. 본부에 전화해서 다른 폭탄이 더 있는지 알아봐주십시오."

그는 지프차에 있는 다른 군인들에게서 떨어져서 느슨한 작업대를 세우고는 그에 달 아크 등을 부탁했다. 그는 몸을 구부려 세 부품을 집어서 임시 작업대 위 각각 30센티미터씩 떨어진 위치에 놓았다. 이제 몸이 추웠고 더 따뜻한 체온으로 인해 깃털 같은 입김이 나왔다. 그는 고개를 들었다. 저 멀리에서 군인 몇 명이 여전히 본 폭발물을 비우는 작업 중이었다. 그는 재빨리 쪽지를 적어서 새로운 폭탄에 대한 해법을 장교에게 건네주었다. 물론 완전히 이해한 것은 아니었지만, 그들은 이 해법이 필요할 것이었다.

햇빛이 모닥불을 켜놓은 방 안에 스며들면, 불이 꺼질 것이다. 그는 서퍽 경과 그가 주는 이상한 정보들을 사랑했다. 하지만 이제 모든 것이 싱에게 달려 있다는 의미에서, 경이 여기 없다는 것은 싱의 발견이 런던 시 전체에 퍼져 있는 이 변종의 폭탄들에 다 미친다는 뜻이었다. 그는 갑자기 책임의 지도를 가지게 된 셈이었다. 서퍽 경은 그런 성격이었지만 이러한 책임감을 계속 지니고 있었음을 그는 깨달았다. 이 깨달음으로 인해 그는 후에 폭탄 작업을 할 때는 많은 것들을 막아버려야 할 필요를 느끼게 되었다. 그는 힘의 배분에 절대 흥미를 느끼지 않는 사람이었다. 계획이나 해답을 내보내지만 받는 것을 불편해했다. 그는 자신이 오로지 정찰과 해답을 찾는 데만 유능하다고 느꼈다. 서퍽 경의 죽음이 그에게 현실로 다가왔을 때, 그는 배정받은 일을 끝내고 군대라는 익명의 체계에 다시 배속되었다. 그는 맥도널드라는 전함에 실려 수백 명의 다른 공병들과 함께 이탈리아 전선에 파병되었다. 여기서 그들은 폭탄 해체 임무뿐만 아니라 다리를 짓고 파편을 치우며 무장 탱크들이 올 수 있는 도로를 닦는 임무를 맡았다. 그는 전쟁의 남은 기간 동안 거기 숨었다. 서퍽 경의 부대에 있던 시크 교도를 기억하는 이는 거의 없었다. 일 년 후, 전 부대가 해산되고 잊혔다. 재능을 인정받아 진급한 사람은 블랙클러 중위가 유일했다.

하지만 싱은 루이셤과 블랙히스를 지나 이어리스로 가던 그날 밤, 어떤 다른 공병보다도 자신이 서퍽 경의 지식을 가장 많이 담고 있음을 알았다. 그는 경을 대신할 수 있는 통찰력으로 기대를 받았다.

아크 등을 끄라는 의미의 휘파람 소리를 들었을 때, 그는 여전히 트럭에 서 있었다. 30초 만에 금속성 빛은 트럭 뒤에서 비치는 녹색 섞인 노란빛으로 바뀌었다. 다시 공습이 온다는 뜻이다. 이 조명은 희미하기는 해도 비행기 소리가 나면 금방 끌 수가 있었다. 그는 석유통 위에 앉아 SC-250킬로그램에서 제거해낸 부품 세 개와 조용한 아크 등이 꺼진 후 켜진 불꽃이 식식거리는 소음을 마주했다.

그는 가만히 앉아서 바라보고 귀를 기울이며, 부품에서 딸깍 소리가 나기를 기다렸다. 50미터 떨어진 곳에는 다른 사람들이 말없이 있었다. 그는 이제는 그가 왕이고, 꼭두각시 인형을 조종하는 인형사라는 것을 알았다. 그는 무엇이든 명령할 수 있었다. 모래 양동이든, 원할 때 먹고 싶은 과일 파이든. 비번일 때는 사람 없이 한적한 바에서 만나도 말한 마디 건네지 않을 사람들이 지금은 그가 원하면 무엇이든 해줄 것이었다. 그에게는 이상한 경험이었다. 마치 너무 커서 질질 끌고 다녀야만 하는 옷을 건네받은 기분이었다. 그렇지만 그는 이 상황이 마음에 들지는 않았다. 그는 투명 인간 같은 자신의 미미한 존재감에 익숙해져 있었다. 영국에서 그는 어느 막사를 가든 여러 번 무시당했고 그 편이 속 편했다. 후에 해나가 보게 되는 자급자족하는 성질과 엄격한 개인성은 그가 이탈리아 전선에서 공병이라는 임무를 맡고 있기 때문만은 아니었다. 이는 다른 종족에서 온 익명의 일원으로서, 보이지 않는 세계의 부분으로서 살아온 결과에 더 가까웠다. 그는 이 모든 일들을 대하며 방어적인 성격을 구축했고 오로지 친구가 된 사람들만을 신뢰했다. 그렇지만 이어리스에서 보낸 그날 밤, 그는 그처럼 특별한 재능을 가지지 못한 주변인들 모두에게 영향을 끼치는 전선을 자기에게 부착할 수 있음을 알았다.

몇 달 후, 그는 이탈리아로 탈출하면서 스승의 그림자를 배낭에 같이 넣어서 쌌다. 처음 크리스마스로 휴가를 받았을 때 히포드롬 극장에서 본 녹색 옷의 소년이 한 그대로였다. 서퍽 경과 모덴 양은 그에게 영국 연극을 보여주었다. 그는 〈피터팬〉을 골랐고, 그들은 묵묵히 그 결정을 따라 소리를 질러대는 아이들이 바글바글한 극장으로 데리고 갔다. 그가 이탈리아의 작은 언덕 마을에서 해나와 함께 천막에 누워 있을 때 함께 있던 것이 바로 이 기억의 그림자들이었다.

자신의 과거나 성격적 특질을 드러내는 일은 그에게는 너무 요란스러운 행동이 될 것이었다. 두 사람 관계의 가장 깊은 동기가 무엇인지에 대해서 그녀에게 물을 수 없었던 것이나 마찬가지였다. 그는 이 낯선 영국인 세 사람에게 느꼈던 사랑의 강도와 같은 정도의 감정으로 그녀를 안았다. 같은 탁자에 앉아서 밥을 먹었던 사람들, 초록색 옷을 입은 소년이 팔을 들어 무대 위 어둠 속으로 날아가거나 지상에 붙박고 사는 가족의 어린 소녀에게 돌아와 나는 법을 다시 가르쳐주었을 때 그가 깜짝 놀라며 웃음을 터뜨리고 경탄하던 모습을 보아주던 사람들.

은은한 불빛만이 밝히는 이어리스의 어둠 속에서 그는 비행기 소리가 들릴 때마다 작업을 중단해야 했고 노란 불빛은 하나씩 모래 양동이 속으로 처박혔다. 그는 낮게 잉잉대는 어둠 속에 앉아 앞으로 숙일 수 있게 좌석을 당기고 똑딱거리는 기계에 귀를 갖다 댔다. 여전히 딸깍거리는 시간을 재고 머리 위에서 들려오는 독일 폭격기의 소음 아래에서 이 소리들을 들으려고 했다.

그때 그가 기다리고 있었던 일이 일어났다. 정확히 한 시간 후, 타이머가 걸리면서 뇌관이 폭발했다. 주 뇌관부를 제거했기 때문에 보이지 않던 공이가 당겨져 보이지 않는 두 번째 뇌관을 활성화시킨 것이다. 두 번째 것은 보통 공병들이 폭탄이 완전하게 해체되었다고 생각할 만한 시간이 한참 지난 60분 후에 터지도록 시간이 맞춰져 있었다.

이 새 장치의 출현으로 연합군의 폭탄 해체 전술의 방향은 완전히 바뀌어야 했다. 지금부터 지연 작동하는 폭탄은 모두 두 번째 뇌관의 위험을 갖고 있을 것이었다. 이제 공병들은 단순히 도화관을 제거하는 것만으로는 폭탄을 비활성화시킬 수가 없었다. 도화관을 온전히 보존한 채로 폭탄을 중화해야 했다. 어쨌든 아까 아크 등 불빛과 분노에 잠겨 있을 때 그는 부비 트랩에서 떼어낸 두 번째 도화관을 꺼냈었다. 지금 폭탄이 떨어지는 하늘 아래 희미한 노란빛의 어둠 속에서 그는 손만 한 크기의 백록색 불빛을 목격했다. 한 시간 늦었다. 그가 살아남은 건 오로지 운이 좋아서였다. 그는 장교에게 걸어가서 말했다.

"확인해봐야 하므로 다른 뇌관이 필요합니다."

그들은 그 주변의 빛을 다시 밝혀주었다. 둥글게 고여 있던 어둠 속으로 다시 한 번 환한 빛이 쏟아져 들어왔다. 그는 그날 밤 두 시간 동안 더 새 도화관을 계속 시험했다. 일관되게 폭탄들이 60분 지연했다 작동하는 것이 확인되었다.

그는 그날 밤 대부분을 이어리스에서 보냈다. 아침에 일어나 보니 런던에 돌아와 있었다. 언제 차를 타고 왔는지 기억이 나지 않았다. 그는 일어나서 탁자로 가서 폭탄과 뇌관부, 뇌관, 전체 ZUS-40 문제의 개요를 작성하고 도화관부터 잠금고리까지의 도면을 그렸다. 그다음에는 이 폭탄을 해체할 수 있는 공략법을 기본 그림 위에 적었다. 교육받은 대로 모든 화살표는 정확히 그리고 글은 깨끗하게 썼다.

그 전날 밤 그가 발견했던 것은 사실이었다. 그는 단지 운이 좋았기 때문에 살아남았다. 그런 폭탄을 날려버리지 않고 원래 그 자리에서 해체할 수 있는 방법은 없었다. 그는 커다란 청사진 종이 위에 알고 있는 모든 것을 그리고 썼다. 바닥에는 이렇게 적었다. 서퍽 경의 소망에 따라 그의 제자 키르팔 싱 중위 그림. 1941년 5월 10일.

서퍽 경이 죽은 후 그는 혼신을 다해 미친 듯이 일했다. 폭탄은 새로운 기술과 장치를 개발하면서 빨리 바뀌었다. 그는 리젠트 공원의 막사에서 블랙클러 중위와 다른 전문가 세 명과 함께 지내며 해법을 탐구하고 새 폭탄이 나올 때마다 청사진을 그렸다.

열이틀 후, 과학 조사 관리부에서 일하다가 그들은 해답을 찾아냈다. 도화관은 완전히 무시하라. 그때부터 '폭탄 해체'의 제1원리를 무시해야 했다. 정말 대단했다. 그들은 군대 식당에서 모두 웃음을 터뜨렸고 박수 치며 서로를 껴안았다. 대안이 뭔지는 아직 실마리를 찾지 못했지만, 추상적으로는 자신들이 낸 결론이 맞다는 것을 알고 있었다. 그를 껴안은 채로는 문제를 풀 수 없었다. 블랙클러 중위의 말이었다. "문제가 있는 방 안에 있으면 그에 대해 말을 할 수가 없지." 즉석에서 나온 말이었다. 싱은 그에게로 가서 다른 각도에서 그 말을 받아들였다. "그러면 우리는 도화관은 건드리지 말아야겠군."

일단 그 대답을 찾아내자, 누군가 일주일 만에 해결 방법을 만들어냈다. 증기 살균기였다. 폭탄의 주 상자 안에 구멍을 뚫은 후 증기를 주입시켜서 전폭약을 유상(乳狀)으로 만든 후 흘려버린다. 당분간은 이게 해답이 되어주었다. 하지만 그때 이미 그는 이탈리아로 가는 배 위에 타고 있었다.

"폭탄 옆면에는 언제나 노란 분필로 무언가 쓰여 있죠. 눈치 챘습니까? 바로 그렇게 우리가 라호르 마당에 줄 지어 서 있었을 때, 우리 몸도 노란 분필로 무언가 쓰여 있었죠.

우리는 한 줄로 서서 발을 질질 끌면서 거리에서 병원 건물 안으로 들어가 입대 절차를 밟는 동안 다시 마당으로 나갔습니다. 징병 검사 중이었습니다. 의사가 기구를 들고 신체검사 합격과 불합격 판정을 내리면서 손으로 목을 더듬었습니다. 데톨에 담근 부젓가락으로 피부 여기저기를 집었죠.

합격 판정을 받은 사람들은 마당에 모였습니다. 암호로 표시된 결과가 우리 피부에 노란 분필로 쓰였죠. 나중에 짧은 면담 후 줄을 서 있을 때 한 인도 관리가 우리 목에 석판을 걸고 좀 더 노란 분필로 썼습니다. 몸무게, 나이, 출신 지역, 교육 수준, 치아 상태, 최적의 부대.

이렇게 했다고 해서 나는 모욕을 받은 기분은 아니었습니다. 형이라면 모욕을 받았다고 생각했을 터이고 분개해서 우물로 가서 두레박 한 가득 물을 퍼서 분필로 쓴 글씨를 지웠겠지요. 나는 형하고는 다릅니다. 하지만 형을 사랑했지요. 선망했습니다. 나는 사물에서 모든 이유를 찾는 기질이 있습니다. 나는 성실하고 진지한 분위기를 가진 학생이었고, 그래서 형은 종종 이를 흉내 내고 놀려댔지요. 물론 이해할 수 있겠지요. 실은 내가 형보다 훨씬 진지하지 못한 사람이라는 것을. 그저 나는 정면으로 맞서는 게 싫었을 뿐입니다. 그렇게 한들 하고 싶은 일을 하지 못하게 말리지도 않고, 하고 싶은 방식으로 하지 못하는 것도 아니었습니다. 아주 일찍부터 나는 조용하게 사는 우리 같은 사람들에게는 그렇게 간과하고 지나가는 공간이 열려 있다는 것을 발견했습니다. 나는 자전거로 다리나 요새의 특정 문을 지나가지 못하게 하는 경찰관하고 말싸움하지 않았습니다. 그저 가만히 거기 서서 안 보일 때까지 기다렸다가 지나갔지요. 마치 귀뚜라미처럼. 마치 숨겨진 물잔처럼. 알겠습니까? 형이 공공연하게 대드는 모습을 보고 나는 이런 방식을 배웠지요.

하지만 내게 형은 언제나 집안의 영웅이었습니다. 형이 횃불이라면 나는 그 불빛이 퍼져 나오는 그림자 뒤에 숨었죠. 형이 그처럼 매번 대든 후에는 굉장히 지친다는 것을, 이런 모욕이나 저런 법에 대응하기 위해 항상 몸이 태세를 갖추고 있다는 것을 발견했습니다. 형은 우리 가족의 전통을 깼고 장남이면서도 입대하지 않겠다고 했습니다. 영국인이 권력을 가진 상황이면 무엇이든지 동의하지 않으려 했습니다. 그래서 형은 질질 끌려 감옥에 갇혔지요.

라호르 중앙 형무소였지요. 후에는 자트나가 감옥으로 보내졌습니다. 밤이면 침대에 등을 대고 누워 손으로 석고 벽을 긁었습니다. 하지만 형의 친구들이 형이 탈옥 시도를 하는 것을 막으려고 이미 팔을 부러뜨려 놓았지요. 감옥에서 형은 침착해지고 비뚤어졌습니다. 좀 더 나처럼 되었던 거죠. 형은 내가 의사가 되지 않고 형 대신 입대하기로 했다는 소식을 듣고서도 모욕받지 않았습니다. 형은 그저 웃더니 아버지를 통해서 몸조심하라는 말만 전했습니다. 형은 나나 내가 하는 일에는 결코 왈가왈부하지 않았습니다. 내가 생존 요령을 터득하고 있고 조용한 곳에서 숨어 있을 수 있다는 것을 확신했죠."

그는 부엌의 조리대에 앉아 해나와 이야기하고 있다. 카라바지오는 나가다가 바람결에 이 이야기를 듣는다. 어깨에는 무거운 밧줄 똬리를 메고 있다. 사람들이 무엇에 쓰는 것이냐고 물으면 언제나 개인적인 일 때문이라고 대답한다. 그는 밧줄을 뒤로 질질 끌면서 밖으로 나가면서 말한다.

"영국인 환자가 좀 보자 하네, 보요(boyo, 웨일즈 어로 젊은이라는 뜻이다—옮긴이)."

"알았어요, 보요."

공병은 조리대에서 훌쩍 뛰어내린다. 그의 인도식 억양이 카라바지오의 가짜 웨일즈 어에 끼어든다.

"아버지는 새를 한 마리 기르셨어요. 작은 칼새 같은 종류였죠. 아버지는 안경이나 식사 중에 마시는 물처럼 이 새를 아버지의 안식에 필수적인 존재로 여기고 항상 옆에 두었습니다. 집 안에서 침실로 들어갈 때도 데리고 다녔어요. 출근하실 때면 작은 우리를 자전거 손잡이에 매달고 갔죠."

"아버님, 아직도 살아 계시나요?"

"아, 그럼요. 그러실 겁니다. 한동안 편지를 주고받지 못했어요. 그리고 형도 아마 아직 교도소에 있을 겁니다."

계속 떠오르는 한 가지 기억이 있다. 그는 백마 속에 있다. 백악질 언덕의 덥고 하얀 먼지가 그의 주변에서 소용돌이친다. 그는 기묘한 장치를 해체하고 있다. 꼬아놓지 않고 직설적인 장치지만 처음으로 혼자 작업하는 것이다. 모델 양은 언덕 더 높은 곳, 20미터 위에 앉아서 그가 하는 일을 기록하고 있다. 그는 골짜기 아래 건너에서 서퍽 경이 쌍안경을 통해 보고 있음을 안다.

그는 천천히 작업한다. 백묵 가루가 날리다가 사방팔방에 내려앉는다. 그의 손에, 기묘한 장치에. 그래서 폭탄의 자세한 모양을 보려면 뇌관과 전선 위에 내려앉은 가루를 자꾸 입으로 불어 날려 보내야 한다. 긴 웃옷을 입은 몸이 덥다. 연신 땀이 나는 손목을 셔츠 등 뒤에 문질러 닦는다. 헐거워지고 빼버린 부품들이 가슴에 가로로 나 있는 주머니들에 가득하다. 같은 것들을 반복적으로 확인해야 해서 지겹다. 모뎬 양의 목소리가 들린 다. "킵?" "네." "잠깐 하던 일 멈춰 봐요. 내가 내려갈 테니까." "오시지 않는 게 좋아요, 모뎬 양." "무슨 소리, 내려갈 거예요." 그는 조끼 주머니의 단추를 다 채우고 폭탄 위에 천을 덮는다. 모뎬 양은 하얀 말 속으로 어색하게 내려와 그의 옆에 앉더니 가방을 연다. 모뎬 양은 작은 오드콜로뉴 병 안에 든 액체에 레이스 손수건을 적셔 그에게 건넨다. "이걸로 얼굴을 닦아요. 서퍽 경은 기분 전환할 때 이걸 쓰세요." 그는 머뭇머뭇 받아들고 모뎬 양의 말대로 이마와 목, 손목을 훔친다. 모뎬 양은 보온병 뚜껑을 돌려 열고 차를 한 잔씩 따른다. 그런 후에는 기름 종이를 펴서 키플링 케이크를 꺼낸다.

모뎬 양은 서둘러 언덕 위로, 안전한 곳으로 돌아가려고 하지 않는다. 자꾸 올라가라고 권유하면 무례한 행동일 것만 같다. 모뎬 양은 날씨는 정말 찌는 듯 덥지만 적어도 욕탕이 딸린 방을 시내에 예약해두었으니 그나마 기대가 된다는 이야기를 한다. 또 서퍽 경을 만난 사연을 줄줄 늘어놓는다. 옆에 놓인 폭탄에 대해서는 한 마디도 하지 않는다. 이 직전까지 그는 같은 문단을 계속 읽으며 문장 사이의 연관성을 찾으려고 할 때처럼 스르르 졸음이 오고 축 처져 있었다. 모뎬 양은 그를 혼란스러운 문제의 소용돌이에서 끄집어냈다. 모뎬 양은 다시 가방을 꼼꼼하게 챙기고 한 손으로 그의 오른 어깨를 치더니 웨스트베리 백마 위 모포가 깔린 자기 자리로 돌아간다. 그에게 선글라스를 남겨두고 가지만, 그걸 쓰고는 분명히 볼 수가 없기 때문에 그는 옆에 놓아둔다. 그런 후, 다시 일로 돌아간다. 오드콜로뉴의 향기. 어린아이 때 한 번 맡았던 기억이 난다. 열이 났을 때 누군가 그 향기로 그의 몸을 닦아주었었다.

신성한 숲

킵은 파고 있던 들판에서 걸어 나온다. 왼손은 삔 것처럼 앞으로 쳐들고 있다.

그는 해나의 텃밭에 세워놓은 허수아비, 통조림 깡통을 매달아놓은 십자가를 지나 언덕 위 빌라 쪽으로 간다. 마치 촛불이 바람에 꺼지지 않도록 막을 때처럼 앞으로 내민 손을 오므려 다른 손을 감싼다. 해나는 테라스에서 그와 마주친다. 그는 그녀의 손을 잡고 자기 손에 갖다 댄다. 그의 새끼손가락 손톱 위에서 맴돌던 무당벌레가 재빨리 그녀의 손목으로 건너간다.

그녀는 몸을 돌려 집 안으로 들어간다. 이제 그녀도 손을 앞으로 내밀고 있다. 그녀는 부엌을 질러 위층으로 올라간다.

환자는 해나가 들어가자 얼굴을 돌린다. 그녀는 무당벌레를 담은 손으로 그의 발을 건드린다. 벌레는 그녀를 떠나 검은 피부 위로 움직인다. 하얀 시트의 바다를 피해 벌레는 저 멀리 보이는 검은 몸을 향해 긴 여로를 떠나기 시작한다. 화산 폭발이 일어난 듯한 살 위를 움직이는 빨간색이 환하다.

*

도서관, 카라바지오가 복도에서 해나가 환희에 차서 고함을 지르는 소리를 듣고 몸을 돌리다가 카운터 위에 놓인 도화관 상자를 쳐서 떨어뜨린다. 허공에 떨어지는 상자가 바닥에 닿기 전에 킵이 몸을 미끄러지듯 날려 손으로 받아낸다.

카라바지오는 시선을 내렸다가 젊은이가 입 안 가득히 참고 있던 숨을 재빨리 휴 내쉬는 모습을 본다.

그는 갑자기 이 친구가 자신의 생명의 은인임을 깨닫는다.

킵은 나이가 많은 남자 앞에서는 수줍어하던 태도를 버리고 전선 상자를 붙들고 웃음을 터트린다.

카라바지오는 미끄러지던 그 동작을 기억할 것이었다. 이제 떠나가면 다시 그를 볼 수 없을지도 모르지만, 그를 잊지는 않을 것이다. 지금으로부터 몇 년 후 한 토론토 거리에서 카라바지오가 택시에서 내리려고 하는 순간 그 택시를 타려고 하는 동인도인을 위해 문을 잡아준다면, 그때 킵을 떠올릴 것이다.

이제 공병은 고개를 들고 카라바지오의 얼굴을 보고 웃다가 고개를 더 뒤로 젖히고 천장을 보며 웃음을 터트린다.

"사롱에 대해서는 모르는 게 없지."

카라바지오는 킵과 해나를 향해 손을 흔들며 이야기했다.

"토론토 동쪽 끝에서 이 인도인들을 만났어. 어떤 집을 털고 있던 중이었는데, 알고 보니 인도 사람 집이더군. 누워서 자던 집주인들이 깼는데 잘 때도 이 옷, 사롱을 입고 자고 있어서 호기심이 들지 뭐야. 우린 이런저런 얘기를 나누었고 마침내 그 사람들은 나보고 입어보라고 하더군. 내가 옷을 벗고 사롱을 걸치자마자 그 사람들이 즉시 나를 덮쳤고 반쯤 벌거벗은 나를 밤거리로 내몰았지."

"그게 실화예요?"

그녀는 생긋 웃었다.

"토씨 하나 빼놓지 않고 진짜야!"

해나는 그를 너무도 잘 알았기에 거의 믿을 뻔했다. 카라바지오는 도둑질을 하면서도 인간 요소에 끊임없이 정신을 팔았다. 한번은 크리스마스 때 어떤 집에 들어갔다가 강림절 달력이 맞는 날짜에 펼쳐져 있지 않은 것을 보고 언짢아하기도 했다. 종종 집에 홀로 남아 있는 이런저런 애완동물과 대화를 나누었으며, 말 그대로 먹이에 대해서 논하기도 하고 한 그릇 넉넉히 담아주기도 했다. 그래서 범죄 현장에 돌아가면 이 애완동물들은 상당히 반가워하며 그를 맞았다.

그녀는 도서관의 책장 앞으로 눈을 감은 채 걸어가서 아무릎게나 책 한 권을 뺀다. 그녀는 시집 속에 한 부에서 다른 부로 넘어가기 전에 비어 있는 페이지를 보고 거기 적기 시작한다.

그의 말에 의하면 라호르는 고대 도시이다. 런던은 라호르에 비하면 최근 도시라고 한다. 나는 그럼, 저는 훨씬 더 나중에 세워진 나라에서 왔는걸요, 라고 말했다. 그들은 화약에 대해서 오래전부터 알고 있었다고 그는 말했다. 벌써 17세기부터 궁전 그림에 불꽃놀이가 기록되어 있다고 한다.

그는 작다. 나보다도 훨씬 작다. 가까이에서 보면 그렇게 웃으면 무엇이든 매혹할 수 있을 듯한 친근한 미소를 띤다. 천성적으로 거친 기질은 내보이지 않는다. 영국인은 그가 전사(戰士)로 유명한 성인 중 한 명이라 한다. 하지만 그는 정중한 태도로 짐작할 수 있는 것보다 더 난폭한 별난 유머 감각을 지니고 있다.

"아침에 전선을 다시 연결해 놓기로 하죠"라고 한 말을 기억해봐! 울랄라!

그는 라호르에는 열세 개의 문이 있다고 했다. 성인과 황제, 혹은 그들이 이끌어 간 곳의 이름을 따서 지어졌다. 방갈로라는 단어는 벵갈 어에서 왔다.

오후 네 시, 사람들은 킵에게 멜빵을 걸어 웅덩이 속으로 내렸다. 흙탕물이 허리까지 찼고 몸은 에사우 폭탄의 몸체 주위를 감쌌다. 상자는 수직 안전판에서 꼭지까지 높이가 3미터에 이르렀고, 폭탄의 코는 그의 발목까지 차는 진흙 속에 잠겼다. 갈색 물 아래로 그는 허벅지로 금속 상자를 감았다. 군에서 운영하는 댄스홀에 갔을 때 구석에 서서 본, 다른 군인들이 여자를 안는 방식 그대로였다. 팔이 피로해지자 어깨 높이에 있는 나무 받침대 위에 올려놓았다. 진흙이 무너져 내려 갇히는 사태를 방지하기 위한 장치였다. 공병들은 에사우 주위에 웅덩이를 파고, 그 아래로 내려가기 전에 나무 통로를 세웠다. 1941년, 새로운 Y 도화관을 단 에사우 폭탄이 떨어지기 시작했다. 이 폭탄을 해체해보는 것은 이번이 두 번째였다.

  계획 수립 시간에 새로운 도화관을 해체하는 유일한 방법은 무효화시키는 것뿐이라는 결론이 내려졌다. 타조 같은 자세를 취하고 있는 거대한 폭탄이었다. 맨발로 웅덩이 안에 내려갔기 때문에 그의 발은 이미 진흙에 갇혀 서서히 빠지고 있었고 차가운 물속에서는 굳건히 버티고 있을 수도 없었다. 그는 장화를 신고 있지 않았다. 진흙 안에서 장화를 신고 있다가는 옴짝달싹못하게 될 것이었고 나중에 도르래를 타고 올라갈 때면 장화에서 발이 빠지면서 발목이 부러질 수 있었다.

그는 왼쪽 뺨을 금속 상자에 대고서 온기가 있다는 생각을 하며 6미터 깊이의 웅덩이까지 내려와 그의 목덜미에 떨어지는 아주 작은 햇살에 집중하려 했다. 그가 지금 껴안고 있는 물체는 공이가 조금이라도 떨리면, 뇌관이 발화되어 언제라도 폭발할 수 있었다. 언제 작은 캡슐이 안에서 깨지는지, 언제 전선이 흔들리지 않는지 알 수 있는 마술이나 엑스선도 없었다. 아주 작은 기계의 신호를 해독하는 작업은 거리에서 앞에 길을 건너는 남자의 심장소리를 듣고 발작을 짐작해야 하는 것과 마찬가지였다. 그가 있는 마을은 어디일까? 심지어 그것도 기억나지 않았다. 어떤 목소리가 들려와 그는 고개를 들었다. 하디가 손가방에 넣은 도구를 가방 끝에 묶어 내려보냈고, 킵은 매달려 있는 가방에서 다양한 클립과 도구를 꺼내 윗도리에 있는 주머니에 넣었다. 그는 이 현장까지 오는 동안 하디가 지프차에서 부르던 노래를 흥얼거렸다.

버킹엄 궁전에서 경비병 교대를 하네.
크리스토퍼 로빈은 앨리스와 함께 내려갔지.

그는 도화관 머리가 있는 부분의 물기를 닦고 그 주변에 진흙을 컵 모양으로 발랐다. 그런 후에는 단지의 뚜껑을 열고 액화 산소를 컵 안에 부었다. 그는 컵을 안전하게 금속에

테이프로 감았다. 이제는 다시 기다려야만 했다.

　그와 폭탄 사이에는 공간이 거의 없어서 온도의 변화를 벌써 느낄 수 있었다. 마른 땅 위에 있었다면 다른 데로 갔다가 10분 후에 돌아올 수 있었다. 지금은 바로 폭탄 옆에서 기다려야 했다. 밀폐된 공간에서 갇힌 수상한 존재 둘. 칼라일 대위는 냉동 산소로 만들어진 통로 안에서 작업하고 있었는데, 전체 웅덩이가 갑자기 불꽃으로 타올랐다. 그를 허겁지겁 빼냈으나 그는 멜빵을 건 채로 벌써 의식을 잃어버린 상태였다.

　여기는 어딜까? 리슨 그로브? 올드 켄트 로드?

　킵은 솜을 흙탕물에 적셔서 도화관으로부터 30센티미터 떨어진 자리에 대보았다. 쓱 떨어지는 걸 보니 좀 더 기다려야만 했다. 솜이 달라붙으면 도화관 근처가 충분히 얼었다는 뜻이므로 계속 작업할 수 있었다. 그는 컵 속으로 산소를 좀 더 흘려 넣었다.

　서리가 끼며 생긴 동그라미는 점점 커져 이제는 지름이 30센티미터 가까이 되었다. 몇 분만 더. 그는 누군가 폭탄에 붙여놓은 종잇조각을 보았다. 그들은 그날 아침, 모든 폭탄 해체 부대에 보내진 최신 도구 상자 속에 끼어 있던 그 종이를 읽고 웃음을 터뜨렸었다.

　폭발이 합리적으로 허용되는 때는 언제인가?

만약 한 인간의 생명을 X라고 수치화하고, 위험을 Y라 하며 폭발로부터 생길 수 있는 피해를 V로 추산할 때, 논리학자는 V가 Y분의 X보다 작을 때면 폭탄이 터질 것이라 주장한다. 하지만 Y분의 V가 X보다 크다면 원래 그 자리에서 폭발이 일어나는 걸 피하기 위해 어떤 시도라도 해봐야 한다.

누가 이런 걸 썼을까?

그가 통로에 들어와 폭탄 옆에 있는 지도 벌써 한 시간이 넘었다. 그는 계속 액화산소를 흘려 넣었다. 바로 오른쪽 어깨 높이에는 산소 때문에 어지러워지는 걸 막기 위해서 정상적인 공기를 펌프로 내려 보내주는 호스가 있었다. (그는 군인들이 숙취를 해결하기 위해 산소를 이용하는 걸 봐왔다.) 그는 다시 한 번 솜을 대보았고, 솜은 이번에는 얼어서 달라붙었다. 대략 20분 정도 시간이 있었다. 그 후에는 폭탄 안 전지 온도가 다시 상승한다. 그렇지만 지금 도화관은 꽁꽁 얼었고, 그는 제거 작업을 시작할 수 있다.

그는 손바닥으로 폭탄 상자를 쓸며 금속에 틈이 있는 곳이 있나 탐지해보았다. 물에 가라앉아 있는 부분은 안전한 것 같았지만, 만약 산소가 노출된 폭발물과 접촉한다면 발화할 수도 있었다. 칼라일의 법칙. Y분의 X. 만약 틈이 있다면 액화질소를 써야만 했다.

"950킬로그램짜리 폭탄입니다. 에사우."

하디의 목소리가 진흙 웅덩이 꼭대기에서 들려왔다.

"표시된 타입으로는 오십과 동그라미 안에 B가 들어 있습니다. 도화관 주머니는 두 개, 대부분은 그렇다고 합니다. 하지만 두 번째 도화관은 아마도 들어 있지 않은 것 같습니다. 맞습니까?"

두 사람은 이전에 서로 의논한 적이 있었지만, 마지막으로 기억해서 확인 중이었다.

"이제 내게 마이크를 달아주고 물러서 있어라."

"네, 알겠습니다."

킵은 미소 지었다. 그는 하디보다 열 살이나 어리고 영국인도 아니었지만, 하디는 군대의 규율에 둘러싸여 있을 때 가장 편안해했다. 다른 군인들은 항상 그에게 존칭을 쓰면서 머뭇거렸지만, 하디는 큰 소리로 열정적으로 외치는 편이었다.

그는 모든 전지가 작동하지 않는 상황에서 도화관을 뽑아내기 위해 재빠르게 손을 놀렸다.

"내 말 들리나? 그러면 휘파람을 불어라…… 좋았어. 들었어. 산소를 마지막으로 채운다. 삼십 초 동안 거품이 일게 놔둘 거야. 그리고 작업을 시작한다. 새로 서리가 끼도록 해. 좋았어. 이제 둑을 제거한다…… 됐어, 둑은 제거됐다."

하디는 모든 말에 귀를 기울이며 일이 잘못될 경우를 대비해서 받아 적었다. 불꽃이 한 번 튀기만 해도 킵은 불꽃 통로 안에 휩싸일 터였다. 아니면 폭탄에 장난질을 쳐놓았을 수도 있었다. 다음 사람은 대안을 생각해야만 했다.

"퀄터 키(도화관 뚜껑을 따기 위해 고안된 열쇠−옮긴이)를 사용한다."

그는 가슴에 달린 주머니에서 열쇠를 꺼냈다. 열쇠가 차가워서 문질러서 데웠다. 그는 잠금 고리를 제거하기 시작했다. 고리가 쉽게 움직이자 그는 하디에게 말했다.

"버킹엄 궁전에서 경비병 교대를 하네."

킵은 휘파람을 불었다. 그는 잠금 고리와 고정 고리를 빼서 물에 가라앉게 놔두었다. 고리들이 서서히 발밑에서 구르는 것이 느껴졌다. 4분이 또 지나갔다.

"앨리스는 보초 중 한 명이랑 결혼할 거야. '군인의 삶은 너무나 힘들어.' 앨리스가 말했네!"

그는 몸에 온기를 불어넣으려고 하면서 좀 더 큰 소리로 노래를 불렀다. 가슴이 아플 정도로 차가웠다. 그는 가능하면 앞에 있는 냉동된 금속과의 거리를 충분히 유지하기 위해 몸을 계속 뒤로 젖히려고 했다. 또 아직 햇볕이 내리쬐는 목덜미로 손을 계속 올리며 '오물과 기름때, 서리를 없애기 위해 문질러댔다. 콜릿(드릴이나 엔드 밀을 끼워 넣고 고정시키는 공구−옮긴이)으로 폭탄 머리를 집기가 어려웠다. 그때 무시무시하게도 도화관 머리가 깨지면서 완전히 떨어져나갔다.

"이상, 하디! 전체 도화관 머리가 떨어져나갔어. 응답하라, 알았나? 도화관 본체가 아래 끼었는데, 닿지가 않는다. 잡을 수 있는 게 없어."

"서리는 어느 정도까지 남아 있습니까?"

하디는 바로 그의 위에 있었다. 몇 초 만에 그는 통로로 달려온 것이었다.

"서리가 녹기까지 6분 정도 남았다."

"위로 올라오십시오. 폭탄을 터뜨려야겠습니다."

"안 돼. 산소를 좀 더 건네줘."

그는 오른손을 들었다. 얼음같이 차가운 깡통이 손 위에 놓였다.

"도화관이 노출된 영역으로 진흙을 조금씩 떨어뜨릴 것이다. 머리가 분리된 곳이다. 그다음에는 금속을 자른다. 뭔가 잡을 수 있을 때까지 계속 조금씩 깎아볼 것이다. 이제 물러서라. 마이크로 전하겠다."

그는 방금 전 일어난 사고에 대한 분노를 진정시킬 수가 없었다. '오물'은 폭탄처리반이 산소를 부르는 이름이었다. 이제 산소가 그의 옷 전체에 묻었고 물에 닿자 식식대는 소리를 냈다. 그는 서리가 생기기를 기다렸다가 끌로 얇은 금속을 깎아내기 시작했다. 좀 더 산소를 부은 후 기다렸다가 좀 더 깊이 깎았다. 아무것도 나오지 않자, 그는 셔츠 자락을 좀 뜯어내어 금속과 끌 사이에 끼워 넣고 위험하게도 끌을 곤봉으로 내려쳐서 정처럼 파편을 깎아냈다. 셔츠에서 뜯어낸 천 조각이 불꽃이 튀는 걸 막아주는 유일한 안전 장치였다. 더 욱더 큰 문제는 손가락이 냉기로 곱아버렸다는 것이었다. 손 가락은 더 이상 민첩하게 움직이지 않았고 전지처럼 잘 작동 하지 않았다. 그는 계속 없어진 도화관 머리 부근의 금속을 모로 깎아 들어갔다. 겹겹이 금속을 얇게 밀어 깎으면서, 냉 동을 했으니 이런 식의 물리적 수술이 무리 없기를 바랐다. 만약 직접적으로 잘라내 버렸다가는 뇌관을 건드려 폭발할 위험이 있었다.

5분이 더 지나갔다. 하디는 웅덩이 꼭대기에서 움직이지 않았고 대신 남은 냉동 시간을 대략적으로 신호했다. 하지만 기실 둘 다 별로 확신은 없었다. 도화관 머리가 깨져나갔다 면, 그들은 목표 지점이 아닌 다른 곳을 얼렸다는 뜻이고 그 가 느끼는 수온은 차가웠지만 금속보다는 따뜻했다.

그때 그는 무언가를 보았다. 이젠 더 이상 구멍을 크게 쪼아낼 엄두를 낼 수 없었다. 은색 덩굴 줄기처럼 떨리는 회 로와 도화관이 접촉된 부분이다. 만약 거기 닿기라도 한다 면. 그는 손을 문질러 따뜻하게 했다.

그는 숨을 내쉬고 몇 초 동안 가만히 있었다. 바늘 집게 로 접촉 부분을 절단하고 나서야 다시 숨을 들이마셨다. 회 로에서 도화관을 빼낼 때 손바닥이 냉기에 닿아 타는 듯이 뜨거워서 헉 숨을 들이켰다. 이제 폭탄은 죽었다.

"도화관 꺼냈음. 뇌관 꺼졌다. 축하해달라."

하디는 벌써 도르래를 돌리고 있었고 킵은 멜빵을 꽉 붙들려 했다. 하지만 손바닥의 화상과 동상 때문에 그렇게 할 수가 없었다. 근육 전체가 차가웠다. 도르래가 덜컹거리는 소리가 들리자 그는 몸에 반쯤 달려 있는 가죽 끈만 잡았다. 갈색 다리가 진흙의 손아귀에서 빠져 나오는 느낌이 들자, 늪에 오래 잠겨 있던 시체를 끌어 올리는 기분이었다. 작은 발이 물에서 솟아올랐다. 그는 어두운 웅덩이에서 들어 올려져 태양 위로 나갔다. 머리부터, 그다음에는 몸통이.

그는 그 자리에 매달린 채로, 도르래가 고정된 기둥들로 지어진 원뿔형 지지대 아래서 천천히 빙그르르 돌았다. 하디가 그를 껴안으면서 동시에 멜빵 단추를 풀어주었다. 갑자기 20미터 안에 모여 있던 수많은 군중들이 눈에 들어왔다. 안전을 유지하기에는 가까운, 너무 가까운 거리였다. 폭발이 일어났다면 그들 모두 날아가버렸을 터였다. 물론 그들을 뒤로 물러서게 하는 일은 하디가 할 일이 아니었다.

그들은 그를 아무 말 없이 바라보았다. 하디의 어깨 위에 매달린 인도 청년. 장비를 다 챙겨들고 지프차로 걸어갈 수조차 없었다. 도구와 깡통들과 담요, 그리고 녹음 장치는 여전히 빙빙 돌아가며 통로 속의 텅 빈 고요에 귀를 기울이고 있었다.

"걸을 수가 없군."

"지프차까지만 걸어가십시오. 몇 미터만 더 가시면 됩니다. 나머지는 제가 챙기겠습니다."

두 사람은 계속 중간에 쉬어가며 천천히 걸어갔다. 그들을 응시하는 얼굴들 앞을 지나가야만 했다. 맨발에 젖은 윗도리 차림, 체구가 작은 갈색의 남자를 바라보고 있는 얼굴들. 무엇도 알아보거나 인정하지 않는 듯한 일그러진 얼굴들. 그저 그와 하디가 지나갈 수 있도록 뒤로 비켜설 뿐이었다. 지프차에서 그는 몸을 바들바들 떨기 시작했다. 그의 눈은 앞 유리 너머에서 번득이는 빛을 떨칠 수가 없었다. 하디가 그를 들어 올려서 조수석에 태워주어야만 했다.

하디가 떠나자, 그는 천천히 젖은 바지를 벗고 모포를 둘렀다. 그렇게 거기 앉아 있었다. 너무 춥고 피곤해서 옆에 놓여 있는 뜨거운 차 보온병 뚜껑도 열 수가 없었다. 그는 생각했다. 저 아래에서도 나는 겁에 질리지 않았어. 그저 화가 났을 뿐이야. 내 실수에. 폭탄에 장난질이 되어 있을지도 모른다는 가능성에. 내 자신을 보호하고자 하는 동물적인 반응에.

오로지 하디가 있기에 내가 인간으로 남아 있을 수 있어. 그는 깨달았다.

*

빌라 산 지롤라모에서는 무더운 낮이면 모두 머리를 감

는다. 처음에는 머릿니가 생길 가능성을 제거하기 위해 등유로 감고, 다음에 물로 헹군다. 뒤로 누워, 머리카락을 펼치고 햇빛 아래 눈을 감고 있는 킵은 갑자기 연약해 보인다. 이렇게 약한 자세를 취할 때면 수줍음이 엿보이고 살아 있는 존재나 인간이라기보다는 신화에 등장하는 시체와 더 비슷하다. 해나는 그의 옆에 앉는다. 그녀의 진갈색 머리는 벌써 말랐다. 이런 때에 그는 가족이나 감옥에 있다는 형에 대해 이야기한다.

그는 일어나 앉아 머리카락을 앞으로 휙 넘겨서 머리카락 끄트머리까지 수건으로 문질러 닦기 시작한다. 그녀는 이 한 남자의 몸짓에서 모든 아시아를 상상한다. 그가 느릿하게 움직이는 방식, 조용한 문명인다운 양식. 그는 전사였던 성인(聖人)들에 대해서 말하고 그녀는 이제 그가 그런 성자 중 한 명이라 여긴다. 엄격하면서도 환영을 꿈꾸는 사람. 가끔 이처럼 드물게 해가 비칠 때에만 무신론자가 되어 허물없이 되는 사람. 그는 다시 탁자에 머리를 기대고 부채 모양 밀짚 바구니에 담긴 곡식처럼 펼쳐진 머리카락을 햇볕에 말린다. 비록 그는 지난 몇 년 동안의 전쟁에서는 영국인들을 아버지로 모시고 그들의 규칙을 효심 깊은 아들처럼 지킨 아시아인이기는 했지만.

"아, 하지만 형은 내가 영국인들을 신뢰한다고 하면 바보라고 할 거예요."

그는 눈에 햇빛을 그득 담고 그녀를 향한다.

"어느 날 형은 이렇게 말했어요. 나는 눈을 뜰 거야. 아
시아는 아직도 자유로운 대륙이 아니죠. 형은 우리가 스스
로 영국인들의 전쟁에 참전한다는 데 아연실색했어요. 언제
나처럼 우리는 의견이 갈려 다퉜죠. '언젠가 너도 눈을 뜨겠
지.' 형은 항상 이렇게 말하고는 했습니다."

공병은 눈을 꼭 감고 그 은유를 비웃으며 말한다.

"일본도 아시아야. 나는 말했죠. 하지만 시크 인들은 말
레이시아에서 일본인들에게 잔인하게 학살되었어. 하지만
형은 무시했어요. 형은 영국인들이 독립을 위해 싸우는 시
크 인들을 교수형에 처하고 있다고 했습니다."

그녀는 팔짱을 낀 채로 그에게서 몸을 돌린다. 세계의
분쟁. 그녀는 빌라를 덮은 한낮의 어둠 속을 걸어 들어가 영
국인 환자 옆에 앉는다.

그녀가 그의 머리카락을 풀어 내리는 밤이면, 그는 다시
또 다른 별자리가 된다. 그는 천 개의 적도로 이루어진 팔을
베개 위에 올려놓고, 포옹하며 잠들어 있는 두 사람 사이에
는 파도가 친다. 그녀는 품 안에 인도의 여신을 품는다. 밀과
리본을 품는다. 그가 그녀 위로 몸을 숙이면 머리카락이 쏟
아져 내린다. 그녀는 머리카락을 잡아 자신의 손목에 묶는
다. 그가 움직일 때, 그녀는 천막의 어둠 속에서 모기가 물듯
그의 머리카락 속에 따끔한 전기가 통하는 것을 보기 위해

눈을 뜨고 있다.

   그는 항상 테라스 울타리를 높여 만든 벽 옆에 있는 사
물들과 상대적으로 움직인다. 그는 주변을 살핀다. 해나를
바라보면 그녀의 여윈 뺨의 일부분을 그 뒤의 풍경과 관련
지어 볼 수 있다. 홍방울새가 호를 그리며 날 때면 지표면에
서 떨어진 공간과 관련지어 바라보듯이. 그는 이탈리아를 눈
으로 걸어다니며 일시적이고 인간적인 것을 제외한 모든 것
들을 보려고 했다.

   그가 결코 생각해보지 않았던 것은 자기 자신이었다. 황
혼에 잠긴 그림자나 의자 등받이 뒤로 뻗은 팔, 창문에 비친
자신의 모습이나 사람들의 시선. 참전하고 몇 년 동안 그는
안전한 것은 자신뿐이라는 것을 깨우쳤다.

   그는 영국인과 몇 시간씩 함께 보낸다. 그를 보면 영국
에서 본 무화과 생각이 난다. 병든 가지는 나이 들어 축 처져
서 다른 나무로 만든 부목을 댔다. 이 나무는 서퍽 경의 정
원, 경비병처럼 브리스톨 해협을 내려다보는 벼랑 끝에 서 있
었다. 그렇게 허약한 나무였으나 그는 나무 안에서 고귀함을
감지했고 그 기억은 고난을 넘어서 그 위에 무지개처럼 뻗치
는 힘이 있었다.

   그는 거울이 없다. 그는 바깥 정원에 나가 터번을 감으
며 나무에 긴 이끼를 쳐다본다. 그렇지만 해나의 머리카락이

낫질해 놓은 것처럼 가위로 쓱싹쓱싹 잘려나갔다는 것을 알아챈다. 그는 그녀의 몸에 얼굴을 댈 때 느껴지는 숨결에 익숙하다. 그녀의 쇄골, 뼈가 두드러져 피부가 빛나 보이는 곳. 하지만 그녀가 그에게 자기의 눈이 무슨 색깔이냐고 묻는다면, 그가 그녀를 사랑하게 되었어도 쉽사리 말할 수 없을 것이라고 그녀는 생각한다. 그는 웃으며 어림짐작으로 댈 것이다. 그렇지만 검은 눈의 그녀가 눈을 꼭 감고 녹색이라고 말하면 그는 믿을 것이다. 그는 눈을 강렬히 들여다볼지도 모르지만, 무슨 색깔인지는 기억해놓지 않는다. 이미 목구멍이나 뱃속에 들어간 음식이 맛이나 특정한 형태라기보다는 그저 질감일 뿐인 것과 마찬가지로.

누군가 말할 때면 그는 입을 쳐다보지 눈이나 피부 색깔을 바라보지 않는다. 그에게 입은 방 안의 빛이나 하루 중 시간에 따라 언제나 변화하는 것 같다. 입은 불안정함이나 새치름함, 특정한 성격의 연속선상에서 어떤 다른 지점을 드러내준다. 그에게 입은 얼굴에서 가장 정교한 측면이다. 그는 눈이 무엇을 드러내는지에 대해서는 확실히 알 수가 없다. 하지만 입이 냉담하게 샐쭉해지는 방식이나 다정함을 나타내는 방식을 읽을 수 있다. 눈은 간단하게 한 줄기 햇빛에 보이는 반응에 따라 잘못 판단될 수 있다.

그가 모아놓은 모든 것은 변화하는 조화의 일부분이다. 그는 그녀를 여러 다른 시간과 장소에서 바라본다. 이런 배

경에 따라 그녀의 목소리나 천성, 심지어 아름다움까지 바뀐
다. 바다를 뒤로 하고 있을 때 그 힘이 구명정의 운명을 살랑
살랑 흔들며 안아주기도 하고 지배하기도 하는 것처럼.

*

그들은 동이 트면 일어나서 마지막으로 남아 있는 빛 속
에서 저녁식사를 하는 습관을 들였다. 늦저녁 내내 영국인
환자의 옆에 촛불 하나를 켜놓거나 카라바지오가 가까스로
기름을 구해올 수 있는 날에는 기름을 반쯤 채운 등불을 하
나 켜서 어둠을 밝힐 뿐이었다. 하지만 복도나 다른 침실들
은 마치 파묻힌 도시처럼 어둠 속에 잠겼다. 그들은 어둠 속
에서 손을 앞으로 내뻗어 손가락 끝으로 양옆 벽을 더듬거리
며 걸어 다니는 것에 익숙해졌다.

"더 이상 빛은 없어. 더 이상 색은 없어."

해나는 이 말을 자꾸 혼자 노래하듯 읊었다. 킵은 사람
불안하게 한 손으로 난간을 훑으며 계단을 뛰어 내려가는
습관이 있었으나 그만두어야 했다. 그녀는 그의 발이 허공
을 날아 돌아오는 카라바지오의 배를 정통으로 맞추는 상상
을 했다.

한 시간 전, 그녀는 영국인의 방 안에 켜놓은 촛불을 불

어 껐다. 그녀는 테니스 신발을 벗은 후 여름 더위 때문에 프록 드레스의 목 부분 단추를 풀고 소매 단추도 마찬가지로 헐겁게 풀어 팔 위로 걷어 올렸다. 이런 단정치 못한 상태가 기분 좋았다.

건물의 본관에 해당하는 층에는 부엌과 도서관, 버려진 예배당 말고도 유리를 끼운 실내 마당이 있었다. 사방의 유리벽에는 각각 유리문이 달렸다. 그 안으로 들어서면 뚜껑을 덮은 우물이 있고 한때는 이렇게 뜨거운 방에서 쑥쑥 자랐을 법하지만 이제는 시들어 죽어버린 화분들이 놓인 선반이 있었다. 그녀는 이 실내 마당을 보면 눌린 꽃이 들어 있는 책이 점점 더 생각났고 지나가는 길에는 슬쩍 쳐다볼 만하지만 결코 들어가보지는 않았다.

새벽 두 시였다.

두 사람은 각각 다른 길로 빌라에 들어갔다. 해나는 서른여섯 계단이 있는 예배당 입구를 통해서, 그는 북쪽 마당 입구를 통해서. 그는 집 안으로 들어서면서 시계를 풀어 가슴 높이에 있는 벽감에 올려둔다. 그 위에는 작은 성인상이 놓여 있다. 빌라 병원의 수호성인. 그녀는 인광(燐光)과 눈길도 마주치려 하지 않는다. 그는 벌써 신발을 벗고 단지 바지만 입고 있었다. 그리고 등불을 끈 뒤 그저 거기 잠깐 어둠 속에 서 있었다. 야윈 청년이었다. 검은색 터번, 손목 피부 위에 헐렁하게 낀 카라. 그는 현관 복도 구석에 마치 창처럼 기대섰다.

그런 후 그는 실내 마당으로 슬그머니 들어갔다. 그는 부엌으로 들어가자 어둠 속에 개가 있음을 즉각 감지하고 개를 밧줄로 탁자에 묶었다. 부엌 선반에서 가당연유를 집어 실내 마당에 있는 유리 방 안으로 돌아왔다. 그는 손으로 문 바닥을 훑더니 거기 작은 막대들을 기대서 세워놓았다는 것을 발견한다. 그는 안으로 들어와서 문을 뒤로 닫았다. 마지막 순간에 손을 쓱 뻗어 막대기를 다시 문에 기대놓았다. 그녀가 살펴보았을 경우를 대비해서. 그런 후, 그는 우물 속으로 기어 내려갔다. 1미터 아래에 십자 모양 판자를 대놓았는데, 그는 이미 이 판자가 튼튼하다는 것을 알고 있었다. 그는 머리 위로 우물 뚜껑을 닫고 그 안에 웅크려서 그녀가 그를 찾거나 그녀도 숨는 광경을 상상했다. 그는 가당연유 깡통을 핥기 시작했다.

그녀는 그가 이런 비슷한 행동을 하지 않나 의심하고 있었다. 그녀는 도서관으로 향하면서 팔에 단 등을 켜고 발목부터 보이지 않을 정도로 위까지 높이 솟은 책장 옆으로 걸어갔다. 문은 꼭 닫혀 있어서 빛이 새나가지도 않았고, 복도에 있는 사람이 보이지도 않았다. 그가 만약 바깥에 있다면 프렌치 도어의 반대편에서 퍼져 나가는 빛을 볼 수는 있을 터였다. 그녀는 몇 십 센티미터마다 멈추면서 이탈리아어 책들만이 주로 꽂힌 책장에서 영국인 환자에게 읽어줄 수 있을 만한 영어책이 있나 다시 한 번 찾아보았다. 그녀는 이탈리아어를 책등과 앞장에 박고 있는, 이 책들을 점점 사랑스럽게 여기게 되었다. 얇은 종이로 덮어 페이지 안에 끼워놓은 컬러 삽화들, 심지어 책장을 너무 빨리 펴면 보이지 않는 미세한 뼈가 연속으로 부러지는 양 바지직 나는 소리도 사랑스러웠다. 그녀는 다시 멈췄다. 『파르마의 수도원』이었다.

"내게 닥친 어려움에서 빠져 나올 수 있다면." 그는 클레리아에게 말했다. "파르마에 있는 아름다운 그림들을 다시 보러 방문할 겁니다. 그러면 그 이름을 기억해주시겠습니까, 파브리지오 델 동고를."

카라바지오는 도서관 맨 끝의 양탄자 위에 누워 있었다. 그가 누운 어둠 속에서부터 보면 해나의 왼팔은 날것의 인광처럼 보였다. 책을 비추고, 검은 머리카락에 빨간 불빛을 반사하며, 그녀가 입은 면 드레스와 어깨 위에 걸친 불룩한 소매를 비추는 불빛.

그는 우물 속에서 나왔다.

1미터 직경의 불빛이 그녀의 팔에서부터 퍼져 나왔다가

암흑 속에 삼켜졌다. 그래서 카라바지오는 두 사람 사이에 어둠의 골짜기가 있다고 느꼈다. 그녀는 갈색 표지가 있는 책을 오른팔 겨드랑이 밑에 꼈다. 그녀가 움직일 때마다 새 책들이 나타나고 다른 책들은 사라졌다.

그녀는 나이가 들었다. 그는 이제 그가 그녀를 더 잘 이해하던 때, 그녀가 부모의 산물이었을 때 사랑했던 것보다 훨씬 더 그녀를 사랑했다. 그녀의 현재 모습은 그녀 자신이 결정한 모습이었다. 만약 해나를 유럽 어디에서 마주쳤더라면 익숙한 분위기를 가졌기는 했어도 그녀를 알아보지 못했을 것이었다. 처음 빌라에 온 날 밤, 그는 충격을 숨겼었다. 처음에는 차가워 보였던 그녀의 고행자적인 얼굴에는 날카로움이 어려 있었다. 그는 지난 두 달 동안 그녀의 현재 모습으로 마음이 쏠렸다는 것을 깨달았다. 그는 그녀의 변모를 자신이 기뻐하고 있다는 사실이 믿어지지 않았다. 몇 년 전, 그는 그녀가 어른이 된 모습을 상상하려 했지만 그녀가 속한 공동체에서 틀에 맞추어 만들어놓은 특질을 가진 사람밖에 빚어낼 수 없었다. 그의 도움 하나 없이 이루어졌기 때문에 더욱 깊이 사랑할 수 있는 이 근사한 이방인은 상상도 하지 못했었다.

그녀는 책을 읽을 수 있도록 전등을 안쪽으로 돌려놓고 소파에 누웠다. 그녀는 책에 벌써 깊이 빠져 있었다. 그러다 어느 순간, 고개를 들더니 귀를 기울이고 재빨리 전등을 껐다.

그가 방에 있다는 것을 그녀가 알아챈 것일까? 카라바지오는 자신의 시끄러운 숨소리를 의식했다. 그는 절도 있고 차분하게 숨을 쉬기가 어려웠다. 한순간 빛이 들어왔다가 재빨리 다시 꺼졌다.

그때, 카라바지오를 빼고 방 안에 있는 모든 것이 움직이는 듯했다. 그 주변의 모든 것에서 움직이는 소리가 들렸고, 그만 건드리지 않았다는 게 놀라웠다. 그 청년이 방 안에 있었다. 카라바지오는 소파로 걸어가서 손을 해나가 있던 자리에 내려놓았다. 해나는 거기 없었다. 그가 몸을 꼿꼿이 펴자, 한 팔이 그의 목을 꽉 잡고 뒤로 주저앉혔다. 한줄기 빛이 눈이 부시도록 그의 얼굴을 비치더니, 양쪽 다 숨을 헉 들이켜며 바닥으로 넘어졌다. 등을 들고 있는 손으로는 여전히 카라바지오의 목덜미를 놓지 않았다. 그때 맨발 한쪽이 빛 속에서 나타나더니 카라바지오의 얼굴을 지나 그 옆에 있는 청년의 목을 밟았다. 다른 불이 켜졌다.

"잡았다. 잡았어요."

바닥에 누워 있는 두 사람은 고개를 들어 빛 위에 어른어른한 윤곽선으로 보이는 해나를 바라다보았다. 해나는 노래를 불렀다.

"잡았어요. 내가 당신을 잡았어. 카라바지오를 이용했지요. 숨을 어찌나 헐떡이던지! 아저씨가 거기 있는 걸 알고 있었지요. 아저씨가 속임수였어요."

그녀의 발은 청년의 목덜미를 더욱 세게 눌렀다.

"포기해요. 자백하라고요."

카라바지오는 청년의 손아귀에 잡힌 채로 몸을 떨기 시작했다. 벌써 땀방울이 온몸을 덮었고, 발버둥 쳐봤자 빠져나갈 수가 없었다. 양쪽 등에서 나는 환한 빛이 이제 그를 비추고 있었다. 그는 어쨌든 기어 일어나 이 공포에서 빠져 나가야만 했다. 자백하라고요. 처녀는 웃고 있었다. 그녀는 입을 열기 전에 목소리를 진정시켜야 했지만 두 사람은 자기들의 모험에 흥분해 거의 듣고 있지도 않았다. 그는 청년의 손힘이 느슨해진 틈을 타 빠져 나와 한 마디 말도 하지 않고 방을 떠났다.

그들은 다시 어둠에 잠겼다.

"어디 있어요?"

그녀가 묻는다. 그러면서 빨리 움직인다. 그가 자리를 잡자 그녀는 그의 가슴에 쿵 부딪고, 이런 식으로 그의 품 안에 안긴다.

그녀는 손을 그의 목에 대고 입을 그의 입에 댄다.

"연유! 우리가 경기하는 중에 마셨어요? 연유를?"

그녀는 입을 그의 목, 그 위에 맺힌 땀방울에 대고, 그녀의 맨발이 놓였던 그의 몸을 맛본다.

"당신의 모습을 보고 싶어요."

그의 등이 커지고, 그는 그녀를 본다. 얼굴에는 먼지가 묻었고 머리카락은 땀이 나서 헝클어지고 삐쭉삐쭉하다. 그녀는 그를 향해 생글생글 웃는다.

그는 가는 손을 그녀의 헐렁한 옷소매 속에 넣고 어깨를 감싼다. 그녀가 몸을 휙 틀자 그의 손이 그녀의 몸과 함께 움직인다.

그녀는 몸을 젖히고 몸무게를 뒤로 실어 넘어진다. 그가 그녀와 함께 움직일 것이라 믿으며 그의 손이 그녀를 받쳐줄 것이라 믿으며. 그러면 그는 새우등처럼 몸을 구부리며 허공에 발을 들리라. 오직 그의 손과 팔과 입만 그녀에게 댄 채, 몸의 다른 부분은 사마귀의 꼬리처럼 된다. 등은 여전히 그의 왼팔의 근육과 땀에 매달려 있다. 그녀의 얼굴이 이 빛 속에 들어와 입을 맞추고 핥고 맛을 본다. 그의 이마를 그녀의 젖은 머리카락이 수건처럼 닦는다.

다음 순간, 그는 갑자기 방 건너편에 있다. 그의 공병 전등이 사방을 튀어 다닌다. 그는 이 방에서 일주일을 보내며 온갖 도화관을 다 제거했기 때문에 이제는 깨끗하다. 이 방은 이제 마침내 전쟁에서부터 빠져 나온 듯, 더 이상 군사 지대나 어떤 군대의 영역이 아닌 듯하다. 그는 전등을 매단 채로 움직이며 팔을 흔든다. 천장이 보이고, 소파 뒤에 서서 그의 야윈 몸에서 번득이는 빛을 내려다보고 있는 그녀의 웃는 얼굴이 스쳐가며 보인다. 다시 그녀를 스쳐갈 때, 그녀가 몸을 아래로 숙이고 치맛단으로 팔을 닦는 모습이 보인다.

"하지만 내가 잡았어요. 내가 당신을 잡았어요."

그녀는 읊는다.

"나는 댄포스 가의 모히칸이에요."

그녀는 그의 등에 올라타고, 그녀의 등불이 높은 책장 위에 꽂힌 책등 위를 흔들흔들 비춘다. 그가 빙그르르 돌면 그녀는 팔을 들었다 내렸다 한다. 그녀는 앞으로 무게 중심을 실었다가 떨어지며 그의 허벅지를 잡는다. 그러다가 그 자리에서 돌면서 그에게서 빠져 나와 오래된 양탄자 위에 눕는다. 아직도 그 속에 배어 있는, 이전에 내렸던 오래된 비의 냄새, 젖은 팔에 묻은 먼지와 때. 그가 그녀 위에 몸을 숙이자 그녀는 손을 뻗어 그의 전등을 끈다.

"내가 이겼어요, 그렇죠?"

그는 방 안에 들어온 이후로 아직까지 한 마디도 하지 않았다.

그의 머리는 그녀가 사랑하는 동작을 취한다. 어떻게 보면 긍정하는 의미로 끄덕이는 것 같기도 하고, 어떻게 보면 부정하는 의미로 고개를 젓는 것 같기도 한 몸짓. 그는 그녀의 등불 불빛 때문에 그녀를 볼 수가 없다. 그는 그녀의 전등을 껐고 이제 두 사람은 동등하게 어둠 속에 있다.

인생에서의 한 달 동안 해나와 킵은 서로의 옆에서 잔

다. 공식적으로 두 사람 사이는 금욕적이다. 사랑을 나누는 행위는 온 문명과 온 나라보다 앞에 온다는 발견. 그나 그녀의 사상에 대한 사랑. 나는 섹스당하고 싶지 않아. 나는 당신과 섹스하고 싶지 않아. 그렇게 어린 나이에 그는 어디서 그런 것을 배웠으며, 그녀가 어디서 그런 것을 배웠는지 누가 알고 있을까. 아마도 카라바지오에게서 배웠을지도 모른다. 그 당시 여러 날 저녁, 그는 그의 나이에 대해서, 자신의 필멸성을 발견할 때 나타나는, 연인의 세포 하나하나를 향한 다정함에 대해서 얘기한 적이 있었다. 지금은 결국 필멸의 시대이다. 청년의 욕망은 오로지 해나의 팔에 안겨서 깊이 잠이 들 때 완결되고, 그의 오르가슴은 달의 인력, 밤에 그의 몸이 끌리는 것과 더 관련이 있다.

매일 밤, 그는 야윈 얼굴을 그녀의 갈빗대에 놓는다. 그녀는 몸을 긁히는 기쁨, 그의 등을 둥글게 긁어주던 손톱을 다시 되살려주었다. 몇 년 전 한 인도인 유모가 그에게 가르쳐주었던 것이다. 어린 시절의 안식과 평화는 사랑했던 어머니나 함께 놀았던 형이나 아버지가 아니라, 모두 이 유모에게서 온 것이라고, 킵은 기억한다. 무서웠을 때나 잠이 들 수 없을 때, 그의 필요를 알아차리고 손으로 작고 마른 등을 쓰다듬어주며 재워주었던 이가 바로 이 유모였다. 이 친밀한 이방인은 인도 남부 출신으로 그들과 함께 살면서 가정 일을 돕고 식사 준비와 대접을 하고, 자기 아이들을 데려와 이 집 안

에서 같이 길렀던 사람이었다. 유모는 그의 형이 어렸을 때
도 이처럼 편안히 해주었으니 아마도 친부모보다 아이들의
성격 하나하나를 더 잘 알고 있으리라.

이 애정은 킵 쪽에서도 마찬가지였다. 킵은 가장 사랑하
는 사람이 누구냐는 질문을 받았다면 어머니보다 이 유모의
이름을 댔을 것이다. 안식을 주는 유모의 사랑은 그에게 있
어서는 피로 이어진 사랑이나 성적인 사랑보다도 앞선다. 평
생 동안, 나중에서야 깨닫게 되지만, 그는 가족의 바깥에서
이러한 사랑을 찾게 되었다. 플라톤적인 친밀감, 가끔은 성
적인 친밀감도 낯선 이에게서 얻었다. 그가 가장 사랑하는 사
람이 누구냐는 질문을 스스로에게 물어볼 수 있기도 전에.

딱 한 번, 그는 유모에게 안식을 돌려주었다고 느낀 적
이 있었다. 그렇지만 유모는 그의 사랑을 벌써 이해하고 있었
다. 유모의 어머니가 죽었을 때, 그는 유모의 방으로 기어가
늙은 몸을 갑자기 껴안았다. 아무런 말 없이 그는 작은 하인
방에서 애도하고 있는 그녀 옆에 누웠다. 유모는 격렬하게,
그러면서도 형식을 갖춰 울었다. 그는 유모가 작은 유리잔을
얼굴에 갖다 대고 눈물을 모으는 모습을 바라보았다. 유모
가 이를 장례식에 가져갈 작정이라는 것을 그는 알았다. 그
는 몸을 웅크린 유모의 뒤에 서서 아홉 살짜리의 손을 어깨
위에 얹었다. 유모가 마침내 진정되어 가끔씩만 몸을 떨자,
그는 사리 속에 손을 넣어 옆으로 잡아당기고 등을 긁어주

었다. 해나는 이제 이 다정한 기술을 대접받았다. 1945년, 그들의 대륙이 만난 언덕 마을의 천막 속에서, 그는 그녀 피부에 있는 수백만 개의 세포를 읽어주었다.

헤엄치는 사람들의 동굴

한 인간이 어떻게 사랑에 빠지게 되는지 이야기해주겠
다고 약속했었지요.

제프리 클리프턴이라는 젊은이는 옥스퍼드에서 친구를
만났다가 그에게서 우리가 하는 일에 대해 들었습니다. 그는
내게 연락을 하고 다음 날 결혼하고 이 주 후 아내와 함께 비
행기를 타고 카이로로 왔지요. 두 사람의 신혼여행 마지막
날이었습니다. 그게 우리 이야기의 시작이었습니다.

내가 처음 캐서린을 만났을 때, 그녀는 결혼을 한 상태
였습니다. 유부녀였지요. 클리프턴이 비행기에서 나오고, 그
다음으로, 우리는 그만 염두에 두고 탐사를 계획했기 때문
에 예상치 못하게, 그녀가 나타난 겁니다. 카키 반바지에 뼈
가 도드라진 무릎. 그 당시 그녀는 사막에 아주 열렬한 관심
을 가졌지요. 나는 클리프턴의 아내가 가진 열렬함보다 클리

프턴의 젊음을 좋아했습니다. 그가 우리의 조종사이고, 연락병이며, 정찰대였으니. 그는 새 시대를 의미했고 하늘을 날며 우리가 가야 할 곳을 암호로 일러주는 컬러 리본을 떨어뜨려 주었어요. 그는 숭배에 가까운 아내에 대한 애정을 끊임없이 우리에게 쏟아놓았습니다. 네 명의 남자와 한 여자, 그리고 신혼여행의 기쁨을 계속 말로 표현하는 그녀의 남편이 함께 있었던 거죠. 그들은 카이로로 돌아갔다가 한 달 후 돌아왔는데 그때도 상황은 별반 다름없었어요. 이번에 그녀는 좀 더 조용해지긴 했지만 그는 아직도 젊은이였지요. 그녀는 이따금 석유 깡통 위에 앉아 손으로 턱을 괴고 팔꿈치를 무릎에 대고 끊임없이 펄럭이는 방수 천을 바라보곤 했어요. 클리프턴은 아내를 찬양하는 노래를 불러댔고, 우리는 그에게 농을 걸며 그러지 못하게 하려 했지만, 좀 더 점잖게 굴라고 타이르다가는 그의 심기를 거슬릴 수도 있었으니, 우리 중 누구도 그런 상황을 바라지는 않았지요.

카이로에서 한 달을 보내고 온 후, 그녀는 마치 무슨 일이 생겼던지, 인간이라는 존재에 대해서 놀라운 점은 인간이 변할 수 있다는 점이라는 걸 갑작스레 깨달았던지, 어쨌든 말이 없어졌고 끊임없이 책만 읽어댔으며 좀 더 내성적이 되었습니다. 그녀는 모험가와 결혼한 사교계의 여인으로 남아 있을 필요가 없었던 거죠. 그녀는 자기 자신을 찾고 있었던 겁니다. 보기 괴로운 일이었지요. 클리프턴 본인은 아내가 스스로 자기계발을 하고 있다는 사실을 눈 뜨고도 보지 못했으니까. 그녀는 사막에 대한 글은 뭐든지 읽었습니다. 우와이나트와 잃어버린 사막에 대해서 이야기할 수도 있었고, 사소한 기사들까지 찾아냈지요.

나는 그녀보다 열다섯 살 연상의 남자였습니다. 알겠습니까. 나는 책에 등장하는 냉소적인 악인과 자기 자신을 동일시하는 인생의 시기에 도달했지요. 나는 영구성, 몇 시대에 걸쳐 이어지는 관계가 있다는 것을 믿지 않습니다. 내 쪽이 열다섯 연상입니다. 하지만 그녀가 더 영리했지요. 그녀는 내 기대보다 훨씬 더 변화에 굶주려 있었어요.

카이로 외곽 나일 강가에서 미루었던 신혼여행을 보내면서 무엇이 그녀를 바꾸어놓았을까요? 우리는 단 며칠간만 그들을 보았어요. 그들은 체셔에서 결혼식을 올리고 이 주일 후에 도착했으니까. 그는 아내를 버려두고 올 수도 없고, 우리와 한 약속을 깰 수도 없었기 때문에 신부를 데리고 왔지요. 매독스와 내게 한 약속. 우리가 그를 집어삼킨 건지도 모릅니다. 그래서 그녀의 뼈가 도드라진 무릎이 그날 비행기에서 나온 것이지요. 그것이 우리 이야기의 버든(반복구)입니다. 우리가 처한 상황.

클리프턴은 아내의 아름다운 팔과 가는 발목 선을 찬양했습니다. 그녀가 헤엄치는 모습을 목격했던 것을 묘사했지요. 호텔 스위트에 새 비데를 들여놓은 것을 이야기하기도 했고, 아침 식사 때 그녀가 걸신들린 듯 먹었던 것도.

이 모든 얘기에, 나는 한 마디도 하지 않았습니다. 나는 가끔 그가 말할 때면 고개를 들어 그녀와 시선을 마주치며 말없이 짜증난다는 표정을 지었고 그러면 그녀는 새침하게 웃어 보였습니다. 거기에는 어떤 역설이 있었지요. 나는 연상의 남자였습니다. 세상물정을 다 아는 남자고, 10년 전에 다클라 오아시스에서 길프 케비르까지 걸었으며, 파라프라의 지형도를 그렸고, 시레나이카를 잘 알고 모래의 바다에서 길을 잃고 헤맨 적도 두 번이나 있는 사람입니다. 그녀가 나를 만났을 때, 나는 이 모든 이름들을 달고 있었어요. 아니면 약간 몇 도만 비틀면 이 이름들을 매독스에게서도 볼 수 있었지요. 하지만 지리 학회를 뺀 세계의 나머지 부분에서 우리는 무명이었어요. 우리는 그저 그녀가 이 결혼으로 인해 넘어져 들어온 종교의 아주 얄팍한 가장자리에 걸쳐 있었지요.

그녀의 남편이 그녀를 찬양하는 말은 아무런 의미가 없었습니다. 하지만 나는 여러 면에서, 심지어 탐험가로서도 말에 의해 좌지우지되는 일생을 사는 사람입니다. 소문과 전설에 의해. 지형도에 의해. 문자가 새겨진 깨어진 도자기 파편에 의해. 말의 책략에 의해. 사막에서는 같은 말을 반복하면 땅에 물을 더 부어버리는 것이나 다름없는 일입니다. 여기서는 어감에 따라 천지 차이가 났습니다.

우리의 탐사는 우와이나트에서 65킬로미터 떨어진 곳이었지요. 매독스와 내가 정찰을 위해 단둘이 떠나기로 했습니다. 클리프턴 부부와 다른 이들은 뒤에 남기로 했고. 그녀는 갖고 온 모든 책들을 다 읽고 내게 책을 빌려달라고 부탁하더군요. 나는 지도 말고는 가진 책이 없었지요.

"저녁에 보시는 책 있잖아요?"

"헤로도토스 말이군요. 아, 그 책 보시고 싶으세요?"

"굳이 조르고 싶진 않아요. 만약 개인적인 것이라면요."

"그 안에 내 나름의 주석을 적어놓았습니다. 다른 데서 오려낸 글들도 있고. 항상 지니고 다녀야 해서요."

"제가 너무 주제넘었네요. 실례했습니다."

"돌아오면 보여드리지요. 책 없이 다니는 일은 좀처럼 없다 보니까."

이 모든 일들은 서로 아주 우아하고 정중한 방식으로 일어났습니다. 나는 이 책은 좀 더 상식 책에 가깝다고 설명했고, 그녀는 내키지는 않았겠지만 받아들이더군요. 나는 이기적으로 행동했다는 느낌 없이 떠날 수 있었습니다. 그녀의 우아함은 인정했습니다. 클리프턴은 그 자리에 없었어요. 우리 둘뿐이었지요. 내가 천막에 들어가 짐을 싸고 있었는데 그녀가 다가왔으니까. 나는 대부분의 사교계에는 등 돌리고 살아온 사람이지만, 가끔 섬세한 예의는 감사할 줄 압니다.

우리는 일주일 후에 돌아왔습니다. 발견과 빠진 조각 맞추기 측면에서 양쪽 다 진전이 많이 있었지요. 우리는 아주 기분이 좋았습니다. 야영지에서는 조촐한 축하 잔치를 열었어요. 클리프턴은 언제나처럼 남을 찬양하는 역할을 맡았지요. 아주 매혹적인 일이었겠지요.

그녀가 물 한 잔을 들고 내게 다가오더군요.

"축하드려요. 벌써 제프리에게 들었는데……"

"그래요!"

"자, 한 잔 드세요."

나는 한 손을 내밀었고 그녀는 잔을 내 손바닥 위에 두었습니다. 우리는 물병에 담아갔던 물만 계속 마신 터라 이 물은 아주 차갑게 느껴졌습니다.

"제프리가 파티를 열어드린대요. 그이는 노래를 작곡하고 있고 저보고는 시를 하나 읽으라고 해요. 하지만 전 다른 걸 하고 싶어요."

"자, 책을 받아서 살펴봐요."

나는 배낭에서 책을 꺼내 그녀에게 건넸습니다.

식사를 하고 차를 마신 후, 클리프턴이 그 순간까지 모든 이에게 숨겨 온 코냑 병을 꺼내더군요. 그날 밤 매독스가 우리 여행을 설명하고 클리프턴이 우스운 노래를 부르는 동안 코냑 한 병을 다 마셨습니다. 그런 후에 그녀가 『역사』를 읽기 시작했지요. 칸다울레스 왕과 그 왕비에 대한 이야기를. 나는 항상 그 이야기를 대충 훑고 넘겨버립니다. 그 이야기는 책 초반에 나오는데 내가 관심을 가진 장소나 시대와는 별반 관련이 없으니까. 그렇지만 이건 물론 유명한 이야기이죠. 또한 그녀가 읽고자 선택한 이야기이기도 하고.

이 칸다울레스 왕은 자기 아내를 열정적으로 사랑하게 되었고, 그렇게 되었으므로 아내가 세상 어느 여자보다도 훨씬 아름답다고 믿었다. 다스킬루스의 아들인 기게스에게 (왕은 모든 창병들 중에서도 그를 가장 총애했으므로) 왕은 아내의 아름다움을 묘사하고는 했고 온갖 미사여구로 찬양했다.

"듣고 있어요, 제프리?"
"그래, 여보."

그는 기게스에게 말했다. "기게스. 내 아내가 얼마나 아름다운지 말해도 그대가 못 믿는 것 같군. 백문이 불여일견이라 하지 않는가. 그러니 방법을 궁리해보았는데 아내가 벌거벗은 모습을 그대에게 보여주어야만 하겠어."

이에 대해서 할 말이 많이 있겠지요. 결국 기게스가 왕비의 연인이 되고 칸다울레스를 죽인 것처럼 결국 내가 그녀의 연인이 되었던 것을 알고 있으니. 나는 종종 지리학적 실마리를 찾으려고 헤로도토스를 펴고는 했습니다. 하지만 캐서린은 자신의 삶을 향한 창으로서 그 책을 폈던 겁니다. 책을 읽는 그녀의 목소리는 조심스러웠어요. 눈길은 오로지 이야기가 진행되는 책장에만 박혀, 마치 말을 하는 동안 유사(流沙)에 빨려 들어가는 듯했지요.

"소인은 실로 왕비님께서 세상 모든 여자 중에서 가장 아름다우시다고 믿어 마지않으니 송구스럽게도 소인이 감히 행할 자격이 없는 일을 명령하지 말아주시기를 청하옵나이다." "배짱을 가지게, 기게스. 두려워할 것 없어. 이 일을 해보라고 명하는 이가 바로 과인이니, 나를 두려워할 것도 없고, 자네가 아내를 해치지만 않는다면 아내를 두려워할 이유도 없지 않은가. 애초부터 아내는 그대가 보고 있다는 사실도 모를걸세."

이것은 내가 어떻게 한 여자와 사랑에 빠지게 되었는가 하는 이야기입니다. 헤로도토스 책에 나오는 어떤 특별한 이야기를 읽어주었던 한 여자와. 나는 그녀가 모닥불 너머에서, 남편을 놀리고 있는 이 순간에도 고개를 들지 않고 책에서 읽어내는 말들을 들었습니다. 아마도 그녀는 그저 남편에게 그 이야기를 읽어주고 있었던 것이겠지요. 그들 두 사람에게 해당된다는 것 말고는 굳이 그 이야기를 뽑은 숨은 동기가 없을 테니까. 단순히 그 이야기가 낯익은 상황으로 인해 그녀의 마음에 거슬리는 것이었죠. 하지만 인생에서의 길은 갑자기 드러나는 겁니다. 어찌했든 그녀가 처음 발을 헛디딜 때는 미처 몰랐더라도. 나는 그렇게 확신합니다.

"그대를 우리가 자는 방에 넣어두고 문을 열어두겠네. 내가 들어간 후에, 왕비가 침대에 누우려고 나올 거야. 방의 출입구 가까이에는 의자가 하나 있는데, 아내는 여기에서 옷을 하나씩 벗어 놓아둔다네. 그러니 아내의 모습을 마음 놓고 느긋하게 바라볼 수 있을 거네……."

하지만 기게스는 침실을 나가다가 왕비에게 들킵니다. 왕비는 남편이 무슨 짓을 했는지 알게 됩니다. 수치심을 느꼈지만 왕비는 소동을 일으키지 않지요. 그녀는 침착함을 유지합니다…….

이상한 이야기지요. 그렇지 않습니까, 카라바지오? 한 인간의 허영이 남들에게 부러움을 사고 싶은 지점까지 이르다니. 어쩌면 자신의 말이 의심받고 있다고 생각해서 남이 자기 말을 믿어주기를 바랐는지도 모르지요. 클리프턴이 이렇다는 건 절대 아니지만, 그는 이 이야기의 일부가 되고 있었습니다. 그 남편의 행동에는 아주 충격적이지만 인간적인 구석이 있어요. 우리 모두 믿게 하는 무언가가.

다음 날 아침, 왕비는 기게스를 불러 그에게 두 가지 선택권을 내겁니다.

"네게는 두 가지 길이 열려 있다. 어느 쪽을 택할 것인지 네가 고르도록 해주지. 칸다울레스를 살해해서 나와 리디아 왕국을 갖든가 이 자리에서 네가 죽어라. 칸다울레스의 명이면 뭐든지 복종함으로써 보지 않아야 할 것을 보는 일이 앞으로는 벌어지지 않도록 하기 위함이다. 이 계획을 짠 그가 죽든가 내 알몸을 쳐다본 네가 죽든가 둘 중 하나다."

그래서 왕은 피살당합니다. 새 왕조가 시작되었지요. 기게스에 대해서 약강5보격으로 쓰인 시들이 있습니다. 그는 델피에 공물을 바친 첫 번째 이방인 왕이었어요. 그는 28년간 리디아의 왕으로서 통치했지만 우리는 여전히 그를 특이한 사랑 이야기에서 배신자 역할을 했던 것으로만 기억합니다.

그녀는 읽기를 멈추고 고개를 들더군요. 유사에서 빠져나온 거죠. 그녀는 진화 중이었습니다. 그렇게 힘의 주인이 바뀐 것이지요. 이야기를 읽는 동안 한 일화의 도움으로 나는 사랑에 빠졌습니다.

말입니다, 카라바지오. 말엔 힘이 있어요.

클리프턴 부부는 우리와 함께 있지 않을 때는 카이로를 본거지로 삼았습니다. 클리프턴은 영국인 밑에서 무슨 일을 하고 있었죠. 무슨 일인지는 아무도 모를 일이지만, 어떤 정부 부처에 있는 숙부님의 일이라고 했죠. 이 모든 일들은 전쟁 전의 일이었습니다. 그렇지만 그 당시 그 도시에서는 전세계 사람들이 그 속에서 헤엄치고 있었지요. 그로피 공원에서 열리는 야간 콘서트에서 만나기도 하고 밤새 춤추기도 하고. 클리프턴 부부는 금슬이 좋은 젊은 부부로 인기가 높았고, 나는 카이로 사교계의 변두리에 있었죠. 두 사람은 잘살았습니다. 그들의 의식적인 삶에 나는 가끔씩 끼어들게 되었죠. 저녁 만찬, 원유회. 보통이라면 관심을 가지지 않았겠으나 그때는 오로지 그녀가 거기 있다는 이유만으로 참석했던 행사들이었죠. 나는 금식(禁食)을 해야만 내가 원하는 것을 비로소 알게 되는 그런 남자입니다.

그녀를 어떻게 설명할 수 있겠습니까? 손을 써서? 메사(편상 대지, 위가 평평하고 경사가 가파른 형태의 구릉을 말한다 — 옮긴이)나 바위의 모양을 허공에 휘휘 그리듯이? 그녀는 거의 일 년 동안이나 탐사대의 일원이었습니다. 나는 그녀를 보았고, 그녀와 대화도 나누었지요. 우리는 계속 서로를 옆에 두고 있었습니다. 후에, 우리가 서로의 욕망을 인식했을 때,

이전의 순간들이 이제는 암시적 의미를 띠며 심장 속으로 도로 밀려들어왔지요. 벼랑을 불안하게 붙잡은 한 손의 힘, 놓쳐버렸거나 잘못 해석되었던 표정들.

그 당시 나는 카이로에는 자주 가지 않았습니다. 석 달에 한 달 정도 머물렀지요. 나는 이집트 학과에서 내 자신의 저서를 저술하는 일을 하고 있었습니다. 『리센테 엑스플로라시옹 당르 데저르 리비크(리비아 사막에서의 최근 탐사)』. 날이 지날수록, 나는 마치 사막이 책장 어딘가에 있는 것처럼 점점 더 글 속에 코를 파묻어, 만년필에서 나오는 잉크 냄새까지도 맡을 수 있게 되었지요. 그리고 동시에 가까이에 있는 그녀의 존재와 씨름하며, 그녀의 가벼운 입과 긴장한 뒷무릎, 하얗고 평평한 배로 진실을 알 수 있다면 어떨까 하는 강박관념에 사로잡히게 되었습니다. 그러면서 나는 일흔 페이지밖에 되지 않는 짧은 책을 써내려갔습니다. 간결하게 요지만 적되 여행 지도를 넣어 완성했습니다. 책의 책장에서 그녀의 육체를 떼어낼 수가 없더군요. 이 원고를 그녀에게, 그녀의 목소리와 침대에서 일어날 때 긴 활처럼 하얗게 빛나던 육체에 헌정하고 싶었으나 결국 그 책은 왕에게 헌정되었습니다. 그러한 강박관념은 비웃음받을 것이며, 그녀는 정중하면서도 당황해서 고개를 절레절레 흔들며 놀릴 것이라 믿었으므로.

나는 그녀가 옆에 있을 때는 이중으로 형식적으로 굴었

죠. 그것은 내 천성적 성격이었습니다. 마치 이전에 벌거벗은 모습을 보여 어색하다는 듯. 유럽적 관습이었죠. 그녀를 기이하게 변형하여 내 사막의 문맥 속에 끼워넣었던 것은 내게는 자연스러운 일이었습니다. 이제는 그녀가 있는 자리에서는 금속 장막 안으로 들어선 것이죠.

이곳에서는 야성적 시(詩)가 사랑하는 여자, 사랑해야 하는 여자를 대신한다네.
야성적 광시곡 한 소절은 다른 노래를 대용하는 가짜일 뿐.
(월레스 스티븐스의 「월도프의 도착」의 한 구절. 시인의 결혼 생활은 불행했으며, 그 또한 아내와 물리적, 심리적 거리감이 있음을 시에서 표현하고 있다—옮긴이)

하사네인 베이 집의 잔디밭에서 그녀는 정부 보좌관인 라운델과 —1923년 탐사에 참가했던 위대한 노인장이었죠— 함께 걸어와서 나와 악수를 했습니다. 그런 후, 그에게는 마실 것을 갖다 달라고 부탁하더니 내게 다시 몸을 돌려 이러더군요.

"당신이 나를 황홀하게 해주었으면 좋겠어요."

라운델이 돌아왔습니다. 그녀가 내게 칼을 건네준 것이나 다름없었죠. 한 달 안에 나는 그녀의 연인이 되었습니다.

앵무새 거리 북쪽, 수크(야외시장) 위의 그 방에서.

　나는 모자이크 타일이 깔린 홀 바닥 위에 무릎을 꿇었고 커튼처럼 드리워진 드레스 주름 속에 얼굴을 묻었습니다. 그녀의 입에 넣은 이 손가락들에서는 짭짤한 맛이 났죠. 우리 두 사람은 허기를 풀어놓기 전에는 마치 하나의 기이한 조각상과 같았습니다. 그녀는 손가락으로 내 가느다란 머리카락 속의 먼지를 훑어 떨어내었습니다. 카이로와 우리 주변을 감싸고 있던 그녀의 모든 사막들.

　그건 그녀의 젊음, 날씬하고 민첩한 소년 같은 아름다움에 대한 갈망이었을까요? 그녀의 정원은 내가 정원을 이야기했을 때의, 그 정원이었습니다.

　그녀의 목 아래, 우리가 보스포러스 해협이라고 부르던 우묵한 부위가 있었습니다. 나는 그녀의 어깨에서 보스포러스 해협으로 뛰어들곤 했죠. 눈길을 그곳에 두었습니다. 그녀가 마치 내가 다른 행성에서 온 이방인인 양 나를 불가해하게 내려다보는 동안 나는 무릎을 꿇었습니다. 카이로의 어떤 버스에서 갑자기 내 목에 닿았던 그녀의 차가운 손. 문이 닫힌 택시를 타고 케디브 아스마일 다리와 티퍼러리 클럽 사이의 거리에서 재빨리 나누었던 사랑. 혹은 박물관의 3층 로비, 그녀가 손으로 내 얼굴을 덮었을 때 손톱 새로 스며들어 오던 햇빛.

　우리가 들키고 싶지 않았던 사람은 오직 한 사람뿐이었

습니다.

하지만 제프리 클리프턴은 영국의 기계적인 조직에 박혀 있는 사람이었습니다. 그 사람의 가계를 거슬러 올라가면 카누트 대왕까지 이어진다지요. 이 영국적 조직은 굳이 클리프턴에게 결혼한 지 열여덟 달밖에 되지 않은 그의 아내가 부정을 저지르고 있다는 사실을 발설하지는 않았지만, 이 오류, 조직의 질병을 둥그렇게 포위하고 들어오기 시작했습니다. 그녀와 내가 세미 라미스 호텔의 자동차 출입구에서 어색한 손길을 나누었던 첫날 이후로 이 조직은 우리의 행적 하나하나를 알고 있었습니다.

나는 그녀가 남편의 친척에 대해 하는 말들을 무시했습니다. 그리고 우리가 머리 위에 드리워진 거대한 영국 사회의 그물에 대해서 무지했듯, 제프리 클리프턴도 우리 관계에 무지했습니다. 오로지 매독스만이 그렇게 무겁게 얽혀 있는 분란에 대해서 알고 있었죠. 그 또한 과거에 연대에 참가한 경력이 있는 귀족이었으니까요. 매독스만이 상당히 교묘하게 그 세계에 관하여 경고를 해주었습니다.

나는 헤로도토스 책을 가지고 다녔지만, 매독스는 ─그 자신은 성자와 다름없는 결혼 생활을 하고 있었지만─ 『안나 카레니나』를 들고 다니면서 낭만적 연애와 기만에 관한 이야기를 계속 읽었습니다. 어느 날, 우리가 작동시킨 기계를 피하기에는 너무나 늦어버린 때, 매독스는 안나 카레니나의 오빠의 관점에서 클리프턴의 세계를 설명해주려·했습니다. 내 책 좀 건네줘요. 이 구절을 들어봐요.

오블론스키의 친지들이나 친구들은 반은 모스크바 출신, 반은 페테르부르크 출신이었다. 그는 이 땅에서 가장 위대한 무리 중 하나인, 그리고 하나가 된 사람들 무리 속에서 태어났다. 공식적인 세계의 3분의 1은 나이가 많은 남자들로 아버지의 친구들이었고 그가 페티코트를 입고 다녔던 아기 때부터 그를 알던 사람들이었다…… 결과적으로 이 세계의 축복을 나눠주는 자들은 모두 그의 친구들이었다. 그들은 자기 무리의 사람을 못 본 척 지나갈 수가 없었다…… 항의를 하거나 시기하지 않는 것, 싸우거나 언짢아하지 않는 것이 필수적이었다. 그리고 타고난 친절한 성격에 맞게 그는 절대로 이런 짓을 저지르지 않았다.

당신이 주사기를 손톱으로 탁 치는 동작이 점점 마음에 들어요, 카라바지오. 처음으로 당신이 있는 앞에서 해나가 모르핀을 내게 주었을 때, 당신은 창문 옆에 있었죠. 그리고 그녀가 손톱으로 탁 치자, 당신은 우리 쪽으로 목을 휙 돌렸습니다. 나는 동지는 잘 알아봐요. 자신의 연인이 분장하고 있어도 연인이라면 꿰뚫어보는 것처럼.

여자들은 연인의 모든 것을 원합니다. 하지만 나는 너무 자주 잠수하고는 했지요. 모래 속으로 사라져버린 군대처럼. 그리고 그녀는 남편을 두려워했고 자신의 명예를 믿었으며, 나는 자급자족하며 사라지고 싶은 오래된 욕망을 버리지 못했습니다. 그녀는 나를 의심했고, 나는 그녀가 나를 사랑한다는 사실을 믿을 수 없었어요. 은밀한 사랑의 편집증과 광장공포증이죠.

"당신은 비인간적이 된 것 같아요."

그녀는 내게 말했습니다.

"배신자는 나만이 아니야."

"당신은 신경도 쓰지 않는군요. 이 일이 우리 사이에서 벌어졌다는 것에 대해서. 당신이 두려워하는 모든 것은 지나쳐버리고 소유권이라거나 소유하는 행위, 소유당하며 이름이 붙여지는 행위를 혐오하죠. 당신은 우리 관계가 하나의 덕성이라고 생각해요. 난 당신이 비인간적이라 생각하고. 내가 당신을 떠나면, 당신은 누구에게 갈 거죠? 다른 연인을 찾겠죠?"

나는 아무 대답도 하지 않았습니다.

"말이라도 아니라고 해요, 나쁜 사람."

그녀는 언제나 말을 원했습니다. 말을 사랑했고, 말을 먹고 자라났지요. 말을 통해 그녀는 명징함을 얻었고, 이성과 형태를 가질 수 있었지요. 반면 나는 말은 물속에 박힌 막대기처럼 감정의 흐름을 바꾼다고 생각했습니다.

그녀는 남편에게 돌아갔어요.

이 시점부터 우리는 영혼을 찾거나 잃어버릴 거예요. 그녀는 이렇게 속삭였습니다.

바다도 물러나는데, 연인들이라고 어찌 그러지 않겠습니까? 에페서스의 항구들, 헤라클리터스의 강들은 사라져버리고 모래가 쌓인 강어귀로 바뀝니다. 칸다울레스의 아내는 기게스의 아내가 되죠. 도서관들은 불에 타버립니다.

우리의 관계는 무엇이었을까요? 주변 사람들에 대한 배신? 아니면 다른 삶에 대한 욕망?

그녀는 집으로 도로 올라가 남편 곁으로 갔고 나는 재즈바로 물러났습니다.

달을 바라보아도 당신 얼굴이 보이겠지요.

(딘 마틴, 〈I'll be seeing you〉의 한 소절—옮긴이)

헤로도토스에도 나오는 오래된 고전이죠. 그 노래를 자꾸 흥얼거리고 부르며, 그 가사를 변형해서 한 사람의 인생 속으로 끼워 넣고. 사람들이 비밀스러운 상실에서 회복하는 방법은 다양합니다. 나는 향료 상인 옆에 앉아 있다가 그녀의 추종자에게 들켰습니다. 언젠가 그녀는 이 상인에게서 사프란 향료가 들어 있는 백랍 골무를 받았습니다. 수만 가지 물건 중 하나였지요.

만약 바그놀드가 ―사프란 상인 옆에 앉아 있는 나를 본 사람이죠― 그녀가 앉아 있는 저녁 식탁에서 그 사건 이야기를 꺼냈더라면, 내 기분이 어땠을까요? 그녀가 작은 선물을 주었던 한 남자를 기억해주리라는 데 살며시 안도감을 느꼈을까요? 그녀는 이 백랍 골무를 가늘고 긴 사슬에 달아 남편이 출장을 떠난 이틀 동안 목에 걸었지요. 사프란이 아직도 그 안에 들어 있었기에, 가슴에 금색 얼룩이 남아 있었습니다.

그녀는 나에 대한 이 이야기를 어떻게 받아들였을까요? 나는 여러 곳에서 잇따라 스스로의 명예를 실추시킨 이후로는 이 무리에서 불가촉천민이나 다름없었습니다. 바그놀드는 웃었고, 그녀의 남편은 착한 남자였으므로 나를 걱정했으며 매독스는 자리에서 일어나 창문으로 걸어가서는 도시의 남쪽 부분을 내다보았겠죠. 대화는 아마도 다른 목격담으로 넘어갔을 겁니다. 결국 그 사람들은 지도 제작자였으니까요. 하지만 그녀는 우리가 함께 팠던 우물 속으로 기어 내려가 가만히 있었던 걸까요? 내가 손을 뻗어 그녀에게 다가가기를 갈망했던 것처럼?

우리는 이제 서로와 맺은 가장 깊은 조약으로 무장하고 각자의 삶을 살고 있었습니다.

"뭐 하는 거예요?"

그녀는 언젠가 길에서 나와 부딪쳤을 때 이렇게 물었습니다.

"당신이 우리 모두를 미치게 하기 직전이라는 걸 몰라요?"

나는 매독스에게는 과부에게 구애하는 중이라고 말해두었습니다. 하지만 그녀는 아직 과부가 아니었지요. 매독스가 영국으로 돌아갔을 때 그녀와 나는 더 이상 연인 사이가 아니었습니다.

"자네의 카이로 과부에게 내 안부 좀 전해줘."

매독스는 웅얼거렸습니다.

"그 여자를 만나보았으면 좋았을걸."

그는 알고 있었을까요? 나는 언제나 그에게는 좀 더 사기꾼 같은 기분이 들었습니다. 십년지기였던 이 친구, 세상 어떤 사람보다 사랑했던 이 남자에게는. 그때는 1939년이었고 우리 모두는 어찌했든 이 나라를 떠나 전쟁으로 향하는 중이었습니다.

그리고 매독스는 서머싯에 있는 마스턴 매그나라는 마을로 돌아갔습니다. 그가 태어났던 마을이었죠. 그리고 그는 한 달 뒤, 교회의 신자들 틈에 껴서 전쟁의 영광을 기리는 설교를 듣다가 사막에서 쓰던 리볼버를 꺼내서 자기 자신을 쐈습니다.

나, 할리카르낫소스의 헤로도토스는 나의 역사서를 시

작하려 한다. 이 책의 목적은 시간이 흐름에 따라 인간이 만들어낸 존재들과 헬라스 인들과 야만족들이 행한 위대하고도 놀라운 업적들이 퇴색되지 않도록, 그들이 서로 전쟁을 벌였던 이유가 잊히지 않도록 하기 위함이다. (헤로도토스의 『역사』의 첫머리로, 이 부분의 번역은 원문에 있는 영역본에 바탕하되 천병희 번역의 『역사』를 참조해서 옮겼다—옮긴이)

사막에서 사람들은 언제나 시를 읊었죠. 그리고 매독스는 —지리 학회 사람들에게— 우리의 횡단로와 진로를 아름답게 설명해주었습니다. 버먼은 잉걸불 속으로 이론들을 날려버렸습니다. 나요? 나는 그 사람들 사이에서는 기술자였죠. 기계공. 다른 사람들은 그들의 고독에 대한 사랑을 썼고, 그 안에서 찾아낸 것들에 대해 사색했습니다. 그들은 내가 사막을 어떻게 생각하는지 확실히 알 수가 없었습니다.

"자네 저 달을 좋아하나?"

매독스는 우리가 알고 지낸 지 10년이 지난 후에도 이렇게 물었습니다. 마치 이런 질문으로 친밀감을 깰까 봐 짐짓 아무렇지도 않게 물었죠. 그들이 보기에 나는 너무 교활해서 사막을 사랑할 만한 사람으로는 보이지 않았던 게죠. 오디세우스와 좀 더 비슷한 사람이었던 겁니다. 하지만 나는 사막을 사랑했습니다.

내게 사막을 보여줘요. 당신이 다른 사람에게 강을 보여 주듯이.

또, 또 다른 사람에게는 어린 시절의 대도시를 보여주 듯이.

우리가 마지막으로 헤어질 때, 매독스는 고전적인 작별 인사를 썼습니다.

"주님이 안전을 자네의 길동무로 보내주시기를."

그리고 나는 이렇게 대답하며 뚜벅뚜벅 걸어 그와 헤어 졌습니다.

"신은 없어."

우리는 정말로 서로 다른 사람들이었습니다.

매독스가 말하기를 오디세우스는 직접 말 한 마디 쓴 적 이 없다고 합니다. 개인적인 책 한 권 쓴 적 없다고. 아마도 그는 예술의 거짓된 광시곡에서는 소외감을 느꼈던 것일지 도 모릅니다. 그리고 나는 내 글을 쓸 때는 엄격하게 정확성 을 따졌다는 것을 인정합니다. 글을 써서 그녀의 존재를 묘 사한다는 데에 대한 공포는 내 감정, 사랑의 모든 수사를 태 워버리게 하는 원인이 되었습니다. 여전히, 나는 그녀에 대해 서 이야기할 때만큼 사막에 대해서는 순수하게 묘사했지요. 매독스는 전쟁이 발발하기 전 함께 보냈던 마지막 시기 동안 내게 달에 대해 물었습니다. 우리는 헤어졌지요. 매독스는 영국으로 떠났습니다. 다가오는 전쟁이 모든 것, 우리가 사막에서 역사를 천천히 발굴해내는 작업을 방해할 가능성이 있었기 때문이죠. 잘 가게, 오디세우스. 그는 싱긋 웃으며 말했습니다. 내가 오디세우스를 그다지 좋아한 적 없고, 아에네이아스는 더더욱 좋아하지 않음을 알고 있었습니다. 그렇지만 우리는 바그놀드가 아에네이아스라는 결론을 내렸습니다. 나는 오디세우스도 그렇게 좋아하진 않았죠. 안녕히, 나는 말했습니다.

나는 그가 웃으면서 몸을 돌렸던 것을 기억합니다. 그는 굵은 손가락으로 자신의 결후 아래 한 부분을 가리키면서 말했습니다.

"여기는 흉골상절흔이라고 하네."

그는 그녀의 목에 오목 팬 부분에 공식적인 이름을 주면서 떠나간 것이죠.

그는 좋아하는 톨스토이 책만을 들고 나침반과 지도는 모두 내게 남긴 채 마스턴 마그나 마을에 있는 아내에게로 돌아갔습니다. 우리 사이의 애정은 말로 하지 못한 채 그렇게 남겨졌죠.

그리고 우리가 나누었던 수많은 대화 동안 그가 몇 번이고 들먹였던 서머싯의 마스턴 마그나에서는 초록색 들판이 비행장으로 변해 있었습니다. 비행기는 아서 왕 시대의 성 위로 연료를 태우며 날아갔습니다. 무엇 때문에 그가 그런 행동을 했는지 나는 알지 못합니다. 아마도 영원히 그치지 않는 비행기 소음 때문일 수도 있겠죠. 리비아와 이집트의 고요한 적막 속으로 털털거리며 날아오는 집시 모스 비행기가 단순하게 윙윙대는 소리에 익숙해졌던 그에게는 고향의 비행기 소리는 너무 시끄러웠는지도 모릅니다. 누군가의 전쟁은 태피스트리처럼 섬세하게 짜인 그의 교우관계를 찢어놓았지요. 나는 오디세우스였으니 전쟁이 일으키는 변화와 일시적인 거부를 이해하고 있었습니다. 하지만 그는 친구를 어렵사리 사귀는 사람이었습니다. 그는 인생에서 두서너 사람만 알고 지냈는데, 이제는 그들이 적이 되어버린 상황이었죠.

그는 서머싯에서 부인과 단둘이 보냈습니다. 부인은 우리를 한 번도 만난 적이 없었죠. 작은 손짓만으로도 그에게는 충분했습니다. 총알 하나가 전쟁을 끝냈죠.

1939년 7월이었습니다. 두 사람은 마을에서 떠나는 버스를 타고 예오빌로 갔습니다. 버스가 너무 느려서 두 사람은 예배에 늦었어요. 사람 많은 교회 뒤에서, 두 사람은 자리를 찾으려고 따로따로 앉기로 했습니다. 반 시간 늦게 시작한 설교는 국수적이었고 한 점 의심도 없이 전쟁을 지지했습니다. 목사는 전투에 대해서 허튼 소리를 명랑하게 지껄여대며 정부와 참전하기로 한 남자들을 축복했습니다. 설교가 점점 열정적이 되어가는 동안, 매독스는 가만히 들었죠. 그는 사막에서 쓰던 피스톨을 꺼내서 몸을 숙이고 자기 심장을 쐈습니다. 그는 즉사했어요. 어마어마한 침묵이 흘렀죠. 사막의 침묵. 비행기가 없는 침묵. 사람들은 그의 몸이 회중석에 쿵 부딪는 소리를 들었습니다. 그 외는 어떤 것도 움직이지 않았죠. 목사는 손짓을 하다 말고 얼어붙었습니다. 마치 교회에서 촛불 위에 씌워놓은 유리 깔때기가 깨어지고 모든 사람들이 돌아볼 때의 침묵과 같았습니다. 그의 아내는 중앙 통로를 내려와서 그가 앉은 좌석 열 앞에 서서 뭐라고 웅얼거렸습니다. 사람들이 그녀를 남편 곁으로 들여보내주었죠. 그녀는 무릎을 꿇고 두 팔로 남편을 감싸 안았습니다.

오디세우스는 어떻게 죽었죠? 자살이었죠, 그렇지 않습니까? 이제 생각이 나는 것 같군요. 이젠. 어쩌면 사막이 매독스를 망쳤는지도 모르죠. 우리가 세계와 아무런 상관이 없었을 때. 그가 항상 들고 다니던 러시아 책이 자꾸 생각이 납니다. 러시아는 항상 그의 고국보다는 내 나라와 더 가까웠죠. 그래요. 매독스는 나라 때문에 죽은 사람이었습니다.

나는 만사에 침착한 그의 태도를 사랑했어요. 나는 지도의 여러 지점에 대해서 격정적으로 따졌고, 그의 보고서는 어떻게든 우리의 '논쟁'을 합리적인 문장으로 기술했습니다. 그는 우리가 마치 무도회에 참석한 안나와 브론스키라도 되는 양, 우리의 여행에 기술하기에 즐거운 점이 있으면 침착하고도 즐겁게 써내려갔습니다. 그래도 그는 나와 함께 카이로의 무도회장에 한 번도 간 적이 없었습니다. 나는 춤추는 동안 사랑에 빠져버리는 남자였지요.

그는 느릿한 걸음걸이로 움직였습니다. 나는 그 친구가 춤추는 모습을 한 번도 본 적이 없어요. 그는 세계를 쓰고 해석하는 남자였어요. 지혜는 감정을 최소한으로 전달받는 데서 생겨납니다. 한 번 흘긋 쳐다보기만 해도 이론적인 문단 몇 개를 써낼 수가 있었죠. 그는 사막의 부족에게서 새로운 매듭을 보았거나 희귀한 야자수를 발견하면, 몇 주 동안이나 그에 홀려 있곤 했습니다. 우리가 여행 중에 메시지를 발견하게 되면 —어떤 말이든, 현대적인 어구든 고대의 글귀든, 진흙 벽 위에 쓰인 아랍어이든 지프차의 펜더에 백묵으로 쓰인 영어 쪽지이든— 그는 그걸 읽으면서 더 깊은 의미를 촉각으로 알아내기 위해서라는 듯, 그 어구와 할 수 있는 한 최대로 친밀해지기 위해서라는 듯, 그 글귀 위에 손을 꾹 대고 있었습니다.

그는 모르핀을 다시 맞기 위해 멍든 혈관이 수평으로 펴지도록 손을 내뻗고 고개를 든다. 약 기운이 퍼져가는 동안, 카라바지오가 바늘을 콩팥 모양의 에나멜 깡통에 떨어뜨리는 소리가 들려온다. 그는 희끄무레한 형체가 등을 돌리다가 다시 나타나는 모습을 본다. 이 형체 또한 약 기운에 사로잡혀, 모르핀 왕국의 시민이 되어 있다.

집으로 돌아와서는 글만 쓰던 때가 있었습니다. 그때 나를 구해주었던 것은 오로지 장고 라인하르트와 스테판 그라펠리가 프랑스의 핫클럽에서 연주했던 〈인동덩굴 장미〉뿐이었죠. 1935년. 1936년. 1937년. 위대한 재즈의 해. 샹젤리제의 호텔 클라리지에서 떠돌아 흘러나와 런던과 남부 프랑스, 모로코의 술집으로 흘러 들어갔다가 그러한 리듬의 소문이 이름 없는 카이로 댄스 밴드에 의해 조용히 소개되던 이집트로 들어간 거죠. 다시 사막으로 돌아갔을 때, 나는 술집의 축음기에서 흘러나오던 〈수브니어(기념품)〉에 맞춰 춤추던 밤들의 기억을 가지고 갔죠. 그레이하운드처럼 바장이던 여자들, 〈마이 스위트〉가 흘러나오는 동안 그들의 어깨 위로 웅얼거리면 여자들이 몸을 기대왔던 기억들. 소시에테 울트라포네 프랑세즈 레코드 회사의 호의로 가능했던 일들이죠. 1938년. 1939년. 칸막이 좌석 안에서 사랑을 속삭이던 때들이죠. 전쟁이 저기 모퉁이 앞으로 임박했던 때였습니다.

카이로에서의 마지막 밤, 우리의 연애가 끝나고 몇 달 후, 우리는 마침내 매독스를 설득해서 재즈 바에서 환송회를 열었습니다. 그녀와 그녀의 남편도 거기 있었습니다. 마지막 하룻밤이었죠. 마지막 댄스. 알마시는 술에 취해 있었고, 본인이 개발해 보스포러스 포옹이라고 이름 붙인 오래된 댄스 스텝을 밟으려 했습니다. 철사처럼 뻣뻣한 팔로 캐서린 클리프턴을 들어 올리며 플로어를 미끄러져 가다가 나일 강에서 자란 엽란 너머로 그녀와 함께 쓰러졌죠.

그는 이제 누가 되어 말하는 거지? 카라바지오는 생각한다.

알마시는 술에 취했고 그의 춤은 다른 사람에게는 연속적으로 이어지는 난폭한 움직임처럼 보였습니다. 그 시절, 그와 그녀는 사이가 좋은 것 같지 않았어요. 그는 그녀가 마치 이름 없는 인형이라도 되는 양 옆으로 흔들었고, 매독스가 떠난다는 슬픔을 술로 짓눌러버리려고 했어요. 그는 우리와 함께 앉은 자리에서 소란을 피웠습니다. 알마시가 이처럼 될 때면 우리는 보통 흩어지고는 했습니다만, 이 날은 매독스가 카이로에서 보내는 마지막 밤이므로 우리는 그대로 남았죠. 형편없는 이집트 바이올리니스트가 스테판 그라펠리를 흉내 냈고, 알마시는 통제 불가능한 행성 같았습니다.

"우리, 다른 행성에서 온 이방인들을 위해."

그는 잔을 들었습니다. 그는 남자 여자 할 것 없이 모두와 춤을 추고 싶어 했습니다. 그는 손뼉을 치면서 알렸죠.

"자, 이제 보스포러스 포옹을 할 시간이에요. 당신, 베르나르? 헤더튼?"

대부분의 사람들은 물러섰습니다. 그는 클리프턴의 젊은 아내를 향했습니다. 그녀는 정중하면서도 분노에 차서 그를 바라보고 있었지요. 그가 신호를 보내며 그녀에게 부딪치자 그녀는 앞으로 나왔습니다. 그의 목은 벌써 시퀸 천 위 고원처럼 훤히 드러난 그녀의 왼쪽 어깨에 닿아 있었어요. 광적인 탱고는 둘 중 한 사람이 스텝을 놓칠 때까지 계속되었습니다. 그녀는 화난다고 뒤로 물러서려 하지도 않았고, 그에게서 빠져 나가 탁자로 돌아감으로써 그에게 승리를 허용할 생각도 없었어요. 그가 고개를 뒤로 젖힐 때 그저 그를 빤히 쳐다보기만 했습니다. 엄숙한 얼굴이라기보다 공격하는 듯한 얼굴이었죠. 그는 얼굴을 아래로 숙일 때 입으로 뭐라고 웅얼거렸습니다. 아마도 〈인동덩굴 장미〉의 가사를 흥얼거리고 있었던 게죠.

탐사 중간중간 카이로에 있을 때는 아무도 알마시의 모습을 많이 보지 못했습니다. 그는 항상 멀리 있거나 안절부절못하는 사람처럼 보였죠. 그는 낮 동안에는 박물관에서 일하고 밤에는 남 카이로 시장에 있는 술집들을 드나들었습니다. 또 다른 이집트에서 길을 잃어서 그들이 여기까지 온 것은 오로지 매독스 덕이었지요. 하지만 이제 알마시는 캐서린 클리프턴과 춤을 추고 있었습니다. 줄지어 선 식물들이 그녀의 날씬한 몸에 스쳤습니다. 그는 그녀와 함께 빙그르르 돌았고 그녀를 들어 올렸다가 넘어졌습니다. 클리프턴은 그들을 보는 둥 마는 둥 하며 그의 자리에 그대로 앉아 있었습니다. 방의 맨 구석에서 그녀 위로 누운 알마시는 몸을 천천히 일으키려 하며 자신의 금발을 빗어 넘기고 무릎을 꿇고 일어났습니다. 그도 한때는 섬세한 남자였으니까요.

한밤이 지난 때였습니다. 그 자리에 모인 손님들은 사막에서 온 이 유럽인의 의식적 행동들에 익숙해져, 쉽게 흥이 돋는 몇몇 단골들을 제외하고는 별로 재미있어 하지 않았어요. 기다란 은 귀걸이를 죽 늘어뜨려 귀에 건 여자들이 있었지요. 시퀸 의상을 입은 여자들도 있었습니다. 과거에 알마시가 항상 선호하곤 했던 작은 금속 물방울들은 바의 열기 때문에 뜨끈뜨끈했습니다. 또, 춤을 출 때 흔들리며 그의 얼굴을 쓸었던 삐쭉삐쭉한 은 귀걸이들을 단 여자들도 있었어요. 다른 날 밤에 그는 그런 여자들과 춤을 추었고 술이 더 얼큰하게 오르면 그의 흉곽을 무게받침 삼아 그들의 온몸을 지탱했죠. 그래요, 여자들은 알마시의 셔츠가 풀어져서 드러난 배를 보고 웃으며 재미있어 했고, 춤추다가 멈췄을 때 그들의 어깨 위에 기댔던 그의 무게에도 매료되지 않았지요. 그는 얼마간 시간이 흐른 후 쇼티셰 곡이 흐르는 동안 바닥에 쓰러져버렸어요.

그러한 저녁에는 주변의 인간 군상들이 소용돌이치고 미끄러져 지나간다고 해도 저녁 계획대로 진행하는 것이 중요했습니다. 아무런 생각이나 예상은 없었어요. 그런 저녁의 관찰 현장 기록은 나중에서야 떠올랐습니다. 사막에, 다클라와 쿠프라 사이의 지형에 있을 때. 나중에 그는 개가 짖는 것 같은 비명 소리를 듣고 주위를 두리번거리며 댄스 플로어

위에서 개를 찾던 기억을 해내는데, 그제야 기름 위에 떠도는 나침반 원반을 바라보며, 그때의 소리는 개가 아니라 그가 밟았던 여자가 내는 소리였다는 것을 깨달았어요. 오아시스의 광경 안에서 그는 자신의 춤에 대해 자부심을 느꼈고 하늘을 향해 팔과 손목시계를 높이 쳐들고 흔들었지요.

사막의 밤은 추웠습니다. 그는 떼 지어 지나가는 밤에서 실 하나를 뽑아내어 음식처럼 입에 넣었습니다. 길고 고된 여행의 처음 이틀 동안, 그가 도시와 고원 사이의 지대에 있었던 때의 일이었습니다. 엿새가 지난 후, 그는 카이로에 대해서도, 음악이나 거리, 그 여자들에 대해서도 생각하지 않았습니다. 그때가 되자 그는 고대의 시간 속을 움직였고, 깊은 심연 속에서 호흡하는 방식에 적응했습니다. 도시가 있는 세상과 그가 유일하게 연을 맺고 있는 끈은 헤로도토스뿐이었습니다. 고대와 현대를 오가는 그의 안내서, 어쩌면 거짓말들일지도 모르는 사실로 이루어진 책. 과거에는 거짓말처럼 보였던 것에 이르는 진실을 찾아냈을 때, 그는 풀 단지를 가져와 지도와 뉴스 기사 오려낸 것들을 붙이고, 색이 흐릿해서 알 수 없는 동물들을 대동한 치마 입은 남자들을 책의 여백에 스케치했습니다. 초기의 오아시스 거주자들은 헤로도토스의 주장과 달리 소 떼를 묘사하지 않았지요. 그들은 임신한 여신을 숭배했고, 그들의 암벽화는 보통 임신한 여인들을 묘사하고 있었어요.

　이 주일 동안, 그의 마음속에 도시에 대한 생각은 털끝만큼도 들지 않았습니다. 잉크가 찍힌 지도의 종이 바로 위, 안개가 깔린 몇 밀리미터 속을 걷고 있는 느낌이었죠. 두 거리 간의 땅과 지도 사이의 순수한 지대, 자연과 이야기꾼 사이의 전설 속. 샌포드는 그것을 지형학이라고 불렀습니다. 그들이 가기로 한 곳, 가장 진정한 자기 자신이 될 수 있는 곳, 조상을 인식하지 않는 곳. 여기서는 태양 나침반과 주행 기록계, 그 책을 제외하고 그는 혼자였습니다. 그곳 자체가 자기 자신의 발명품이었죠. 이 시기 동안 그는 신기루, 파타 모르가나가 어떻게 작용하는지 알게 되었습니다. 그 자신이 그 안에 있었으니까요.

　그가 잠에서 깨어보니 해나가 그의 몸을 씻어주고 있다. 허리 높이까지 오는 서랍장이 있다. 그녀는 몸을 앞으로 숙이고 도자기 수반에서 손으로 물을 떠서 그의 가슴에 붓는다. 씻기를 마치고 그녀는 젖은 손가락으로 머리카락을 훑었다. 머리카락은 축축이 젖어 색이 짙어졌다. 그녀는 고개를 들다가 그가 눈을 뜬 것을 보고 미소 짓는다.

　그가 눈을 다시 뜨자, 매독스가 거기 있다. 매독스는 초라하고 기진맥진한 모습으로 모르핀 주사를 들고 있다. 주사를 놓기 위해서는 두 손을 다 써야만 한다. 엄지손가락이 없으니까. 본인에게 주사를 놓을 때는 어떻게 하는 걸까? 그는 혼자 생각한다. 그는 그 눈과 할짝할짝 핥는 습관, 그가 말하는 모든 것을 잡아채는 남자의 맑은 머리를 알아본다. 멍청한 노인 두 명.

카라바지오는 남자가 말할 때 드러나 보이는 분홍색 입안을 바라본다. 아마도 그 잇몸은 우와이나트의 암벽화에서 보이는 옅은 요오드 색깔이리라. 침대에 누워 있는 이 육체에는 더 발견할 것이, 더 탐지해내야 할 것이 남아 있다. 이제는 입과 팔의 혈관, 늑대처럼 회색인 눈 말고는 존재하지 않는 육체인데도. 그는 여전히 이 남자가 자기 규율에 따라 명료하게 행동하는 습관이 남아 있음에 놀란다. 남자는 가끔은 1인칭으로 말하고, 가끔은 3인칭으로 말하며, 자신이 알마시라는 것을 인정하지 않는다.

"그때 말하고 있었던 사람은 누구였소?"

"'죽음이란 너 자신이 3인칭이 된다는 뜻'이라죠."

하루 종일 그들은 모르핀 앰플을 나눠 맞았다. 그에게서 이야기를 풀어내기 위해, 카라바지오는 비밀 암호 안을 여행한다. 화상을 입은 남자가 속도를 늦추거나 카라바지오가 모든 것을 다 알아듣고 있지는 못하다는 생각이 들 때면, ─불륜, 매독스의 죽음─ 그는 콩팥 모양의 에나멜 깡통에서 주사기를 집어 들고 주먹의 압력으로 앰플 유리 끝을 깨서

약을 주입한다. 그는 이제 해나가 함께 있으므로 이 모든 일을 무뚝뚝하게 해치운다. 그는 왼팔의 소매를 완전히 찢어내 버렸다. 알마시는 오로지 회색 내의만을 입고 있어서 그의 검은 팔은 시트 아래에 맨살 그대로 놓여 있다.

몸이 매번 모르핀을 삼킬 때마다 더 멀리까지 문이 열리고, 그는 동굴 벽화나 땅에 묻힌 비행기로 도로 뛰어오르거나 다시 한 번 선풍기 아래서 그의 배에 뺨을 대고 있던 여인 곁을 맴돈다.

카라바지오는 헤로도토스를 집어 든다. 그는 페이지를 넘기며, 길프 케비르, 우와이나트, 제벨 키수를 찾아내기 위해 모래 언덕에 다가간다. 알마시가 말할 때, 카라바지오는 그의 옆에 남아 사건들을 재배열한다. 어찌 되었든 이곳은 유목민들의 세계, 묵시록적 이야기이다. 모래폭풍의 변장을 쓰고 동과 서로 여행하는 정신.

헤엄치는 사람들의 동굴 바닥. 그녀의 남편이 비행기를 추락시킨 후, 그는 그녀가 가지고 온 낙하산을 잘라서 펼쳤습니다. 그녀는 그 위에 몸을 웅크리고 부상의 고통으로 얼굴을 찡그렸지요. 그는 손가락을 부드럽게 그녀의 머리카락 속에 넣고 다른 상처가 있는지를 찾아보다가 어깨와 발을 만져보았습니다.

동굴 속에서 그가 잃어버리고 싶지 않았던 것은 그녀의

아름다움이었습니다. 그녀의 우아함. 이 팔다리들. 그는 벌써 그녀의 천성을 그의 주먹 속에 꼭 움켜쥐었습니다.

그녀는 화장을 하면 얼굴이 변모하는 여인이었습니다. 파티에 들어설 때, 침대에 올라갈 때, 그녀는 핏빛의 립스틱을 칠하고 눈에는 주홍빛의 분을 발랐습니다.

그는 동굴 벽화 하나를 올려다보고 거기서 색 안료를 훔쳤습니다. 황토색은 얼굴에 발랐고, 푸른색은 눈 주위에 살짝 칠했습니다. 그는 동굴 반대쪽으로 가서 붉은색을 손에 가득 묻혀 와서는 손가락으로 그녀의 머리카락을 빗어주었습니다. 그리고 그녀의 피부 전체를 칠했죠. 그녀를 맨 처음 보았던 날 비행기에서 튀어나왔던 무릎은 사프란 색이 되었습니다. 치골. 인간의 접근에 면역이 되도록 다리 주변에 그려넣은 색깔 고리. 그가 헤로도토스 책에서 발견한 전통에 따르면 옛날 전사들은 사랑하는 이들을 영원히 살아 있을 세계에 데려다 놓거나 넣었다고 했습니다. 다채로운 액체, 노래, 바위그림.

동굴 안은 벌써 추웠습니다. 그는 그녀를 따뜻하게 해주기 위해 낙하산으로 쌌지요. 그는 작은 불을 피우고 아카시아 나뭇가지를 태웠으며 손으로 바람을 부쳐 동굴 한쪽으로 몰았습니다. 그는 그녀에게 직접적으로 말을 걸 수 없다는 것을 알았기에 격식을 갖춘 말투로 말했습니다. 그의 목소리는 동굴 벽에 튕겨 울렸죠. (나는 이제 도움을 청하러 갈 겁니다,

캐서린. 알겠습니까? 근처에 다른 비행기가 있어요. 하지만 연료가 없습니다. 카라반이나 지프차를 만날 수 있을지도 모르니 그러면 더 빨리 돌아올 수 있을 겁니다. 모르겠어요.) 그는 헤로도토스 책을 꺼내어 그녀 옆에 놓았습니다. 1939년 9월이었습니다. 그는 동굴 밖으로, 활활 타오르는 모닥불 밖으로 걸어 나갔고 암흑을 지나 보름달이 떠오른 사막으로 나갔습니다.

그는 암석을 타고 고원 바닥으로 내려가 거기 섰습니다.

트럭도 없었습니다. 비행기도 없었지요. 나침반조차 없었습니다. 오로지 달과 그의 그림자뿐. 그는 과거에서 내려온 오래된 표석(標石)을 발견했습니다. 북북서로 가면 엘 타지 방향으로 갈수 있다는 것을 알 수 있었지요. 그는 그림자의 각도를 기억했다가 걷기 시작했습니다. 110킬로미터 떨어진 곳에 시계 거리가 있는 야외시장이 있었습니다. 아인(아랍어로 샘이라는 뜻―옮긴이)에서 떠서 가죽 가방에 가득 담은 물이 그의 어깨에서 대롱대롱 흔들렸고 태반처럼 찰랑찰랑 소리를 냈습니다.

하루 중 두 번은 이동할 수가 없었습니다. 그림자가 몸 아래에 있는 정오와 일몰 이후 별이 뜨기 전의 어스름. 그때는 사막의 원반 위에 있는 모든 것이 똑같았어요. 만약 이동했다가는, 원래의 행로에서 90도 잘못된 방향으로 갈 수도 있었습니다.

그는 별들이 떠올라 살아 있는 지형도를 만들어줄 때까

지 기다렸다가 매시간 별들의 움직임을 읽으며 앞으로 나아 갔습니다. 예전에 사막 안내인과 다녔을 때, 안내원들은 긴 막대기에 등불을 매달았고, 나머지 사람들은 별을 읽는 자의 머리 위에서 이리저리 흔들리는 불빛을 따라갔습니다.

사람은 낙타와 같은 속도로 걷죠. 시속 4킬로미터. 운이 좋으면 타조 알을 발견할 수도 있었지요. 불운하다면, 모래 폭풍이 모든 걸 지워버릴 수도 있었고. 그는 사흘 동안 아무것도 먹지 않고 계속 걸었습니다. 그는 그녀에 대해서는 생각하지 않으려 했죠. 엘 타지에 가면, 고란 족이 만드는 아브라를 먹을 수 있었죠. 아브라는 콜로신스의 씨를 삶아서 쓴 맛을 제거하고 그다음에는 대추야자와 메뚜기를 넣어 함께 빻아 만드는 음식입니다. 그는 시계와 석고의 거리를 지나치게 될 것이었습니다. 주님이 안전을 길동무로 보내주시기를. 매독스는 이렇게 말했었죠. 작별 인사. 손짓. 오직 사막에만 신이 있습니다. 그는 그때야 인정하고 싶었습니다. 이 사막 밖에서는 오직 무역과 권력, 돈과 전쟁만이 있었습니다. 돈과 무력을 가진 전제군주들이 세계를 형성했지요.

그는 갈라진 지역에 있었습니다. 모래 지대에서 바위 지대로 이동해 온 것이죠. 그는 그녀 생각은 하지 않으려 했습니다. 그때 언덕들이 중세의 성처럼 나타났어요. 그는 자신의 그림자가 산의 그림자 안으로 겹쳐질 때까지 걸었습니다. 미모사 덤불. 콜로신스. 그는 바위들 속으로 그녀 이름을 목

놓아 불렀습니다. '메아리는 텅 빈 공간 속에서 스스로를 일깨운 목소리의 영혼'이기 때문에.

그때 거기 엘 타지가 있었습니다. 그는 여행 내내 거울의 거리를 상상했습니다. 그가 부락의 외곽에 다다랐을 때, 영국군의 지프차가 그를 포위하더니 끌고 갔습니다. 겨우 120킬로미터도 떨어지지 않은 곳에 상처 입은 여인이 있다는 그의 얘기에 귀도 기울이지 않고. 실상 그가 한 어떤 말에도 그들은 귀를 기울이지 않았습니다.

"영국군이 당신 말을 믿지 않았다는 말이오? 아무도 안 들었다고?"

"아무도 듣지 않았죠."

"어째서?"

"그들에게 맞는 이름을 대지 않았으니까?"

"당신 이름 말이요?"

"난 그 사람들에게 내 이름을 댔습니다."

"그럼 뭐가……."

"그녀의 것이요. 그녀의 이름. 그녀 남편의 이름을 댔어야 했던 것이죠."

"무슨 말이지?"

그는 아무 말 하지 않았다.

"정신 차려요! 무슨 말 하는 거요?"

"나는 그녀가 내 아내라고 했습니다. 캐서린이라고. 그녀의 남편은 죽었으니까요. 나는 그녀가 심한 부상을 당해서 아인 두아 우물 북쪽, 우와이나트에 있는 길프 케비르의 동굴에 있다고 말했습니다. 그녀는 물이 필요하다고. 음식이 필요하다고. 그들을 안내해서 데리고 가겠다고. 내가 필요한 건 지프차 한 대뿐이라고 말했습니다. 그들이 가진 빌어먹을 지프차 한 대…… 아마도 그들이 보기에는 내가 긴 여행을 한 끝에 미쳐버린 사막의 광인 예언자 같았는지도 모르죠. 하지만 내 생각은 다릅니다. 전쟁은 벌써 발발한 후였어요. 그들은 사막에서 첩자들을 색출하고 있었습니다. 외국인 이름을 가지고 이 작은 오아시스 마을들을 전전하는 사람들이라면 누구든 용의자가 되었습니다. 그녀는 단지 120킬로미터 떨어진 곳에 있을 뿐인데 그 사람들은 내 말을 들으려 하지 않았어요. 엘 타지에 나타난 길 잃은 영국인 탐사단. 그때 나는 광포하게 날뛰었던 것 같습니다. 그 사람들은 이 나무 울타리 감옥을 사용했어요. 샤워실 크기만 한. 나는 그런 우리에 갇혀 트럭으로 이송되었습니다. 나는 이리저리 발버둥을 치다가 마침내 우리 안에 든 채로 거리 위에 나가떨어졌어요. 나는 캐서린의 이름을 소리 높여 불렀습니다. 길프 케비르라는 이름을 외치고요. 그렇지만 내가 정말로 불렀어야 하는 이름, 그들의 손 위에 명함처럼 놓일 이름은 클리프턴이었던 것입니다.

그 사람들은 나를 다시 트럭 안으로 끌고 들어갔어요. 나는 그저 여타의 2급 스파이 용의자였습니다. 그저 평범한 국제적 악한이었던 거죠."

카라바지오는 일어나서 이 빌라, 이 나라, 전쟁의 파편 더미에서 떠나고 싶었다. 그는 그저 도둑일 뿐이었다. 카라바지오가 원했던 것은 공병 젊은이와 해나에게 팔을 두르고, 아니 더 좋게는 그 연배의 사람들과 어깨동무를 하고 그가 손님 하나하나와 잘 알고 지내는 술집에 가는 것이었다. 여자와 춤추고 이야기를 나누고, 그녀의 어깨에 머리를 기대고, 그의 머리를 그녀의 눈썹에 대고 등등. 하지만 그는 먼저 이 사막과 모르핀의 건축물 속에서 빠져 나가야 한다는 것을 알았다. 그는 엘 타지에 이르는 보이지 않는 길에서 물러서야 할 필요가 있었다. 카라바지오가 알마시임이 분명하다고 믿는 이 남자는 그와 모르핀을 이용해서 자신의 세계, 자신의 슬픔으로 돌아가려 했다. 그가 전쟁 중 어느 편에 서 있었는지는 더 이상 중요하지 않았다.

그렇지만 카라바지오는 앞으로 몸을 숙였다.

"알아야 할 게 있소."

"뭡니까?"

"당신이 캐서린 클리프턴을 죽였는지 알아야겠어. 즉, 당신이 클리프턴을 죽이고, 그 와중에 그 부인도 죽였는지."

"아니. 그런 일은 상상도 해본 적 없어요."

"이런 질문을 하는 이유는 제프리 클리프턴이 영국 정보부 소속이었기 때문이오. 그는 단순히 무고한 영국인만은 아니었소. 당신들에게 사근사근하게 굴었던 젊은이가. 영국군으로 말하자면, 그는 이집트와 리비아 사막 일대를 탐사하는 당신네 이상한 무리를 감시하고 있었지. 정보국에서는 사막이 언젠가 전쟁이 펼쳐질 무대가 되리라는 것을 알았소. 클리프턴은 항공 사진사였어. 그가 죽자 정보국은 곤란해졌지. 지금도 그렇고. 정보국은 아직도 의문을 품고 있더군. 그리고 당신이 그의 아내와 불륜 관계에 있었다는 것도 정보국에서는 처음부터 알고 있었고. 클리프턴은 몰랐지만. 정보국은 클리프턴의 죽음이 자기 보호 차원에서 실행되었고, 일종의 다리를 끊어버리는 행위인지도 모른다고 생각했소. 그 사람들은 당신을 카이로에서 기다리고 있었지만, 당신은 사막으로 돌아갔지. 나중에 나는 이탈리아로 보내져서 당신 얘기의 끝 부분을 듣지 못했소. 난 당신이 어떻게 되었는지 몰랐어."

"그럼 당신은 나를 여우사냥 하듯 여기까지 몰고 온 거군요."

"내가 여기 온 건 저 아이 때문이오. 나는 저 애의 아버지를 아니까. 이 포탄 맞은 수녀원에서 라디슬라우 드 알마시 백작을 만나리라고는 꿈에도 상상하지 못했지. 터놓고 말해서, 난 당신을 내가 같이 일했던 사람들보다도 더 좋아하게 됐다오."

카라바지오의 의자 위를 떠돌던 직사각형 모양의 빛이
이제 그의 가슴과 머리를 액자처럼 둘러, 영국인 환자에게
카라바지오의 얼굴은 초상화처럼 보였다. 빛이 침침했을 때,
카라바지오의 머리는 검게 보였지만, 이제 분홍색의 오후 햇
빛 속에서 그의 헝클어진 머리는 환히 빛나서 눈 밑의 힘없
이 처진 살이 씻겨 나갔다.

그는 의자를 돌려, 등받이에 몸을 기대고 알마시를 마주
보았다. 카라바지오는 쉽게 말을 꺼낼 수가 없었다. 그는 턱
을 문질렀고, 어둠 속에서 생각하기 위해 얼굴을 찌푸리며
눈을 감았다. 비로소 그때서야 그 자신의 생각에서 벗어나
어떤 말이 입에서 튀어나올 수 있었다. 카라바지오가 이 마
름모 모양의 빛을 받으며 알마시의 침대 옆 의자에 웅크리고
앉아 있을 때, 바로 이 어둠이 그에게서 드러났다. 이 이야기
에 등장하는 두 나이 든 남자 중 한 명이 바로 알마시였다.

"난 당신하고는 얘기를 나눌 수 있어요, 카라바지오. 우
리 둘 다 죽을 운명이라는 것을 느끼기 때문에. 저 아가씨나,
저 젊은이, 두 사람은 아직 죽을 운명이 아니죠. 그들이 어떤
일을 겪었든 간에. 내가 처음 해나를 만났을 때, 해나는 아
주 절망하고 있었지요."

"그 애의 아버지는 프랑스에서 전사했소."

"알아요. 해나는 그 얘기를 하려고 하지 않더군요. 모든 이와 거리를 두고 있었어요. 그녀가 의사소통을 할 수 있게 하는 유일한 방법은 책을 읽어달라는 부탁을 하는 것이었죠……. 당신은 우리 둘 다 아이가 없다는 것을 깨달았습니까?"

마치 가능성을 생각해보듯 잠시 침묵이 흘렀다.

"아내가 있습니까?"

알마시가 물었다.

카라바지오는 분홍색 빛 속에 앉아서 정확하게 생각할 수 있도록 모든 것을 지워버리기 위해서 손으로 얼굴을 감쌌다. 마치 이 또한 더 이상 그에게는 쉽게 나오지 않는 청춘의 재능인 것 같았다.

"내게 말을 해야만 해요, 카라바지오. 아니면 나는 그냥 책일까요? 읽어야 하는 무엇, 호수에서 건져내고 싶은 생명체, 주사기 분량의 모르핀, 통로와 거짓말, 거의 식물 상태에 빠진 존재, 돌이 가득 든 주머니에 지나지 않는 건지도요."

"우리와 같은 도둑들은 전쟁 중에 대단히 쓸모가 많았소. 합법적인 지위를 얻었지. 우리는 여전히 물건을 훔쳤어요. 그러다 우리 중 어떤 이들은 자문을 해주기 시작했다오. 우리는 공식적인 정보원보다는 좀 더 자연스럽게 사기 변장을 꿰뚫어볼 수 있었소. 나는 중동 곳곳에서 활동했지. 거기서 당신 얘기를 처음 들은 거요. 당신은 그들의 지형도 상에서는 하나의 신비, 진공과 같았소. 사막에 대한 당신의 지식을 독일군의 손에 넘겼다고 알려졌지."

"1939년 엘 타지에서 너무나 많은 일들이 일어났습니다. 내가 검거당해 스파이 혐의를 받았던 때죠."

"그래서 그때 독일군으로 넘어간 거로군."

침묵.

"그럼 여전히 헤엄치는 사람들의 동굴과 우와이나트로 돌아갈 수 없었던 거요?"

"에플러를 데리고 사막을 횡단하는 임무에 자원하기 전까지는."

"그에 대해서 할 말이 있소. 1942년과 관련 있는 일이오. 당신이 그 첩자를 카이로로 안내하던 해……."

"살라암 작전이었죠."

"그래. 당신은 그때 롬멜 밑에서 일하고 있었지."

"총명한 사람이었지…… 내게 무슨 얘기를 하려는 거지요?"

"내가 하려는 말은, 당신이 연합군을 피해 에플러를 데리고 사막을 횡단한 행위는 영웅적이었다는 거요. 지알로 오아시스에서 카이로까지 가다니. 다만 『레베카』 책을 들고 있는 롬멜의 부하를 카이로에 들여보낼 뻔했지만."

"그걸 어떻게 알고 있습니까?"

"내가 하고 싶은 말은 그 사람들이 알아낸 건 단순히 에플러가 카이로에 있다는 사실만은 아니었다는 거요. 연합군은 전체 행로 자체를 알고 있었지. 독일군의 암호는 오래전에 깨졌지만 우리는 롬멜에게 그 사실을 눈치 채이지 않도록 했고, 우리의 정보원이 누군지 들키도록 해서는 안 되었소. 그래서 우리는 카이로에서 에플러를 잡을 때까지 기다렸지.

우린 당신들을 줄곧 감시했소. 사막을 횡단하는 내내. 정보국에서는 당신 이름을 알고 있었고, 당신이 관여했다는 것을 알고서는 더 흥미로워했지. 당신도 잡기를 원했소. 암살할 작정이었지…… 내 말을 믿지 못하겠거든, 들어봐요. 당신이 지알로를 떠난 이후로, 스무 날이 걸렸지. 우물이 묻혀 있는 행로를 따라 갔소. 우와이나트에는 연합군이 버티고 있어서 가까이 가지 못했고, 아부 발라스는 피했지. 한번은 에플러가 사막 열병에 걸려서 당신이 돌봐주며 간호해야 하기도 했지. 당신은 그 사람을 별로 좋아하지 않았다고 말했지만…….

비행기 정찰대들은 당신네 일행을 '놓친' 것 같았지만, 실은 아주 조심스럽게 추적했소. 당신은 첩자가 아니었지만 우리는 첩자였으니까. 정보국은 당신이 여자 때문에 제프리 클리프턴을 죽였을 거라고 생각했소. 1939년 그의 무덤을 발견했지만 아내의 흔적은 없었지. 당신은 독일군 편에 섰을 때 우리의 적이 된 것이 아니라 캐서린 클리프턴과 불륜 관계를 시작했을 때 이미 적이 된 거요."

"그렇군요."

"1942년 당신이 카이로를 떠난 후에, 우리는 당신의 행적을 놓쳤지. 연합군은 당신을 데리고 와서 사막에서 죽일 생각이었소. 하지만 당신의 행적을 놓친 거요. 이틀 만에. 당신이 정신이 나가서 합리적이지 못한 결단을 내린 게 아니라면, 당신을 찾아낼 수 있었소. 숨겨놓은 지프차에는 폭탄을 설치해두었거든. 후에 그 차는 폭발한 것을 알았지만, 당신의 흔적은 없었소. 사라진 거지. 그때 당신은 그 위대한 여행을 떠난 거겠지. 카이로로 향하지 않고. 아마 정신도 나가긴 나갔을 테고."

"그때 당신도 나를 쫓는 사람들 틈에 끼어 있었습니까?"

"아니, 파일만 봤소. 나는 이탈리아로 갔고, 정보국에서는 당신이 거기 있을 거라고 생각했소."

"여기죠."

"그렇소."

마름모 모양의 빛이 벽 위로 움직여 카라바지오는 그늘 속에 남았다. 그의 머리카락은 다시 어두운 색이 되었다. 그는 등을 뒤로 기대며 어깨를 가짜 이파리에 댔다.

"그런 건 중요하지 않은 것 같군요."

알마시는 중얼댔다.

"모르핀 더 필요하오?"

"아니요. 사물을 제자리에 짜 맞추는 중입니다. 나는 항상 은밀한 사람이었어요. 사람들이 내 이야기를 그렇게 하고 있었다는 것을 받아들이기가 어렵군요."

"당신은 정보국에 관련된 누군가와 불륜 관계를 맺고 있었어. 정보국에 당신을 개인적으로 아는 사람도 있었고."

"아마도 바그놀드겠죠."

"그렇소."

"아주 영국적인 영국 사람이었는데."

"그랬지."

카라바지오는 머뭇거렸다.

"마지막으로 한 가지만 더 말해둘 게 있소."

"압니다."

"캐서린 클리프턴은 어떻게 된 거요? 전쟁 직전에 무슨 일이 있었기에, 당신이 다시 길프 케비르까지 가게 된 거지? 매독스가 영국으로 떠난 다음에 말이오."

나는 우와이나트에 있는 베이스캠프에 남은 물건들을 챙기기 위해 길프 케비르까지 한 번 더 여행을 해야만 했습니다. 거기에서 보낸 우리의 삶은 끝났지요. 나는 우리 사이에 더 이상 어떤 일도 생기지 않을 것이라 생각했습니다. 그녀와 마지막으로 연인 사이로 만난 게 일 년 전이었습니다. 전쟁은 다락방 창문으로 들어오는 손처럼 어딘가에서 벌어질 준비를 하고 있었습니다. 그리고 그녀와 나는 이전의 습관이라는 우리 자신의 벽 뒤로 물러나, 겉으로 보기에는 깨끗한 관계를 유지했습니다. 우리는 더 이상 서로를 자주 보지도 못했습니다.

1939년 여름 동안 나는 육로로 고프와 함께 길프 케비르로 돌아가서 베이스캠프의 짐을 싸기로 되어 있었습니다. 고프는 트럭을 타고 떠날 예정이었죠. 클리프턴이 비행기를 가지고 와서 나를 데리고 가기로 했습니다. 그런 후, 우리는 해산할 계획이었습니다. 우리 사이에 생겨난 삼각관계에서 빠져 나가기로 했죠.

내가 비행기 소리를 듣고 그 모습을 보았을 때, 나는 벌써 고원 바위 위를 내려가고 있었습니다. 클리프턴은 언제나 즉흥적이었죠.

작은 화물 비행기가 착륙하면서 지평선에서 미끄러지는 방식이 있습니다. 사막의 빛 속에 날개를 까딱이다가 소리가 멈추고 땅 위에서 떠돌죠. 나는 비행기가 어떻게 작동하는지 아직도 완전히 이해하지는 못합니다. 나는 사막에서 비행기가 내 쪽으로 다가오는 모습을 볼 때마다 항상 두려워하면서 텐트 안에서 나왔지요. 비행기들은 빛을 가로지르며 날개를 숙이고 고요 속에서 모습을 드러내죠.

모스 비행기는 고원 위를 스치듯 날아 다가왔습니다. 나는 푸른 방수 천을 흔들었습니다. 클리프턴은 고도를 낮추더니 내 위로 포효하며 돌진했습니다. 어찌나 낮게 날았던지 아카시아 덤불에서 이파리가 우수수 떨어질 정도였지요. 비행기는 왼쪽으로 휘면서 빙그르르 돌더니 다시 나를 발견하고 도로 위치를 설정해 내 쪽으로 곧바로 날아왔습니다. 그런데 50미터 떨어진 지점에서 갑자기 기울더니 땅에 처박히더군요. 나는 그쪽으로 뛰어갔습니다.

난 그가 혼자 온 줄 알았어요. 혼자 오기로 되어 있었거든요. 그렇지만 추락 지점에 가서 그를 끌어내리려고 보니까 그녀가 그 옆에 있더군요. 그는 이미 죽어 있었습니다. 그녀는 앞을 똑바로 보면서 하체를 움직거리려 하고 있었습니다. 모래가 조종석 창문으로 밀려들어와서 무릎 사이로 가득 쏟아졌더군요. 그녀는 겉으로는 아무런 흔적이 없었습니다. 그녀는 추락할 때 몸을 받치기 위해 왼손을 앞으로 뻗고 있었습니다. 나는 그녀를 클리프턴이 루퍼트라고 이름 붙인 비행기에서 끌어내 바위 동굴 안으로 안아서 데리고 갔어요. 헤엄치는 사람들의 동굴, 벽화가 있는 곳이죠. 지도상으로는 위도 23도 30분, 경도 25도 15분에 해당하는 곳이었습니다. 그날 밤 제프리 클리프턴을 묻었습니다.

나는 그들에게 저주였을까요? 그녀에게? 매독스에게? 전쟁에 능욕당하고, 그저 모래뿐인 양 포화를 맞은 사막에게? 야만족 대 야만족의 전쟁. 양쪽 군대 모두 사막에 대한 아무런 감각 없이 지나쳐 갔습니다. 리비아의 사막. 정치를 제거하면, 그것은 제가 아는 가장 아름다운 어구였습니다. 리비아(Libya). 관능적이고, 아주 오랫동안 긴 여운을 남기는 단어, 유혹당한 우물. 비(b)와 와이(y). 매독스는 이 말은 혀가 구석을 돌 때 들을 수 있는 몇 안 되는 단어 중 하나라고 했지요. 리비아 사막의 디도 여왕을 기억합니까? 메마른 땅에서 흐르는 냇물과 같을 것이다……. ('이사야 서」32:2 표준새번역 성경 인용─옮긴이)

내가 저주받은 땅에 들어섰다거나 내가 악한 상황에 얽매였다고 생각하진 않습니다. 모든 장소와 사람이 내게는 선물이었어요. 헤엄치는 사람들의 동굴에 그려진 암벽화를 발견한 것. 탐사 동안 매독스와 함께 '버든(반복구)'을 불렀던 것. 사막에 있는 우리들 사이에 캐서린이 나타나준 것. 붉은 칠을 한 번들번들한 바닥 위로 내가 그녀에게 걸어가 무릎을 꿇었고, 마치 내가 소년이라도 된 듯 그녀의 배에 내 머리를 얹었던 것. 나를 치료해주었던, 총을 가졌던 부족. 그리고 우리 네 사람도 그렇지요. 해나와 당신과 저 공병 청년.

내가 사랑하고 소중히 여겼던 모든 것을 나는 **빼앗겼습니다.**

나는 그녀 옆에 있었어요. 그녀의 갈빗대 세 대가 부러진 것을 알았죠. 나는 그녀가 눈길을 옮기기를, 부러진 손목이 굽혀지기를, 조용한 입이 말하기를 계속 기다렸습니다.

어떻게 나를 증오할 수 있었죠? 그녀는 속삭였습니다.
당신은 내 안의 거의 모든 것을 죽여버렸어요.

캐서린…… 당신은 그러지 않……

날 안아줘요. 자기변명은 그만해요. 무슨 일이 있어도
당신은 바뀌지 않아요.

그녀가 쏘아보는 눈길은 변함없었습니다. 나는 그 눈길
이 닿는 과녁에서 빠져 나올 수 없었습니다. 나는 그녀가 본
마지막 영상이 될 겁니다. 그녀를 안내하고 보호해주며, 절
대 속이지 않는 동굴의 재칼이.

동물과 관련한 신은 백 개도 넘어요. 나는 그녀에게 말
하죠. 재칼과 관련된 신들도 있어요. 아누비스, 두아무테프,
웨프와웨트. 죽음 뒤의 삶으로 이끌어주는 존재들이죠. 우
리가 만나기 몇 년 전부터 내 이전의 유령이 당신을 따라다
녔듯이. 런던과 옥스퍼드에서 열렸던 그 파티에서, 당신을
보고 있었어요. 나는 당신이 커다란 연필을 들고 학교 숙제
를 하는 동안 건너편에 앉아 있었지요. 나는 당신이 옥스퍼
드 유니언 도서관에서 제프리 클리프턴을 만나던 그때에도
그 자리에 있었습니다. 모든 사람의 외투가 바닥에 흩뿌려
져 있었고, 맨발의 당신은 왜가리처럼 그 외투 사이를 사뿐
사뿐 걸었죠. 그가 당신을 보고 있고, 나도 당신을 보고 있
어요. 하지만 당신은 내 존재를 보지 못하고 무시하죠. 당신

은 오로지 잘생긴 남자만 볼 수 있는 나이이까요. 당신은 아직 그대의 은총이 미치는 영역 밖에 있는 사람들은 인식하지 못합니다. 재칼은 옥스퍼드에서는 호위 신으로 잘 쓰이지 않아요. 반면 나는 원하는 걸 볼 때까지는 계속 정진하는 사람이죠. 당신 뒤의 벽은 책으로 가득 차 있어요. 당신의 왼손은 목에 걸린 긴 진주 목걸이를 붙잡고 있어요. 맨발로는 사뿐사뿐 걷고 있죠. 당신은 무언가를 찾고 있습니다. 그때는 좀 더 통통했어요. 하지만 대학 생활에는 적당하게 딱 맞을 정도로 아름다웠죠.

당신은 오로지 제프리 클리프턴만 봅니다. 두 사람의 연애는 회오리바람 같을 겁니다. 그는 많고 많은 곳 중에서도 북아프리카에서 일하는 고고학자들과 함께 일하고 있습니다. '내가 같이 일하는 이상한 늙은이'라고 말하죠. 당신의 어머니는 당신의 모험에 아주 기뻐합니다.

하지만 재칼의 정령은 '길을 열어주는 자'로, 그의 이름은 웨프와웨트, 혹은 알마시입니다. 그는 당신들 두 사람과 함께 그 방에 서 있어요. 나는 팔짱을 끼고 열정적으로 잡담을 나누려고 하는 당신네 두 사람의 노력을 바라봅니다. 둘 다 취했기 때문에 일어나는 문제죠. 하지만 정말 놀라운 건, 새벽 두 시에 그렇게 취했는데도 당신 두 사람은 서로에게서 가치와 즐거움을 깨달았다는 겁니다. 당신들은 다른 사람들과 함께 왔을 수도 있고, 아마도 이 밤을 다른 사람들과 함께 보낼지도 모르지만, 둘 다 당신들의 운명을 찾아냈죠.

새벽 세 시, 당신은 가야 한다고 생각하지만, 신발 한 짝을 찾을 수가 없어요. 당신은 다른 한 짝, 장밋빛 슬리퍼를 손에 들지요. 나는 다른 한 쪽이 내 가까이 묻혀 있는 걸 보고 집어 듭니다. 광택이 흐르는 신발. 발가락 자국이 움푹 패인 이 신발은 분명히 당신이 제일 좋아하는 구두겠죠. 고맙습니다. 당신은 받아 들며 이렇게 말해요. 그 자리를 떠나면서 당신은 내 얼굴도 쳐다보지 않습니다.

나는 이런 일들을 믿어요. 우리가 누군가를 만나 사랑에 빠질 때면 우리의 영혼에는 역사가인 부분, 약간 현학적인 부분이 있어서 서로를 모르고 지나쳤던 만남이 있었음을 상상하거나 기억하지요. 클리프턴이 그보다 일 년 전 당신에게 문을 열어주었으나 필생의 운명을 무시했던 것처럼. 하지만 몸의 모든 부분은 이미 다른 사람을 위해 대비를 하고 있는 게 분명합니다. 모든 분자는 일어나고자 하는 갈망 때문에 한 방향으로 뛰고 있지요.

나는 수년 동안 사막에 살다 보니 그러한 일들을 믿게 되었습니다. 사막은 주머니 속의 공간이에요. 시간과 물의 트롱프 뢰유. 재칼은 한쪽 눈으로는 뒤를 돌아보며, 다른 쪽 눈으로는 앞으로 선택하고자 하는 길을 보지요. 턱에는 그가 당신에게 가져다주는 과거의 조각들을 물고 있어서, 그런 과거의 조각들을 모두 찾아 짜 맞춘다면, 지금의 운명이 모두 정해져 있었음이 증명될 겁니다.

그녀의 눈은 만사에 지쳐서 나를 보았죠. 정말 끔찍할
정도의 피곤함이었습니다. 내가 그녀를 비행기에서 끌어냈
을 때, 그녀는 주변에 있는 모든 것을 받아들이려고 뚫어져
라 보았어요. 이제 그 눈은 내면의 무엇을 보호하려는 듯 경
계심을 품고 있었습니다. 나는 좀 더 가까이 다가가 쭈그리
고 앉았죠. 나는 앞으로 몸을 숙이고 내 혀를 오른쪽 파란
눈에 댔습니다. 소금 맛, 꽃가루. 나는 그 맛을 그녀의 입으
로 가져갔습니다. 그리고 다른 눈에도. 미세하게 작은 구멍
이 있는 눈알에 혀를 대고 푸른 눈동자를 닦아냈습니다. 뒤
로 물러서자, 그녀의 시선 위에 한줄기 흰색이 어렸습니다.
나는 그녀의 입술을 벌리고 손가락을 깊숙이 넣어 잇새를 억
지로 비틀어 열었습니다. 혀가 뒤로 말려 있어서 나는 혀를
앞으로 끌어냈습니다. 그녀의 몸속에서 실처럼 죽음의 숨결
이 새어 나오더군요. 하마터면 너무 늦을 뻔했지요. 나는 몸
을 앞으로 숙이고 그녀의 혀로 푸른 꽃가루를 옮겼습니다.
우리는 이런 식으로 한 번 더 접촉했지요. 아무 일도 일어나
지 않았습니다. 나는 뒤로 물러서면서 숨을 들이쉬고 다시
한 번 앞으로 나섰습니다. 그녀의 혀를 다시 건드렸을 때, 꿈
틀하는 움직임이 느껴졌습니다.

그때 끔찍한 신음 소리, 격렬하면서도 친밀한 소리가 그

녀에게서 흘러나왔습니다. 그녀의 온몸에 전기가 통하는 것처럼 부르르 떨렸습니다. 그녀는 그림이 그려진 벽에 기대앉은 자세에서 벌떡 튀었습니다. 생명체가 그녀의 몸속으로 들어갔고, 그 생명체가 벌떡 일어나 내 쪽으로 쓰러졌습니다. 동굴 속의 빛은 점점 스러져갔습니다. 그녀의 목은 이쪽저쪽으로 흔들거렸습니다.

나는 악마의 장치들을 압니다. 어렸을 때 악마를 숭배하는 자에 대해 배웠죠. 젊은 남자의 방으로 찾아 드는 유혹적인 미녀에 대해서도 들었습니다. 그러면 현명한 사람이라면 여자보고 돌아보라고 해야 한다고 합니다. 악마와 마녀들은 등이 없고, 오로지 보이고 싶은 앞면밖에 없다고 하니까요. 내가 무엇을 했던 걸까요? 어떤 동물을 그녀 몸속에 불어넣었던 것일까요? 나는 그녀에게 한 시간 넘게 말을 걸었던 것 같습니다. 나는 그녀의 악마 연인이었던 것일까요? 나는 매독스의 악마 친구였던 것일까요? 이 나라의 지도를 그리고 전쟁의 현장으로 만들어버렸던 것일까요?

성스러운 장소에서 죽는 것은 중요합니다. 그게 또 다른 사막의 비밀이죠. 그래서 매독스는 서머싯에 있는 교회, 성스러운 본질을 잃어버렸다고 느낀 곳으로 걸어 들어가 성스럽다고 믿는 행위를 행했던 것이죠.

내가 그녀의 몸을 돌려놓았을 때, 그녀의 온몸에는 환

한 안료가 칠해져 있었습니다. 향초와 돌, 빛과 아카시아의 재가 그녀를 영원하게 만들었지요. 몸에는 성스러운 색이 찍혔습니다. 오로지 눈의 푸른빛만 제거되어 익명이 되었지요. 아무것도 묘사되지 않은 텅 빈 지도가 된 겁니다. 호수의 표지도, 보코우-엔 네디-티베스티 북쪽에 있는 산맥을 표기한 검은 표식도, 나일 강이 아프리카의 가장자리, 알렉산드리아의 열린 품 안으로 들어가는 초록색 부채꼴 모양도 없는 지도 말입니다.

그리고 갖가지 이름의 부족들, 신앙을 가진 유목민들은 단조로운 사막으로 걸어 들어가 환한 빛과 신앙, 다채로운 색깔을 보았습니다. 돌멩이 하나, 사막에서 발견된 금속 상자, 뼈 하나가 숭배받고 기도 속에서 영원을 얻었지요. 그녀는 이제 이 나라의 그러한 영광 속에 들어서서 그 일부가 되었지요. 우리는 수많은 연인과 부족들을 품고서 죽습니다. 우리가 삼켰던 맛, 마치 지혜의 강인 양 뛰어들어 헤엄쳤던 육체들, 나무인 양 올랐던 여러 성격들, 동굴인 양 숨었던 공포. 나는 죽을 때 이 모든 게 내 몸에 자국을 남기기를 바랍니다. 나는 그런 지도 제작법을 믿습니다. 자연이 남기는 표시, 단순히 건물에 남기는 부자 남녀의 이름처럼 지도에 우리 자신의 이름의 표지를 붙이기 위해서만이 아닙니다. 우리는 공동의 역사, 공동의 책입니다. 우리는 소유당하지도 않고 우리의 맛과 경험은 단조롭지도 않습니다. 내가 갈망했던 것은 지도가 없는 땅 위를 걷는 것뿐이었습니다.

나는 캐서린 클리프턴을 사막으로 데리고 갔습니다. 그곳에는 달빛이 공동의 책을 써놓았지요. 우리는 소문으로 떠도는 우물들 사이에 있었습니다. 바람의 궁전 속에.

알마시의 얼굴이 왼쪽으로 떨어지더니 아무것도 응시하지 않았다. 어쩌면 카라바지오의 무릎을 보았는지도 모른다.

"모르핀을 좀 더 맞고 싶소?"

"필요 없어요."

"뭔가 가져다줄까요?"

"아무것도 필요 없습니다."

8월

카라바지오는 어둠 속에서 계단을 내려가 부엌으로 들어갔다. 탁자 위에는 약간의 셀러리와 아직 뿌리에 흙이 묻은 순무가 놓여 있었다. 조명은 해나가 막 피워놓은 모닥불에서 흘러나오는 빛이 고작이었다. 그녀는 등을 돌리고 서서 그가 방 안으로 들어오는 발소리도 듣지 못했다. 빌라에서 보내던 나날 동안 몸은 느슨해지고 긴장은 풀어져서 그는 덩치가 더 커 보였고 몸짓을 할 때도 좀 더 퍼져 보였다. 오직 조용히 움직이는 습관만이 남았다. 그것만 빼면 이제 그는 편안하고 비효율적으로 움직였고 몸짓은 나른했다.

그가 의자를 질질 끌어오자, 그녀는 몸을 돌리고 그가 방에 있다는 것을 깨달았다.

"안녕, 데이비드."

그는 팔을 들었다. 그는 너무 오랫동안 사막에서 지낸 기분이었다.

"그 사람 어때요?"

"자고 있어. 얘기를 너무 많이 해서."

"아저씨가 생각한 그 사람이에요?"

"그 사람은 괜찮아. 그냥 놔두어도 될 것 같아."

"나도 그렇게 생각했어요. 킵과 나는 둘 다 그 사람이 영국인이라고 확신해요. 킵은 가장 좋은 사람들은 괴짜들이라고 생각해요. 그런 사람 한 명과 일했었다고."

"나는 킵이야말로 괴짜라고 생각하는데. 그런데 지금 어디 있어?"

"테라스에서 무슨 계획을 꾸미고 있어요. 나보고는 나오지 말라더라고요. 내 생일 준비인가 봐요."

해나는 벽난로에서 웅크리고 있다가 일어서서 반대편 팔뚝에 한 손을 닦았다.

"네 생일 선물로 작은 이야기 하나 해주마."

그가 말했다. 그녀는 그를 쳐다보았다.

"아버지 이야기는 하지 마세요. 알았죠?"

"패트릭 이야기도 약간 섞여 있지만, 대부분은 너에 대한 이야기야."

"그런 이야기는 아직도 듣지 못하겠어요, 데이비드."

"아버지들은 언젠가 죽게 마련이야. 어떤 방식으로든 계속 사랑하면 돼. 마음속에 숨겨둘 수는 없잖아."

"모르핀 기운이 빠지면 그때 말해요."

그녀는 그에게로 다가가 팔을 두르며 뒤꿈치를 들고 그

의 뺨에 키스했다. 그는 그녀를 꼭 껴안았고, 그녀의 피부에 닿은 다박나룻이 모래처럼 깔끄러웠다. 그녀는 이제 그의 이런 점이 좋았다. 과거에는 언제나 꼼꼼했던 사람이었다. 가르마는 한밤중의 동네 거리처럼 항상 반듯이 갈라져 있다고 패트릭은 말했었다. 과거에 카라바지오는 그녀 앞에서는 신처럼 움직였다. 이제 불룩해진 얼굴과 몸통, 희끗희끗한 머리카락으로 그는 더 친근한 사람이 되었다.

오늘 밤 저녁식사는 공병 청년이 준비하고 있었다. 카라바지오는 별로 기대하지 않았다. 그의 생각에 세 끼 중 한 번은 굶는 셈이었다. 킵은 채소를 찾아서 거의 요리하지도 않고, 잠깐 끓여서 수프로 만들어서 내놓았다. 그러니 이 저녁식사도 또 순수주의자의 식사가 될 것이었다. 위층에 있는 남자의 이야기를 하루 종일 들은 끝에 먹고 싶은 요리는 아니었다. 그는 싱크대 아래의 찬장을 열었다. 거기에는 축축한 천에 싼 육포가 들어 있었다. 카라바지오는 육포를 잘라 주머니에 넣었다.

"아저씨가 모르핀을 끊게 도와드릴게요. 전 좋은 간호사니까요."

"네 주위엔 온통 미친 사람들뿐이지······."

"그래요, 우리는 모두 미쳤어요."

킵이 부르자, 그들은 부엌에서 나가 테라스로 갔다. 테

라스의 가장자리, 야트막한 돌 난간 주변을 빛이 둥그렇게
두르고 있었다.

카라바지오의 눈에는 먼지 낀 교회에서 찾아낸 작은 전
구 줄 같아 보여서, 공병이 예배당에서 이걸 벗겨오다니 아
무리 해나의 생일이라고 해도 과하다는 생각이 들었다. 해나
는 얼굴을 손으로 가리고 천천히 앞으로 걸어 나갔다. 바람
은 불지 않았다. 얇은 물 막처럼 감기는 드레스 치마 속에서
다리와 허벅지가 움직였다. 테니스 신발은 돌 위에서 아무런
소리도 내지 않았다.

"내가 파는 곳마다 죽은 껍질이 계속 나오더군요."

공병이 말했다.

두 사람은 무슨 말인지 알 수가 없었다. 카라바지오는
펄럭이는 불빛 위로 몸을 숙였다. 기름을 채운 달팽이 집이
었다. 그는 줄지어 놓은 달팽이 집을 죽 훑었다. 어림잡아 마
흔 개는 될 듯했다.

"마흔다섯 개예요."

킵이 설명했다.

"이 세기에 들어서 거쳐 온 해의 숫자입니다. 제가 온 곳
에서는 나이뿐 아니라 시대도 축하하거든요."

해나는 불빛을 따라 움직였다. 이제는 손을 주머니에 넣
은 채였다. 킵은 그녀가 그런 식으로 걷는 것을 좋아했다. 마
치 밤을 맞기 위해 팔을 다른 데 놓은 양 참으로 느긋해 보이

고, 팔이 없는 듯 간결한 움직임이었다.

카라바지오는 식탁 위에 놓여 있는 적포도주 세 병에 깜짝 놀라 정신이 그쪽에 팔려 있었다. 그는 식탁 쪽으로 걸어가서 라벨을 읽고 놀라 고개를 절레절레 저었다. 그는 공병은 이 중 하나도 마시지 않으리라는 것을 알았다. 세 병 모두 이미 따놓은 상태였다. 도서관에 있는 에티켓 북에서 슬쩍 참조한 모양이었다. 그런 후에 보니 옥수수와 고기, 감자도 있었다. 해나는 킵의 팔짱을 살짝 끼고 식탁으로 왔다.

세 사람은 먹고 마셨다. 포도주는 의외로 질감이 진해서 혀에서 마치 고기처럼 느껴졌다. 그들은 곧 취기가 얼큰하게 올라서 '대단한 수확물을 모아 온' 공병에게 축배를 보냈고, 영국인 환자를 위해서도 건배를 했다. 그들은 서로를 위해 건배하고, 킵은 물을 담은 비커를 들고 합류했다. 바로 그때 그는 자기 자신에 대해 얘기하기 시작했다. 카라바지오는 그에게 얘기를 하라고 종용했지만 항상 귀를 기울이고 있지는 않았다. 그는 가끔씩 일어서서 탁자 주위를 걸어 다니며 즐거워하면서 왔다 갔다 했다. 그는 이 두 사람이 결혼을 하길 원했고 결혼 약속을 하도록 강요하고 싶었지만, 두 사람은 나름대로 자신들의 관계에 대해 이상한 규칙을 가지고 있는 듯했다. 이 역할에서 그가 하고 있는 일은 무엇인가. 그는 다시 자리에 앉았다. 가끔씩 그는 불이 꺼져가는 것을 눈치챘다. 달팽이 집에는 기름이 많이 들어가지 않았다. 킵이 일어나서 분홍색 파라핀으로 다시 채웠다.

"한밤중까지 꺼지지 않도록 해야 해요."

그런 후, 그들은 저 먼 곳에서 일어나고 있는 전쟁에 대해 이야기를 나누었다.

"일본과의 전쟁이 끝나면 모든 이들이 마침내 고향으로 갈 겁니다."

킵이 말했다.

"그러면 자네는 어디로 갈 건가?"

카라바지오가 물었다. 공병은 고개를 반은 끄덕이고, 반은 젓는 것처럼 까닥거렸다. 입에는 미소를 띠었다. 그래서 카라바지오는 이야기를 시작했다. 주된 청중은 킵이었다.

개가 조심스럽게 식탁으로 다가와서 머리를 카라바지오의 무릎 위에 뉘었다. 공병은 특출한 기적이 일어나는 장소처럼 토론토에 대한 또 다른 이야기를 해달라고 청했다. 눈이 내려 도시를 삼켜버리고 항구를 얼려버리며 여름에는 사람들이 콘서트를 들으러 오는 페리 호도 얼어버린다. 하지만 그의 진짜 관심사는 해나의 천성을 알 수 있는 실마리였다. 그렇지만 해나는 자기 이야기를 슬그머니 피하며 카라바지오가 그녀의 삶에 일어난 어떤 순간과 관련된 이야기를 하려 할 때면 딴 데로 화제를 돌려버렸다. 그녀는 킵이 오로지 현재의 그녀 모습만 알기를 바랐다. 과거의 소녀나 젊은 아가씨보다 좀 더 결함이 많거나 좀 더 동정적이거나 좀 더 냉혹하거나 좀 더 강박적인 사람. 그녀의 삶에는 어머니인 앨리스와 아버지인 패트릭, 계모인 클라라와 카라바지오가 있었다. 그녀는 벌써 이 이름들이 추천서인 양, 지참금인 양 킵에게 내밀었다. 그들은 흠 하나 없고 논의의 여지가 없었다. 그녀는 그들이 마치 계란을 삶는 정석이나 마늘을 양고기에 넣는 올바른 방법을 알아내려고 할 때 참조하는 책에 등장하는 권위자인 양 말했다. 그들은 의문의 여지가 없는 존재들이었다.

그리고 이제 —상당히 취했으므로— 카라바지오는 해나가 〈라 마르세예즈〉를 노래한 이야기를 했다. 이전에 그녀에게 해주었던 이야기였다.

"그래요, 그 노래 들어봤습니다."

킵은 이렇게 말하면서 직접 한 소절 불러보았다.

"아니, 당신이 불러줘야 해요."

그는 해나에게 권했다.

"일어서서 불러봐요!"

그녀는 자리에서 일어나 테니스 신발을 벗고 식탁 위로 올라갔다. 맨발이 밟은 탁자 위에는 거의 스러져가는 달팽이 불빛이 깜박거렸다.

"당신을 위한 노래예요. 당신도 이렇게 노래를 배워서 불러야 해요, 킵. 당신을 위해 불러요."

그녀는 달팽이 불빛 너머, 영국인 환자의 방에서 흘러나오는 정사각형 형태의 불빛 너머 어둠을 향해, 사이프러스 그림자와 함께 흔들리는 검은 하늘을 향해 노래 불렀다. 손은 주머니에서 뺐다.

킵은 기지에서 몇몇 남자들이 이 노래를 부르는 것을 들어본 적 있었다. 종종 축구 시합을 하기 직전처럼 기묘한 순간에 들려오곤 했다. 전쟁 막바지 몇 년 동안 이 노래를 들어본 카라바지오는 그 노래를, 이 노래를 듣는 것을 절대로 좋아할 수가 없었다. 마음속에서는 아주 오래전에 들었던 해나의 노래를 간직하고 있었다. 이제 그는 해나가 다시 노래하고 있기 때문에 즐거운 마음으로 들었지만, 이 즐거움은 그녀가 노래하는 방식에 따라 빠르게 바뀌었다. 열여섯 살 때처럼 정열적이 아니라, 어둠 속에서 그녀 주위를 둥그렇게 밝히는 임시 등불에 메아리를 보내듯 부르는 것이었다. 그녀는 마치 이 노래가 상처 입은 무언가인 양, 다시는 그 노래에 담겼던 희망을 불러올 수 없는 양 부르고 있었다. 이 노래는 20세기의 마흔다섯 번째 해, 그녀의 스물두 번째 생일을 맞는 이 밤에 이르기 전 겪었던 5년이라는 시간에 의해 바뀌고 말았다. 지친 나그네의 목소리로 모든 것에 대항해서 홀로 부르는 노래. 신약 성서. 이 노래에는 더 이상의 확실성이 없었으며, 노래 부르는 이는 산맥 같은 모든 권력에 대항한 유일한 목소리였다. 그것만이 유일한 확신이었다. 그 목소리 하나만이 유일하게 망가지지 않았다. 달팽이 불빛의 노래. 카라바지오는 해나가 공병의 심장과 함께, 혹은 그에 메아리를 보내듯 노래하고 있음을 깨달았다.

*

천막에서는 아무 말 없이 보내는 밤과 말로 가득 찬 밤
이 공존했다. 두 사람은 무엇이 일어날지, 어떤 과거의 부스
러기가 나타날지, 어둠 속에서 감촉이 익명이 되거나 침묵하
게 될지 더 이상 확신할 수 없다. 그녀의 육체나 혹은 그의 귓
가에 닿는 그녀의 언어는 친밀하다. 두 사람은 그가 바람을
불어넣어 매일 밤 쓰는 공기 베개에 눕는다. 그는 이런 서양
의 발명품에 매혹되었다. 그는 이탈리아의 대륙을 진군할 때
줄곧 그랬던 것처럼 매일 아침마다 의무적으로 공기를 빼고
세 번 접어놓는다.

천막 안에서 킵은 그녀의 목에 둥지를 튼다. 그는 피부
를 긁어주는 그녀의 손톱에 녹아든다. 혹은 자신의 입을 그
녀의 입에, 자신의 배를 그녀의 손목에 댄다.

그녀는 노래하고 흥얼거린다. 그녀는 이 천막의 어둠 속
에서 그가 반쯤 새가 되었다고 생각한다. 그의 안에 있는 깃
털의 특질, 손목에 끼운 차가운 금속. 그는 그러한 어둠 속
에 그녀와 함께 있을 때마다 나른하게 움직인다. 세상처럼
빠르지 않다. 하지만 낮에는 닥치는 대로 그의 주위에 나타
나는 모든 것들을 뚫고 미끄러져 간다. 하나의 색이 다른 색

깔을 배경으로 미끄러져 가듯이.

그러나 밤에는 무기력함을 끌어안는다. 그녀는 그의 눈을 보지 않고서는 그의 질서정연함과 훈육이 밴 태도를 볼 수가 없다. 그에게 이르는 열쇠는 없다. 그녀가 손을 대는 어디나 점자로 찍힌 관문이나 같다. 몸 안의 기관이, 심장이, 줄 지어 놓은 갈빗대가 피부 아래서 보일 것만 같다. 그녀의 손 위에 길게 찍힌 침은 이제 색을 띤다. 그는 그녀의 슬픔을 지도처럼 세상 누구보다도 더 잘 그릴 수 있다. 그가 위험한 기질을 가진 형에게 느끼는 사랑의 기이한 행로를 그녀가 이해하는 것처럼.

"우리 혈통에는 역마살이 있어요. 그래서 형의 성격상 감옥은 제일 위험한 곳이죠. 형은 자유롭기 위해서 자살할 지도 모르니까요."

이렇게 말로 이어지는 밤이면 두 사람은 다섯 개의 강이 흐르는 그의 나라를 여행한다. 수트레지, 젤룸, 라비, 체나브, 비스. 그는 그녀를 거대한 구르드와라(시크교 사원)로 안내하여 그녀의 신발을 벗기고 그녀가 발을 씻고 머리에 두건을 쓰는 모습을 바라본다. 그들이 들어간 사원은 1601년에 지어졌고 1757년에 훼손되었다가 즉각 재건되었다. 1830년에는 황금과 대리석으로 꾸며졌다.

"아침이 되기 전에 들어가면 처음에는 수면 위에 핀 물안개가 보일 겁니다. 그러다 안개가 걷히고 빛 속에서 사원

의 모습이 드러나요. 귀에는 벌써 성인들의 노랫소리가 들려
오지요. 라마 난다, 나나크, 카비르. 노래는 예배의 중심입니
다. 사원의 정원에서는 과일 향이 풍겨요. 석류와 오렌지. 사
원은 흐르는 삶에 담긴 안식처, 모든 곳에 접근할 수 있는 곳
이에요. 무지의 대양을 건너는 배입니다."

두 사람은 밤을 뚫고 은으로 된 문을 지나 문직 차양 안,
경전이 놓여 있는 사당으로 들어선다. 라기(시크교에서 경전
의 구절을 노래하는 가수를 이르는 말—옮긴이)들이 음악 연주에
맞춰 경전의 구절을 노래한다. 그들은 새벽 네 시부터 밤 열
한 시까지 노래한다. 그란트 사히브(시크교 경전의 이름. 시크
교에서는 경전을 살아 있는 스승처럼 대접한다—옮긴이)를 아무
데나 펼쳐서 인용문을 골라내면, 호수의 물안개가 걷혀 황
금 사원이 모습을 드러내기 전 세 시간 동안 구절들은 서로
뒤섞이면서 쉼 없이 읽혀 내려가며 스러진다.

킵은 그녀를 데리고 나무 사원이 있는 연못 옆으로 데려
간다. 바바 구지하시, 사원의 초대 승려가 묻힌 곳이다. 450
년 묵은 미신의 나무이다.

"어머니는 여기 와서 나뭇가지에 끈을 묶으면서 아들을
점지해달라고 나무에게 빌었어요. 형이 태어나자 돌아와서
또 하나 보내주십사 빌었죠. 펀잡 지방에는 성스러운 나무들
과 신통력이 있는 물이 여기저기 있어요."

해나는 조용하다. 그는 그녀 안에 있는 어둠의 깊이를,

동심과 신앙의 부재를 안다. 그는 언제나 그녀가 슬픔의 들판 가장자리에서 걸어 나올 수 있도록 달랜다. 잃어버린 동심. 잃어버린 아버지.

"나도 아버지 같은 사람을 잃었습니다."

그는 이런 말을 했었다. 하지만 그녀는 옆에 있는 이 남자가 마법의 힘으로 보호받는 사람이라는 것을 안다. 외부인으로 자라났으므로 동맹을 얼마든지 바꿀 수 있는, 상실을 대체할 수 있는 사람이다. 부당한 일을 겪고 파괴되는 사람들이 있고 그렇지 못한 사람들이 있다. 그녀가 묻는다면 그는 이제껏 좋은 삶을 살아왔다 할 것이다. 형은 감옥에 있고, 동료들은 폭사하였으며, 그 자신도 이 전쟁에서 매일 위험을 무릅쓰는데도.

그런 사람들은 친절하다고 해도 또한 끔찍하리만큼 부당하다. 그는 진흙 구덩이에 온종일 들어가 언제 터질지도 모르는 폭탄을 해체하고, 공병 동료를 매장하고 돌아오고, 슬픔에 기운을 잃기도 하지만 어떤 시련이 닥쳐도 그의 주위에는 항상 해결책과 빛이 있었다. 그렇지만 그녀는 아무것도 보지 못했다. 그에게는 운명의 지도가 항상 여럿 있었고, 암리트사르에 있는 사원에서는 어떤 신앙을 가졌든, 어떤 계급의 사람들이든 환영받고 함께 밥을 먹었다. 그녀 또한 바닥위에 깔린 자리 위에 헌금이나 헌화를 하는 것이 허용되고 끊이지 않고 찬양하는 사람들 속에 낄 수가 있을 것이다.

그녀는 그럴 수 있기를 바랐다. 그녀의 내면에는 타고난 슬픔이 있었다. 그는 직접 그녀가 그의 성격의 열세 가지 문으로 들어올 수 있도록 허락해주었지만 그녀는 그가 위험에 처하면 결코 몸을 돌려 그녀를 바라보지 않을 것임을 알았다. 그는 주변에 공간을 만들고 집중할 것이었다. 이것이 그의 기술이었다.

시크 교도들은 기술력이 뛰어나지요. 그는 말했다.

"우리는 신비스럽게도 가까워요…… 그걸 뭐라고 하더라?"

"공감이요."

"그래요. 공감. 우리는 기계와 공감해요."

그는 기계들 사이에서 몇 시간 동안이나 넋을 잃고 빠져 있기도 했다. 광석 수신기에서 흘러나오는 음악의 비트가 그의 이마를 탁탁 치고 머리카락 속에 스며들었다. 그녀는 그에게 완전히 빠져서 그의 연인이 될 수 있을 것 같지 않았다. 그는 상실을 대체할 수 있을 정도의 속도로 움직였다. 그것이 그의 천성이었다. 그녀는 그 안의 이러한 천성을 판단할 수 없었다. 무슨 권리가 있다고. 킵은 매일 아침 가방을 왼쪽 어깨에 둘러메고 길을 나서 빌라 산 지롤라모에서 멀어졌다. 매일 아침 그녀는 이제 마지막이 될지도 모르는 세상을 향해 산뜻하게 나서는 그의 모습을 바라보았다. 몇 분 후, 그는 유산탄에 찢긴 사이프러스 나무 위를 올려다보고는 했다. 가운데 나뭇가지들은 포탄에 날아가고 없었다. 플리니도 아마 이런 길을 걸어 내려갔으리라. 스탕달도 그랬을지 모른다.
『파르마의 수도원』에 나오는 사건들은 세계의 이 부분에서
일어났기 때문이다.

킵은 고개를 들고 상처 입은 높다란 나무가 그리는 긴
호와 그의 앞에 놓인 중세의 길을 보았다. 그는 그의 세기가
만들어낸 가장 이상한 직업을 가진 젊은이이다. 공병, 폭탄
을 탐지하고 해체하는 군인 기술자. 매일 아침 그는 천막에
서 나와 정원에서 목욕을 하고 옷을 입은 후 빌라와 그 주변
에서 걸어 나온다. 집 안으로는 들어가지도 않는다. 그녀를
보면 손 한 번 흔들어주는 게 고작일 뿐이다. 언어가, 인간성
이 그를 혼란하게 할지도 모른다는 듯이. 그런 것들이 마치
피처럼 그가 이해해야 하는 기계 안에 들어갈지도 모른다는
듯이. 그녀는 40미터 떨어진 집 앞, 탁 트인 길 앞에서 그를
바라본다.

그가 그들을 모두 뒤에 남겨놓고 가는 순간이었다. 길
떠나는 기사 뒤로 도개교가 닫히며 그저 자신이 가진 엄밀
한 재능에 느끼는 평화로움과 함께 홀로 남겨지는 순간. 시
에나에서 그녀가 보았던 벽화가 있다. 한 도시에 있던 프레
스코화. 도시 벽 외곽의 몇 미터, 화가의 그림은 바스러져 떨
어져 나가서, 성을 떠나는 여행자가 널리 펼쳐진 과수원조차
볼 수 있을 만큼이라도 남아 있지 않았다. 거기가 바로 킵이
하루 종일 가 있는 곳이라고, 그녀는 그렇게 느꼈다. 매일 아

침 그는 벽에 그려진 풍경에서 걸어 나와 어두운 혼돈 속으로 들어갔다. 기사. 전쟁에 나간 성인. 그녀는 사이프러스 나무 사이로 깜박거리는 카키 군복을 보았다. 영국인은 그를 파토 프로퍼거스라고 불렀다. 운명의 도망자. 그녀는 그가 눈을 들어 나무 위를 바라보며 즐거움을 느끼는 순간 하루가 그를 위해 시작되는 것이 아닐까 생각했다.

*

1943년 10월 초, 그들은 공병들을 비행기에 실어 나폴리로 파견했다. 남부 이탈리아에 벌써 주둔해 있는 기술 부대에서 가장 훌륭한 군인들만 선발했다. 킵은 부비 트랩이 깔린 도시로 보내진 서른 명의 군인 중에 끼어 있었다.

이탈리아 전선에 있었던 독일군은 역사상 가장 영리하고 무시무시한 퇴각 작전을 펼쳤다. 한 달 안에 끝났어야 할 연합군의 전진이 일 년이나 걸렸다. 그들의 진격로마다 화재가 났다. 공병들은 군대가 전진할 때 트럭의 흙받기 위에 올라 땅 지뢰나 유리 폭탄, 발목 지뢰가 있다는 단서를 찾기 위해 흙을 막 갈아엎은 곳이 있나 살폈다. 진격 속도는 너무나도 느렸다. 북부 산 속에서는 가리발디의 공산당이 조직한 빨치산 부대가 붉은 수건으로 자신들의 소속을 표시하고 독일군 트럭이 길 위를 건너가면 폭발하도록 폭발물 전선을 길 위에 깔아놓았다.

이탈리아와 북아프리카에 깔린 지뢰의 규모는 이루 상상할 수가 없을 정도였다. 카스마요-아프마두 교차로에서는 260개의 지뢰가 발견되었다. 오모 강 다리 주변에서는 300개가 발견되었다. 1941년 6월 30일, 남아프리카의 공병 부대는 메르사 마트루에서 마크 II 지뢰를 하루에 2,700개나 깔았다. 넉 달 후, 영국군은 메르사 마트루에서 7,806개의 지뢰를 청소하고 다른 곳에 배치했다.

지뢰의 재료는 다양했다. 40센티미터짜리 직류 파이프에 폭발물을 채워서 군대 진입로를 따라 남겨두기도 했다. 나무 상자에 담긴 지뢰는 가정에 남겨두었다. 파이프 지뢰에 젤리그나이트와 금속 조각, 못을 채워놓기도 했다. 남아프리카 공병들은 4갤런들이 석유통에 철과 젤리그나이트를 채웠고, 그 정도 용량이면 무장한 차도 날려버릴 수 있었다.

도시는 최악이었다. 폭탄처리반은 거의 훈련을 받지 않은 채 카이로와 알렉산드리아에서 차출되어 왔다. 18분대가 유명해졌다. 1941년 10월의 3주일 동안에 그들은 1,403개의 고성능 폭약을 해체했다.

이탈리아가 아프리카보다 사정이 나빴다. 시한폭탄 장치는 악몽처럼 기괴했고, 용수철로 활성화되는 작동 기제는 부대가 이제까지 훈련받았던 독일 폭탄과 달랐다. 도시에 들어간 공병들은 시체들이 나무나 건물 발코니에 널려 있는 도로를 따라 걸어갔다. 독일군들은 종종 독일군 한 명이 죽으면 이탈리아인 열 명을 죽여 복수했다. 매달려 있는 시체들 중 몇몇은 지뢰를 밟고 허공 위로 날아간 경우도 있었다.

독일군은 1943년 10월 1일, 나폴리를 완전히 빠져 나갔다. 전달인 9월, 연합군이 공습을 펼치는 동안, 수백 명의 시민들이 피난을 가서 도시 외곽의 동굴에 살기 시작했다. 퇴각하는 길에 독일군은 동굴 입구를 폭파해서 시민들을 땅밑에 가두어버렸다. 티푸스 같은 전염병이 발발했다. 항구에서는 허둥지둥 떠나던 배들이 폭탄을 맞고 수장되었다.

서른 명의 공병들은 부비 트랩이 깔린 도시 안으로 걸어들어 왔다. 공공건물들의 벽 안에 지연 장치가 있는 폭탄들이 봉인되어 있었다. 거의 모든 차량들에 조작된 폭탄이 붙어 있었다. 공병들은 그 후 방 안에 아무렇게나 놓여 있는 물건들 하나하나를 의심하는 습관이 들어 영원히 떨칠 수가 없었다. 탁자 위에 놓인 어떤 물건도 '네 시 방향'을 보도록 놓여 있지 않으면 믿을 수가 없었다. 전쟁이 끝나고 몇 년 후에도 한 공병은 펜을 책상 위에 놓을 때 두꺼운 쪽이 '네 시 방향'을 보도록 놓아두는 습관을 버리지 못했다.

나폴리는 6주 동안 전쟁 지역이었고 킵은 그동안 내내 부대 소속으로 그 자리에 있었다. 이 주일 후, 그들은 동굴 속에 갇힌 시민들을 발견했다. 배설물과 티푸스 때문에 피부가 거멓게 변해 있었다. 그들이 시립 병원으로 줄지어 들어오는 모습은 유령의 행렬 같았다.

나흘 후, 중앙 우체국이 폭발했고 일흔두 명이 죽거나 부상당했다. 유럽에서 가장 많은 보유고를 자랑했던 중세의 기록들은 이미 시립 문서 저장고에서 다 타버린 후였다.

10월 20일, 전기가 복구되기 사흘 전, 한 독일인이 자수했다. 그는 당국자들에게 도시의 항구 지역에는 수천 개의 폭탄이 숨겨져 있고, 이 폭탄들은 휴면 중인 전기 시스템과 전선으로 연결되어 있다고 말했다. 전기가 켜지면 도시는 불꽃에 삼켜질 것이었다. 군에서는 그를 일곱 번도 넘게, 매번 책략과 폭력의 수준을 바꿔가며 심문을 했지만, 마지막까지 군 책임자들은 그의 자백이 진짜인지 확신할 수가 없었다. 이번에는 도시의 모든 사람들이 피난을 갔다. 아이들과 노인, 시체나 거의 다름없는 자들, 임산부, 동굴에서 갓 나온 사람들, 동물, 값비싼 지프차, 병원에서 나온 부상 군인, 정신병자들, 사원에서 나온 신부들과 수도사들과 수녀들. 1943년 10월 22일, 해질녘이 될 때쯤에는 오로지 열두 명의 공병들만이 남았다.

전기는 다음 날 오후 세 시에 켜질 예정이었다. 이 공병들 중 누구도 빈 도시에 있어 본 경험이 없었다. 이때야말로 그들의 인생에 있어서 가장 기묘하고 불안했던 시간들이었다.

*

저녁에는 폭우가 투스카니 전역에 쏟아진다. 풍경 위에 솟아 있는 금속이나 뾰족한 것이라면 무엇이든 거기에 벼락이 떨어진다. 킵은 항상 저녁 일곱 시경, 사이프러스 나무들 사이에 난 노란 길을 따라 빌라로 돌아온다. 천둥이 치는 날이면 막 치기 시작하는 시간이다. 중세적인 경험이다.

그는 그러한 시간적 습관을 좋아하는 것 같다. 그녀나 카라바지오는 멀리서 그의 모습을 볼 수 있다. 그는 집에 오다 말고 걸음을 멈춰서 얼마나 멀리에 비가 있나 확인하기 위해서 골짜기 쪽을 돌아본다. 해나와 카라바지오는 집으로 돌아온다. 킵은 500미터 정도 남은 언덕길을 계속 오른다. 완만히 오른쪽으로 구부러졌다 다시 완만히 왼쪽으로 구부러지는 길이다. 그의 장화가 자갈을 밟는 소리가 난다. 바람이 폭발처럼 그에게 불어 닥치고, 사이프러스 나무들이 기울어질 정도로 크게 치고 지나가 그의 셔츠 소매 속으로 들어온다.

다음 10분 동안 그는 비에 따라잡힐지 전혀 알 수 없는 채로 걷는다. 비를 느끼기도 전에 빗소리가 들린다. 마른 풀 위, 올리브 이파리 위에 똑똑 떨어지는 소리. 하지만 지금은 언덕 위, 참으로 상쾌한 바람 속에, 폭풍의 전조 속에 서 있다.

빌라에 닿기 전에 비가 따라와도 그는 같은 속도로 계속 걸으며 배낭에서 고무 망토를 꺼내 걸친다.

천막에 들어가면 순수한 천둥소리가 들린다. 머리 위에서 날카롭게 우지끈 꺾이는 소리, 산으로 사라지면서 마치 바퀴가 구르는 듯한 소리가 들린다. 갑작스러운 번개의 햇빛이 천막 벽을 뚫고 들어온다. 번개는 그에게는 언제나 햇빛보다 더 밝고 인 성분을 함유한 빛처럼 보인다. 이론 교실에서 처음 듣고 광석 수신기에서도 들었던 단어인 '핵'과 관련 있을 것처럼 기계 같은 느낌을 준다. 천막에서 그는 터번을 풀고 머리를 말린 후 다른 터번을 머리 위에 감는다.

폭풍우는 피에드몬트에서 몰려 나와 남쪽과 동쪽으로 흘러간다. 벼락이 산에 위치한 작은 예배당의 첨탑 위에 떨어진다. 십자가의 길이나 로사리오의 신비의 기도 내용을 재현하도록 조각상을 배치해 놓은 정경들이 있는 예배당들이다. 번개가 바레 세와 바롤로라는 작은 마을을 지날 때는 1600년대에 성경의 장면을 묘사하도록 만들어놓은 대형 테라코타 인물상이 잠깐 드러난다. 채찍을 맞는 예수 그리스도의 구부러진 팔, 그 위로 떨어지는 채찍, 짖어대는 개, 옆 판에는 색칠한 구름 쪽으로 십자가를 높이 쳐든 병사 셋이 있다.

현재 위치에 있는 빌라 산 지롤라모도 또한 그런 빛의 순간을 맞는다. 어두운 복도, 영국인 환자가 누워 있는 방, 해

나가 불을 지핀 부엌, 포탄 맞은 예배당, 모두 갑자기 그림자
도 없이 환해진다. 킵은 그러한 폭풍에도 거리낌 없이 머물
고 있는 정원의 나무 밑을 걸어간다. 그가 매일매일 겪는 위
험에 비하면 벼락에 맞아 죽을 확률은 바보 같을 정도로 낮
다. 그가 보았던 언덕 위의 예배당에서 나오는 가톨릭의 순
진한 이미지들은 그가 번개와 천둥 사이의 초를 세는 동안
절반의 어둠 속에 그와 함께 있다. 어쩌면 이 빌라도 비슷한
정경인지도 모른다. 은밀히 움직이는 네 사람, 순간적으로
환한 빛을 받는다. 이 전쟁에 역설적으로 던져진 그들.

  나폴리에 남았던 열두 명의 공병들은 도시 속으로 뿔뿔
이 흩어졌다. 밤새 그들은 막혀 있던 터널을 뚫고 하수도로
들어가 중앙 발전기에 연결되어 있을지도 모르는 도화관을
찾았다. 그들은 전기가 들어오기 한 시간 전인 두 시에는 차
를 타고 떠나기로 되어 있었다.
  열두 명이 남은 도시. 각각 시내의 별개 구역으로 간다.
한 사람은 발전기를, 한 사람은 잠수해서 저수지 속을. 당국
자들은 홍수로 도시가 파괴될 것이라고 확신하고 있다. 도시
를 폭파하는 방법. 가장 심란한 것은 침묵이다. 인간 세상에
서 들을 수 있는 소리라고는 거리 위에 아파트 창문에서 들
리는 개 짖는 소리와 새 지저귀는 소리뿐이다. 때가 되면 그
는 새 한 마리가 있는 방 안으로 들어갈 것이었다. 이 진공 속

에 조금은 인간적인 것. 그는 국립 고고학 박물관을 지나친다. 폼페이와 헤르쿨라네움의 유적들이 보관되어 있는 곳이다. 그는 하얀 재 속에 갇힌 고대의 개를 본 적이 있다.

그가 걸어갈 때 왼팔에 단 선홍색의 공병 전등이 반짝 켜진다. 카르보나라 거리의 유일한 불빛이다. 그는 야간 탐색에 진이 다 빠지고 이제는 별로 할 일도 없는 것 같다. 그들 모두는 무전기를 가지고 있지만 오직 긴급 발견 시에만 쓰기로 되어 있다. 그가 가장 피곤한 이유는 텅 빈 마당과 말라버린 분수 속의 고요 때문이다.

오후 한 시, 그는 파괴된 산 지오바니아 카르보나라 교회로 향한다. 거기에 로사리오의 예배당이 있다는 것을 그는 알고 있다. 이전 저녁 때 몇 번, 번개가 어둠을 채울 때 그 교회를 지나쳐 간 적이 있었다. 그 교회의 조각상 정경에서 커다란 인물 형상들을 보았었다. 침실에 있는 천사와 한 여자. 어둠이 짧은 장면을 대신했고 그는 신도석에 앉아 기다렸지만 더 이상의 계시는 오지 않았다.

그는 이제 백인으로 묘사된 테라코타 인물상이 있는 그 교회의 모퉁이에 들어선다. 그 장면은 한 여자가 천사와 대화를 나누고 있는 침실을 묘사하고 있다. 여자의 갈색 고수머리는 헐렁하게 걸친 푸른 망토 아래 저절로 드러나고, 왼손 손가락으로는 가슴뼈를 가리키고 있다. 그는 방 안으로 나아가며, 모두 실물보다 크다는 것을 깨닫는다. 그의 머리는 여자의 어깨 높이 아래다. 천사가 든 팔은 4.5미터 높이까지 닿는다. 그렇다 해도 킵에게 있어 그들은 친구이다. 그곳은 출입 금지된 방, 그는 인류와 천국에 관한 우화를 대표하는 이 피조물들의 대화 속으로 걸어 들어간다.

그는 어깨에 멘 배낭을 스르르 내려놓고 침대를 바라본다. 그는 그 위에 눕고 싶다. 그가 망설이는 건 천사가 있기 때문이다. 그는 벌써 천상의 존재 뒤로 돌아가 어둡게 칠한 날개 아래에 먼지 낀 전구가 붙어 있는 것을 본다. 그는 욕망에도 불구하고 그러한 곳이 존재하고 있는 한은 편히 잠들 수 없다는 것을 안다. 무대용 슬리퍼 세 켤레가 침대 아래에서 코를 내놓고 있다. 장면을 디자인한 사람의 섬세한 재치다. 거의 1시 40분이다.

그는 바닥 위에 외투를 깔고 배낭을 평평하게 쳐서 베개로 만들고 돌 위에 눕는다. 라호르에서 보낸 어린 시절에는 보통 침실 바닥에 깔개를 깔고 잤다. 실상 그는 서양의 침대에는 결코 익숙해지지 못했다. 천막에서 그가 사용하는 침구란 초라한 침상과 공기 주입식 베개밖에 없었지만 영국에서 서퍽 경의 집에서 머무를 때 그는 물렁물렁한 매트리스 속에 푹 잠겨 폐소공포증을 느꼈다. 그는 침대 속에 포로처럼 갇혀 잠도 못 들고 있다가 결국 기어 나가서 양탄자 위에서 잠을 잤었다.

그는 침대 옆에서 몸을 뻗는다. 신발조차도 실물보다 크다는 것을 깨닫는다. 아마존 여전사들의 발도 들어갈 만하다. 머리 위에는 여자가 뻗은 오른팔이 있다. 발 너머에는 천사가 있다. 곧 공병 중 한 사람이 도시의 전기를 켤 것이다. 그가 폭발하게 된다면 이 둘을 길동무 삼아 함께 날아가게 되리라. 그들은 죽거나 안전할 것이다. 어쨌거나 그가 더 이상 할 수 있는 일이 없다. 그는 밤새 다이너마이트 저장물과 시한폭탄을 마지막으로 찾아다니느라 한숨도 자지 못했다. 벽이 그의 몸 주위로 무너지든가 빛의 도시 속으로 걸어 나가게 될 것이다. 적어도 그는 이 어버이 같은 조각상들을 찾아냈다. 무언의 대화 한가운데에서 그는 긴장을 풀 수 있었다.

그는 머리에 손을 올리며 천사의 얼굴에서 이전에는 알아차리지 못했던 새로운 강인함을 해석한다. 천사가 하얀 꽃을 들고 있어서 깜박 속고 말았다. 천사 또한 전사이다. 이처럼 이어지는 생각 속에서 그는 눈을 감고, 피로에 굴복하고 만다.

그는 마치 마침내 잠들 수 있어서 안심했다는 듯 얼굴에 미소를 띠고 몸을 쭉 뻗는다. 사소한 사치. 왼손바닥으로는 콘크리트 바닥을 짚는다. 그의 터번 색깔이 성모 마리아가 목에 달고 있는 레이스 옷깃의 색을 메아리처럼 반영한다.

성모의 발치에 있는 작은 인도인 공병. 제복을 입고 여섯 짝의 슬리퍼 옆에 누웠다. 이곳에는 시간이 없는 것 같다.

각각의 존재들은 시간을 잊기 위해 가장 편안한 위치를 선택했다. 그렇게 우리는 서로에게 기억될 것이다. 우리가 주변 환경을 신뢰할 때 미소 짓는 안식 속에서. 이제 두 개의 조각상과 그 발치의 킵이 이루는 정경은 그의 운명을 두고 논의하는 것 같다. 치켜든 테라코타 인물상의 팔은 처형의 유예, 어린아이처럼 잠든 외국인을 위한 위대한 미래의 약속을 보여준다. 이 세 사람은 거의 결단의 순간, 동의의 순간에 이르러 있다.

먼지가 살포시 덮인 천사의 얼굴에는 힘찬 기쁨이 어려 있다. 등 뒤에는 여섯 개의 전구가 붙어 있다. 그중 두 개는 망가져 있다. 그럼에도 경이로운 전류는 갑자기 날개를 아래에서부터 밝히고, 핏빛 같은 붉은색과 푸른색, 겨자색 들판 같은 황금색은 늦은 오후 살아나 빛난다.

*

해나는 지금 혹은 미래에 어디에 있든, 킵이 그녀의 인생에서 빠져 나가던 동선을 기억한다. 그녀는 마음속으로 재생해본다. 그가 그들 사이로 쿵쿵대며 들어오던 길. 그들 한가운데 서서 돌처럼 침묵했을 때. 그녀는 그 8월에 대한 모든 점을 회상한다. 하늘이 어떠하였는가. 천둥 아래서 어두워져 가던 그녀 앞 탁자에는 어떤 물건들이 놓여 있었는가.

그녀는 들판에 선 그의 모습을 본다. 그는 머리 위로 깍지를 끼고 있다. 고통의 동작이 아니라 머리에 이어폰을 꽉 틀어넣어야 할 때 취하는 동작임을 그녀는 알고 있다. 그는 백 미터 떨어진 낮은 들판에 서 있다. 그때 그녀가 그의 몸에서 터져 나오는 비명소리를 듣는다. 그들과 함께 있을 때 목소리 한 번 높인 적 없는 사람이. 그는 마치 끈이 풀린 사람처럼 털썩 무릎 꿇는다. 한참을 그렇게 있다가 천천히 일어서서 그의 천막을 향해 대각선으로 움직인다. 천막으로 들어가서는 펄럭이는 문을 닫는다. 마른천둥이 우르르 울리고 그녀의 팔에 어두운 그늘이 진다.

킵은 소총을 들고 천막에서 나온다. 그는 빌라 산 지롤라모로 들어와 그녀를 지나쳐 마치 아케이드 게임의 쇠공처럼 움직이며 문간을 지난다. 한 번에 세 단씩 계단을 뛰어올라간다. 그의 숨소리는 메트로놈처럼 규칙적이다. 계단의 수직면에 장화가 부딪친다. 그녀는 복도에 울리는 그의 발소리를 들으면서도 계속 부엌 탁자 위에 앉아 있다. 꼼짝 않고 가만히 앞에 놓인 책과 연필들은 폭풍 직전의 빛 속에서 그늘져 있다.

그는 침실로 들어간다. 그는 영국인 환자가 누워 있는 침대 발치에 선다.

안녕, 공병 친구.

소총 자루는 가슴에 대고 멜빵은 삼각형으로 구부린 팔

에 걸었다.

밖에서는 무슨 일이 일어나고 있나?

킵은 비난받은 표정이고 세계와 분리된 사람 같다. 갈색 얼굴은 울고 있다. 그는 몸을 돌려 오래된 분수를 향해 총을 쏜다. 벽토가 폭발하며 가루가 침대 위로 떨어진다. 다시 그는 몸을 빙그르르 돌려 총구를 영국인에게 겨눈다. 그는 몸을 떨기 시작한다. 몸속의 모든 힘을 다해 그 떨림을 진정시키려 한다.

총을 내려놓게 킵.

그가 벽에 등을 쿵 부딪치자 떨림이 멈춘다. 회벽 먼지가 그들 주변의 공기 속에 떠돈다.

나는 이 침대 발치에 앉아서 아저씨의 이야기를 들었습니다. 지난 몇 달 동안. 어린 아이였을 때, 그렇게 했었죠. 연장자들의 가르침으로 나 자신을 채울 수 있다고 믿었어요. 그 지식을 옮길 수 있다고. 천천히 바꾸기는 하겠지만 어느 경우에라도 그 지식을 나를 넘어 다른 사람에게 전할 수 있다고.

나는 내 나라에서 받은 전통으로 자랐습니다만, 후에는 좀 더 자주 당신네 나라에서 전통을 이어받았죠. 당신네 연약한 백인의 섬은 관습과 양식과 책과 총독과 이성을 가지고 어쨌든 세계의 나머지 부분을 개종시켰습니다. 당신네는 정확한 행동을 상징하죠. 내가 찻잔을 들면서 잘못된 손가락을 치켜들면 곧 추방당하겠죠. 넥타이 매듭을 잘못 매기라도 하면, 그 길로 쫓겨나겠죠. 당신네들에게 그런 권력을 준 게 그저 배일까요? 아니면 형의 말대로 역사서와 인쇄기가 있었기 때문일까요?

당신네들, 그리고 그다음에는 미국인들이 우리를 개종시켰습니다. 당신들의 선교 규칙으로요. 인도 군인들은 영웅 행세를 하며 인생을 허비했어요. 푸카(정통적)가 되기 위해. 당신들은 전쟁을 크리켓 경기처럼 하죠. 어떻게 우리를 꾀어 이 전쟁으로 끌어들였던 거죠? 여기…… 당신네들이 저지른 짓 좀 봐요.

그는 소총을 침대 위에 던지고 영국인 쪽으로 걸어간다. 광석 수신기가 그의 허리띠 옆에 매달려 있다. 그는 수신기를 풀어 이어폰을 영국인 환자의 검은 머리에 씌워준다. 영국인은 정수리에 느껴지는 고통 때문에 움찔한다. 그렇지만 공병은 이어폰을 그대로 놔둔다. 그다음 그는 뒷걸음질 치며 소총을 도로 집는다. 그는 문간에 서 있는 해나를 본다.

폭탄 한 개. 그다음에 또 하나. 히로시마. 나가사키.

그는 소총을 휙 돌려 벽감을 향한다. 골짜기 허공 속의 매가 의도적으로 V자 형태로 나는 것 같다. 눈을 감으면 불길에 휩싸인 아시아의 거리가 보인다. 불은 마치 폭발한 지도처럼 도시 사이로 번져가고 허리케인 같은 열기에 닿는 사람들 몸이 일그러져 가며 인간들의 그림자가 갑자기 허공으로 오른다. 서구 지식이 일으킨 전율이다.

그는 영국인 환자의 모습을 본다. 이어폰을 끼고 눈을 내면에 집중하며 귀를 기울이고 있다. 소총의 조준기는 가느다란 코에서 쇄골 위의 결후로 내려간다. 킵은 숨을 죽인다. 엔필드 소총을 정확히 직각으로 떠받친다. 흔들림은 없다.

그때 영국인의 눈이 도로 그를 쳐다본다.

공병.

카라바지오가 방으로 들어와 그에게 손을 뻗는다. 킵은 소총 자루를 갈빗대 쪽으로 끌어당긴다. 동물이 앞발로 탁치려는 자세 같다. 그리고 마치 같은 동작의 일환인 양 그는 총살 집행 부대처럼 총을 직각으로 떠받치며 물러선다. 인도와 영국의 여러 막사에서 훈련받은 그 자세다. 조준기 안에 화상 입은 목이 보인다.

킵, 내게 말을 해봐.

이제 그의 얼굴은 하나의 칼이다. 충격과 공포 때문에 울고 있다. 그는 주변의 모든 것을 다른 빛으로 보게 된다. 밤이 두 사람 사이에 내린 것일 수도 있고 안개가 깔렸을 수도 있다. 젊은이의 짙은 갈색 눈은 새롭게 드러난 적을 바라본다.

형이 말해줬어요. 유럽에 등을 돌리지 말라고. 그들이

거래를 결정한다고, 계약을 좌지우지한다고, 지도를 그리는 사람들이라고. 그렇지만 유럽인들을 결코 신뢰하지 말라고 했죠. 그들과 악수하지 말아라. 그렇지만 우리는, 오, 우리는 연설과 훈장과 당신네들의 의식에 너무나도 쉽게 매료되었죠. 지난 몇 년 동안 나는 무엇을 하고 있었던 걸까요? 악의 사지를 자르고 해체하고. 무엇을 위해서? 이런 일이 일어나도록 하기 위해서?

무슨 일이야? 젠장, 말을 해!

당신이 역사적 교훈을 삼킬 수 있도록 라디오를 남겨두고 가죠. 다시 움직이지 말아요, 카라바지오. 왕들과 여왕과 대통령들이 행한 모든 문명의 연설들. 추상적인 질서의 목소리들. 냄새를 맡아요. 라디오를 듣고 그 안에 담긴 축하의 기운을 맡아봐요. 내 나라에서는 아버지가 정의를 깨면 아버지를 죽입니다.

넌 이 남자가 누군지 모르잖아.

소총의 조준기는 화상 입은 목을 흔들림 없이 겨눈다. 그때 공병은 총을 들어 남자의 눈을 향한다.

해. 알마시가 말한다.

공병의 눈과 환자의 눈이 이제는 전 세계로 들붐비는 어두침침한 방 안에서 부딪친다.

그는 공병에게 고개를 끄덕인다.

어서 해. 그는 조용히 말한다.

킵은 탄창을 빼려다 탄창이 떨어지려 하자 붙잡는다. 그는 소총을 침대에 던진다. 뱀, 모아놓은 뱀독. 그는 언저리에 머물러 있는 해나를 본다.

화상을 입은 남자는 머리에서 이어폰을 빼고는 천천히 앞에 내려놓는다. 그러더니 왼손을 들어 보청기를 빼서 바닥에 떨어뜨린다.

해, 킵. 나는 더 이상 듣고 싶지 않아.

그는 눈을 감는다. 어둠 속으로, 방에서 멀리 미끄러져 들어간다.

공병은 벽에 몸을 기대며 팔짱을 끼고 몸을 떨어뜨린다. 카라바지오는 그의 콧구멍에서 피스톤처럼 빠르고 세게, 숨이 들어갔다 나갔다 하는 소리를 들을 수 있다.

그 사람은 영국인이 아니야.

미국인이든 프랑스인이든, 난 아무런 상관하지 않아요. 세계에서 피부가 갈색인 사람들에게 폭탄을 투하한다면, 영국인인 거죠. 벨기에에 레오폴드 왕이 있나 싶더니, 이제는 미국에 해리 트루먼이라는 빌어먹을 인간이 있는 거죠. 모두 그런 것을 영국인으로부터 배운 겁니다.

아니, 그 사람은 아니야. 실수야. 모든 사람들 중에 그는 아마도 당신 편일 거야.

그건 중요한 일이 아니라고 할걸요. 해나가 옆에서 말한다.

카라바지오는 의자에 앉는다. 그는 항상 이 의자에 앉아 있는 것 같은 기분이다. 이 방에는 광석 수신기에서 쏟아져 나오는 끽끽 소리와 여전히 깊은 물속의 목소리로 말하는 라디오가 있다. 그는 차마 몸을 돌려 공병을 쳐다보거나, 초점이 흐릿한 해나의 드레스를 쳐다볼 수가 없다. 그는 젊은 군인의 말이 옳다는 것을 안다. 그들은 백인 국가에는 그런 폭탄을 떨어뜨리지 않았을 것이다.

공병은 침대 곁에 카라바지오와 해나를 남겨두고 방에서 나간다. 그는 이 세 사람을 그들의 세계에 남겨둔다. 그는 더 이상 그들의 경비병이 아니다. 앞으로, 영국인 환자가 죽으면, 그때 카라바지오와 해나는 그를 매장할 것이다. 죽은 자가 죽은 자를 묻도록 하라. 킵은 그 말뜻이 무언지 한 번도 확실히 안 적이 없었다. 성경에는 그렇게 냉담한 말들이 몇몇 있다.

그들은 책을 제외하고 모든 것을 매장할 것이다. 육신, 시트, 옷, 소총. 곧 그는 해나와 단둘이 있게 될 것이다. 이 모든 것에 대한 동기가 라디오에서 흘러나온다. 단파로 전해지는 끔찍한 사건. 새로운 전쟁. 문명의 죽음.

아직도 밤이다. 그는 밤의 매, 희미한 울음소리, 돌아날 때 작게 나는 날갯짓 소리를 듣는다. 천막 위의 사이프러스 나무들은 바람 한 점 없는 밤에 잔잔히 서 있다. 그는 등을 대고 누워 천막의 어두운 모서리를 바라본다. 눈을 감으면 불이 보인다. 몇 초 만에 모든 것을 태워버리는 불길과 열기를 피하기 위해 강이나 저수지로 뛰어드는 사람들. 그러나 그들이 들고 있는 것 모두, 피부나 머리카락도, 그들이 뛰어든 물까지도 결국 타오른다. 환한 빛을 발하는 폭탄은 비행기에 실려 바다를 건너며 동녘에 뜬 달을 지나 초록색 군도로 향한다. 그리고 투하된다.

그는 아무것도 먹고 마시지 않았다. 삼킬 수가 없다. 빛이 이울기 전, 그는 천막에서 군수품을 다 떼어냈다. 폭탄처리 장비들. 제복에 달린 기장과 훈장. 다시 눕기 전 그는 터번을 풀고 머리카락을 빗은 후 상투를 틀었다. 등을 대고 누워서 천막 표면 위에 떨어진 빛이 천천히 흩어지는 것을 보았다. 그의 눈은 마지막 푸른빛을 바라보고 잔잔한 공기에 떨어지는 바람 소리, 날개를 퍼덕이며 회전하는 매의 소리를 듣는다. 공기 중에 퍼져 있는 미세한 소리 모두를.

그는 세계의 바람이 모두 아시아로 빨려 들어간 것을 느낄 수 있다. 그는 군 경력 동안 다루었던 작은 폭탄들에서 벗어나 도시 크기에 맞먹는 듯한 폭탄으로 향한다. 살아 있는 자들이 그들 주위에서 죽어간 인구를 목격할 수 있을 정도로 광대한 폭탄이다. 그는 이 무기에 대해서는 아무것도 모른다. 갑작스레 금속성 폭탄이 공격하여 폭발하는 것인지, 끓어오르는 공기가 질주해서 사람과 같은 생명체를 뚫고 나가는 것인지. 그가 아는 것이란 더 이상 어떤 것도 자신의 몸 가까이 다가오도록 할 수 없다는 느낌뿐이다. 음식을 먹을 수도 없고 테라스에 있는 돌의자에 고인 물도 마실 수 없다. 그는 가방에서 성냥을 꺼내 불을 붙일 수 있을 것 같지가 않다. 등불이 모든 것을 소각해버릴 것 같기 때문이다. 빛이 증발해버리기 전에, 천막에서 그는 가족사진을 꺼내서 들여다보았었다. 그의 이름은 키르팔 싱, 자신이 여기에서 무엇을 하고 있는지 알 수가 없다.

그는 이제 8월의 열기 속, 나무 아래에 있다. 터번도 두르지 않고 오직 쿠르타(인도인들이 즐겨 입는 옷깃 없는 셔츠─옮긴이)만 입은 차림이다. 그는 손에 아무것도 들지 않고 울타리 윤곽을 따라 걷고 있다. 맨발로 풀밭 위나 테라스의 돌 위, 이전에 모닥불을 피우고 남은 재 속을 디딘다. 졸음 속에서 살아 있는 몸은 유럽의 거대한 골짜기 가장자리에 서 있다.

*

이른 아침, 그녀는 그가 천막 옆에 서 있는 모습을 본다. 저녁 동안 나무 사이로 비치는 빛을 보았었다. 빌라에 있는 사람들은 밤에 각각 혼자서 식사를 했고, 영국인은 아무것도 먹지 않았다. 이제 그녀는 공병이 팔로 휙 쓸어 돛처럼 세워두었던 캔버스 천막 벽을 무너뜨리는 것을 본다. 그는 몸을 돌려 집으로 다가와서 테라스로 향하는 계단을 오르더니 사라져버린다.

예배당으로 간 그는 불에 탄 신도석을 지나 애프스(직사 각형 모양의 교회 건물의 입구 반대편에 붙은 반원형의 부분. 보통 제단이 놓여 있다—옮긴이)로 향한다. 방수 천 아래 덮인 모터 사이클 손잡이가 보인다. 그는 덮은 천을 질질 끌어 벗기기 시작한다. 그는 모터사이클 옆에 웅크리고 앉아 휘발유를 톱 니와 사슬에 칠한다.

해나가 지붕 없는 예배당에 들어왔을 때, 그는 머리와 등을 바퀴에 기대고 앉아 있다.

킵.

그는 아무 말도 하지 않고 그녀가 거기 없는 사람인 양 건너 본다.

킵, 나예요. 우리가 이 일과 무슨 상관이 있었죠?

그녀 앞에 있는 그는 돌 같다.

그녀는 그와 같은 높이로 무릎을 굽히고 그에게로 기댄 다. 머리를 모로 숙여 그의 가슴에 대고 스스로 안긴다.

심장이 뛰고 있다.

그렇지만 그는 여전히 꼼짝도 하지 않고, 그녀는 무릎을 꿇은 자세로 뒤로 물러선다.

영국인이 언젠가 책에서 이런 구절을 읽어준 적이 있어 요. 사랑은 참으로 작아서 바늘귀에도 들어갈 수 있다.

그는 옆으로 몸을 숙여 그녀에게서 떨어진다. 그의 얼굴은 비가 고인 웅덩이 몇 센티미터 위에서 멈춘다.

한 소년과 한 소녀.

*

공병이 방수 천 아래서 모터사이클을 꺼내는 동안 카라바지오는 팔뚝에 턱을 기대고 난간 위로 몸을 숙였다. 그 순간 더 이상 집 안 분위기를 참을 수가 없어서 그는 나가버렸다. 공병이 모터사이클에 다시 생명을 불어 넣고 반쯤 살아 움직이는 그 기계 위에 앉아 있으며 해나는 그 가까이에 서 있을 때 카라바지오는 그 집에 없었다.

싱은 그녀의 팔을 살짝 만지고 기계를 몰아 비탈을 내려갔다. 그때야 회전 속도를 올렸다.

문으로 향하는 길목 반쯤에서, 카라바지오는 총을 들고 그를 기다리고 있었다. 카라바지오가 길에 버티고 있는 것을 보고 청년이 속도를 줄였을 때, 카라바지오는 형식적으로 총을 들어 모터사이클을 겨누는 시늉도 하지 않았다. 그는 싱에게로 다가가 팔을 둘렀다. 힘찬 포옹이었다. 공병은 처음으로 그의 피부에 따끔따끔하게 와 닿는 다박나룻을 느꼈다. 그는 빨려 드는 느낌, 근육 안까지 안기는 느낌을 받았다.

"자네를 그리워하는 법을 배워야 하겠군."

카라바지오는 말했다. 그때 청년은 몸을 뗐고 카라바지오는 집으로 다시 돌아갔다.

*

그 주변에서 기계가 살아 힘차게 움직였다. 트라이엄프 모터사이클 연기와 먼지, 미세한 돌가루가 나무 사이로 떨어졌다. 모터사이클은 정문 앞의 가축 탈출 방지용 도랑을 뛰어넘었고 이리저리 꺾으면서 마을을 빠져 나갔다. 위험한 각도로 비탈을 내려갈 때 양옆으로 정원의 냄새가 확 풍겼다.

그의 몸은 습관에 따라 저절로 자세를 취했다. 가슴은 거의 연료 탱크에 닿을 듯 나란했고 팔은 최소 저항을 받는 수평 위치에 놓았다. 그는 피렌체를 완전히 피해 남쪽으로 달렸다. 그레베를 지나, 죽 가로질러 몬테바르키와 암브라로 갔다. 너무 작아서 전쟁의 피해도 침공도 받지 않았던 마을들이다. 그다음에는 새 언덕들이 나타나면서 그는 언덕 등을 올라 코르토나로 향하기 시작했다.

그는 전쟁의 진행을 되감듯 침공의 반대 방향으로 여행하고 있었다. 이제는 군사적 긴장 상태가 사라진 경로다. 그는 아는 길만을 택해 익숙한 성 마을을 멀리서 바라보며 지났다. 그는 돌진하며 타오르는 듯한 트라이엄프 위에서 꼼짝도 않고 엎드려 시골길을 달렸다. 짐도 별로 없었다. 무기는 모두 뒤에 남겨두었다. 마을을 지나칠 때마다 모터사이클을 세차게 내달렸고 마을에 대한 감상이나 전쟁의 기억으로 속도를 늦추지 않았다. '땅이 술 취한 자처럼 몹시 비틀거린다. 폭풍 속의 오두막처럼 흔들린다.' (「이사야 서」 24:20. 표준새번역 인용. 그다음 문구는 '세상은 자기가 지은 죄의 무게에 짓눌릴 것이니, 쓰러져서 다시는 일어나지 못할 것이다'이다—옮긴이)

그녀는 그의 배낭을 열어보았다. 유포에 싼 피스톨이 하나 들어 있어서, 포장을 풀자 냄새가 확 풍겼다. 칫솔과 가루 치약, 공책에 그린 연필 스케치, 그녀를 그린 그림도 들어 있다. 테라스에 앉아 있는 그녀를 그가 영국인의 방에서 내려다보며 그린 그림이다. 터번 두 개, 전분이 들어 있는 병 하나. 비상사태에 다는, 가죽 끈 달린 공병 전등 하나. 전등을 켜보았더니 선홍색 빛이 배낭에 가득 찼다.

옆 주머니에는 폭탄 해체 용도로 쓰는 기구들이 나와서 그녀는 건드리고 싶지 않았다. 작은 천에 싼 것은 그녀가 그에게 준 금속 말뚝 못이었다. 그녀의 고향에서 나무에서 단풍 수액을 받을 때 쓰는 것이었다.

무너진 천막 안에서 그녀는 가족사진임이 분명한 초상 사진을 꺼냈다. 그녀는 손바닥 위에 사진을 놓았다. 시크 교도와 그의 가족.

형은 이 사진에서는 열한 살밖에 되지 않았다. 형 옆에 선 킵은 여덟 살이었다. "전쟁이 터졌을 때, 형은 그게 누구든 영국 반대편에 있는 사람 편에 섰죠."

폭탄의 도면을 담은 작은 휴대용 책도 하나 있었다. 음악가를 동반한 성인을 그린 그림도 있었다.

그녀는 사진을 빼고 모든 것을 도로 다 쌌다. 사진만은 빈손에 들었다. 그녀는 가방을 들고 나무 사이를 지나 로지아를 가로질러 집 안으로 가져갔다.

한 시간 정도마다 그는 속도를 늦추고 고글 속에 침을 뱉고 소맷자락으로 먼지를 닦아냈다. 그는 다시 지도를 들여다보았다. 먼저 아드리아 해로 갔다가 남쪽으로 갈 생각이었다. 군대는 대부분 북부 경계선에 있었다.

그는 모터사이클의 동력을 최고로 높이고 코르토나로 올랐다. 그는 트라이엄프를 타고 교회 계단을 올랐다가 그 다음부터는 걸어 들어갔다. 비계에 둘러싸인 조각상 하나가 있었다. 그는 가까이 다가가서 얼굴을 보고 싶었지만 소총 조준경도 없었고 건축 파이프를 타고 오르기에는 몸이 너무 뻣뻣했다. 그는 따뜻한 집에 들어갈 수 없는 사람처럼 그 아래에서 서성거렸다. 그는 교회 계단 아래까지 모터사이클을 끌고 갔다가 망가진 포도원을 스쳐 아레조로 갔다.

산세폴크로에서는 안개가 낀 산을 통과하는 구부렁길을 타고 가느라 최소 속도로 줄일 수밖에 없었다. 보카 트라바리아. 추웠지만 날씨에 대한 생각은 마음속에서 밀어내버렸다. 마침내 길이 하얀 배경 위로 올라 물안개는 그의 뒤에 깔린 침대가 되었다. 그는 독일군들이 적들의 말을 모두 태워버린 우르비노 외곽을 돌았다. 이 지역의 전투는 한 달 동안 지속되었었다. 이제 그는 이 지역을 몇 분 만에 지나쳐가며, 검은 성모상이 있는 사원들만을 인식했다. 전쟁은 모든 도시와 마을을 유사하게 바꾸어놓았다.

그는 해안을 향해 내려갔다. 바다에서 성모상이 나오는 광경을 보았던 가비체 마레로. 그는 조각상을 가져갔던 곳 가까이에 있는 절벽과 물을 내려다보는 언덕 위에서 잤다. 첫날은 그렇게 끝났다.

클라라, 사랑하는 마망에게
마망은 프랑스 어예요, 클라라. 원형의 단어, 몸을 동그랗게 만 모양이 떠오르죠. 개인적인 단어지만 공공장소에서 큰 소리로 말할 수도 있어요. 거룻배처럼 안심되고 영원한 존재를 의미해요. 하지만 클라라의 영혼은 아직도 카누라는 것을 알아요. 휙 방향을 틀어 몇 초 만에 시내에 들어설 수도 있는 카누. 아직도 독립적이고, 아직도 개인적이고. 주변의 모든 것을 책임지는 거룻배는 아니죠. 몇 년 만에 처음으로 보내는 편지네요, 클라라. 나는 아직도 형식적인 편지에 익숙하지가 못해요. 지난 몇 달 동안 세 사람이랑 같이 살았는데, 우리의 대화는 아주 느렸고 형식을 따지지 않았어요. 나는 이젠 그런 식이 아니라면 말하는 데 익숙하지가 않아요.

194-년이죠. 뭐더라? 잠깐 까먹었어요. 하지만 달과 날은 알아요.

우리가 일본에 폭탄이 떨어졌다는 소식을 들은 다음 날. 그래서 마치 세상의 종말처럼 느껴져요. 지금부터 나는 개인의 의지는 공적인 의지와 영원히 전쟁을 벌일 것이라고 믿어요. 우리가 이 사실을 합리화할 수 있다면 무엇이든 합리화할 수 있겠지요.

패트릭은 프랑스에 있을 때 비둘기장에서 죽었어요. 프랑스에서는 17세기와 18세기에 집보다도 큰 비둘기장을 지었어요. 이렇게요.

3분의 1 정도 아래에 그려진 수직선은 쥐 선반이라고 불러요. 쥐들이 벽돌을 타고 올라가지 못하게 하기 위한 장치죠. 그래야 비둘기들이 안전할 테니까요. 비둘기장처럼 안전하다. 성스러운 장소. 여러 면에서 교회와 같은 곳이에요. 안식처. 패트릭은 안식처에서 죽었어요.

새벽 다섯 시, 그는 트라이엄프에 다시 시동을 걸었고, 뒷바퀴가 빙그르르 돌며 자갈이 덮개 안으로 튀었다. 그는 아직도 어둠 속에 있었다. 아직도 절벽 너머 보이는 바다를 분간할 수 없었다. 여기에서 남쪽으로 향하는 여행 지도는 없었지만 전쟁 도로들은 알아볼 수 있었고 해안 경로를 따라갈 수 있었다. 해가 떠오르자 속도를 두 배로 높였다. 강은 여전히 저 앞에 있었다.

오후 두 시쯤 오르토나에 도착했다. 공병들이 베일리 다리를 놓다가 강 한가운데에서 폭풍우에 쓸려 빠져 죽을 뻔한 곳이었다. 비가 내리기 시작하자 그는 고무 비옷을 입기 위해 잠깐 멈춰 섰다. 그는 푹 젖은 채로 기계 주변을 돌았다. 이제 여행을 하면서 귓가에 들리는 소리가 변했다. 쉭쉭 하는 소리가 잉잉 으르렁대는 소리로 바뀌었고 앞바퀴에서 떨어지는 물이 장화 위에 튀었다. 고글 너머로 보이는 모든 것이 회색이었다. 그는 해나를 생각하지 않으려 했다. 모터사이클의 소음이 모든 소리를 재워 생겨난 침묵 속에서 그는 그녀를 생각하지 않았다.

그녀의 얼굴이 떠오르면 지워버렸고, 휙 방향을 틀어 집중해야만 하도록 운전대를 잡아당겼다. 단어를 떠올려야 한다 해도 그녀의 말은 아닐 것이었다. 그가 지금 모터사이클로 지나치는 이탈리아의 지도상의 이름들일 것이다.

그는 이렇게 날듯이 달려가며 영국인의 몸을 나르는 기

분이다. 영국인은 연료 탱크 위에 앉아 그를 마주하고 있다. 그를 껴안았던 검은 몸이 어깨 너머로 과거를, 그들이 날고 있는 시골길을 마주한다. 다시 재건되지 못할, 이탈리아 언덕 위 낯선 이들의 궁전이 뒤로 물러선다. '너의 입에 담긴 나의 말이, 이제부터 영원토록, 너의 입과 너의 자손의 입과 또 그 자손의 자손의 입에서 떠나지 않을 것이다.' (「이사야 서」 59:21-옮긴이)

그날 오후 젊은이가 로마에 있는 예배당 천장에 있는 얼굴 이야기를 했을 때, 영국인 환자는 그의 귓가에 「이사야 서」를 읊어주었다.

"물론 이사야의 모습은 수없이 많아. 어떤 날에는 이사야를 노인으로 보고 싶어 하게 될 거야. 프랑스 남부에 있는 수도원들은 그를 턱수염 기른 노인으로 추앙하지만 그의 모습에 여전히 힘은 남아 있어."

영국인은 그림 그려진 방 안에서 이렇게 읊었다.

"그렇다. 너는 권세가 있는 자다. 그러나 주께서 너를 단단히 묶어서 너를 세차게 내던지신다. 너를 공처럼 둥글게 말아서, 넓고 아득한 땅으로 굴려버리신다." (「이사야 서」 22:17-18. 그다음 구절은 '거기서 네가 죽을 것이다'이다-옮긴이)

그는 더 굵게 내리는 빗속을 달린다. 천장 위에 있는 얼굴을 사랑했기 때문에 그는 그 말들도 사랑했다. 화상 입은 남자를 믿고 그가 초원처럼 가꾼 문명을 믿었기 때문이었다.

이사야와 예레미야와 솔로몬은 화상 입은 남자가 침대 곁에 두고 사랑하는 모든 것들을 붙여 넣어둔 성스러운 책에 들어 있었다. 영국인은 그의 책을 공병에게 건네주었다. 그러자 공병은 우리도 경전이 있습니다, 하고 말했었다.

고글 안에 댄 고무줄은 지난 몇 달간 삐걱거렸고, 비가 들이치면서 눈앞에 김이 꼈다. 고글을 벗고도 달릴 수 있어야 할 것이다. 쉭쉭. 그의 귀에는 영원한 바다가 생겼고 웅크린 몸은 추위로 뻣뻣해졌다. 그가 바짝 붙어 타고 있는 기계에서 나오는 열만이 유일하게 따뜻했다. 마을을 미끄러져 갈 때 모터사이클에서는 하얀 수증기가 피어올랐다. 소원을 빌려고 하면 눈 깜짝할 새에 지나가는 별똥별처럼 아주 짧은 방문이었다.

'하늘은 연기처럼 사라지고, 땅은 옷처럼 해어지며, 거기에 사는 사람들도 하루살이같이 죽을 것이다. 좀이 옷을 먹듯이 그들을 먹을 것이며 벌레가 양털을 먹듯이 그들을 먹을 것이다.' (앞 문장은 「이사야 서」 51:6, 뒷문장은 「이사야 서」 51:8. 그러나 앞 문장의 마지막 구절은 '그러나 내 구원은 영원하며, 내 공의는 꺾이지 않을 것이다'이며, 뒷문장의 마지막 구절은 '그러나 나의 공의는 영원하며 나의 구원은 세세에 미칠 것이다'이다—옮긴이)

우와이나트에서 히로시마로 이어지는 사막의 비밀.

그는 커브 길을 돌아 나와 오판토 강 위에 걸린 다리 위로 오를 때 고글을 벗어버렸다. 왼팔을 들어 고글을 벗길 때 미끄러지기 시작했다. 그는 고글을 떨어뜨리고 모터사이클을 진정시키려 했지만 다리 입새에 있는 철제 방호책은 미처 대비하지 못했다. 모터사이클은 그의 몸 아래서 오른쪽으로 기울었다. 그는 갑자기 빗물 위를 따라 모터사이클과 함께 다리 가운데까지 미끄러져 갔다. 금속이 긁히면서 그의 팔과 얼굴 주변에 푸른 불꽃이 튀었다.

무거운 양철이 날아가며 그를 밀쳤다. 그때 그와 모터사이클이 다리 옆이 트인 왼쪽으로 방향을 틀었다. 그는 물과 나란히 휙 내달렸다. 그와 모터사이클은 옆으로 누웠고 그는 팔을 머리 위로 쳐들었다. 비옷이 저절로 벗겨지더니 기계와 인간에게서 떠나 공기의 일부가 되었다.

모터사이클과 군인은 허공에 멈춘 듯 떴다가 휙 돌아 물 속으로 떨어졌다. 두 다리 사이에서 타오르던 금속성의 기계 몸체는 물 위로 부딪치며 하얀 길을 만들었다가 사라졌다. 빗물도 강 속으로 떨어졌다.

'공처럼 둥글게 말아서 넓고 아득한 땅으로 굴려버리신다.'

패트릭이 비둘기장에서 어떻게 끝을 맞았냐고요, 클라라? 아버지의 부대는 화상과 부상을 입은 아버지를 놔두고 떠났습니다. 얼마나 심한 화상이었는지 단추가 아버지의 피부의 일부, 가슴의 일부가 되었습니다. 내가 입맞추고 클라라가 입 맞추던 그 가슴이요. 그러면 아버지는 어쩌다 화상을 입었을까요? 아버지는 항상 뱀장어처럼, 클라라의 카누처럼 수호 마법에 걸린 양 실재 세계에서 잘 빠져 나가던 사람이었는데요. 다정하고 세련되면서도 순진하게 살던 사람. 아버지는 남자 중에서도 가장 말이 없어서 나는 언제나 여자들이 아버지를 좋아한다는 사실이 놀라웠어요. 우리 여자들은 말을 잘하는 남자를 좋아하잖아요. 우리는 합리주의자들이고 현명한 사람들인데, 아버지는 가끔 길 잃은 듯하고 불확실하며 말이 없었잖아요.

아빠는 화상을 입었고 나는 간호사였으니 아버지를 간호해줄 수도 있었어요. 지리의 슬픔을 이해하세요? 나는 아버지 목숨을 구할 수도 있었고, 적어도 임종을 지킬 수도 있었어요. 나는 화상에 대해서는 지식이 많아요. 얼마나 오래 아버지는 비둘기와 쥐 떼 속에 혼자 있었을까요? 얼마나 오래 그런 상태에서 피와 생명의 마지막 단계를 보내고 있었을까요? 비둘기 떼가 몸을 덮었을 텐데. 아버지 주변을 쪼면서 파닥였겠죠. 어둠 속에서 잠을 잘 수도 없었을 텐데. 아빠는 언제나 어둠을 싫어했잖아요. 그런데 아빠는 거기 홀로 있었어요. 연인이나 피붙이도 하나 없이.

나는 유럽이 지겨워요, 클라라. 집에 가고 싶어요. 조지 안 만에 있는 클라라의 작은 오두막과 분홍빛 바위로 돌아가고 싶어요. 파리 해협으로 가는 버스를 탈 거예요. 본토에서 팬케이크 만을 향해 단파 무선기로 메시지를 보낼 거예요. 그리고 클라라를 기다릴 거예요. 클라라를 배신하고 우리 모두가 들어선 이곳에서부터 나를 구해 주러 카약을 타고 올 클라라의 그림자를. 클라라는 어떻게 그렇게 영리해졌나요? 어떻게 그렇게 의지가 결연할 수 있었어요? 어떻게 우리처럼 속지 않았죠? 즐거움을 좇던 사람이 어쩌다 그렇게 현명해졌나요? 우리 가운데 가장 순수한 사람, 가장 검은 콩, 가장 푸른 이파리.

해나.

공병의 맨 머리가 물 위로 떠오른다. 그는 강 위의 공기를 한껏 들이마신다.

*

카라바지오는 삼으로 꼰 밧줄을 옆 빌라의 지붕에 내려 줄다리를 만들었다. 데미트리어스 조각상 허리에 묶은 이쪽 끝을 당겨서 벽에 고정한다. 밧줄은 그 아래 있는 두 그루의 올리브 나무 꼭대기보다 높을까 말까이다. 균형을 잃기라도 하면 올리브 나무의 거친 먼지투성이 팔 안에 떨어지게 된다.

그는 밧줄 위에 발을 내디딘다. 양말을 신은 발이 삼줄을 움켜쥔다. 저 조각상은 얼마나 귀한 거냐? 그는 해나에게 짐짓 태연하게 물어본 적 있었다. 해나는 영국인 환자는 데미트리어스의 조각상은 뭐가 됐든 하나도 가치 없는 것이라고 했다고 말해주었다.

그녀는 편지를 봉하고 일어서서 방 반대편으로 가 창문을 닫으려 한다. 그 순간 번개가 골짜기에 떨어진다. 그녀는 카라바지오가 빌라를 따라 깊은 흉터처럼 난 실골 중간쯤 공중 위에 떠 있는 것을 본다. 그녀는 마치 꿈인 양 그 자리에 서 있다가 벽감에 앉아 내다본다.

번개가 쳐서 갑작스레 하늘이 환해지면 내리던 비는 그 자리에서 멈춘 것 같다. 그녀는 대머리 수리가 하늘 위로 날아오르는 것을 보고 카라바지오를 찾는다.

그는 반쯤 갔을 때 비 냄새를 맡는다. 비는 그의 몸 위로 떨어져서 매달린다. 갑자기 그의 옷이 어마어마하게 무거워진다.

그녀는 오므린 손바닥을 창문 밖으로 내밀어 빗물을 받고 그 물로 머리카락을 빗는다.

빌라는 어둠 속에 떠돈다. 영국인 환자가 있는 침실 옆

복도에서는 밤인데도 아직 살아 있는 마지막 촛불이 타고 있다. 그가 잠에서 눈을 뜰 때마다 예전부터 켜져 있던 흔들리는 노란빛이 보인다.

그에게 있어 이제 세상은 소리도 없다. 심지어 빛조차 필요치 않다. 그는 아침에 젊은 여자에게 잠잘 때 촛불을 켜놓지 않았으면 좋겠다고 말할 것이다.

새벽 세 시경, 그는 방 안에 있는 누군가의 존재를 느낀다. 찰나의 순간 그의 발치에서, 벽인지 그림인지에 기대어 있어 촛불 너머에서는 어두운 이파리와 별로 구분도 되지 않는 인물이 보인다. 그는 무언가, 줄곧 말하고 싶었던 무언가를 웅얼거리지만 침묵만이 흐를 뿐이고 그저 밤 그림자일지도 모르는 옅은 갈색의 인물은 움직이지 않는다. 포플러 나무. 자두를 든 남자. 헤엄치는 사람. 젊은 공병에게 다시 말을 할 수 있게 되다니, 이렇게 운이 좋을 리가 없어. 그는 생각한다.

그는 이 밤 어쩌다 잠에서 깼다가 이 형체가 그를 향해 다가오는 것을 본다. 고통을 없애주는 약의 효과를 무시하고 그는 빛이 스러지고 촛불 연기의 향이 그의 방으로, 복도 아래에 있는 어린 간호사의 방으로 흘러들 때까지 깨어 있을 것이다. 이 형체가 몸을 돌리면 그의 등에 그림이 찍혀 있을 것이다. 슬픔 때문에 벽화 속 나무에 부딪쳤던 자리다. 촛불이 꺼지면 이 모습을 볼 수 있을 것이다.

그는 천천히 손을 들어 자기의 책을 가볍게 만지고 다시 거뭇하게 된 가슴 위에 올린다. 그 외에 이 방에서 움직이는 것은 아무것도 없다.

*

이제 그녀를 생각하는 그는 어디에 앉아 있는 것인가? 이렇게 세월이 흐른 후에. 역사의 돌은 물수제비뜨듯 튀어 날아가고 그녀와 그가 나이가 든 후에야 다시 표면에 부딪쳐 가라앉는다.

그가 다시 한 번 안으로 들어가서 편지를 쓰거나 전화국에 가서 서류를 작성해 다른 나라에 있는 그녀에게 연락을 취해봐야겠다는 생각을 하면서 정원에 앉아 있는 이때, 그는 어디에 있는 것일까. 이 정원, 푸석푸석 잘라낸 풀이 돋은 네모난 땅뙈기가 도화선이 되어 그는 피렌체 북쪽, 빌라 산지롤라모에서 해나와 카라바지오와 영국인 환자와 함께 보냈던 몇 달을 떠올린다. 그는 의사이고 잘 웃는 아내와 두 아이가 있다. 그는 이 도시에서 언제나 바쁘다. 오후 여섯 시, 그는 하얀 가운을 벗는다. 그 아래에는 검은 바지와 짧은 소매 셔츠를 입고 있다. 그는 병원 문을 닫는다. 그 안에는 모든 서류가 선풍기 바람에 날려가지 않도록 각종 무거운 물체 밑에 깔려 있다. 돌멩이, 잉크병, 아들이 더 이상 가지고 놀지 않는 장난감 트럭. 그는 자전거를 타고 페달을 밟아 6킬로미터 넘게 떨어진 집으로 돌아가는 길에 시장을 지난다. 그는 가능하면 응달로 자전거를 꺾는다. 그는 인도의 햇빛이 너무 기운을 뺏는다는 것을 갑자기 깨닫는 나이에 이르렀다.

그는 운하 옆에 늘어선 버드나무 사이로 미끄러져 들어가 작은 동네에 멈춘다. 그는 자전거 클립을 빼서 자전거를 들고 계단을 내려가 아내가 가꾸는 작은 정원 안으로 들어간다.

이날 저녁은 왠지 무엇인가가 돌을 물속에서 꺼내 이탈리아의 언덕 마을을 향해 던진 기분이다. 아마도 오늘 치료했던 소녀가 팔에 입은 화학적 화상 때문인지도 모른다. 아니면 갈색 잡초가 계단을 따라 무성히 나 있는 돌계단 때문인지도. 그는 자전거를 손으로 나르며 계단을 반쯤 올랐을 때 그 기억을 떠올렸었다. 하지만 일하러 가는 길이었으므로 이렇게 떠오른 추억은 그가 병원에 도착해서 몇 시간 동안 끊임없이 밀려드는 환자와 서류를 상대하는 동안에는 미뤄졌었다. 아니면 정말 어린 소녀의 팔에 난 화상 때문인지도 모른다.

그는 정원에 앉는다. 해나의 모습이 보인다. 자기 나라로 돌아간 해나. 머리카락이 길다. 그녀는 무엇을 하고 있나? 그는 항상 그녀를 본다. 그녀의 얼굴과 몸을. 그렇지만 그녀의 직업이 무엇이고, 주변 환경이 어떤지는 알 수가 없다. 주변 사람들에 대한 그녀의 반응과 어린아이를 대할 때 고개를 숙이는 모습, 뒤에 있는 하얀 냉장고 문, 배경에 소리 없이 지나는 전차까지도 보이는데 말이다. 카메라의 필름처럼 그녀를 비추는 것은 그가 부여받은 재능이지만 한계가 있어 오로지 아무런 소리 없이 그녀의 모습만 보인다. 그는 그녀가 함께 다니는 사람들, 그녀의 판단을 분간할 수가 없다. 그가 목격할 수 있는 것은 오직 그녀의 성격과, 길어져서 이제 다시 얼굴을 가리고 눈을 찌르는 검은 머리카락뿐이다.

그녀는 앞으로도 항상 진지한 얼굴을 하고 있으리라고, 그는 이제 깨닫는다. 그녀는 젊은 아가씨에서 각진 얼굴을 한 여왕으로 바뀌었다. 바라는 대로 의지에 따라 바꾼 얼굴이다. 그는 아직도 그녀의 그 점이 좋다. 그녀의 영리함, 그런 외모나 아름다움이 물려받은 게 아니라는 사실. 그렇지만 그녀의 얼굴은 탐색해서 찾아낸 것이며 그녀 성격의 현재 단계를 반영하고 있다는 사실. 한 달이나 두 달에 한 번, 그는 그녀를 이런 식으로 목격한다. 마치 이러한 현현의 순간이 그녀가 그에게 일 년 동안 써서 보냈으나 답장을 받지 못했던 편지의 연속선상에 있는 것처럼. 마침내 그녀는 편지를 더 이상 보내지 않았고 그의 침묵에 돌아섰다. 그의 성격에 돌아선 것이라고, 그는 생각했다.

이제 그는 식사 시간에 그녀와 다시 이야기하고 그들이 천막 안에서나 영국인 환자의 방에서 가장 친밀감을 느꼈던 그 단계로 돌아가고 싶다는 충동이 들었다. 두 사람 사이에 요동치는 강 같은 공간을 포함하고 있었던 두 곳으로 돌아가고 싶다. 그때를 회상하자 그는 그녀에게 매료되었던 것만큼 자기 자신에게 매료되었다. 소년답고 진지한 사람. 나긋나긋한 팔은 그가 사랑에 빠져버린 소녀를 향해 허공으로 뻗는다. 젖은 장화는 끈을 한데 묶어 이탈리아의 문간 옆에 서 있다. 그의 팔은 그녀의 어깨를 감싸고, 침대 위에는 엎드린 인물 형상이 있다.

저녁 식사 동안 그는 딸아이가 식기 쓰는 법을 배우느라 애쓰는 모습을 본다. 작은 손으로 커다란 무기를 집느라. 이 탁자 위에 놓인 사람들의 손은 모두 갈색이다. 그들은 관습과 습관 안에서 편안하게 움직인다. 그의 아내는 모두에게 거친 유머를 가르쳤다. 그의 아들이 이 특성을 물려받았다. 그는 이 집에서 아들의 재치를 보는 것이 좋다. 아들의 재기는 아무리 봐도 놀랍고, 그나 아내의 지식과 유머도 넘어선다. 그 아이가 거리에서 개들을 다루는 방식, 개의 걸음이나 표정을 흉내 내는 재간은 대단하다. 그는 개가 마음대로 짓는 다양한 표정에서 개의 소망을 추측할 수 있다는 아들의 재능이 사랑스럽다.

그리고 해나는 본인이 선택하지 않은 사람들 속에서 움직이고 있다. 그녀는 심지어 이 나이, 서른네 살이 되었어도 아직 자신만의 동반자, 그녀가 원하는 사람들을 찾지 못했다. 그녀는 언제나 위험을 무릅쓰고 운이 없는 무모한 사랑을 하는, 명예를 중시하고 영리한 여자다. 눈썹에는 이젠 거울을 보면 본인만 알아볼 수 있는 특징이 있다. 그렇게 반짝거리는 검은 머리카락 속의 이상과 이상주의. 사람들은 그녀와 사랑에 빠진다. 그녀는 아직 영국인이 상식 책에서 보고 그녀에게 소리 내어 읽어준 시구를 기억한다. 그녀는 내가 여생 동안 품을 만큼, 날개 아래 둘 정도로 잘 아는 사람이 아니다. 작가들에게 날개가 있다면 말이지만.

그래서 그렇게 해나는 움직이며 얼굴을 돌린다. 후회 속에서 그녀는 머리카락을 아래로 드리운다. 어깨가 찬장 가장자리에 닿고 유리잔이 움직인다. 키르팔은 왼손을 갑자기 아래로 내리며 포크가 바닥에 떨어지기 몇 센티미터 전에 잡아 조심스럽게 딸의 손가락에 쥐어준다. 안경 너머 눈가에 살짝 주름이 진다.

이 책에 등장하는 인물 중 몇 명은 역사적 인물에 기반을 두었으며, 길프 케비르 및 주변 사막 등 묘사된 많은 지역들은 실존하고 1930년대에 탐사한 곳이긴 하지만, 이 이야기 자체는 허구이며 이 안에 등장하는 인물들의 묘사도 사건이나 탐사 여행의 내용처럼 허구임을 강조하여 둔다.

먼저, 런던에 있는 왕립 지리 학회에 감사의 말씀을 전한다. 이곳에서는 보관되어 있는 자료의 열람과 세계적인 탐사 여행들이 아름답게 기록된 『지리 학회 논문집』 관련 내용 수집을 허락해주었다. 본 소설에서는 하사네인 베이가 쓴 논문 「쿠프라에서 다르푸르까지」(1924)에서 모래바람을 묘사하는 한 문단을 인용하였고, 베이와 다른 탐사가들의 저서로부터 1930년대 사막의 모습을 그릴 수 있었다. 또한 리처드 A. 버먼 박사가 쓴 「리비아 사막의 역사적 문제」(1934)와 알마시가 사막 탐사 내용에 쓴 원고를 검토한 R. A. 바그놀드의 리뷰에서도 정보를 얻었음을 밝혀둔다.

조사에서 중요한 역할을 해준 책들이 있다. A. B. 하틀리 소령이 쓴 『불발탄』은 폭탄 제조 과정을 재창조하고 제2차세계대전 발발 당시 활동했던 영국 폭탄 해체 부대를 묘사하는 데 특히 큰 도움이 되었다. 이 책에서 ('원래 그 자리에서'라는 장에서) 직접 인용한 부분이 있으며, 폭탄을 해체하는 키르팔 싱의 기술은 하틀리의 기록을 토대로 하고 있다. 바람의 특성에 관해 영국인 환자가 공책에 묘사한 정보는 리알 왓슨의 훌륭한 책 『하늘의 숨결』에서 가져왔으며, 직접 인용은 따옴표로 표시하였다. 헤로도토스의 『역사』에 등장하는 칸다울레스와 기게스의 이야기는 G. C. 맥콜리의 1890년 번역본(맥밀란)을 인용하였다. 헤로도토스에서 온 다른 인용구는 데이비드 그린 번역본(시카고 대학 출판부)을 이용하였다. 1장에서 영국인 환자가 인용한 시는 크리스토퍼 스마트에서, 6장에서 캐서린이 읽은 시는 존 밀턴의 『실낙원』에서 가져왔으며 10장에서 해나가 인용한 시는 캐나다의 시인 앤 윌킨슨의 시이다. 또한 투스카니의 폴리치아노의 일생을 논할 때는 앨런 무어헤드의 『더 빌라 다이애나』를 참조하였다. 다른 중요한 참고 문헌으로는 메리 맥카시의 『피렌체의 돌』, 레너드 모슬리의 『고양이와 쥐』, G. W. L. 니콜슨의 『1943-5년까지 이탈리아의 캐나다군과 캐나다의 간호 부대: 마셜 캐번디시 2차대전 대백과』, F. 예이츠-브라운의 『전쟁의 인도』와 인도 군대에 관한 세 권의 다른 책들이 있다. 그중 두 권은 인도 뉴델리에 위치한 대외 홍보부에서 1942년에 발간한 『호랑이 치다』와 『호랑이 죽이다』이고, 나머지 한 권은 『명예군인 명부』이다.

요크 대학교의 글랜던 대학 영문과에 감사드리며, 빌라 세르 벨로니, 록펠러 재단, 메트로폴리탄 토론토 참고문헌 도서관에도 감사의 말씀을 전한다.

다음은 너그럽게도 도움을 주신 분들이다. 전쟁 중 이집트에서 쓴 편지를 읽어보게 해주신 엘리자베스 데니스, 빌라 산 지롤라모의 마가렛 수녀님, 오타와에 있는 캐나다 국립 도서관의 마이클 윌리엄슨, 애나 자딘, 로드니 데니스, 린다 스폴딩, 엘렌 레빈, 랠리 마르와, 더글라스 르팽, 데이비드 영, 도냐 페로프에게도 감사드린다.

마지막으로 엘렌 셀리그먼과 리즈 콜더, 소니 메타에 특별한 감사의 마음을 보낸다.

"환상과 현실을 넘나드는 다중의 트롱프 뢰유"

최근에 발간된 한 미술 에세이에서 트롱프 뢰유(trompe l' œ il)에 대한 글을 읽은 적이 있다.(진중권, 『진중권의 독창적인 그림 읽기: 교수대 위의 까치』, 휴머니스트, 2009) 트롱프 뢰유는 일명 눈속임 그림, 사물과 그림 사이의 경계를 허물어 보는 이의 눈을 즐겁게 해주는 그림이다. 트롱프 뢰유는 17세기 네덜란드 정물화에서 찾아볼 수 있는 기법이지만, 고대 그리스의 유명한 화가 제욱시스가 포도송이를 그렸더니 새들이 날아와서 쪼았다는 일화가 플리니의 『박물지』에 소개되는 것으로 보아서는 그 근원은 아주 오래된 것으로 보인다. 실재와 재현의 모호한 경계는 항상 예술가들을 매혹시켜 왔다. 소설 『잉글리시 페이션트』는 이미지가 아닌 문장으로 그려낸 하나의 트롱프 뢰유를 보는 느낌이다. 사실과 픽션이 뒤섞이고, 과거와 현재가 공존하는 환상의 세계. 그리하여 이 책을 읽는 독자들은 마치 포도송이에 달려들지만 캔버스에 부딪치는 새들처럼 소설의 책장 앞에서 더 이상 들어가지 못하고 부딪친다. 그러나 이는 독서가 실패했다는 뜻이 아니라, 이 소설을 읽는 본연적 방법인지도 모르겠다.

마이클 온다치의 『잉글리시 페이션트』(1992)는 세계적으로 호평을 받은 소설이었지만 국내에는 앤서니 밍겔라 감독의 영화(1996)로 더 널리 알려져 있다. 많은 독자들이 영화의 여운을 떠올리며 읽었겠으나, 막상 책을 다 읽은 지금에는 두 텍스트 사이의 큰 차이를 보고 당혹감을 느낄 수도 있을 것이다. 이제는 고인이 된 앤서니 밍겔라 감독 본인도 이 소설의 플롯을 영화로 각색할 때 아주 매혹적이면서도 도전적인 작업이었다고 고백하고 있다.(BBC World Book Club, 'English Patient', 2007년 10월 첫 방송.) 소설과 영화는 같은 부분을 공유하고 있으나 상당히 다른 서사이며, 동시에 하나의 세계에서 파생된 다른 문학 양식이다. 이처럼 '비슷하면서도 다른 성질'은 『잉글리시 페이션트』라는 텍스트의 본질이며, 작가 마이클 온다치의 문학 세계의 근간이라고 할 수 있다.

이 소설의 다중성은 여러 차원에서 실현된다. 첫 번째는 인물들의 다양한 정체성이다. 알마시, 해나, 킵, 카라바지오는 전쟁이라는 역사적 우연에 의하여 그들 누구의 조국도 아닌 이탈리아의 수도원, 빌라 산 지롤라모에 함께 머무른다.

이들의 기묘한 조합은 전쟁의 포화로 얼룩지고 찢긴 세계 위에 모두가 평등하고 공존하는 나라를 건설한다. 영국인 환자로 알려져 있으나 실제로는 헝가리인인 알마시, 캐나다 출신이나 유럽 전선으로 파견된 간호사 해나, 시크 교도이지만 영국군 공병인 킵, 이탈리아인의 이름을 가지고 있으나 캐나다에서 온 도둑이자 연합군 스파이인 카라바지오. 이들은 모두 한 가지 이상의 정체성을 가지고 전 세계를 표방한다. 이렇게 다중의 본질을 가진 그들이 빌라 산 지롤라모의 거주자로서 공통의 국적을 가지게 되는 과정은 온다치의 문장처럼 정교하다.

두 번째는 비선형적 시간의 공존이다. 『잉글리시 페이션트』의 세계는 과거와 현재가 얽혀 있으며 문장은 과거와 현재를 아무런 연결 없이 뚝뚝 넘나든다. 한 가지 사건도 여러 다른 시점에서 접근된다. 심지어 마지막 부분에 이르면 다른 공간의 사건이 동시에 진행된다. 과거와 현재가 공존하는 서사 방식은 여기 등장하는 주인공들이 모두 상실의 기억을 가지고 현재를 살아가는 사람이라는 공통점을 창출하는 데 있어서 상당히 효과적이다. 알마시는 사랑하는 여인을 잃으면서 국적, 이름, 육체까지 그가 가진 모든 것들을 잃었다. 카라바지오는 엄지손가락을 잃음과 동시에 자신감을 상실하며 모르핀 중독자가 된다. 해나는 아버지를 잃고 머리카락을 자르고 삶의 활기를 포기한다. 킵은 나라를 잃은 식민지의 국민이며 정신적 지도자를 잃었다. 그들에게 빌라 산 지롤라모는 일종의 치유의 공간이다. 여기서 한 개인은 잃어버린 과거를 딛고 새로운 현재를 살며, 전쟁으로 단절되었던 세계와 다시 이어지려고 애쓴다. 이 공간은 원폭이라는 거대한 사건으로 다시 산산조각 나버리지만 우리는 그다음 어떻게 다시 삶이 이어지는지를 소설의 결말에서 목격할 수 있다.

이와 연결해서 소설의 세 번째 다중성은 다양한 텍스트의 인용에서 비롯되는 하이퍼텍스추얼리티라고 할 수 있다. 소설 안에서 인용되는 하이퍼텍스트 중에서 줄거리와 큰 관련을 맺고 있는 작품은 역시 키플링의『킴』과 헤로도토스의『역사』이다. 이름에서부터 킵과 유사성을 갖고 있는『킴』은 아일랜드 출신의 고아 소년이 동양의 현자에게 가르침을 받아 깨달음을 얻는 내용이며『역사』는 본문에도 인용되듯이 '시간의 흐름에 따라' 인간들이 행한 일들이 '변색되지 않도록' 한다는 것이 집필의 목적이었다.『잉글리시 페이션트』는 젊은이들의 -하나와 킵의- 변모와 깨달음에 대한 이야기기도 하며, 전쟁에 대한 역사의 기록이기도 하다. 온다치는 여러 인터뷰에서 이 작품을 구상할 때 플롯의 뼈대 자체가 없었으며 전쟁 이야기와 추락한 비행기에 대해서 쓰고 싶다는 막연한 생각으로 시작했다고 고백한 바 있다.(Kamiya, G.(1996), "Delirious in a different kind of way: An interview with Michael Ondaatje", Salon. 1996.11.18. http://www.salon.

com/nov96/ondaatje961118.html) 독자들이 이 소설에서 목격할 수 있는 것은 단순히 전쟁 속의 사랑 이야기가 아니라 역사 속에서 세계와 개인이 진화해 가는 방식이기도 하다.

네 번째는 사실과 허구의 혼재 속에서 찾아볼 수 있는 다중성이다. 소설의 주인공으로 등장하는 알마시는 라스즐로 알마시라는 실제 지리학자를 모델로 했지만, 그는 소설과는 달리 이탈리아에서 죽지도 않았고 동료의 아내와 사랑에 빠지지도 않았다. 여기 등장하는 역사적 사실들—제르주라 탐사와 폭탄 해체 부대—은 사실에 기반하고 있으나 인물들은 실제 존재하고 있지 않다. 작가는 역사적 사실과 허구를 섞는 방식으로 소설에 다중적 의미를 부여했다.

재미있는 점은 작가 본인도 다중적 정체성으로 정의할 수 있다는 점이다. 약간은 낯선 조합인 마이클 온다치라는 이름은 그가 스리랑카인 혈통임을 내포하고 있다. 1943년생인 온다치는 열한 살 되는 1954년에 영국으로 이민을 갔고 1962년에는 다시 캐나다로 옮겼다. 그는 소설가인 동시에 시인으로, 이 소설 『잉글리시 페이션트』 또한 시적인 간결한 언어로 비평가들의 찬사를 받았다. 어떤 의미에서 이 소설은 한 가지에 고착되지 않는 그의 삶의 형상화라고도 할 수 있겠다.

이렇게 다양한 요소들이 층층이 쌓아 올려져 건설된 『잉글리시 페이션트』라는 서사는 그렇기에 한층 더 아련하고 아름다운 이야기이기도 하다. 이 소설은 전원적 풍경을 세우고 그 안에 세상으로부터 단절된 집을 지어 독자들을 끌어온다. 시적인 언어와 감각적인 묘사, 죽음을 넘는 사랑에 대한 이야기는 우리를 허구의 환상 속에 푹 빠뜨린다. 하지만 다음 순간 작가는 혹독하리만큼 지극히 사실적인 설명으로 소설의 환영을 넘어 역사를 직시하게 한다. 짓밟힌 사막, 상실을 겪은 인간들, 영원히 용서할 수 없는 파멸의 전조인 원폭에 이르면 소설은 단단한 사실이 된다. 그리하여 독자는 다시 한 번 현실과 환영의 경계에서 머뭇거리게 된다. 그러나 이 경계선에서 주저하는 감각은 다른 소설에서는 쉽게 찾아보기 힘든 심오한 문학적 경험이다. 소설의 단어 하나하나가 이 머뭇거림을 향해 쓰인 것만 같다.

그렇기에 이 소설의 문장을 한국어로 옮기는 작업은 생각보다 고된 일이었다. 『잉글리시 페이션트』는 역시 다중성의 책인 만큼 번역 자체도 다중의 작업을 요구했다. 다른 언어끼리의 변환, 동시에 시와 산문을 넘나드는 언어의 변환이 필요했다.(번역 과정에서 참고한 다음 도서들에서 도움을 많이 받았다. 존 밀턴, 『실낙원』(이창배 옮김, 범우사, 1999). 스탕달, 『파르마의 수도원』(원윤수 옮김, 민음사, 2001). 조지프 러디어드 키플링, 『킴』(하창수 옮김, 북하우스, 2007). 헤로도토스, 『역사』(천병희 옮김, 도서출판 숲, 2009). Michael Ondaatje, The English Patient, Audio Book(Unabridged), Christopher Cazenove 읽음.

From Audible.Com) 어떤 이는 영화와 차이가 있는 책에 실망을 표현할지도 모르지만, 나는 책이 영화와는 다른 내용인 편이 좋았다. 영화로 먼저 접한 독자는 또한 책을 읽으면서 차원의 변환을 경험할 수도 있게 된다. 이 모든 작업 동안 나는 『잉글리시 페이션트』를 하나의 트롱프 뢰유로 상상했다. 허구를 아주 현실처럼 그렸다가 마지막 순간에 돌아서 허구임을 알려주는 소설은 한편으로는 안타깝고 슬프다. 가끔 나는 허구에서만 바랄 수 있는 행복한 결말을 꿈꾸기도 하기 때문이다. 이는 우리가 실제 나무인지 알고 다가갔다가 가짜인 걸 알았을 때 느끼는 실망감이기도 하다. 허나 이처럼 자신이 허구임을 깨우쳐주는 게 현대 소설의 본질임을 깨달았을 때 나는 독자로서 한 발짝 더 나아간 느낌이 들었다. 눈속임 나무에서 산들바람이 불어오고 그 아래 그늘에서 쉴 수 있듯이, 허구의 소설에서 여전히 위안을 받을 수 있다고 생각하면 안심이 된다. 그리고 이렇게 현실과 환상의 경계에 자리 잡아 우리의 착각과 깨달음을 동시에 요구하는 소설들은 독자로서 참 감사하다.

2009년 12월 박현주

잉글리시 페이션트

초판   1쇄 발행 2010년 1월 10일
개정판   5쇄 발행 2021년 8월 19일

지은이   마이클 온다치
옮긴이   박현주
펴낸이   정상우
편집   이민정
디자인   박수연 김인경
관리   남영애 김명희

펴낸곳   그책
출판등록 2007년 11월 29일 (제13-237호)
주소   서울시 은평구 증산로9길 32(03496)
전화   02-333-3705
팩스   02-333-3745
facebook.com/thatbook.kr
instagram.com/that_book

ISBN   979-11-88285-31-0 03840
         978-89-94040-34-9 04800(세트)

그책)은 (주)오픈하우스의 문학·예술 브랜드입니다.

「이 도서의 국립중앙도서관 출판예정도서목록(CIP)은 서지정보유통지원시스템 홈페이지
(http://seoji.nl.go.kr)와 국가자료공동목록시스템(http://www.nl.go.kr/kolisnet)에서
이용하실 수 있습니다. (CIP제어번호: CIP2018001536)」